MENSAGEIRO DA VERDADE

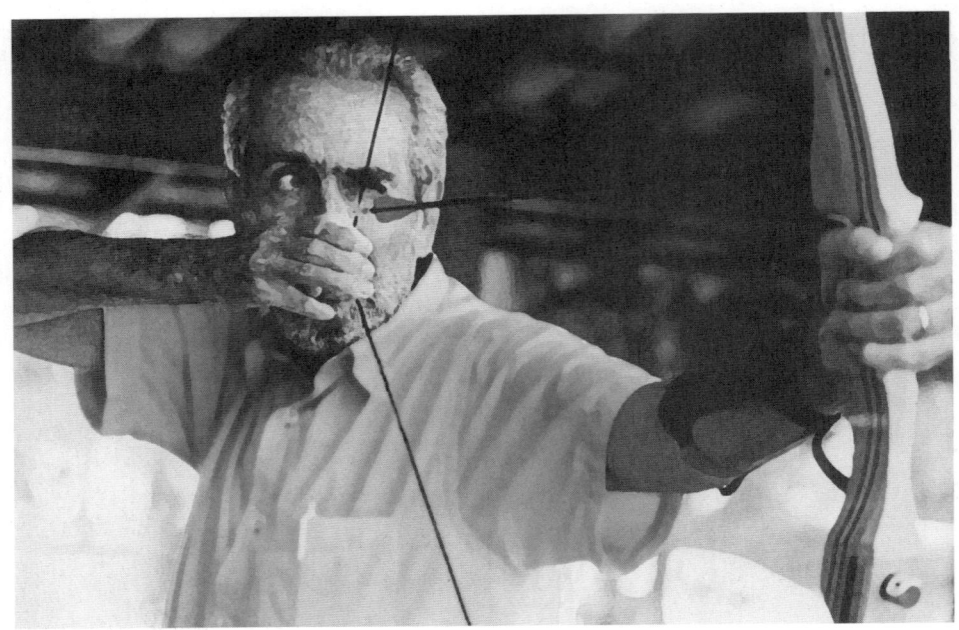

O Arqueiro

GERALDO JORDÃO PEREIRA (1938-2008) começou sua carreira aos 17 anos, quando foi trabalhar com seu pai, o célebre editor José Olympio, publicando obras marcantes como *O menino do dedo verde*, de Maurice Druon, e *Minha vida*, de Charles Chaplin.

Em 1976, fundou a Editora Salamandra com o propósito de formar uma nova geração de leitores e acabou criando um dos catálogos infantis mais premiados do Brasil. Em 1992, fugindo de sua linha editorial, lançou *Muitas vidas, muitos mestres*, de Brian Weiss, livro que deu origem à Editora Sextante.

Fã de histórias de suspense, Geraldo descobriu *O Código Da Vinci* antes mesmo de ele ser lançado nos Estados Unidos. A aposta em ficção, que não era o foco da Sextante, foi certeira: o título se transformou em um dos maiores fenômenos editoriais de todos os tempos.

Mas não foi só aos livros que se dedicou. Com seu desejo de ajudar o próximo, Geraldo desenvolveu diversos projetos sociais que se tornaram sua grande paixão.

Com a missão de publicar histórias empolgantes, tornar os livros cada vez mais acessíveis e despertar o amor pela leitura, a Editora Arqueiro é uma homenagem a esta figura extraordinária, capaz de enxergar mais além, mirar nas coisas verdadeiramente importantes e não perder o idealismo e a esperança diante dos desafios e contratempos da vida.

JACQUELINE WINSPEAR

MENSAGEIRO DA VERDADE

UMA HISTÓRIA DE MAISIE DOBBS

Título original: *Messenger of Truth*
Copyright © 2006 por Jacqueline Winspear
Copyright da tradução © 2023 por Editora Arqueiro Ltda.

Todos os direitos reservados. Nenhuma parte deste livro pode ser utilizada ou reproduzida sob quaisquer meios existentes sem autorização por escrito dos editores.

tradução: Nina Schipper
preparo de originais: Lucas Bandeira de Melo
revisão: Carolina Rodrigues e Pedro Staite
diagramação: Abreu's System
imagem de capa: Andrew Davidson
adaptação de capa: Renata Vidal
impressão e acabamento: Associação Religiosa Imprensa da Fé

CIP-BRASIL. CATALOGAÇÃO NA PUBLICAÇÃO
SINDICATO NACIONAL DOS EDITORES DE LIVROS, RJ

W744m

Winspear, Jacqueline, 1955-
    Mensageiro da verdade / Jacqueline Winspear ; tradução Nina Schipper. – 1. ed. – São Paulo : Arqueiro, 2023.
    320 p. ; 23 cm.   (Maisie Dobbs ; 4)

Tradução de: Messenger of truth
Sequência de: Mentiras perdoáveis
ISBN 978-65-5565-539-1

1. Guerra Mundial, 1914-1918 – Ex-combatentes – Ficção. 2. Ficção histórica inglesa. I. Schipper, Nina. II. Título. III. Série.

23-85091

CDD: 823
CDU: 82-311.6(410.1)

Meri Gleice Rodrigues de Souza – Bibliotecária – CRB-7/6439

Todos os direitos reservados, no Brasil, por
Editora Arqueiro Ltda.
Rua Funchal, 538 – conjuntos 52 e 54 – Vila Olímpia
04551-060 – São Paulo – SP
Tel.: (11) 3868-4492 – Fax: (11) 3862-5818
E-mail: atendimento@editoraarqueiro.com.br
www.editoraarqueiro.com.br

Dedico este livro ao meu *Cheef Resurcher* (que sabe quem é)

Não sou mais um artista interessado e irrequieto. Sou, antes, um mensageiro trazendo notícias de homens que lutam por aqueles que desejam que a guerra siga sem fim. Débil, desarticulada assim será a minha mensagem, e, no entanto, conterá uma verdade implacável, e que ela arda em suas almas cruéis.

– Paul Nash (1899-1946), artista que serviu durante a Grande Guerra nos regimentos Artists' Rifles e Royal Hampshire

※

JANEIRO: Você inicia o ano em Londres – é frio – é úmido –, mas há gaivotas no dique.

– Extraído de *When You Go to London*, de H. V. Morton, publicado em 1931

PRÓLOGO

Romney Marsh, Kent, terça-feira, 30 de dezembro de 1930

O táxi desacelerou diante dos portões da Abadia de Camden, um antigo casarão de tijolos vermelhos que, sob o granizo cortante que se precipitava na paisagem cinzenta e hostil, parecia ainda mais um local de refúgio.

– É este o lugar, senhora?

– Sim, obrigada.

O motorista estacionou diante da entrada principal, e a mulher, como num reflexo tardio, cobriu respeitosamente a cabeça com um lenço de seda antes de sair do carro.

– Não devo me demorar.

– Certo, senhora.

Ele a observou entrar pela porta principal, que depois bateu com força.

– Eu não gostaria de estar na sua pele, querida – falou consigo mesmo enquanto pegava um jornal para passar o tempo até que ela estivesse de volta.

A sala era aquecida por uma lareira acesa, pelo tapete vermelho estendido no chão de pedra e pelas pesadas cortinas vedando as correntes de ar que o antigo caixilho de madeira das janelas não era capaz de conter. Sentada diante de uma grade, a mulher conversou com a madre por cerca de 45 minutos.

– O luto não é um acontecimento, minha querida, é uma passagem, uma peregrinação que nos permite refletir sobre o passado a partir de pontos de rememoração ancorados na alma. Por vezes há pedras no caminho e sentimos que nossas memórias são dolorosas. Há, contudo, dias em que as sombras projetam nossa nostalgia e as alegrias compartilhadas.

A mulher aquiesceu.

– Queria apenas que não restasse essa dúvida.

– A incerteza sempre surge nessas circunstâncias.

– Mas como posso me tranquilizar, madre Constance?

– Ah, você continua a mesma, não é? – comentou a madre superiora. – Sempre busca *fazer* em vez de *ser*. Está realmente buscando orientação espiritual?

A mulher começou a cutucar as cutículas com o polegar.

– Sei que perdia quase todas as suas tutorias quando estava na Girton, mas pensei...

– Que eu poderia ajudá-la a encontrar paz? – Madre Constance fez uma pausa, pegou um lápis e um caderninho num bolso escondido no hábito e rabiscou algo. – Às vezes a ajuda assume a forma de uma orientação. E a paz é algo que encontramos quando temos companhia em nossa jornada. Eis alguém que poderá ajudá-la. Na verdade, vocês têm interesses em comum, pois ela também estudou na Girton, embora tenha ingressado mais tarde, em 1914, se não me falha a memória.

A madre superiora lhe passou o papel dobrado pela grade.

Scotland Yard, Londres, quarta-feira, 31 de dezembro de 1930

– Então veja, senhora, há muito pouco que eu possa fazer nessas circunstâncias, que são bastante inequívocas, em nossa opinião.

– Sim, o senhor deixou isso muito claro, detetive-inspetor Stratton.

A mulher se sentou ereta na cadeira e ajeitou o cabelo para trás com um ar desafiador. Por uma fração de segundo ela olhou para as próprias mãos, esfregando uma mancha de tinta no ponto da pele calosa onde seu dedo médio costumava pressionar a pena da caneta-tinteiro.

– No entanto, não posso interromper minhas buscas porque suas investigações foram infrutíferas. Portanto, decidi contratar um serviço de investigação particular.

Lendo suas anotações, o policial revirou os olhos e em seguida ergueu a vista.

– A senhora tem essa prerrogativa, claro, embora eu tenha certeza de que as descobertas dele coincidirão com as nossas.

– Não se trata *dele*, mas *dela*. – A mulher sorriu.

– Será que eu poderia saber o nome *dela*? – perguntou Stratton, ainda que já imaginasse a resposta.

– Uma tal Srta. Maisie Dobbs. Ela foi muito bem recomendada.

Stratton assentiu.

– De fato, conheço o trabalho dela. É honesta e sabe o que está fazendo. Na verdade, já a consultamos aqui na Scotland Yard.

A mulher se inclinou para a frente, intrigada.

– Sério? Não é do feitio dos meninos admitir que precisam de ajuda, não é mesmo?

Stratton inclinou a cabeça e acrescentou:

– A Srta. Dobbs tem certas habilidades, certos... métodos que parecem render bons resultados.

– Eu estaria passando do limite se perguntasse o que o senhor sabe dela, de sua formação? Sei que estudou na Girton College alguns anos depois de mim e que foi enfermeira durante a guerra, tendo se ferido em Flandres.

Stratton olhou para a mulher, avaliando se deveria compartilhar o que sabia sobre a investigadora particular. Naquele momento, queria apenas que ela parasse de perturbá-lo, então ele faria e diria o que fosse necessário para se livrar dela.

– Ela nasceu em Lambeth e aos 13 anos foi trabalhar como criada.

– Como criada?

– Não se deixe desestimular por isso. A inteligência dela foi descoberta por um amigo de sua patroa, um homem brilhante, especialista em medicina legal, ele mesmo um psicólogo. Quando ela regressou de Flandres, até onde sei, passou por um período de recuperação e em seguida trabalhou por um ano como enfermeira em um hospital psiquiátrico, cuidando de homens com traumas de guerra. Ela concluiu sua formação, estudou durante algum tempo no Departamento de Medicina Legal em Edimburgo e de lá foi trabalhar como assistente de seu mentor. Ela aprendeu a profissão com o melhor, para ser franco.

– E ela nunca se casou? Qual é a idade dela, 32, 33?

– Sim, algo em torno disso. E não, ela nunca se casou, embora eu saiba que o namorado dela dos tempos de guerra foi gravemente ferido. – Ele deu uma batidinha na têmpora. – Bem aqui em cima.

– Entendi.

A mulher fez uma pausa e em seguida estendeu a mão.

– Gostaria de poder lhe agradecer por tudo o que fez, inspetor. Talvez a Srta. Dobbs seja capaz de lançar uma luz onde o senhor não viu nada.

Stratton se levantou, se despediu da mulher com um aperto de mão e chamou um policial para que a acompanhasse até a saída do prédio. Assim que a porta se fechou, enquanto refletia sobre o fato de que os dois nem ao menos desejaram um ao outro um cordial "Feliz Ano-Novo", pegou o telefone e fez uma chamada.

– Sim?

Stratton se reclinou na cadeira.

– Bem, você ficará satisfeito em saber que eu me livrei daquela mulher terrível.

– Muito bem. Como conseguiu?

– Aproveitei um movimento oportuno da parte dela: decidiu lançar mão de uma investigação particular.

– Alguém com quem eu deva me preocupar?

Stratton balançou a cabeça.

– Nada de que eu não possa dar conta. Vou ficar de olho nela.

– Ela?

– Sim, *ela*.

Fitzroy Square, Londres, quarta-feira, 7 de janeiro de 1931

A neve recomeçara a cair em flocos pequenos e incômodos e rodopiava em volta da mulher quando ela surgiu na Conway Street e entrou na Fitzroy Square. Levantando a gola do casaco de pele para proteger o pescoço, pensou que, embora não gostasse muito de chapéus, era o que ela devia ter usado naquela manhã. Alguém poderia imaginar que a falta de discernimento quase inconsequente era um traço característico seu e que provavelmente ela queria chamar atenção para si, com aquele cabelo acobreado espesso e úmido caindo em ondas sobre os ombros feito uma cascata, ignorando qualquer decoro. Mas a verdade era que, apesar de atrair olhares aonde quer que fosse, naquela ocasião, como nas manhãs dos dois dias anteriores, ela não queria ser vista. Bem, não até que estivesse finalmente pronta.

Ela atravessou a praça, andando com cuidado para não escorregar nas lajotas cobertas de neve, e então se deteve ao lado do gradil de ferro que cercava o monótono jardim de inverno. A investigadora que madre Constance a instruiu a encontrar – sim, a *instruiu*, pois uma indicação da abadessa nunca se tratava de mera sugestão – trabalhava em uma sala do prédio que ela observava naquele momento. O assistente da investigadora informara à mulher que ela deveria ir ao escritório do primeiro andar às nove da manhã de segunda-feira. Quando teve que cancelar o compromisso, ele calmamente sugeriu o mesmo horário no dia seguinte. E quando, de última hora, ela cancelou o segundo compromisso, ele o transferiu para 24 horas depois. Ela estava intrigada pelo fato de uma investigadora bem-sucedida, com uma reputação crescente, empregar um homem que falava *cockney*. Na verdade, esse desvio em relação ao convencional serviu para reafirmar sua decisão de seguir a orientação de madre Constance. Afinal, ela mesma nunca dera importância para convenções.

Enquanto andava de um lado para outro diante do prédio, perguntando-se se teria coragem de encontrar Maisie Dobbs – e falta de coragem não era um sentimento comum em seu passado –, ela olhou para cima e viu uma mulher no escritório do primeiro andar, postada diante da janela alta, olhando na direção da praça. Havia algo naquela figura que a intrigou. Ali estava ela, contemplando a praça, seu olhar dirigindo-se primeiro para as árvores desfolhadas e, em seguida, para um ponto à distância.

Afastando um cacho de cabelo que o vento soprara em seu rosto, a visitante continuou a observar a mulher à janela. Ficou pensando se aquele seria seu método, se aquela janela seria o lugar onde ela se postava para refletir sobre um caso. Imaginou que fosse. Estava surpresa de que a mulher na janela fosse Maisie Dobbs. Tremendo novamente, ela enfiou as mãos por dentro das volumosas mangas do casaco e começou a se afastar. Mas então, como se dominada por uma força que podia sentir mas não ver, mirou a janela mais uma vez. Agora Maisie Dobbs olhava diretamente para *ela* e levantava a mão de um jeito tão persuasivo que a visitante não teve como ignorá-la, não pôde fazer nada além de encará-la. E naquele momento, quando Maisie Dobbs a capturou com o olhar, a mulher sentiu um calor inundar seu corpo, insuflada pela confiança de que poderia atravessar qualquer território, qualquer fronteira, e manter-se firme. Foi como se, ao erguer a mão, Maisie Dobbs estivesse prometendo que, quando ela desse o primeiro passo em sua direção, garantiria sua segurança.

Ela começou a se movimentar, mas hesitou ao olhar as lajotas sob seus pés. Virando-se para ir embora, surpreendeu-se ao ouvir uma voz chamá-la atrás de si.

– Srta. Bassington-Hope...

Não era uma voz dura, entrecortada pelo frio e pela neve sob o vento fustigante do inverno, mas transmitia uma força que lhe deu confiança, como se ela tivesse sido amparada.

– Sim...

Georgina Bassington-Hope ergueu os olhos e encarou a mulher que observara à janela, a mulher a quem ela havia sido enviada. Contaram-lhe que Maisie Dobbs ofereceria um refúgio no qual compartilhariam suas suspeitas, que a investigadora provaria estarem certas ou erradas, dependendo do caso.

– Venha.

A instrução não foi ríspida nem suave, e Georgina ficou impressionada quando percebeu que Maisie, portando uma manta de casimira azul-clara sobre os ombros, mantinha-se impávida sob a neve que o vento soprava e transformava em granizo, ao mesmo tempo que lhe estendia gentilmente a mão com a palma virada para cima. Georgina não falou nada, apenas seguiu a mulher, que a conduziu pela porta, ao lado da qual uma placa de identificação dizia: M. DOBBS, PSICÓLOGA E INVESTIGADORA. E ela soube instintivamente que fora bem instruída, que lhe dariam espaço para descrever o lugar ermo no qual, obcecada pela dúvida, ela definhava desde aquele terrível momento em que soube em seu âmago – e antes mesmo que tivessem lhe contado – que o ser mais querido em sua vida, que a conhecia tão bem quanto ela mesma e com quem ela compartilhava todos os seus segredos, estava morto.

CAPÍTULO 1

— Bom dia, Srta. Bassington-Hope. Vamos entrando para fugir desse frio.

Billy Beale, o assistente de Maisie Dobbs, estava postado à porta do escritório do primeiro andar enquanto a visitante subia as escadas na frente de Maisie.

— Obrigada. — Georgina olhou para o homem de relance e achou o sorriso dele contagiante e os olhos, gentis.

— Acabei de preparar um bule de chá.

— Obrigada, Billy, isso é tudo o que eu quero — respondeu Maisie, sorrindo para ele enquanto conduzia Georgina para a sala. — Hoje o frio lá fora está de matar.

Três cadeiras haviam sido dispostas perto da lareira a gás e a bandeja de chá fora colocada na mesa de Maisie. Assim que o casaco dela foi pendurado no gancho atrás da porta, Georgina se instalou na cadeira do meio. A camaradagem entre a investigadora e seu assistente intrigava a visitante. O homem visivelmente admirava a patroa, embora aquela afeição não parecesse romântica. Havia um vínculo e, com seu olhar de jornalista em ação, Georgina pensou que a natureza do trabalho dos dois devia ter forjado uma dependência e um respeito mútuos — mas não restavam dúvidas de que a mulher era a chefe.

Ela voltou sua atenção para Maisie Dobbs, que pegava uma nova pasta de papel manilha e uma série de lápis coloridos, junto com um punhado de fichas de arquivo e papel. Seu cabelo preto e ondulado provavelmente havia sido cortado na altura do queixo havia algum tempo, mas já estava precisando de um corte. Será que ela não frequentava o cabeleireiro com regularidade? Ou simplesmente andava muito ocupada com o trabalho? Ela vestia uma blusa de seda creme com um longo cardigã de casimira azul, uma saia de pregas preta e sapatos pretos com uma única tira prendendo--os aos pés. Era um conjunto estiloso, mas ao mesmo tempo mostrava que a investigadora valorizava o conforto mais que a moda.

Maisie se reaproximou de Georgina e não disse nada até que seu assistente tivesse servido o chá à visitante e se certificado de que ela estivesse confortável. Georgina não quis olhar para confirmar suas suspeitas, mas teve a impressão de que Maisie ficara sentada de olhos fechados por alguns segundos, como se mergulhasse profundamente em seus pensamentos. Sentiu que o mesmo calor havia invadido seu corpo mais uma vez e abriu a boca para fazer uma pergunta, só que, em vez disso, expressou gratidão.

– Sinto-me muito grata por ter concordado em me receber, Srta. Dobbs. Obrigada.

Maisie sorriu educadamente. Não foi um sorriso largo, como aquele com que o assistente a havia recepcionado, mas mostrava que ali havia alguém totalmente à vontade em seu ambiente.

– Vim aqui na esperança de que talvez possa me ajudar... – Ela se virou para fitar Maisie. – A senhorita foi recomendada por alguém que nós duas conhecemos da época da Girton, na verdade.

– Essa pessoa seria madre Constance? – perguntou Maisie, inclinando a cabeça.

– Como a senhorita sabia? – Georgina parecia intrigada.

– Nós retomamos o contato no ano passado. Eu sempre esperava ansiosamente pelas aulas dela, sobretudo porque tínhamos que ir à abadia vê-la. Foi um acaso a ordem ter se mudado para Kent. – Maisie deixou alguns segundos se passarem. – Então, por que visitou madre Constance e o que a levou a sugerir que me procurasse?

– Confesso que preferia que me arrancassem os dentes a frequentar as aulas dela. No entanto, fui vê-la quando... – Ela engoliu em seco antes de recomeçar a falar. – Trata-se do meu irmão... meu irmão...

Sua voz ficou embargada. Maisie pegou sua bolsa preta pendurada no encosto da cadeira e sacou de dentro dela um lenço que deixou sobre o colo de Georgina. Quando a mulher pegou o lenço, a fragrância de lavanda se espalhou no ar. Ela fungou, secou os olhos e continuou a falar:

– Meu irmão morreu há algumas semanas, no início de dezembro. Concluíram que foi morte acidental e emitiram a certidão de óbito. – Ela se voltou para Maisie e, em seguida, para Billy, como se confirmasse que os dois estavam escutando, e então fitou a lareira a gás. – Ele é... era... um artista. Ia ter sua primeira grande exposição depois de anos e, na véspera da abertura, ficou trabalhando até tarde da noite. Ao que parece, caiu do andaime que colocaram na galeria para que ele pudesse montar sua peça principal. – Ela fez uma pausa. – Eu precisava falar com alguém que pudesse me ajudar a lidar com essa... essa... dúvida. E madre Constance sugeriu que eu viesse vê-la. – Ela fez outra pausa. – Descobri que eu não obteria muita coisa importunando a polícia, e o homem que foi chamado quando encontraram meu irmão pareceu ficar muito satisfeito quando eu lhe disse que falaria com uma investigadora particular. Acho que estava feliz por eu sair do pé dele, para dizer a verdade.

– E quem era o policial? – quis saber Maisie, segurando a caneta, pronta para anotar o nome.

– Detetive-inspetor Richard Stratton, da Scotland Yard.

– Stratton ficou satisfeito por saber que a senhorita viria me ver?

Georgina estranhou o leve rubor de Maisie, seus olhos azul-escuros ainda mais intensos sob os sulcos da testa franzida.

– Bem, s-sim. Como eu disse, acho que ele estava extremamente cansado de mim e das minhas perguntas.

Maisie fez outra anotação.

– Srta. Bassington-Hope, poderia me contar como espera que eu a ajude... como posso ser útil?

Georgina endireitou o corpo na cadeira e passou os dedos pelos cabelos espessos – agora quase secos, com seus cachos ainda mais acobreados naquela sala aquecida. Ela puxou a borda de seu paletó de tweed castanho-avermelhado e alisou os joelhos de sua calça marrom.

– Acredito que Nicholas tenha sido assassinado. Nada me faz crer que ele caiu por acidente. Acho que alguém o empurrou ou o fez cair. Meu irmão tinha amigos e inimigos. Era um artista apaixonado, e aqueles que se expõem tão abertamente são tão atacados quanto admirados. Seu trabalho atraía elogio e repulsa, dependendo de quem o interpretava. Quero que descubra como ele morreu.

Maisie assentiu, ainda franzindo a testa.

– Imagino que haja um relatório policial.

– Como eu disse, o detetive-inspetor Stratton foi chamado...

– Sim, eu estava pensando nisso, que Stratton foi chamado à cena do acidente.

– Era cedo e, pelo visto, ele era o detetive de plantão – falou Georgina. – Na hora em que ele chegou, o patologista havia feito um exame preliminar... – Ela baixou o olhar para o lenço amarfanhado em suas mãos.

– Mas tenho certeza de que o inspetor Stratton conduziu uma investigação meticulosa. Como acha que eu poderia auxiliá-la?

Georgina ficou tensa, os músculos de seu pescoço visivelmente retesados.

– Achei que a senhorita diria isso. Está fazendo o papel de advogada do diabo, certo?

Ela se reclinou, mostrando um pouco da audácia pela qual era conhecida. Georgina Bassington-Hope, uma intrépida viajante e jornalista, ficara famosa aos 22 anos ao se disfarçar de homem para ver as linhas de batalha em Flandres mais de perto do que qualquer outro jornalista. Suas histórias não falavam de generais e batalhas, mas de homens, de sua luta, sua bravura, seus temores e da realidade da vida de um soldado na guerra. Suas reportagens foram publicadas em jornais e outros periódicos do mundo todo e, como as obras-primas do irmão, seu trabalho atraiu tanto críticas quanto admiração, o que fez crescer sua reputação tanto como contadora de histórias corajosa quanto como oportunista.

– Sei o que quero, Maisie Dobbs. Quero a verdade e a encontrarei eu mesma se tiver que fazer isso. No entanto, conheço também minhas limitações e acredito que devemos usar as melhores ferramentas quando elas estão disponíveis, não importando o preço. E acredito que a senhorita seja a melhor. – Ela fez uma breve pausa para pegar sua xícara de chá, que segurou com as duas mãos. – E eu acredito, pois fiz meu dever de casa, que a senhorita faz perguntas que os outros deixam de fazer e enxerga coisas para as quais os outros são cegos.

Georgina se virou e olhou para Billy por um breve instante e depois se voltou para Maisie mais uma vez, mantendo a voz firme e o olhar resoluto.

– O trabalho de Nick era extraordinário, suas opiniões eram bem conhecidas, a arte era a sua voz. Quero que descubra quem o matou, Srta. Dobbs, e o entregue à justiça.

Maisie fechou os olhos, fazendo uma pausa de alguns segundos antes de recomeçar a falar:

– Vocês eram muito próximos, pelo que parece.

Os olhos de Georgina brilharam.

– Ah, sim, éramos próximos, Srta. Dobbs. Nick era meu irmão gêmeo. Cara de um, focinho do outro. Ele trabalhava com cores, texturas e luz. Eu trabalho com palavras. – Ela fez uma pausa. – E me ocorreu que quem matou meu irmão pode muito bem querer me silenciar também.

Maisie aquiesceu, percebendo que o comentário fora acrescentado propositalmente para suscitar seu interesse, e então se ergueu, afastou-se da lareira e foi até a janela. A neve voltara a cair, assentando-se no solo e se misturando à neve semiderretida e amarronzada que costuma se infiltrar sorrateiramente em sapatos de couro. Billy sorriu para a visitante e apontou para o bule de chá, sinalizando que talvez ela quisesse outra xícara. Ele tomara notas durante a conversa e sabia que agora seu trabalho era manter a visitante calma e tranquila enquanto Maisie tirava um momento para pensar. Por fim, ela se virou.

– Diga-me, Srta. Bassington-Hope: por que hesitou tanto em marcar nosso encontro? A senhorita o cancelou duas vezes e, no entanto, acabou vindo à Fitzroy Square. O que a fez mudar de ideia em relação ao que havia pactuado consigo mesma, em duas, quase três ocasiões?

Georgina balançou a cabeça.

– Não tenho provas. Não tenho nada que possa me indicar um caminho, por assim dizer, e sou uma pessoa acostumada a lidar com fatos. Há poucas pistas. Na verdade, eu seria a primeira a admitir que o caso se parece com um acidente clássico: um movimento descuidado de um homem cansado usando um andaime um tanto precário para se equilibrar enquanto se preparava para instalar uma obra que levou anos para ser realizada. – Ela fez uma breve pausa. – Não tenho nada além disso – completou, pressionando a mão contra o peito. – Um sentimento aqui, bem no coração, de que tudo isso não é o que deveria ser, de que o acidente foi de fato um assassinato. Acredito que eu soube no instante exato em que meu irmão morreu, pois senti uma dor forte bem na hora que acabou sendo estabelecida como a de sua morte, de acordo com o patologista. E não sabia como deveria explicar essas coisas para ser levada a sério.

Maisie se aproximou de Georgina e apoiou a mão no ombro dela com delicadeza.

– Então a senhorita definitivamente veio ao lugar certo. Na minha opinião, esse sentimento em seu coração é a pista mais significativa que temos e tudo de que precisamos para assumir o caso. – Ela olhou para Billy e assentiu, levando-o a abrir uma nova ficha de arquivo. – Bem, vamos começar. Em primeiro lugar, deixe-me falar sobre meus termos e as condições do nosso contrato.

Fazia dois anos que Maisie Dobbs estava trabalhando como psicóloga e investigadora, depois de um período como aprendiz do Sr. Maurice Blanche, seu mentor desde a infância. Blanche não era apenas um especialista em medicina legal, mas também um psicólogo e filósofo que havia proporcionado à protegida um aprendizado profundo e oportunidades às quais ela dificilmente teria acesso.

Agora, com um fluxo contínuo de clientes buscando seus serviços, Maisie tinha motivos para estar otimista. Embora o país estivesse nas garras de uma depressão econômica, aqueles que pertenciam a certa classe social mal sentiam o agravamento da crise – pessoas como Georgina Bassington-Hope –, portanto ainda havia muito trabalho para uma investigadora com uma reputação ascendente. Só persistia uma única nuvem carregada, que ela esperava poder manter a uma boa distância. Durante o outono do ano anterior, seu próprio trauma de guerra viera à tona, provocando um colapso nervoso debilitante. Foi esse mal-estar, junto com uma rusga com Blanche, que a fizera perder a confiança em seu mentor. Ainda que, sob muitos aspectos, ela tivesse apreciado uma nova independência longe dele, houve momentos em que olhara para trás com pesar ao se lembrar do ritmo do trabalho e dos rituais e processos que tinham desenvolvido juntos. No começo de um caso, logo após a conversa preliminar com um novo cliente, Maurice em geral sugeriria uma caminhada ou, se o tempo estivesse ruim, simplesmente uma mudança na arrumação dos assentos. "Assim que o contrato é assinado, Maisie, assumimos o peso de nosso fardo, abrimos o portão e escolhemos nosso caminho. Devemos, portanto, mover o corpo para voltar a trabalhar nossa curiosidade depois de termos assumido a tarefa de gerir o caso."

Nesse momento, com o contrato assinado tanto por Maisie quanto por Georgina, e como o tempo ruim impedia todo tipo de passeio, a investigadora sugeriu que o trio se deslocasse para a mesa que ficava perto da janela para continuar a conversa.

Mais tarde, depois que a nova cliente tivesse partido, Maisie e Billy iriam desenrolar um pedaço de papel branco sobre a mesa, prender as bordas com tachinhas na madeira e começar as formular um mapa do caso com fatos conhecidos, pensamentos, impressões, suspeitas e perguntas. À medida que o trabalho prosseguisse, mais informações seriam acrescentadas e o mosaico acabaria revelando conexões que antes não haviam sido vistas, apontando para verdades que anunciavam a conclusão do caso. *Se* tudo corresse bem.

Maisie já havia anotado algumas perguntas iniciais numa ficha, embora soubesse que muitas outras surgiriam a partir de cada resposta de sua nova cliente.

– Srta. Bassington-Hope...

– *Georgina*, por favor. "Srta. Bassington-Hope" é um tanto longo e, se vamos ficar aqui por algum tempo, eu preferiria que dispensássemos essas formalidades.

A mulher desviou o olhar de Maisie para Billy, que olhou para a patroa de soslaio, de um jeito que evidenciou seu desconforto diante da sugestão.

Maisie sorriu.

– Sim, é claro, como desejar. E pode me chamar de Maisie – concordou ela.

Embora não tivesse total certeza de que estava aberta a tal informalidade, a preferência de sua cliente deveria ser respeitada. Se ela estivesse relaxada, as informações fluiriam com mais facilidade. Nesse momento, ambas as mulheres olharam para Billy, que corou.

– Bem, se a senhorita não se incomodar, acho que vou continuar chamando-a pelo sobrenome. – Ele olhou para Maisie em busca de orientação e depois se voltou novamente para a mulher. – Mas pode me chamar de Billy se quiser, Srta. Bassington-Hope.

Georgina sorriu, compreendendo o apuro em que os tinha deixado.
– Tudo bem, Billy... Que tal apenas "Srta. B-H"?
– Certo. Então será Srta. B-H.
Maisie pigarreou.
– Bem, agora que tiramos da frente esse pequeno dilema, vamos ao trabalho. Georgina, primeiro eu gostaria que me contasse o máximo que souber sobre as circunstâncias da morte de seu irmão.
A mulher assentiu.
– Nick está... estava preparando uma exposição havia algum tempo, mais de um ano, na verdade. Seu trabalho vinha se tornando muito conhecido, principalmente nos Estados Unidos... Ainda há lá uma considerável quantidade de milionários, e eles estão comprando tudo da pobre e velha Europa, ao que parece. Enfim, Stig Svenson, da Galeria Svenson, na Albemarle Street, que é uma espécie de marchand regular de Nick, lhe sugeriu uma exposição especial que reunisse tanto os seus trabalhos mais antigos quanto os recentes. Nick agarrou a oportunidade, sobretudo porque achou que a galeria seria o local ideal para revelar uma peça em que ele vinha trabalhando, de forma intermitente, havia anos.
Maisie e Billy se entreolharam.
– Por que o local era perfeito para o trabalho dele? – perguntou Maisie. – Por que a galeria o deixava tão animado?
– Stig havia acabado de pôr todo o lugar abaixo e pintá-lo, e Nick já tinha deixado claro que precisaria de certo número de salas para as novas obras. Basicamente, a galeria tem duas janelas salientes quadradas na frente, que são enormes, com uma porta no meio, então, da rua, pode-se ver claramente o espaço, embora não se consiga ver cada peça avulsa. Como podem imaginar, Svenson tem uma noção escandinava e bastante moderna de como aproveitar o ambiente. A galeria é muito iluminada, e cada centímetro é projetado para exibir uma peça de modo que a favoreça. Ele tinha instalado a iluminação elétrica mais moderna e equipamentos que direcionavam os raios para criar luzes e sombras a fim de atrair os compradores.
Ela fez uma pausa, para ver se o seu público de duas pessoas a estava acompanhando.
– Bem, na extremidade há uma parede branca enorme da altura de praticamente dois andares para as obras maiores e, em ambos os lados, há uma es-

cada que dá para um patamar que lembra uma galeria de teatro, embora não seja inclinado nem haja assentos, e os patamares são completamente *brancos*. Há telas que dividem o espaço em seções, de modo que só se vê a *pièce de résistance* por completo quando se chega ao fim. É tudo muito inteligente.

– Entendo. – Maisie fez uma pausa e deu uma batidinha com a caneta na palma da mão esquerda. – Poderia nos descrever a *"pièce de résistance"* dele?

Georgina balançou a cabeça.

– Na verdade, não posso. Pelo que sei, ninguém a viu completa. Ele fazia muito segredo sobre ela. É por isso que ele ficou na galeria até tarde. Queria montá-la por conta própria. – Ela ficou em silêncio, pensativa, a mão sobre a boca. – A única coisa que sei sobre a obra é que era formada por diversas partes.

– Mas achei que você tinha dito que ele estava trabalhando nela quando morreu. A obra não estaria ainda na galeria?

– Desculpe-me, o que quis dizer é que ele estava trabalhando no andaime, colocando as diversas âncoras que sustentariam as peças quando ele as levasse para lá. Ele as tinha deixado em um depósito em Londres. Francamente, não faço ideia de onde fica esse lugar.

– Quem saberia a localização? Svenson?

Ela balançou a cabeça.

– Isso é um mistério no momento. Ninguém consegue encontrar a chave e ninguém sabe o endereço. Sabemos apenas que ele tinha um depósito, ou algo assim, em algum lugar. Sei que ele queria que tudo fosse mantido sob os panos até o último momento, para que a obra chamasse ainda mais atenção. Acho que ele imaginava os suspiros de admiração, se entende o que quero dizer.

– Eu entendo, e...

– O problema é que – interrompeu Georgina – ele já havia prometido a maior parte da coleção, exceto a peça principal, para um colecionador de sua obra, sem que ele ao menos a tivesse visto.

– Está me dizendo que alguém fez uma oferta sem ver a coleção antes?

– Ele viu esboços preliminares, mas não da peça central.

– Era uma oferta substancial?

A mulher assentiu.

– Algumas dezenas de milhares de libras, que eu saiba.

Os olhos de Maisie se arregalaram. Billy parecia que iria desfalecer.

– Por uma pintura?

Georgina deu de ombros.

– É o que as pessoas pagam se acham que o valor da obra vai subir drasticamente. E o comprador tinha o dinheiro, já havia feito um depósito, que Svenson costuma reter até a entrega da obra.

– Quem era o comprador?

– Um homem chamado Randolph Bradley. É um americano que vive em Paris, embora também tenha uma casa em Nova York. Uma dessas pessoas que vivem indo de um lado para outro. – Ela correu os dedos pelo cabelo e desviou o olhar.

Billy revirou os olhos.

– Acho que vou colocar a chaleira no fogo novamente.

Ele se levantou e saiu da sala, levando a bandeja do chá. Maisie não disse nada. Embora tivesse percebido seu incômodo com aqueles valores passando de mão em mão em tempos tão turbulentos, ficou consternada por ele deixar a sala. Maisie ficou conversando sobre amenidades e fez uma série de perguntas sem muita relevância até que ele retornasse.

– Diversas peças? Então essa obra era como um quebra-cabeça, Srta. B-H? – perguntou Billy, pondo uma xícara de chá quente diante de Georgina e a costumeira xícara de latão diante de Maisie.

Ele apoiou a própria xícara na mesa e pegou novamente suas anotações. Maisie ficou aliviada por ele ter raciocinado enquanto fazia o chá, em vez de ficar furioso e ressentido.

Georgina assentiu.

– Bem, sim, é o que se poderia dizer. Antes da guerra, Nick estava estudando artes plásticas na Europa. Ele estava na Bélgica quando a guerra foi declarada e voltou para casa correndo. – Ela balançou a cabeça. – Enfim, na Bélgica ele ficou muito interessado na forma do tríptico.

– Tríptico? – Maisie e Billy falaram em uníssono.

– Sim – continuou Georgina. – Um tríptico contém três partes, um quadro principal ao centro e dois pequenos quadros um de cada lado. Os temas representados nos quadros menores fornecem mais detalhes à cena do quadro principal, ou de certa forma a ampliam.

– Um pouco como um espelho sobre uma penteadeira, hein, Srta. B-H?

A mulher sorriu.

– Sim, está certo, embora uma janela em vitral de uma igreja seja uma descrição mais adequada. Geralmente, trípticos são de natureza religiosa, ainda que muitos sejam um tanto violentos, com cenas de guerra ou da execução de alguém importante em sua época: um rei, talvez, ou um guerreiro.

– Sim, já vi alguns em museus. Sei do que está falando. – Maisie fez uma pausa, tomando nota para examinar os antecedentes de Nicholas Bassington-Hope assim que entendesse melhor as circunstâncias de sua morte. – Bem, falemos agora sobre a morte dele. Nick estava na galeria. O que aconteceu, de acordo com o que o inquérito revelou?

– Havia um andaime apoiado na parede principal. Todas as partes menores, menos importantes, haviam sido presas, e Nick estava trabalhando na parede principal, como eu lhes contei. O andaime fora colocado lá para que ele pudesse posicionar as partes corretamente.

– E ele estaria fazendo isso sozinho?

– Sim, esse era seu plano... mas ele teve ajuda com o andaime.

– Svenson contratava trabalhadores para montar os andaimes?

– Não. – Georgina fez uma pausa. – Bem... sim, em geral ele contratava, mas não dessa vez.

– Por quê?

Ela balançou a cabeça.

– Vocês não conhecem Nick. Ele sempre tinha que fazer tudo por conta própria, queria se certificar de que o andaime estivesse no lugar correto, que fosse forte e que nenhum ponto da obra fosse comprometido pela estrutura.

– E ele contou com alguma ajuda?

– Sim, seus amigos Alex e Duncan o ajudaram.

– Alex e Duncan?

Maisie olhou de viés para Billy, para ter certeza de que ele continuava atento. Se ambos tomassem notas, então nada se perderia quando analisassem mais tarde o arsenal de informações.

– Alex Courtman e Duncan Haywood. Ambos artistas, vizinhos de Nick em Dungeness, onde ele morava. Seu outro amigo, Quentin Trayner, tinha machucado o tornozelo e não podia ajudar. Ele caiu enquanto puxava um barco para a costa. Os quatro sempre ajudavam uns aos outros. Eram todos artistas, sabem?

— E todos eles vivem em Dungeness, em Kent? Lá é um pouco isolado e desolador, não?

— E congelante nesta época do ano, imagino! — exclamou Billy.

— O lugar é um verdadeiro refúgio de artistas, sabiam? E há alguns anos já. Na verdade, quando a linha férrea de Rye para Dungeness foi fechada, acho que em 1926 ou 1927, os vagões de trem foram vendidos por 10 libras cada um e alguns artistas os compraram para fazer casas e ateliês na praia.

Georgina fez uma pausa e, quando voltou a falar, sua voz falhava ligeiramente, de modo que Maisie e Billy tiveram que se inclinar para a frente para escutá-la melhor.

— Eu o chamava de "o lugar onde as almas perdidas encalham". — Georgina se reclinou na cadeira. — Eram homens de sensibilidade artística que haviam sido recrutados pelo governo para fazer seu trabalho sujo e, depois, durante anos, todos os quatro ficaram abalados pela guerra.

— O que quer dizer? — perguntou Maisie.

Georgina inclinou-se para a frente.

— Nick, Quentin, Duncan e Alex se conheceram quando estudavam na Slade School of Art, foi assim que eles construíram uma amizade tão forte. E todos eles haviam servido na França. Nick foi ferido no Somme e o mandaram para o departamento de propaganda depois que ele se recuperou... Ele já não tinha condições de atuar no campo de batalha. Alex também trabalhou lá. E então Nick foi mandado para Flandres como artista de guerra. — Ela balançou a cabeça. — Isso o transformou para sempre, e foi por esse motivo que, depois da guerra, ele teve que partir para os Estados Unidos.

— Estados Unidos?

— Sim, ele disse que precisava de muito espaço à sua volta.

Maisie assentiu e deu uma olhada em suas anotações.

— Escute, senhorita... Georgina... sugiro que hoje completemos nossas anotações relacionadas aos eventos ligados à morte de seu irmão. Depois marcaremos outra hora para falarmos sobre a história dele. Isso lhe dará tempo para reunir outros itens que poderão ser de nosso interesse, como diários, cadernos de esboços, cartas, fotografias, esse tipo de coisa.

— Certo.

— Então... — Maisie se levantou, colocou suas fichas de arquivo perto de sua xícara e andou para o outro lado da mesa para avistar a praça coberta de neve. – Seu irmão, Nick, estava trabalhando até tarde, preparando a parede principal da galeria para pendurar uma peça, quer dizer, pendurar as peças de sua obra de arte, que ninguém tinha visto. A que horas ele chegou para fazer esse trabalho? Quem mais estava com ele? E a que horas, de acordo com o patologista, ele morreu, e como?

Georgina assentiu enquanto dava um gole no chá, então apoiou novamente a xícara e começou a responder às perguntas de Maisie tão diretamente quanto as perguntas lhe haviam sido feitas:

– Ele ficou lá o dia todo, desde o amanhecer, pendurando as peças. Mais tarde, montaram o andaime. Ele falou para Duncan e Alex voltarem ao meu apartamento por volta das oito e meia. Era comum que Nick trouxesse amigos para ficarem em meu apartamento, e eles haviam chegado na véspera com suas mochilas. Minha casa é um abrigo conveniente em Londres para todo tipo de pessoa. – Ela deu outro gole no chá. – O zelador da galeria, Arthur Levitt, disse que passou para ver Nick por volta das nove e lhe disse que estava pronto para ir embora. Nick respondeu que tinha uma chave e que iria trancar a galeria.

Por um momento ficaram em silêncio, um hiato que Maisie permitiu que pairasse no ar enquanto a narradora buscava forças para contar mais detalhes sobre a perda de seu irmão. Georgina pegou o lenço que Maisie lhe havia entregado mais cedo e se ajeitou na cadeira.

– O detetive Richard Stratton, da Scotland Yard, bateu à minha porta às oito na manhã seguinte com a notícia de que havia ocorrido um acidente. Acho que ele não costuma lidar com acidentes, mas ainda assim apareceu lá, já que estava de plantão no momento em que o alarme foi acionado pelo Sr. Levitt, quando ele chegou e encontrou Nick...

– Poderia me contar como o Sr. Levitt encontrou seu irmão? – murmurou Maisie.

– No chão ao lado do andaime. Parte do trilho estava quebrado e parecia que Nick havia se reclinado exageradamente para trás enquanto verificava a posição de algumas âncoras, comparando-as com um modelo que ele havia esboçado no papel. Ele deve ter morrido instantaneamente quando atingiu o chão de pedra, quebrando o pescoço, por volta das dez horas, de acordo com o patologista. – Ela balançou a cabeça. – Que inferno ele ter sido tão enigmático! O que o matou foi essa história de querer ouvir exclamações de assombro quando o tríptico fosse revelado. Se ele não tivesse ficado lá sozinho...

– Georgina, vamos chamar um táxi para levá-la para casa. – Percebendo que sua cliente estava cansada, não fisicamente, mas de algo enraizado na alma, Maisie se inclinou para a frente e pousou a mão no ombro de Georgina. – Conversaremos amanhã novamente e talvez possamos nos encontrar na galeria, se isso não for difícil demais para você. Às dez horas seria um horário conveniente?

Georgina assentiu, sentindo o calor, agora familiar, inundar seu corpo mais uma vez quando Maisie a tocou. Billy se levantou e vestiu seu sobretudo antes de sair e se dirigir à Tottenham Court Road para chamar um táxi. Maisie ajudou Georgina a vestir seu casaco e pegou a pilha de fichas para fazer algumas anotações adicionais.

– Tudo o que você descreveu sugere um acidente. Estou assumindo esse caso porque fui convencida por sua intuição de que a causa da morte não foi um passo em falso. No entanto, quando nos encontrarmos amanhã, e nas outras vezes, pois haverá alguns encontros, gostaria que você me dissesse se alguma pessoa guarda um sentimento tão intenso em relação ao seu irmão ou à obra dele a ponto de desejar vê-lo morto, por acidente ou por um ato deliberado.

– Sim, estive pensando nisso, eu...

– Muito bem. Bom, uma última pergunta por hoje: poderia me dar os contatos de seus familiares? Precisarei me encontrar com eles.

– Claro, mas não espere conseguir muito... Eles não compartilham meus sentimentos e ficariam horrorizados se soubessem que cheguei a procurar uma investigadora particular.

Quando Georgina estava abotoando o casaco, elas escutaram a porta bater e Billy subindo as escadas.

– Meus pais moram em uma propriedade incrivelmente grande nos arredores de Tenterden, em Kent – continuou Georgina. – Noelle, "Nolly", minha irmã mais velha, vive com eles. Ela está agora com 40 anos, perdeu o marido na guerra. Ela não se parece em nada com o restante de nós, muito respeitável, muito aristocrática, se entende o que quero dizer. É juíza de paz nos tribunais de magistrados locais, participa de todos os comitês locais e está envolvida com política. Você já deve ter conhecido gente assim: uns sabichões. E ela me desaprova abertamente. Meu irmão Harry é o bebê da família, a criança que apareceu quando menos esperávamos, de acordo com Emsy, quer dizer, Emma, minha mãe. Harry agora tem 29 anos e é músico. Não de música erudita, para a tristeza de Nolly... Ele toca trompete em lugares obscuros onde as pessoas se divertem e aproveitam a vida.

Billy entrou na sala, trazendo nos ombros uma camada de flocos de neve.

– O táxi está lá fora, Srta. B-H.

– Obrigada, B... Sr. Beale.

Georgina e Billy deram um aperto de mãos e depois ela se dirigiu a Maisie.

– Eu a verei amanhã de manhã às dez na Galeria Svenson, na Albemarle Street. – Ela fez uma pausa de alguns segundos, mergulhando as mãos dentro das mangas do casaco mais uma vez. – Sei que descobrirá a verdade, Maisie. E encontrará o assassino, estou certa disso.

Maisie assentiu, fez menção de retornar à sua mesa, mas então se virou.

– Georgina, desculpe-me... uma última pergunta, se me permite.

– É claro.

– Você obviamente era próxima do seu irmão, como disse, mas estavam em bons termos quando ele morreu?

Os olhos da mulher a fulminaram.

– É claro. – Ela assentiu. – Éramos próximos, tão próximos que nunca precisávamos dar explicações um ao outro. Simplesmente nos *entendíamos*, a ponto de percebermos o que o outro estava pensando, mesmo a quilômetros de distância.

Georgina olhou para Billy, que abriu a porta para acompanhá-la ao andar de baixo, onde o táxi a esperava.

Quando Billy voltou ao escritório, balançava a cabeça.

– Bem, o que acha disso tudo, senhorita?

Maisie estava sentada diante do papel estendido na mesa para compor o mapa do caso, recorrendo a lápis de diferentes cores para acrescentar anotações em um diagrama pequeno mas em expansão.

– É cedo demais para dizer, Billy, cedo demais até mesmo para começar a concluir alguma coisa. – Ela ergueu o olhar. – Venha aqui e me ajude a fixar este papel na mesa.

Billy passou suavemente a mão pelo papel para remover as dobras antes de prender as bordas e examinou as anotações preliminares da chefe enquanto trabalhava.

– O que faremos a seguir?

Maisie sorriu.

– Bem, isto é o que faremos esta tarde: vamos à Tate para aprender um pouco mais do que já sabemos sobre arte.

– Ah, senhorita...

– Vamos lá, Billy. Passar uma hora ou duas contemplando o grande mundo da arte fará um bem tremendo a nós dois neste dia cinzento.

– É a senhorita quem diz. Nunca se sabe... Pode acabar encontrando algo bonito para essas suas paredes vazias!

Billy deu uma batidinha no mapa do caso enquanto pressionava a última tachinha. Em seguida, se afastou da mesa e pegou o casaco de Maisie, estendendo-o para ela.

– Acho que as paredes ficarão assim vazias por um tempo, Billy. Neste momento, a prioridade são os móveis para o novo apartamento. – Maisie riu enquanto abotoava o casaco e pegava chapéu, cachecol, luvas e pasta. – Bem, agora vamos lá para encontrar um tríptico ou dois. Com um pouco de sorte, acharemos um curador receptivo que possa nos ensinar algo sobre as pessoas que têm dinheiro para comprar tais coisas sem ao menos ver as mercadorias ou hesitar diante do preço!

CAPÍTULO 2

Maisie e Billy deixaram a Fitzroy Square às nove e meia na manhã seguinte, ambos agasalhados com casacos pesados, cachecol e chapéu.
– Está congelando, não é mesmo, senhorita?
Os olhos de Maisie lacrimejavam.
– Estou, e o tal sistema de aquecimento central do meu apartamento não está funcionando direito, imagina... Eu bem achei que era bom demais para ser verdade.
Billy deu um passo para o lado, deixando que Maisie passasse antes dele pela catraca da estação de metrô da Warren Street, e em seguida eles pegaram a escada rolante de madeira, ela na frente.
– Talvez o boiler principal não tenha sido colocado de forma correta, como se o construtor não tivesse gastado toda aquela grana.
Maisie se virou para continuar a conversa enquanto a escada rolante descia chacoalhando até a plataforma.
– Não me surpreenderia. Agarrei a oportunidade quando os apartamentos foram postos à venda, mas ainda não há um sistema adequado para esses consertos das áreas comuns, como o aquecimento inexistente! Descobri que banqueiros não são muito bons em gerenciar empreendimentos imobiliários. Provavelmente ficaram entusiasmados quando os compradores apareceram e não pensaram bem no que aconteceria em seguida, só se preocuparam em recuperar seu dinheiro. Graças a Deus há uma lareira a gás, pois meu aquecedor parece uma pedra de gelo!
Billy pôs a mão atrás da orelha, aparando os ouvidos.
– Bem, senhorita, vamos lá, o trem está chegando. – Eles desceram cor-

rendo da escada rolante para a plataforma e subiram a bordo do vagão parado, sentando-se antes de Billy continuar: – Nossas lareiras têm ficado acesas o tempo todo. Doreen anda muito atarefada, e os meninos inventam um motivo atrás do outro para descerem. É claro, não acho que a fumaça do carvão faça bem à saúde, mas nossa pequena Lizzie não tem andado muito bem.

– O que há de errado com ela?

Maisie tinha um fraco pela filha mais nova dos Beales, que mal havia completado 2 anos.

– Doreen acha que ela está um pouco resfriada. Os dois meninos estavam com o peito chiando, então achamos que Lizzie agora está com isso também. Pobrezinha, ontem até virou a cara para uma torrada feita na gordura na hora do chá.

O trem foi desacelerando. Quando eles desceram para fazer a baldeação rumo à estação Green Park, Maisie orientou Billy:

– Escute, quando tivermos acabado, voltaremos ao escritório para anotar tudo no mapa do caso e depois você irá para casa cedo, para dar uma mão a Doreen. E fique de olho no resfriado de Lizzie... Estão circulando algumas coisas desagradáveis, e ela ainda é muito nova para ter que enfrentar algumas delas. Mantenha as janelas fechadas e ponha um pouco do antisséptico Friars Balsam em uma tigela de água quente perto do berço dela. Isso vai desentupir todos os narizes da casa!

– Certo, senhorita.

Billy desviou o olhar. Lizzie era a menina dos seus olhos e ele estava visivelmente preocupado com a filha. Percorreram o restante do caminho em silêncio.

Enquanto desciam a Albemarle Street, conversaram sobre o estado pavoroso do tráfego londrino e como agora era mais fácil andar de metrô ou "bater perna" do que se deslocar de carro ou mesmo de ônibus. Alguns metros antes de chegarem ao destino, a Galeria Svenson chamou a atenção deles, pois os antigos tijolos vermelhos haviam sido pintados de um branco reluzente.

– Meu Deus, aposto que os vizinhos ficaram com as orelhas em pé. Um pouco gritante, não?

– Sim, acho que prefiro de longe o tijolo original com uma placa branca fazendo contraste. Se quer saber minha opinião, ficou um tanto frio.

Maisie olhou para ambos os lados, procurando Georgina, e em seguida se virou para Billy.

– Veja bem, quero que procure a entrada dos fundos do prédio. Deve haver alguma viela, um acesso para descarregar mercadorias, algo assim. Veja se encontra o zelador. Quero que você fale com ele, converse sobre a galeria, veja se consegue obter alguma informação interna sobre Svenson e também, nem preciso dizer, sobre a noite da morte de Nicholas Bassington-Hope. – Ela fez uma pausa, pegando a pasta e deu várias moedas para Billy. – Fique com isto. Talvez precise de alguns xelins para lubrificar as cordas vocais dele. Não precisa exagerar, é só uma conversa de homem para homem, você e ele levando um dedo de prosa, tudo bem?

Billy assentiu.

– Considere feito, senhorita. Voltarei para a frente da galeria para encontrá-la quando tiver terminado.

– Muito bem. É melhor você partir antes que a Srta. B-H chegue.

Billy olhou de relance nas duas direções e continuou a descer a Albemarle Street. Observando-o caminhar, Maisie podia vê-lo vergado sob o peso da preocupação com a filha, como se sustentasse uma carga nos ombros. Ela esperava que a criança se restabelecesse logo, mas sabia que o East End londrino era um terreno fértil para doenças, por estar próximo da umidade e da sujeira do Tâmisa e também porque as casas e as pessoas se aglomeravam, quase umas em cima das outras. Ela sabia que Billy estava preocupado com o preço de uma consulta médica. Se isso chegasse a ser necessário, ele não sabia como fariam para pagar. Não pela primeira vez, ela sentiu-se grata por seu negócio estar prosperando e por poder empregar Billy. Maisie sabia que ele talvez estivesse na fila da assistência social se a situação fosse diferente.

Um táxi parou rangendo, e Georgina chamou Maisie através da janela aberta.

– Bom dia, Maisie!

– Ah, bom dia, Georgina. Como foi a viagem?

A mulher desceu do carro, pagou o motorista e se virou para Maisie.

– Você não imagina quanto tempo levei para vir de Kensington até aqui. Só Deus sabe de onde surgiram todos esses carros... e pensam que acabar com as carruagens puxadas a cavalo dará fim ao congestionamento de Londres!

Maisie sorriu e estendeu a mão enluvada em direção à galeria.

– Vamos entrar.

Georgina pousou a mão no braço de Maisie.

– Espere apenas um momento... – Ela mordeu o lábio. – Entenda, é melhor que Stig não saiba quem você é. Aquele viking teria um ataque de nervos se soubesse que pedi a uma profissional para investigar o "acidente" de Nick. Com certeza ele vai sair de seu escritório, pois está sempre atento à oportunidade de fazer uma venda, então vamos fazê-lo pensar que você é uma potencial compradora.

Maisie assentiu.

– Certo. Bem, estou congelando aqui fora...

As duas entraram na galeria e foram imediatamente recebidas por Svenson. Como esperado em sua profissão, ele estava impecavelmente vestido. O vinco da frente de sua calça cinza se destacava tanto que parecia poder fatiar um queijo de massa dura. Completavam seu traje um blazer azul, uma camisa branca e uma gravata azul-clara, com um lenço na mesma cor, colocado no bolso da frente de maneira um pouco extravagante. Maisie presumiu que ele se vestisse com imenso cuidado, sabendo que precisava transmitir ao mesmo tempo um ar de artista e a seriedade de um homem de negócios.

Svenson correu os dedos pelo cabelo loiro platinado enquanto se dirigia às mulheres.

– Georgie, querida, como tem passado? – perguntou ele com um ligeiro sotaque, inclinando-se para beijar Georgina nas faces e apertando as mãos dela.

– Estou bem, dentro do possível, Stig. – Ela se voltou para Maisie, recolhendo as mãos. – Esta é uma velha amiga dos meus tempos da Girton, Srta. Maisie Dobbs.

Svenson se aproximou de Maisie e tomou sua mão direita, pressionando os lábios sobre as delicadas articulações, em vez de dar o esperado aperto de mão. Maisie fez como Georgina e logo recolheu a mão.

– Encantada em conhecê-lo, Sr. Svenson. – Maisie observou as pinturas expostas ao redor, basicamente de paisagens campestres.

– Sua galeria é muito impressionante.

– Obrigado. – Ele estendeu a mão, indicando às mulheres que continuassem a andar pela galeria. – A senhorita é colecionadora?

Maisie sorriu.

– Não propriamente uma colecionadora, mas há pouco me mudei e tenho algumas paredes vazias me pedindo que eu faça algo com elas.

– Tenho certeza de que posso ajudar a cobri-las. No entanto, esta coleção foi toda comprada ontem.

– A coleção inteira? Meu Deus!

– Sim, na mesma velocidade em que as antigas famílias estão vendendo suas coleções, as novas fortunas americanas as estão comprando. Mesmo durante uma crise econômica, sempre há aqueles que continuam muito bem de vida e ainda têm dinheiro para gastar.

– É comum uma única pessoa comprar uma coleção inteira, Sr. Svenson? – Maisie estava surpresa, mas admitia que seu conhecimento sobre o mundo da arte era limitado, a despeito das duas horas passadas na Tate Gallery na véspera.

– Sim e não.

Ele sorriu para Maisie de um jeito que sugeria que ele havia embarcado muitas vezes em conversas como essa e tinha respostas na manga prontas a serem apresentadas a qualquer hora.

– Sim: uma vez que o colecionador se entusiasma com a obra de determinado artista, ele procura outros trabalhos dele, especialmente se o artista estiver no auge do sucesso. – Svenson se virou para Georgina. – Como nosso querido Nicholas, Georgie. – Então voltou a atenção para Maisie. – Por outro lado, há coleções completas pertencentes a certas famílias ou a outros colecionadores que são extremamente valiosas e despertam grande interesse quando chegam ao mercado, tal como a coleção Guthrie, aqui exposta.

– O que torna esta coleção valiosa? – perguntou Maisie, genuinamente interessada.

– Neste caso – ele fez um gesto amplo com a mão, indicando os quadros expostos por toda a galeria –, não é apenas o nome do colecionador, mas sua reputação e a mistura interessante de obras. Lady Alicia e seu falecido marido, sir John Guthrie, nunca tiveram filhos e ambos herdaram coleções substanciais de suas famílias. Os dois eram herdeiros únicos. Sir John morreu no ano passado e os advogados de lady Alicia a convenceram a vender a coleção e criar um fundo para sustentar sua propriedade em Yorkshire, a qual soube que foi legada ao condado. O que atraiu o investidor americano foi tanto sua proveniência quanto o leque de artistas interessantes e influentes que estão representados nela. – Ele sorriu novamente, como se estivesse prestes a fazer uma piada. – Para ser bem direto, é o dinheiro novo comprando um acesso imediato ao dinheiro velho. Fico surpreso por não terem pressionado lady Alicia a vender a propriedade, ou mesmo o título de nobreza.

Svenson riu, e Maisie e Georgina concederam ao sueco uma breve risadinha.

– A obra de Nick agora está armazenada em segurança? – quis saber Georgina, mudando de assunto.

Svenson assentiu.

– Sim, está, embora não por muito tempo. Um comprador, outro americano, quer ver e comprar outras obras que ainda não foram expostas. Ele tem interesse até mesmo em estudos e fragmentos incompletos e está bastante ansioso. Tentei lhe telefonar esta manhã. Na verdade, deixei uma mensagem com sua empregada, mas você já havia saído. Recebemos um telegrama confirmando o interesse e agora aguardo suas instruções. Sem dúvida você precisará consultar sua família.

– Será que acha que poderá comprar o tríptico?

– Ah, um assunto espinhoso, principalmente porque neste momento não sabemos onde está a peça principal. O comprador falou em contratar um detetive particular para encontrá-la, mas, francamente, acho isso um tanto vulgar, se me permitem opinar. Acho também que o nosso amigo, o Sr. Bradley, deve ser consultado antes.

Georgina assentiu.

– Me dê todos os pormenores da oferta para que eu possa discuti-la com minha família neste fim de semana. Talvez se interessem, embora eu não deseje incluir o tríptico. Nick foi veemente em relação a isso.

– Georgie, devo aconselhar que...

– Não, Stig. Sem o tríptico. Quando o encontrarmos, decidirei o que fazer com ele.

Ela levantou a mão e olhou para Maisie, como se sublinhasse o valor pessoal da peça.

Maisie tomou a palavra para fazer uma pergunta oportuna e abrandar a situação:

– Sr. Svenson...

– Stig, por favor.

Ela sorriu concordando, e então os chamou com um gesto para o fundo da sala e apontou para uma parede.

– Diga-me, Stig, era aqui que o tríptico seria exposto?

– De fato, era, mas não esqueçamos que podemos ter presumido incorretamente que se tratava de um tríptico.

– O que quer dizer? – perguntou Georgina de maneira um pouco brusca enquanto se aproximava de Maisie.

– Nick mencionou apenas seções ou partes. Eu... nós... sempre presumimos que se tratasse de um tríptico devido a seu trabalho na Bélgica antes da guerra, e à influência de Hieronymus Bosch em particular. No entanto, como ninguém, exceto Nick, viu a obra, até onde sabemos, as peças podiam estar arranjadas de outra maneira, como uma colagem ou uma paisagem seccionada.

– É claro, entendo – comentou Maisie enquanto tocava o braço de Georgina, tentando neutralizar a inconveniente irritação evidenciada no último comentário de sua cliente. – Sr. Svenson, quantas obras havia na exposição, ao todo?

– Contando os esboços e os estudos incompletos, todos eles incluídos, havia vinte obras.

– E todas no mesmo estilo? – Maisie se perguntava se estaria usando a terminologia correta, embora suspeitasse que Svenson fosse dessas pessoas envaidecidas por seu papel de especialista e que aproveitaria ao máximo a ignorância dela.

– Ah, não, o interessante nessa exposição é que ela abrangeria obras de todas as fases de Nick como artista. Algumas foram escolhidas de coleções anteriores que, ao lado de trabalhos experimentais do início da carreira e de obras recentes, demonstravam um arco de seu talento artístico. Podia-se ver como o artista profissional, no domínio de sua técnica, foi formado com um dom extraordinariamente puro.

– Entendi. É claro, sei das pinturas de Nick pelo que Georgina descreveu, mas nunca vi nenhuma delas exposta. – Ela se voltou para Georgina. – Espero que isso não seja muito difícil para você, querida.

Georgina sorriu, compreendendo que Maisie havia falado com intimidade para que Svenson não duvidasse da autenticidade da amizade entre elas. Ela respondeu no mesmo tom:

– Ah, não, de forma alguma. Na verdade, é um alento, sabe, poder falar da obra de Nick. Tudo em que consegui pensar até agora foi naquele terrível acidente.

– Então, Sr. Svenson – continuou Maisie –, eu adoraria saber mais sobre a obra que estava em exposição antes do acidente.

– Sim, é claro.

Ele pigarreou e direcionou toda a sua atenção a Maisie, embora ela sentisse que ele estava próximo demais. Ela deu um passo atrás quando ele começou a detalhar a vida do artista a partir de sua perspectiva.

– Primeiro ele nutriu um interesse pelos artistas dos Países Baixos que estudou na Bélgica. O fascinante é que não era tanto a técnica que o estimulava, e sim a habilidade de contar histórias em cada quadro, que o levava a outra história e a outro quadro. A estrutura era algo que o instigava muito, e a fase inicial de sua obra era muito curiosa.

– Ele empregou a forma do tríptico nessa época?

– Não, isso se deu mais tarde. O que ele fez, e isto é interessante, foi pintar fragmentos de histórias em uma tela, de modo que alcançou um efeito um tanto vanguardista. Essa foi uma fase ainda jovem e, embora sugerisse um artista novato, era também cativante e causou sensação quando foi exibida pela primeira vez... nesta galeria, devo acrescentar, embora tenha sido numa exposição coletiva.

– Interessante...

– Então, para nossa tristeza, a guerra interveio e, como sabe, Nick se alistou e foi mandado para a França. Ainda acho que foi uma sorte ele ter se ferido de forma grave o suficiente para ser trazido para casa. No entanto, fiquei bastante aborrecido quando ouvi que ele havia aceitado o trabalho de artista de guerra na frente de batalha. Mas imagino que provavelmente a oferta não estava aberta para discussão.

– Não... – respondeu Maisie, apenas o necessário para manter Svenson falando. Ela conversaria com Georgina novamente mais tarde e confrontaria suas anotações com o que já havia descoberto sobre o homem morto.

– Foi aí, é claro, que ele cresceu, tornou-se não apenas um homem, mas... digo isso com tristeza... um velho homem. – Ele suspirou como se sentisse uma dor genuína. – Mas a obra que ele produziu naquela época se provou mais do que um registro, um momento no tempo a ser catalogado em um arquivo. Não, ela se tornou um... um... espelho. Sim, é isso que ela se tornou, um espelho, um reflexo da própria alma da guerra, da morte, se é que isso existe. Ele ficou inspirado, e sua obra não mais tinha luz ou cor. Adotou o uso pesado das cores que se associam com o período mais sombrio de uma vida. E, é claro, do vermelho. A obra daquele período era rica em vermelho.

– E a técnica mudou? Não vi aquelas obras, então estou tentando imaginá-las – quis saber Maisie, inclinando-se para a frente. Embora soubesse que Georgina olhava para ela, não lhe deu muita atenção.

– Havia elementos de suas obras anteriores, como a experimentação. Imagens sobrepostas, a morte como uma sombra ao fundo. E isso era o mais interessante tanto para o colecionador com sensibilidade e conhecimento artísticos quanto para o endinheirado neófito: a obra de Nick dispensava explicações. De nenhum tipo. Podia-se ver sua mensagem, sentir suas emoções, enxergar o que ele havia visto. Ele comovia as pessoas... – Svenson se voltou para Georgina e pôs a mão no ombro dela. – Assim como Georgina recria com as palavras tudo aquilo que vê, Nick fazia o mesmo com cor e textura. Que família!

– O que aconteceu depois, na sua opinião?

Enquanto continuava a questionar Svenson, Maisie percebeu que Georgina havia se afastado um pouco, para longe do alcance dele.

– Como sabe, Nick deixou o país assim que recebeu seus documentos de desmobilização. Francamente, os Estados Unidos eram o destino mais óbvio para ele.

– Por que diz isso?

– O espaço. A simples enormidade do país. – Ele estendeu os braços para enfatizar um espaço amplo que ele não conseguiria descrever completamente. – E as possibilidades que lá havia.

– Possibilidades?

– Sim, era muito interessante para seus colecionadores que as técnicas dele fossem tão influenciadas pelas escolas americanas da época, assim como pela geografia do país. Veja seus esboços e encontrará paisagens grandiosas, o uso de cores suaves e vívidas mescladas para alcançar uma qualidade de luz que não se vê em nenhum outro lugar do mundo. Ele esteve sozinho em cânions, vales e campos. Sua visão de mundo foi lançada da sujeira, da imundície e do espaço fechado das trincheiras enlameadas e sanguinolentas para o ar puro do Oeste americano, especialmente Montana, Colorado, Novo México, Califórnia. E foi lá que ele começou a fazer experimentos com os murais, uma extensão de seu interesse de anos pelo tríptico, por assim dizer. É claro, os murais estavam sendo usados por muitos artistas emergentes da época.

– E todos esses estilos diferentes – começou Maisie, mais uma vez esperando ter empregado o termo correto – estavam expostos aqui quando ele morreu? E agora foi feita uma oferta pela coleção inteira, que está praticamente vendida?

– Sim, isso mesmo.

– Veja bem, espero que não se incomode com a minha pergunta... afinal, já não via Georgie há bastante tempo, nem Nick, então fiquei interessada... Queria saber se o senhor consideraria a obra dele de alguma forma ofensiva ou controversa.

Svenson riu.

– Ah, sim, certamente era controversa no mundo da arte, e no mundo lá fora, como sabe.

A fisionomia dele se tornou mais séria, e Maisie percebeu que ele começou a se afastar, como se tivesse acabado de se dar conta de que, se fosse uma amiga próxima, como Georgina havia sugerido, ela deveria saber de tudo aquilo. Além disso, já fazia algum tempo que Georgina não dava uma palavra. Apesar disso, ele prosseguiu, embora apenas para concluir a conversa:

– Com seus quadros, Nick atraía o espectador para seu mundo e então, justo quando ele se sentia acolhido por uma paisagem, talvez pelo sol nascente atrás de um lago na montanha, era rapidamente desafiado pela peça seguinte, um homem gritando ao avançar para a morte, empalado numa baioneta. Era isso que a obra dele apresentava, era assim que ele falava do angelical e do maligno. Ele confundia as pessoas, as ameaçava. – Svenson encolheu os ombros, as mãos viradas para cima. – Mas, como sabe, Srta. Dobbs, esse era o Nick, e ele era um anjo para os que o conheciam de perto, e mesmo aqueles que haviam se ofendido acabavam se derretendo em sua companhia.

Maisie consultou o relógio preso à lapela de seu blazer.

– Ah, meu Deus, precisamos ir andando, não é mesmo, Georgina? Mas eu adoraria olhar as galerias superiores antes de irmos embora.

– Por favor, fique à vontade. – Svenson fez uma pequena reverência na direção de Maisie e depois se virou para Georgina: – Georgie, eu poderia ter um momentinho do seu tempo?

Maisie se dirigiu à escadaria e ficou alguns segundos postada na balaustrada para olhar atentamente a parede onde Nicholas Bassington-Hope exporia sua obra-prima. Seria um tríptico, como todos imaginaram, ou o enigmático artista teria algo mais na manga? Ela se debruçou, apertando os olhos para enxergar em detalhes certas partes da parede. Sim, ela conseguia identificar os pontos em que as buchas haviam sido postas no estuque e depois removidas. A parede estava quase lisa novamente. Havia reparos recentes nitidamente visíveis, e Maisie se perguntou se o dano havia sido causado pelo andaime, que devia ter atingido a parede, já que ele cedeu quando o artista caiu. Qual devia ser a altura do andaime, e a que altura Nick estaria trabalhando quando desabou no piso de pedra? Do chão ao teto, a parede devia ter pouco menos de 8 metros – não necessariamente uma queda daquela altura levaria à morte, a não ser que a vítima tivesse uma incomum falta de sorte. *E se alguém tivesse empurrado...* Maisie agora olhava para baixo, na direção das portas no andar principal. Havia uma saída de cada lado da parede, levando, ela presumia, às áreas da reserva técnica e de entrada e saída de mercadorias, bem como aos escritórios. Alguém poderia ter tirado a estabilidade do andaime sem ser visto pela vítima? Talvez essa instabilidade tivesse sido acidental? Era evidente que havia várias possibilidades a considerar, inclusive a de que Nicholas Bassington-Hope tivesse tirado a própria vida.

– Ei, senhorita...

Maisie olhou ao redor. Ela ouviu Billy chamar, mas não conseguia vê-lo e não queria chamar o nome dele.

– Psss. Senhorita!

– Onde você está? – Maisie manteve a voz mais baixa possível.

– Aqui.

Maisie andou em direção a uma pintura no final do patamar. Para sua completa surpresa, a pintura se moveu.

– Ah!

Billy Beale enfiou a cabeça pela fresta lateral do que era, de fato, uma porta.

– Achei que fosse gostar disso, senhorita! Venha aqui e dê uma olhadinha nesta porta falsa. Vou lhe dizer, meus três filhos adorariam isso.

Maisie seguiu a orientação de Billy, andando o mais silenciosamente que pôde.

– O que é isso?

– Fui primeiro para a reserva técnica e fiquei conversando com o zelador, um homem que atende pelo nome de Arthur Levitt. Camarada bacana, até. Enfim, achei uma escada, subi por ela e atravessei este corredor aqui. Devem usá-lo para trazer aqui para cima as peças e o que mais for entregue na entrada de serviço. – Ele apontou com o dedo novamente, fechando a porta que levava à galeria superior. – Olhe por aqui.

Maisie se inclinou para a frente, até o ponto na porta indicado por Billy.

– Ah! – Ela se moveu ligeiramente e depois recuou. – Daqui se pode ver uma boa parte da galeria, assim como ter acesso ao mezanino que se estende pelos três lados da sala, ao redor da parede oposta àquela na qual Nicholas Bassington-Hope estava montando sua peça principal.

– A senhorita acha que é impor... – Billy parou de falar quando ouviram vozes mais altas vindas do andar de baixo. Maisie e Billy se mantiveram completamente imóveis.

– *Eu lhe disse, Stig, você tem que tratar apenas comigo, e não chegar a um acordo com Nolly.*

– *Mas, Georgie, Nolly disse...*

– *Não ligo a mínima para o que Nolly disse. Minha irmã não tem nada que meter o nariz nesse assunto. Ela não entende coisa nenhuma de arte.*

– *Mas ela tem direitos, afinal, como coinventariante...*

– *Falarei hoje com Nolly. Enquanto isso, não permitirei que a obra seja vendida com o restante da coleção. Sob hipótese alguma. E avisarei se eu pensar em vender os esboços e os fragmentos incompletos que sobraram. Você pode manter seus ricos compradores esperando por um dia ou dois, se estão tão interessados assim.*

– *Mas...*

– *Essa é minha palavra final, Stig. Agora é melhor eu encontrar minha amiga.*

Uma porta no andar de baixo bateu com força.

– Vamos falar sobre isso mais tarde – sussurrou Maisie, inclinando-se na direção de Billy. – Encontro você em Piccadilly daqui a uns quinze minutos. Não fale comigo até que a Srta. Bassington-Hope tenha partido.

⁓

Quando as duas mulheres deixaram a galeria, Svenson agradeceu cordialmente pela visita, embora talvez não com seu floreio teatral de sempre.

– Vamos caminhar um pouco... Tenho alguns pedidos a fazer para dar início a minha investigação.

– É claro.

Georgina acertou o passo com Maisie, sem saber que a mulher que ela havia procurado em busca de ajuda estava nesse momento avaliando sua determinação e seu estado de espírito simplesmente ao observar seus gestos.

– Antes de mais nada, eu gostaria de conhecer sua família. Por favor, marque uma visita para nós duas, usando o pretexto de nossa antiga amizade dos tempos da Girton.

– Certo.

Maisie olhou Georgina de viés e começou a imitar seus movimentos enquanto caminhavam. Continuou enumerando seus pedidos:

– Eu gostaria de ver sozinha o lugar onde Nicholas morou em Dungeness. Talvez a senhorita possa me fazer a gentileza de deixar comigo as chaves e o endereço dele... Bem, conhecendo Dungeness, talvez não haja um endereço de fato, mas apenas orientações de como chegar ao local.

Georgina assentiu, mas não disse nada. Maisie havia notado seus ombros vergados e sua postura, que sugeriam melancolia e, talvez, raiva. A melancolia podia ser facilmente explicada – afinal, ela havia perdido um irmão amado –, mas a quem se dirigiria a raiva? A Maisie, por ter feito aquele pedido? À irmã, motivo das palavras de irritação que dissera a Stig Svenson? Ou ao irmão morto, por tê-la abandonado em uma vida sem seu gêmeo?

– Precisarei dos detalhes de todas as compras anteriores de quadros de seu irmão. Imagino que os artistas possam ser um tanto volúveis quando se trata de guardar os registros financeiros, mas precisarei de tudo o que estiver à mão. Quero saber quem coleciona a obra dele.

– Claro.

– E quero ver os amigos dele, os homens de quem ele era mais próximo. Até onde se sabe, ele estaria cortejando alguma moça?

Georgina balançou a cabeça e deu um risinho.

– Digamos apenas que Nick era melhor com finanças do que em sua vida sentimental... "Volúvel" é um termo bem apropriado.

– Entendo.

Maisie sabia por experiência própria que os aspectos mais pessoais de uma vida raramente eram compreendidos pelo núcleo familiar. Seu próprio pai não estranhava o fato de que ela ainda não estivesse ansiosa para ficar noiva de Andrew Dene? Ela retribuiu o sorriso e continuou:

– E quero ver as obras dele, além daquilo que mencionei antes: correspondências, diários, na verdade tudo o que tenha pertencido a Nick e que esteja a seu alcance.

As duas mulheres pararam ao chegar a Piccadilly, onde cada uma tomaria seu caminho.

– Ah, e uma última pergunta.

– Sim? – Georgina se virou para fitar Maisie.

– Quando uma pessoa próxima à vítima presume que houve algum crime, ela normalmente tem em mente um ou outro suspeito. É esse o seu caso, Georgina?

Ela corou.

– Sinto muito, mas não. Como eu lhe disse ontem, tive apenas uma sensação aqui. – Ela tocou em seu peito. – Isso é tudo o que posso dizer.

Maisie aquiesceu e sorriu.

– Eu gostaria de ir a Dungeness amanhã, então seria bom se a senhorita pudesse deixar as chaves comigo o mais breve possível. E poderíamos nos encontrar em Tenterden no sábado... Provavelmente será melhor se visitarmos seus pais juntas. Poderia organizar isso?

– É... é claro. – Georgina fez uma pausa, um tanto aflita. Então enfiou a mão na bolsa e tirou um envelope, que entregou para Maisie. – Esta é uma fotografia de Nick, tirada no verão na Bassington Place, a propriedade dos meus pais.

Maisie pegou o envelope e tirou a fotografia até a metade, detendo-se um momento para examinar o homem, captado pelas lentes inclinando-se de maneira relaxada, quase sonolenta, contra um trator. Usando o tamanho do trator como referência, Maisie estimou que ele teria cerca de 1,80 metro. Cultivava uma cabeleira cheia de cachos, cortada curta atrás e nas laterais. Ele vestia uma calça larga, uma camisa sem gola com mangas arregaçadas e um colete desabotoado. Tinha um sorriso expansivo. Maisie pensou que, se seu pai visse a fotografia, talvez comentasse que o homem parecia um rufião, e não um filho bem-criado da elite. Embora Frankie Dobbs fosse um trabalhador, um verdureiro ambulante e, desde a eclosão da guerra em 1914, um cavalariço na propriedade dos Comptons em Kent, ele tinha opiniões fortes quanto à importância de se vestir de modo adequado.

Maisie guardou a fotografia em sua bolsa e assentiu para Georgina.

– Muito bem. Agora, preciso ir andando. Por favor, me telefone assim que puder para confirmar os arranjos e seu progresso com a minha lista. Até mais, Georgina.

Maisie estendeu sua mão, que Georgina tomou com vigor, sugerindo que ela estava recuperando parte da força e da determinação que haviam impulsionado sua reputação um tanto controversa.

Quando já estavam a uma distância de uns 3 ou 4 metros, Maisie se virou e chamou sua cliente.

– Ah, Georgina, quero encontrar Harry também.

Ela havia calculado perfeitamente o momento em que faria esse seu último pedido.

Georgina corou.

– Eu... verei o que posso fazer, ele está... Ah, deixe para lá. Vou contatá-lo e depois lhe aviso. – Em seguida, foi embora apressada.

∽

Maisie viu Georgina ser engolida por um turbilhão de pedestres quando Billy apareceu.

– A Srta. B-H já se foi?

Maisie assentiu, parecendo sonhar acordada, embora Billy soubesse que os olhos vidrados disfarçavam um pensamento profundo que alguns considerariam um tanto desnecessário naquelas circunstâncias.

– Está tudo bem, senhorita?

– Sim, sim, estou bem, obrigada.

Eles começaram a andar em direção à estação de metrô da Piccadilly.

– Ela saiu de um jeito meio abrupto, não?

– É... saiu bem rápido mesmo. Mas isso nos deu uma informação interessante.

– E qual seria, senhorita?

– Bem, no que diz respeito a Harry B-H, a família... ou talvez apenas Georgina... tem algo a esconder. – Maisie se virou para Billy. – Bem, você sabe o que fazer esta tarde, certo? Converse com seus amigos jornalistas, como sempre. – Ela calçou as luvas. – Nós nos encontramos no escritório por volta das três da tarde. Conversaremos sobre nossas respectivas descobertas e você poderá ir para casa cedo. Talvez Lizzie já esteja se sentindo um pouco melhor.

CAPÍTULO 3

Depois que Billy fez amizade com os jornalistas que se reuniam nos pubs da Fleet Street – repórteres, tipógrafos e impressores que se encontravam no bar em plena manhã depois do turno da noite –, o custo de um *pint* de cerveja costumava ser um bom investimento. Após a visita à Galeria Svenson, Billy obteve junto aos repórteres informações acerca da morte de Nicholas Bassington-Hope. Por sua vez, Maisie voltou à Tate para se encontrar com o solícito curador, Dr. Robert Wicker, que ela havia consultado na véspera. De volta ao escritório da Fitzroy Square, os dois compararam as anotações daquele dia de trabalho.

– Dei uma olhada nos obituários e não encontrei nada que não soubéssemos. Havia alguns comentários sobre as pinturas, e o resto ia na linha "um raro talento perdido", esse tipo de coisa, sabe? – Billy pareceu conter um bocejo. – Bem, mas em um deles havia uma linha ou duas sobre a rivalidade entre os irmãos. Pensei comigo mesmo que aquilo era um pouco maldoso. Saiu no *Sketch*, sabe? O repórter dizia que os B-Hs sempre competiram para ver qual deles conseguia atrair mais atenção e que, agora que não havia mais o irmão gêmeo, a Srta. B-H provavelmente perderia seu entusiasmo.

– Mas isso não quer dizer que houvesse algo de inapropriado na competição entre eles. Acho que é bem comum, aliás.

– Está certíssima, senhorita. Precisa ver meus filhos, às vezes. – Maisie sorriu e estava prestes a falar novamente quando Billy retomou a palavra. – Bem, Brian Hickmott, um dos repórteres que conheço, disse que se lembrava do artigo porque ele foi até a galeria assim que a imprensa recebeu a notícia de que acontecera algo ali.

– E?
– Disse que foi tudo muito esquisito. A polícia não ficou lá por muito tempo, só deu uma olhada rápida, um "Sim, foi morte acidental", e depois partiu, muito mais rápido do que ele imaginava.
– Bem, depois de ter determinado que não havia circunstâncias suspeitas, a polícia pode ter considerado seu trabalho terminado até que o inquérito se iniciasse. E assim poderiam liberar logo o corpo para a família, sem envolver muita papelada.
– Talvez. Mas vou descobrir mais sobre isso.
– Muito bem.
Maisie olhou para Billy, avaliando seu interesse no caso e, portanto, sua atenção aos detalhes. Ficara preocupada no encontro inicial, quando a atitude dele revelou certo ressentimento em relação à classe social da cliente.
– Escute... – Billy aprumou o corpo enquanto lia suas anotações, claramente ansioso para avançar ao próximo ponto, a fim de poder ir para casa cedo, como Maisie havia sugerido. – Brian mencionou o irmão mais novo, Harry.
– O que ele disse?
– Bem, a senhorita conhece aquele sujeito, Jix?
– O antigo secretário de Estado para Assuntos Internos, Joynston-Hicks? É claro, mas o que isso tem a ver com o irmão caçula?
– É uma daquelas histórias tortuosas. A senhorita deve estar lembrada que, quando Jix estava no governo, ele fez a polícia ir aos clubes e fechá-los. Um verdadeiro estraga-prazeres, esse homem. Estamos melhor sem gente como ele.
– Billy...
– Bem, ocorre que uma das pessoas que o velho Jix enquadrou foi Harry B-H. O garoto pode até ser bom com aquele trompete dele, mas tinha a reputação de se envolver com todo tipo de gente... sabe, um pessoal da pesada. E ele entretinha os vilões enquanto faziam suas malvadezas. A imprensa também ficou de olho, e ele acabou sendo mencionado em alguns escândalos, sabe, quando a polícia deu uma batida em um clube sob as ordens de Jix.
Maisie estava pensativa.
– Bem, é engraçado você dizer isso. Devo confessar que, quando a Srta. B-H o mencionou pela primeira vez, tive a sensação de que as coisas não

iam muito bem para o irmão. Quer dizer, a família toda definitivamente parece um pouco excêntrica, mas ouvi certa hesitação na voz dela. Investigue isso amanhã novamente. As batidas nos clubes diminuíram logo depois que Jix perdeu o cargo, então Harry talvez tenha mantido seu trabalho sem precisar se mexer. Quero saber onde ele está, para quem trabalha, com quem está associado, se está a um passo do submundo, por assim dizer, e se está metido em algum problema.

Billy assentiu.

– Talvez você também precise voltar à galeria para falar com Levitt. Quero saber a localização do depósito de Nick. Ainda que ele mesmo não saiba o endereço, provavelmente conhece alguém que possa nos contar. Um artista pode manter sua obra envolta em segredo, mas ainda assim quer protegê-la e precisa contar com ajuda em caso de incêndio, por exemplo. Alguém mais pode ter sabido da localização do depósito, e suspeito que a obra principal que ele queria pendurar ainda esteja lá. Sabe, tenho me perguntado como foram organizadas as entregas na galeria na noite da morte. A obra estava em um caminhão, à espera de que Nick B-H o conduzisse pessoalmente quando a parede estivesse pronta? Ou havia motoristas a postos? E estes já teriam saído na hora em que ele caiu? Se for esse o caso, o que fizeram quando não conseguiram acesso à galeria? – Enquanto falava, Maisie observava a praça, mas via as horas finais da vida do morto no lugar das árvores, das pessoas cruzando a praça ou de qualquer outra coisa que um espectador comum teria percebido. Ela se virou novamente para Billy. – Há muitas informações para coletarmos. Vamos nos preparar para voltar ao caso amanhã.

Billy aquiesceu, consultou seu relógio mais uma vez e em seguida perguntou a Maisie se a segunda visita dela à Tate havia sido produtiva.

– Sim, acho que foi. Queria descobrir mais sobre o artista como pessoa, que traços de caráter definem alguém que se lança nesse tipo de trabalho...

– Trabalho? – Billy franziu o cenho. – Não sei se eu chamaria essas aventuras com pincéis e tintas de *trabalho*. Quer dizer, trabalho significa... trabalho pesado, não? E não esse negócio de ficar rabiscando parede.

Maisie se levantou, se recostou na mesa e ficou olhando para Billy durante um tempo que para ele devia ter parecido uma era, embora durasse apenas alguns segundos.

– Acho que é melhor você se abrir e dizer o que o anda atormentando, pois, se há algo que não podemos permitir em nosso trabalho, é tirar conclusões precipitadas sobre o valor moral de nossos clientes. Devemos aceitar quem eles são e seguir em frente, deixando de lado nossos sentimentos e nossas crenças pessoais. Esse tipo de opinião reflete preconceitos, e não podemos permitir que a fumaça do fogo em que queimam nossos próprios problemas turve a nossa visão, que é essencial ao nosso trabalho.

Billy apertou os lábios em uma linha tensa. Ficou uns segundos sem dizer nada, mas depois desabafou, enquanto o rosto ia ficando vermelho de raiva:

– Foi ontem quando aquele homem, sabe, aquele na Tate, contou sobre o sujeito que gastou quase meio milhão... meio milhão na droga de um quadro ano passado. Qual era o nome dele? Duveen ou algo assim? Meio milhão! Há homens desempregados e crianças sonhando com um prato de comida, e um homem gasta tudo aquilo na droga de... – Ele mordeu o lábio. – Gasta tudo em um quadro. Isso me faz ferver de raiva.

Maisie aquiesceu.

– Entendo seu argumento, Billy. São bons motivos. – Ela fez uma pausa, deixando que o temperamento de seu assistente se abrandasse diante de sua concordância. – Mas, lembre-se, toda vez que esse tipo de pensamento surgir e deixá-lo com raiva: em nosso trabalho, sempre nos deparamos com injustiças. Às vezes conseguimos fazer algo a respeito. Por exemplo, como o Dr. Blanche me ensinou, nossos clientes mais ricos nos pagam muito bem, o que nos permite trabalhar para aqueles que nos procuram com pouco ou nada com o que pagar. E às vezes podemos, com nosso trabalho, corrigir uma injustiça contra alguém que é acusado, ou limpar o nome de alguém que está morto. Para conseguir tudo isso, temos que encarar aspectos da vida que nem sempre são palatáveis.

– Então a senhorita está dizendo que preciso engolir isso e seguir em frente com meu trabalho.

Maisie assentiu.

– Olhe para o mundo além da sua emoção, da fúria imediata que a desigualdade desperta. Escolha suas batalhas, Billy.

O silêncio se interpôs entre eles. Maisie deixou mais um tempo passar, caminhou para sua cadeira e apanhou suas anotações.

– Pensei que seria uma boa ideia conhecer um pouco mais aquilo com que estamos lidando ao investigar a morte de Nicholas Bassington-Hope. Estou entusiasmada para saber mais sobre as características que os artistas têm em comum. Isso pode nos dar pistas sobre sua motivação, sobre os riscos que ele assumia como indivíduo e sobre o que ele era capaz de fazer para seus próximos, por assim dizer.

Billy assentiu.

– Foi muito interessante falar com o Dr. Wicker. Ele explicou que há uma ligação entre a arte e as grandes questões que o artista está buscando responder direta ou indiretamente com seu trabalho. – O olhar de Maisie encontrou o de Billy quando pronunciou a palavra "trabalho". Ele estava escutando e até mesmo fazendo anotações. – Essa questão pode ser a paixão por uma paisagem que ele consegue recriar para um público mais amplo, formado por pessoas que nunca terão a oportunidade de viajar para esse lugar. Ou a configuração de um outro tempo a fim de comentar algo sobre nosso mundo, talvez, digamos... a vida antes da energia a vapor ou das máquinas de fiar. Ou, e acho que era essa a mensagem de Bassington-Hope, pode ser algum terror interno ou externo, uma experiência que o artista se esforça para nos transmitir por meio da representação da memória, da imagem que vem de sua imaginação. – Maisie se levantou novamente, esfregando os braços para se proteger do frio penetrante do crepúsculo. – O artista ou a artista assume para si a tarefa de fazer perguntas e, talvez, julgamentos. Assim como na literatura, o trabalho pode ser interpretado ao pé da letra por um público que o aprecia como uma forma de entretenimento, ou pode ser lido no contexto da vida do artista, ou, por fim, da perspectiva do observador.

– Então o artista realmente transmite uma mensagem?

– Sim, e usa suas habilidades, a destreza da mão, o entendimento da cor, da luz e da forma, para construir um arsenal de ferramentas com o qual possa expressar um sentimento, uma visão de mundo a partir de seu ponto de vista.

– Acho que esse pessoal da arte deve ser meio delicado.

– *Sensível* é uma palavra melhor.

Billy balançou a cabeça.

– Agora que estou parando para pensar nisso, a guerra deve ter sido péssima para gente como o Sr. B-H. Sabe, quando você é uma pessoa que vive rodeada de imagens, que vê algo além quando o resto de nós vê apenas as coisas como elas são, então o que todos nós vimos lá na França deve ter sido terrível para ele, com toda essa sensibilidade ou sei lá o quê. Não surpreende que o pobre rapaz tenha se mandado para aquela imensidão dos Estados Unidos. – Ele franziu o cenho e depois continuou com um triste meio sorriso: – Se ele voltou da guerra com a metade da nossa exaustão, pelo menos arrumou um jeito de pôr tudo para fora, sabe, aquilo que estava dentro dele. – Billy tocou seu peito. – Pôs no papel, na tela ou no que quer que eles usem.

Maisie aquiesceu.

– É por isso que quero ver, se puder, tudo que surgiu na imaginação de Nick e ele pôs na tela. – Ela consultou o relógio. – Hora de ir para casa ver sua família, Billy.

Billy juntou seus pertences, o casaco e a boina e foi embora do escritório com um ligeiro "Obrigado, senhorita".

Maisie revisou as anotações por mais algum tempo e foi até a janela olhar para a praça lá fora, na escuridão do fim da tarde. Esse momento de quietude era a *sua* tela. Seu intelecto, sua sensibilidade e seu árduo trabalho eram a paleta com a qual trabalhava. De maneira lenta, mas confiante, ela usaria seus talentos para recriar em sua mente a vida de Nicholas Bassington-Hope, para que pudesse ver, pensar e sentir como se fosse ele. E assim descobriria se a morte dele de fato fora um acidente, ou um ato deliberado, se fora autoinfligida ou o resultado de um crime.

Cerca de três horas depois, após receber dois clientes – um homem e uma mulher buscando não suas habilidades de investigadora, mas sua compaixão e seu aconselhamento como psicóloga enquanto falavam sobre medos, preocupações e desesperanças –, ela foi para casa. Sua casa, o novo apartamento silencioso e frio, sem os confortos com os quais havia se acostumado quando vivera na residência londrina de lorde Julian Compton e sua mulher, lady Rowan Compton. Lady Rowan havia sido sua empregadora, patrocinara seus estudos, a apoiara e agora, em seus anos da maturidade, era como uma aliada, apesar do abismo entre suas classes sociais.

O apartamento era em Pimlico, um bairro considerado pouco salubre, apesar de ser próximo da vizinha Belgravia. No entanto, era uma propriedade acessível para Maisie, que era cautelosa com seu dinheiro e por anos havia poupado suas economias, e isso foi o fator principal que ela levou em consideração. Na década anterior, os bancos produziram uma enxurrada de panfletos exaltando as virtudes da casa própria, o que permitiu que ela sonhasse com esse importante elemento de independência: uma casa toda sua. Na verdade, a quantidade de jovens cuja chance de se casar foi frustrada pela guerra – quase dois milhões, de acordo com o censo de 1921 – acabou minando a rejeição à ideia de que as mulheres possuíssem uma propriedade, ainda que apenas em certa medida, e apenas por pouco tempo.

Além do sucesso de seu negócio, certamente ajudou-a muito viver sem pagar aluguel na casa de Belgravia de lorde e lady Compton. O convite inicial para que ela voltasse a morar na Ebury Place havia sido inspirado pelo desejo de lady Rowan de ter alguém "lá em cima" que supervisionasse a casa, alguém em quem ela pudesse confiar enquanto passava períodos cada vez maiores em sua propriedade em Kent. O convite também fora motivado pela afeição que os antigos patrões nutriam por Maisie, especialmente depois de ajudar a trazer o filho deles, James, de volta ao círculo familiar após as dificuldades que enfrentou no pós-guerra. James agora vivia no Canadá, gerenciando os interesses da Companhia Compton a partir de um escritório em Toronto. Pensou-se que, como muitos de sua classe social nesses tempos difíceis, os Comptons não continuariam a manter duas ou mais propriedades e venderiam a mansão de Londres. Maisie, porém, não acreditava que lady Rowan fecharia completamente a casa, deixando os empregados sem trabalho.

Uma equipe mínima havia permanecido no número 15 da Ebury Place, e Maisie sabia que sentiria falta das jovens mulheres que trabalhavam no andar de baixo, sob a escadaria, embora Eric, o lacaio convertido em motorista, tivesse sugerido que ela levasse seu carro para a garagem com frequência para que ele "desse uma olhada nele, apenas para ter certeza de que estava nos trinques". Mas havia dois meses que ela estava morando em seu novo apartamento em Pimlico, escolhido não apenas pelo preço, mas pela proximidade do rio que atravessava Londres e que Maisie amava – a despeito da opinião de sua amiga Priscilla, que se referia ao Tâmisa como "lavagem".

Naquela manhã, ela pegou o metrô em vez de sair com o MG, então retornou do mesmo jeito à noite. A neblina amarela, fria, úmida e densa conspirava para congelar suas orelhas, seus lábios, seus dedos enluvados e até mesmo seus dedos do pé, por isso ela enterrou ainda mais o chapéu na cabeça, orientando-se pelas lajotas do chão para fazer o trajeto da estação até o novo bloco de apartamentos. Projetado com um otimismo que se extinguiu antes do fim da construção, o prédio de quatro andares abrigava dezesseis apartamentos. As extremidades do prédio eram curvadas, para refletir o fascínio com a viagem oceânica tão em voga nos anos 1920, quando o arquiteto se sentou em sua mesa de desenho para projetá-lo. Escadarias de serviço tanto à direita quanto à esquerda do prédio eram iluminadas pelas janelas redondas e, no centro, uma coluna de vidro revelava a escadaria interna em espiral para uso dos moradores e dos convidados. Haviam sido levadas em conta as exigências de residentes endinheirados, que pagariam um bom aluguel para viver em uma área que a construtora pensava ser emergente. No entanto, nem metade do prédio estava ocupada, fosse por proprietários, que, como Maisie, haviam descoberto uma oportunidade para comprar, fosse por inquilinos que alugavam o apartamento de um senhorio ausente que havia usado seus recursos para adquirir quatro apartamentos no andar superior.

Maisie girou a chave na fechadura e entrou no andar térreo. Embora não fosse um palácio, era enganosamente amplo. Um corredor levava a uma sala de estar com espaço suficiente para um conjunto de sofá e duas poltronas e, na extremidade, uma mesa de jantar e cadeiras – se, é claro, Maisie tivesse um conjunto de sofá e poltronas e uma mesa de jantar com cadeiras. No lugar deles, um velho tapete persa, comprado em um leilão, cobria metade do chão de parquê, e duas cadeiras Queen Anne com um estofo de tecido estampado gasto haviam sido posicionadas em frente à lareira a gás. Seguindo o corredor, separados por um banheiro, havia dois quartos à esquerda, um maior do que o outro. Um quartinho à direita foi construído provavelmente para servir de depósito, já que abrigava o medidor de gás. Maisie havia colocado uma pilha de moedas perto do medidor, para que nunca precisasse tatear no escuro quando a energia acabasse.

Apenas um quarto tinha cama e, felizmente, o apartamento já viera com algumas venezianas novas, do tipo que de repente havia se tornado muito popular alguns anos antes. Maisie suspirou quando sentiu a temperatura do aquecedor no corredor e em seguida se dirigiu para a sala sem tirar o casaco. Pegou uma caixa de fósforos da cornija e acendeu a lareira a gás, depois foi até a janela e baixou as venezianas.

A cozinha compacta, que ficava à esquerda da área que um dia acomodaria a mesa de jantar e as cadeiras, já estava equipada com um novíssimo fogão Main, uma mesa de madeira e um armário. Sob a pia funda e esmaltada de branco havia um armário, e a metade inferior de todas as paredes era decorada com ladrilhos pretos e brancos. Maisie abriu o armário, pegou outra caixa de fósforos e acendeu a boca de gás sob uma chaleira de latão que já estava cheia de água. Enquanto o calor se infiltrava na chaleira, ela manteve as mãos abertas para aquecê-las.

– Minha nossa! Como está frio aqui!

Embora tivesse determinação para superar muitas privações, como acontecera na França durante a guerra, Maisie achava difícil ignorar o frio. Mesmo quando preparava o chá, não costumava tirar o casaco até que tivesse bebericado a primeira xícara.

Maisie foi novamente até o armário e pegou uma lata de sopa de rabada Crosse & Blackwell, que ela abriu e despejou em uma panela, pronta para aquecer. Repreendendo-se por não ter ido à mercearia, ficou aliviada por ainda ter metade do pão de forma Hovis e uma fatia de queijo cheddar. E, por ser inverno, uma garrafa de leite pela metade, deixada na porta dos fundos, ainda não havia azedado.

Mais tarde, com a sala de estar mais aquecida e uma farta refeição na barriga, Maisie se reclinou para ler antes de ir para a cama. Ela pegou um livro emprestado da Boots, biblioteca na qual havia parado mais cedo para dar uma olhada: *Retrato do artista quando jovem*. Ela o abriu, envolveu-se com seu cardigã e começou a ler. Distraída, percorreu apenas uma ou outra página antes de apoiar o livro e se reclinar para observar as chamas de gás brancas e quentes. Ocupada pelo trabalho durante o dia, ela havia esquecido de escrever para Andrew Dene, o homem com quem estava saindo havia mais de seis meses. Ela sabia muito bem que fora negligente porque andava aflita, muito aflita, por ter que decidir o que faria quanto ao futuro.

Andrew era um homem gentil, uma boa pessoa, bem-humorado e cheio de energia, e ela sabia que ele queria se casar com ela, embora ainda não tivesse feito o pedido. Algumas pessoas – entre elas seu pai e lady Rowan – pensavam que o coração de Maisie talvez ainda sentisse saudades de seu primeiro amor, Simon Lynch, que agora vivia seus dias nesta vida em isolamento, em um estado comatoso, devido às feridas sofridas na guerra. Maisie suspeitava que Maurice Blanche soubesse que a verdade era mais complexa, que não era seu coração que ela estava protegendo, nem a memória de um amor perdido. Não, era ela mesma. Conquistara sua independência bem cedo, mais por falta de opção do que por desejo, e, à medida que o tempo passou, como muitas outras mulheres de sua geração, sua expectativa por certo grau de liberdade se tornou mais profundamente arraigada. Seu trabalho e sua busca por segurança financeira e reputação profissional eram mais importantes. Algumas mulheres se atrapalharam no caminho, não conseguiram acompanhar o ritmo de uma época de mudanças, mas, para Maisie, a composição dessa nova vida era uma melodia familiar, da sobrevivência – e isso a havia salvado, agora ela sabia. Desde a guerra, o trabalho fora sua fortaleza, dotando sua vida de estrutura e forma, para que ela pudesse avançar um passo de cada vez. Casar-se nesse momento seria abdicar dessa base. Mesmo que tivesse um companheiro, como poderia se afastar do trabalho, já que esperariam que ela abrisse mão do trabalho para se dedicar à vida doméstica? Como ela conseguiria? Depois de tudo? E ainda havia outra coisa, algo intangível que ela ainda não conseguia definir, mas sabia ser crucial para seu contentamento.

Estava claro para ela que deveria pôr fim ao relacionamento, deixar Dene conhecer outra moça. Por mais que ela gostasse dele, por mais que tivesse sentido, diversas vezes, que poderiam construir um futuro juntos, ela sabia que o adorável e confiante Andrew Dene acabaria um dia querendo mais do que ela talvez quisesse – ou pudesse – dar.

Maisie suspirou e friccionou a ponte do nariz com o indicador e o polegar. Bocejando, abriu novamente o livro, não na primeira página, mas em alguma aleatória no meio. Quando ela era jovem, quando a urgência de aprender a corroía como se fosse a fome que se segue ao jejum, Maurice, seu tutor e mentor, introduziu um jogo em suas lições – podia ser ao final do tempo que passavam juntos ou para reacender seus pensamentos depois de uma discussão exaustiva. Ele entregava a ela um romance, sempre um romance, e a instruía a ler uma frase ou um parágrafo ao acaso e ver o que havia ali para refletir. "As palavras e os pensamentos dos personagens criados pela imaginação do autor podem falar conosco, Maisie. Agora vamos, apenas abra o livro e posicione seu dedo sobre a página. Vejamos o que você atrai." Às vezes ela não encontrava nada de mais. Outras vezes, um diálogo notável. Mas, de vez em quando, a curta passagem escolhida a comovia de tal jeito que as palavras permaneceriam com ela por dias.

Ela pôs o dedo em uma frase qualquer e a leu alto, sua voz ecoando na sala quase vazia e ainda fria. "Sim! Sim! Sim! Ele criaria orgulhosamente, com a liberdade e a força de sua alma... alguma coisa vívida, nova, alada e bela, impalpável, perene..."

Maisie fechou os olhos e repetiu as palavras. "Nova, alada e bela, impalpável, perene..." E soube que descansaria pouco aquela noite. Era como se Nick Bassington-Hope tivesse começado a falar com ela. Mesmo se dormisse, ela se esforçaria para ouvir a mensagem.

CAPÍTULO 4

Maisie e Billy chegaram ao escritório exatamente na mesma hora na manhã seguinte.
– Bom dia, senhorita. Tudo bem?
Baixando o cachecol até a altura do queixo para que pudesse ser ouvida, Maisie bateu o pé no degrau da frente, enfiou a chave na fechadura e empurrou a porta.
– Sim, muito obrigada, Billy. Como está Lizzie?
Billy fechou a porta depois de entrar e respondeu enquanto eles subiam as escadas:
– Ainda não muito bem, senhorita. A temperatura está um pouco alta, eu diria, e a pobrezinha vomita tudo que come. Doreen trouxe ontem um pouco de peito bovino para botar na sopa que distribuímos entre todos nós, e Lizzie nem mesmo tomou um pouco do caldo.
– "Distribuímos entre todos"? – Maisie pendurou o casaco em um gancho atrás da porta, e Billy fez o mesmo. – Do jeito como falou, parecem uma tribo!
– Ah, isso não é nada, senhorita. Não é pior do que as coisas que todo mundo precisa aguentar hoje em dia.
Maisie ficou parada diante da mesa de Billy enquanto ele punha seu caderno sobre a superfície de carvalho polida e pegava um lápis no bolso interno da jaqueta.
– Há algo errado? Escute, sei que isso não é da minha conta, mas você está se sentindo um pouco sobrecarregado?
Billy não se sentaria até que Maisie tivesse ido se sentar à sua mesa. Ele balançou a cabeça e então explicou:

– Doreen e eu sempre pensamos que tínhamos sorte, a senhorita sabe, com uma casa com dois cômodos em cima, dois embaixo, para nós cinco. Para completar o pacote, nosso senhorio é razoável. As crianças têm um quarto para elas, nós temos um quarto, e, com água fria corrente, não precisamos descer até a bomba d'água, como muitos vizinhos. – Ele pegou a bandeja, pronto para preparar um bule de chá. – Estou indo bem, graças à senhorita, e assim conseguimos gastar com alguns extras: um pouco de carne aqui e ali, um brinquedinho para cada criança no Natal...

– O que aconteceu?

– Alguns meses atrás, meu cunhado, o marido da irmã de Doreen, que é carpinteiro, perdeu o emprego. A situação ficou difícil para eles, tiveram que sair da casa deles porque não tinham dinheiro para o aluguel e estavam alimentando o menino e a menina deles só com pão e caldo de carne... E estão com outra criança a caminho, sabe, o que dificulta ainda mais as coisas para eles. Bem, Jim achou que conseguiria trabalho em Londres e eles vieram para cá, precisando de um lugar para morar. Agora estão dormindo em um quarto, nós cinco no outro, e estamos parecendo sardinhas, isso sim. Jim ainda não conseguiu emprego, Doreen precisou construir uma espécie de muro em volta da máquina de costura para fazer as encomendas que não param de chegar e, para falar a verdade, senhorita, é uma pressão ter que pôr todo dia comida na mesa para nove pessoas. Não que Jim seja preguiçoso, isso não, o homem está gastando a sola do sapato de couro que lhe restou batendo pé pela cidade o dia todo para tentar arrumar trabalho.

Billy balançou a cabeça e em seguida andou até a porta.

– Não, não faça o chá agora. Vamos nos sentar e conversar sobre isso. – Maisie acenou na direção da mesa perto da janela onde o mapa do caso estava aberto. – Vamos lá.

Billy afundou na cadeira ao lado de Maisie, que, na verdade, estava de certa forma aliviada. Apenas um ano antes, assolado pela dor persistente de suas feridas de guerra, Billy havia apresentado um comportamento imprevisível. Depois de investigar mais profundamente, ela descobriu que ele estava abusando de narcóticos, algo que não era incomum entre homens que haviam inadvertidamente recebido doses exageradas de morfina em postos de atendimento e postos avançados de tratamento de feridos na Grande Guerra. Pelo menos ele não havia tido uma recaída.

– E você está conseguindo dar conta? Há algo que eu possa fazer?

– Sim, senhorita, estou dando conta, só fica tudo muito apertado, apenas isso. Se precisarmos, minha Doreen consegue fazer a comida que era para cinco alimentar umas 105 pessoas. Vai melhorar quando Jim conseguir se sustentar. – Ele fez uma pausa. – Pobre homem. Lutou pelo país e agora veja como está sendo tratado... Que triste, senhorita.

– Billy, você entrou em contato com a enfermeira para que ela veja Lizzie? – perguntou Maisie.

Por causa do alto custo de um médico, era comum chamar uma enfermeira local, em vez de um médico, para ver os doentes.

– Não. Devíamos ter pensado nisso, é verdade, senhorita. Achamos que agora ela já teria se restabelecido, mas não sei...

Maisie consultou seu relógio.

– Escute, vou para Dungeness de carro mais tarde, ainda esta manhã. Quer dizer, se a Srta. B-H der notícias. No caminho farei um desvio e passarei em sua casa, apenas para dar uma olhada em Lizzie. O que isso lhe parece?

Billy balançou a cabeça.

– Não, senhorita, não saia do seu caminho... Vamos chamar a enfermeira mais tarde se Lizzie não tiver melhorado até a noite.

Maisie pegou diversos lápis de diferentes cores de um pote em cima da mesa. Ela sabia como Billy era orgulhoso e não quis forçar a situação.

– Tudo bem, mas a oferta está em pé. Se as coisas piorarem, basta me dizer...

Billy apenas assentiu, então Maisie passou para o caso Bassington-Hope.

– Muito bem, vamos ver onde paramos. Como conversamos ontem, sua tarefa é descobrir com Levitt mais informações sobre a galeria, Nick B-H e seu misterioso depósito. Veja o que consegue farejar. E tente também descobrir mais algo sobre o irmão caçula e se aquela história das ligações com um elemento criminoso são verdadeiras. – Ela fez uma pausa. – Nesse meio-tempo, vou tomar um café rápido com Stratton esta manhã, antes de partir. Estou curiosa para saber por que ele apoiou com tanta animação a decisão de Georgina de buscar minha ajuda. Se ele achou que o caso merecia mais investigação, por que ele mesmo não a levou a cabo? – Aproximando-se do mapa do caso, ela começou a associar diversas anotações, traçando círculos que ela foi juntando com setas. – Na segunda-feira, farei uma pesquisa sobre os antecedentes da Srta. B-H e sua família e, é claro, já terei algumas impressões da minha visita à casa. – Maisie consultou o relógio. – O correio da manhã logo deverá ser entregue. Espero receber notícias dela.

– Ela não costuma usar o bom e velho telefone?

– Talvez, mas vou precisar de uma chave, um mapa e algumas orientações específicas dela.

Billy assentiu.

– E quando a senhorita verá a família?

– Vou me encontrar com ela na Bassington Place no sábado.

– *Bassington Place*. Muito chique, se não se importa que eu diga. E vai ser lá que a senhorita conhecerá o resto dos doidinhos, hein?

Maisie estava contente de ouvir Billy fazendo troça, embora ainda parecesse preocupado.

– Pelo visto, sim. Acho que não é exagero chamar os Bassington-Hopes de *excêntricos*, segundo a descrição de Georgina... Como foi que ela chamou a irmã, *Nolly*? Devo confessar, eu...

A campainha tocou.

– Deve ser a carta. – Billy saiu da sala, retornando ao escritório em menos de três minutos. – O mensageiro e o carteiro chegaram juntos, então a senhorita recebeu um envelope grosso – ele entregou um pacote volumoso para Maisie – e algumas cartinhas trazidas pelo correio.

Maisie pôs as cartas na mesa e pegou um abridor para cortar o selo que protegia o envelope entregue pelo mensageiro. Quando ela tirou a carta, um segundo envelope, em um pesado papel velino creme, caiu na mesa junto com uma chave.

– Hummm, parece que *definitivamente* irei sozinha para Dungeness, como eu já suspeitava. Interessante... – Maisie deixou que suas palavras se dissipassem enquanto começava a ler a carta.

Prezada Srta. Dobbs

Maisie notou que, embora Georgina antes tivesse tomado a liberdade de usar seus primeiros nomes, na correspondência escrita ela era bem mais formal.

Devo pedir-lhe desculpas pelo breve comunicado. Comparecerei a um jantar de cerimônia esta noite e estou atarefada. O mapa anexo e as orientações permitirão que a senhorita chegue com segurança à casa-vagão de Nick em Dungeness. Esteja preparada. É um lugar muito simples, embora ele o adorasse. Caso tenha qualquer problema com a chave ou a fechadura, o Sr. Amos White mora na velha casa à direita do vagão de Nick, olhando de frente para ele, e tenho certeza de que ele a ajudará. Amos é pescador, então provavelmente à tarde estará em seu barracão consertando redes. Duncan e Quentin regressaram a Dungeness esta manhã, não deixe de procurá-los. Acredito que ficarão lá apenas um ou dois dias.

Encontro-a em frente à estação de Tenterden às três da tarde de sábado, como havíamos combinado. Se estiver viajando a partir de Chelstone, provavelmente virá de Rolvenden. Verá uma placa anunciando a estação no meio da High Street quando estiver se dirigindo para a cidade – é uma curva fechada para a esquerda. É melhor nos encontrarmos lá e depois irmos juntas para a casa.

A senhorita também encontrará anexo um convite para uma festa em meu apartamento no domingo à noite. Será apenas para alguns amigos. Achei que poderia ser uma oportunidade para que conheça alguns dos colegas de Nick. Não deixe de vir.

– Meu Deus... – Maisie balançou a cabeça.
– O que está acontecendo, senhorita?
– Um convite para uma festa no apartamento de Georgina B-H no domingo à noite.

Maisie releu o convite.

– Será bom, sabe, para a senhorita sair um pouco.

Maisie balançou a cabeça.

– Não sei se vai mesmo ser bom, mas certamente vou comparecer.
– Leve o Dr. Dene... Sabe, aproveite a festa para saírem.

Maisie enrubesceu e balançou a cabeça.

– Não, irei sozinha, Billy. É trabalho.

Billy a observou atentamente, notando a leve aspereza em sua voz. Embora eles nunca discutissem a vida privada de Maisie, Billy percebia que Andrew Dene tinha óbvias esperanças de casamento, enquanto as reações de Maisie haviam se tornado quase sempre mornas. Agora ela iria para uma festa sozinha, algo que uma mulher prestes a assumir um compromisso não faria, tratando-se de trabalho ou não.

– Muito bem, é melhor começarmos a decifrar o quebra-cabeça. Vamos vasculhar um pouco mais o caso para ver se a luz fria do dia trouxe ideias novas para nossa investigação. Depois vamos cada um para um lado.

Maisie pegou um maço de anotações feitas na noite anterior e se aproximou do mapa do caso. Ela se virou para o assistente.

– E lembre-se, Billy: se você precisar que eu veja Lizzie, é só me dizer.

Billy assentiu, e eles se puseram a trabalhar.

O café na Oxford Street onde Maisie iria se encontrar com o detetive-inspetor Richard Stratton era um estabelecimento um tanto dilapidado, que certa vez ela descrevera como sendo "mais para bodega do que para café". Ela já havia arrumado a mala de couro para a viagem a Dungeness. Ela havia pensado em ir depois direto de lá para Hastings, mas acabou decidindo ir para Chelstone, onde passaria a noite. Ela visitaria Andrew Dene em Hastings na manhã de sábado. Ir de carro à tarde da Cidade Velha para Tenterden não levaria muito tempo.

Stratton havia acabado de se sentar e a esperava em uma mesa perto da janela. Havia deixado seu chapéu e seu casaco em um cabideiro junto à porta e agora alisava para trás o cabelo preto salpicado de fios grisalhos nas têmporas. Ele vestia calças de gabardine cinza-escuro com um colete preto, um paletó cinza de tweed, uma camisa branca e uma gravata preta. Seus sapatos estavam muito polidos, embora ele não usasse o tipo de acessórios com os quais alguém como Stig Svenson adornaria seu traje: não havia lenço no bolso do paletó nem abotoaduras no punho. Embora ele não fosse um homem jovem – Maisie achava que ele teria entre 38 e 40 anos –, a tez azeitonada e os olhos negros garantiam que ele atraísse um segundo olhar daqueles que não o conheciam. O detetive não tinha consciência de exercer esse tipo de atração, e aqueles que passavam por ele não sabiam explicar por que se sentiam impelidos a se virar e olhar para ele. Talvez admitissem que haviam pensado tê-lo visto em um desses novos filmes falados que passavam nos cinemas.

Stratton já havia providenciado duas xícaras de chá e um prato com torradas e geleia. O chá era forte e – Maisie pensou ao se aproximar da mesa – parecia que já havia ficado no bule por tempo suficiente para se sentir em casa.

– Dá para deixar uma colher parada na vertical nesse chá – comentou Maisie, sentando-se quando Stratton puxou uma cadeira para ela, e sorriu.

Embora tivessem trocado palavras ásperas em diversas ocasiões, havia um respeito mútuo que levara Maisie a ser convocada à Scotland Yard para ajudar em casos nos quais se acreditava que suas habilidades individuais e sua intuição seriam úteis.

– Mas esse chá mantém a pessoa ativa em dias como hoje. Tem feito muito frio a semana toda, não?

Seus olhos se cruzaram. Maisie deu um gole no chá e assentiu.

– Deus, assim está melhor.

Stratton consultou seu relógio.

– Queria falar comigo, Srta. Dobbs?

– Sim.

Ela apoiou a xícara branca em um pires e em seguida fez uma pausa para pegar mais uma fatia de torrada e geleia, à qual ela acrescentou meia colher de chá de geleia.

– Meu bom Deus, o senhor gostaria de algumas torradas com um bocado dessa geleia?

Stratton se reclinou na cadeira e fitou Maisie.

– Estou faminta, inspetor. – Ela sorriu novamente e em seguida continuou sua explicação. – Eu queria falar sobre a morte de Nicholas Bassington-Hope. É claro, devo lhe agradecer por apoiar os planos da irmã dele de contratar meus serviços, de modo que possa lidar com algumas dúvidas que ela carrega no coração. No entanto, espero que o senhor possa me contar mais sobre o episódio do seu ponto de vista.

Maisie inclinou a cabeça e mordeu a torrada, enquanto estendia o braço para pegar seu chá.

Stratton demorou alguns segundos para responder enquanto, Maisie tinha certeza, formulava uma resposta que seria aceitável para os superiores dele, caso fosse chamado a prestar contas de suas ações. Apesar da demora, durante a qual ela pareceu se entreter com outra fatia de torrada, ele devia ter imaginado por que ela pedira que se encontrassem e estaria pronto para compartilhar apenas o essencial.

– Não tive, e não tenho, nenhuma dúvida de que o Sr. Bassington-Hope caiu do andaime que ele havia montado. Ele não foi erguido por um mestre de obras ou outra pessoa acostumada a fazer isso, embora ele obviamente tenha obtido ajuda. Era bastante amador, na verdade. Ele estava pedindo para ter problemas. – Ele deu um gole do chá. – Terrível desperdício... Até parece que não há mestres de obras sem trabalho que teriam adorado ganhar um xelim ou dois para lhe dar uma mãozinha.

Maisie pousou em seu prato uma crosta que ela havia comido pela metade.

– Vi a parede contra a qual o andaime foi colocado e me pareceu que as buchas já estavam no lugar. Não sou especialista nesse tipo de coisa, mas acho que, sendo ele um artista, devia estar acostumado a montar todo tipo de exposição. E, como ele trabalhava com peças muito grandes, precisava alcançar a tela para pintar. Quero dizer, o homem não era um tolo, lutou na guerra como soldado, tinha certa destreza...

Stratton balançou a cabeça.

– O temperamento de um artista... Vi muito disso no meu tempo. Faz treze anos que ele foi soldado, então tenho minhas dúvidas se assimilou alguma habilidade prática daquela época. E ele estava guardando muito segredo de seu trabalho... Como provavelmente sabe, não encontraram nem metade da obra! Por motivos pessoais, ele quis fazer tudo sozinho, o que o levou à morte.

– E isso me traz de volta ao propósito original deste encontro: o senhor vê algum valor, mesmo que mínimo, na convicção da Srta. Bassington-Hope de que o irmão foi vítima de um crime?

Stratton bebericou novamente o chá. Maisie entendeu o que ele estava fazendo e sorriu. *Está tentando ganhar tempo.*

– Para lhe dizer a verdade, fiquei muito satisfeito por ela tê-la procurado, pois do contrário ficaria no meu pé. Ela é uma dessas pessoas obstinadas como um carrapato que, uma vez que agarra em alguma coisa, simplesmente não solta mais. Para começar, eu nem deveria ter sido convocado para a cena do acidente, já que era claro, para mim, que não havia sido perpetrado um crime naquele lugar. – Stratton suspirou. – Ela não aceitou o fato de o irmão ter sido vítima da própria inaptidão e pareceu querer causar um estorvo, exatamente como fez durante a guerra.

– Mas acho que ela fez algo muito corajoso na guerra... Afinal, seria muito arriscado levar a cabo metade das coisas que fez para obter informações de bastidores para suas reportagens.

– Ah, meu Deus, Srta. Dobbs, será que isso é uma velha camaradagem entre garotas da Girton? Realmente espero que a senhorita não tenha se enfeitiçado pela carismática Georgie Bassington-Hope, eu...

– Velha camaradagem entre garotas da Girton? Carismática? Estou desapontada com o senhor, inspetor.

– Foi uma figura de linguagem. Ela usa a energia e o charme dela para conseguir tudo o que quer, mesmo quando se trata de ter acesso a lugares perigosos nos quais ela não teria o direito nem mesmo de imaginar entrar. E tudo isso para escrever uma reportagem.

Maisie arqueou uma sobrancelha.

– Para escrever a verdade.

Stratton balançou a cabeça.

– Ela era uma encrenqueira, suas "reportagens" solaparam a decisão do governo de...

– Mas o governo não solapou...

– Srta. Dobbs, eu...

– Detetive-inspetor Stratton, se quer que eu mantenha Georgina Bassington-Hope longe do seu caminho, para efetivamente pegar sua roupa suja e a lavar e dobrar, devo dizer que o senhor me deve um pouco mais do que quinze minutos em um café minúsculo de terceira categoria na Oxford Street. – Embora notasse que as bochechas de Stratton haviam corado, Maisie continuou: – Tenho algumas perguntas a *lhe* fazer, se não se incomoda.

Stratton deu uma olhada no balcão.

– Acho que eles acabaram de preparar um novo bule de chá. Outra xícara?

Maisie aceitou. Stratton pegou as xícaras e foi até o balcão. Ela consultou seu relógio, pensando que, se saísse de Londres por volta das onze e meia, provavelmente estaria em Dungeness por volta das duas e meia. Restaria uma hora mais ou menos de luz antes de o crepúsculo granuloso cair sobre o litoral.

– Este está um pouco melhor.

Ele pôs duas xícaras de chá na mesa, empurrando uma delas na direção de Maisie.

– Obrigada.

Maisie pegou sua xícara e em seguida desviou o olhar enquanto Stratton punha algumas colheres de açúcar em seu chá, um hábito que ela já havia observado e que lhe causava desconforto e irritação. Ela voltou a se virar para a frente quando ele devolveu o açúcar para o centro da mesa.

– Bem, eu gostaria que o senhor me contasse tudo o que puder sobre a morte do Sr. Bassington-Hope. É o mínimo que pode fazer se quiser manter aquele "carrapato" sob controle. – Ela fez uma pausa. – Ah, e aliás, devo dizer, embora eu esteja a par da reputação dela, ela não me causou a impressão de ser um "carrapato", pois chegou a desmarcar a primeira reunião que teria comigo. Ela mal conseguiu juntar coragem para finalmente vir a meu encontro.

– Não tenho como julgar o comportamento da mulher. Entretanto, imaginei que a senhorita quisesse me ver para falar desse caso. – Ele enfiou a mão dentro do grande bolso interno de seu casaco Mackintosh e sacou um envelope do qual tirou diversas folhas de papel. – A senhorita não poderá levá-las consigo, mas poderá ler as anotações da necropsia.

Maisie pegou as folhas que Stratton lhe oferecera e as leu atentamente por alguns minutos. Determinada a não se apressar por conta de Stratton, ela abriu sua pasta de documentos, tirou algumas fichas e as colocou sobre a mesa ao lado de sua xícara, que ela pegou e manteve erguida contra a bochecha até que tivesse terminado de ler. Tomou mais dois ou três goles enquanto devolvia o relatório à mesa e repassava algumas páginas mais uma vez, e então apoiou a xícara, pegou um lápis em sua pasta e começou a tomar notas.

– Devo avisar que não tenho o dia todo, sabe?

Maisie sorriu. Se ele não a conhecesse profissionalmente havia algum tempo, Stratton poderia pensar que estava sendo manipulado.

– Só mais um momento, detetive-inspetor. – Maisie terminou suas anotações e se reclinou na cadeira. – O previsível pescoço quebrado, causado por uma queda infeliz em um ângulo problemático. Morte praticamente instantânea, de acordo com o perito. Bem, e quanto às marcas ao lado da cabeça e no braço? O médico-legista tem certeza de que esses sinais de trauma estão de acordo com a natureza da queda?

– Está duvidando do médico?

– Não preciso lembrá-lo que não somente fui enfermeira, mas também passei por um longo período de aprendizagem com o Dr. Maurice Blanche. Estou acostumada a questionar os peritos. Fui treinada para isso.

– As marcas não são tão graves a ponto de indicar uma causa de morte alternativa e, segundo a conclusão do legista, estavam de acordo com a natureza do acidente.

– Hummm, há dois "de acordo"... Eu me pergunto com o que mais esses sinais estariam de acordo.

– A senhorita parece estar sugerindo falta de atenção aos detalhes, talvez incompetência. Eu não teria encerrado o caso se tivesse qualquer dúvida...

– Será que não? – Maisie não deixou que a pergunta pairasse no ar, apenas quis garantir que ela fosse manifestada. – Se estou parecendo provocadora, é apenas porque o relatório da minha cliente... que me contratou graças ao senhor, que apoiou a indicação... exige que eu faça essas perguntas. Eu de fato acredito que poderia apontar algumas anomalias, mas, ao mesmo tempo, entendo por que o médico responsável chegou a essa conclusão.

– Posso? – perguntou Stratton antes de pegar o documento. – Não tenho como ajudar em mais nada, sinto muito. Estou seguro de que a senhorita tem mais perguntas, mas, se eu tivesse tempo para responder, ou se visse alguma razão para responder, ora, então eu não teria encerrado o caso. – Stratton recolocou o relatório no envelope e, em seguida, em seu bolso. – Preciso ir agora. Dia corrido, já que irei para casa mais cedo hoje.

Maisie deu um nó em seu cachecol e se levantou quando Stratton puxou sua cadeira.

– Vai viajar no fim de semana, inspetor?

Stratton balançou a cabeça.

– Não, apenas vou sair à noite. Um jantar, na verdade. Estou bastante animado.

Eles saíram do café e se despediram com um aperto de mãos antes que cada um seguisse seu caminho. Maisie se sentiu impelida a se virar e a olhar para trás enquanto andava na direção do seu carro. Viu Stratton atravessando a rua rumo ao Invicta preto que o aguardava. O motorista abriu a porta da frente para ele. Foi nesse momento que ela percebeu outro carro parado atrás do de Stratton. Embora não pudesse ter certeza, achou que o segundo carro fosse um modelo mais novo e mais veloz, do tipo usado pelo Flying Squad, um ramo da Polícia Metropolitana de Londres. Um homem vestindo um chapéu preto e um sobretudo preto que ficara encostado na porta do carro jogou uma bituca de cigarro no chão e o amassou com a sola do sapato. Depois, foi até Stratton. Aproximaram-se e conversaram brevemente antes de se virarem para olhar na direção dela. Maisie simulou estar interessada na vitrine de uma loja ao lado e, quando sentiu que era seguro, lançou outro olhar na direção do carro de Stratton, bem a tempo de ver os dois homens trocando um aperto de mãos e entrando em seus respectivos veículos.

Quando chegou ao MG, Maisie consultou seu relógio. Sim, ela chegaria a Kent antes das duas e meia. Enquanto dirigia, confiante, apesar do granizo que fazia com que as ruas de Londres ficassem cada vez mais perigosas, ela rememorou o encontro com Stratton, como se assistisse a um filme em sua imaginação. Havia perguntas a serem feitas, mas, se ela as respondesse prematuramente, nesse estágio, talvez não conseguisse, no tempo oportuno, chegar a uma conclusão completa e definitiva para o caso. Suas primeiras perguntas – pois a curiosidade de Maisie raramente parecia aumentar sem que outras perguntas surgissem, como se fosse uma raiz gigante sendo alimentada por raízes tuberosas secundárias – giravam em torno do contentamento de Stratton por ela estar trabalhando para Georgina. Será que ele realmente queria que a mulher ficasse ocupada, pois desse modo ela não escreveria artigos controversos sobre os procedimentos da polícia para nenhum jornal ou revista política? Teria ele algum motivo para continuar a investigar a morte do artista sem o conhecimento de Maisie ou do parente mais próximo?

Enquanto pensava sobre o segundo carro e o encontro entre Stratton e o homem de chapéu e casaco pretos, Maisie limpou com as costas da mão a condensação formada na parte interna do para-brisa do MG. É claro, não deveria ser suspeita a colaboração entre homens com responsabilidades diferentes na polícia – um que lidava com homicídios, e o outro com gangues, roubos e outros crimes do gênero. Afinal, seus caminhos deviam se cruzar o tempo todo. Mas ela sentiu algo na nuca, como se uma colônia de formigas se deslocasse em fila de um ombro ao outro. Uma imagem parecia se impor sobre ela nesse momento: um porão com degraus levando para baixo em meio à escuridão. Não lhe era uma imagem estranha, mas algo que costumava vir à tona no início de um caso complicado. Mesmo assim, Maisie estremeceu ao perceber que já havia descido além do primeiro degrau. Era evidente que ela estava no escuro quando assumiu o caso e iniciou a descida, mas agora não havia como voltar atrás.

Quando deixou os subúrbios de Londres e cruzou o limite de Kent, o sol baixo da tarde finalmente conseguira atravessar as nuvens, lançando uma luminosidade cristalina através da floresta. Ela ficou feliz com essa trégua no clima. Bastou um pouco de céu claro, luminoso, para ela começar a sentir seus ossos mais aquecidos. Acostumada com aquela viagem até a costa, que ela esperava que fosse tranquila, Maisie olhou para o campo, a invernal faixa branca de terra entremeada por canteiros verdes, onde ovelhas e vacas se agrupavam, com a traseira voltada para o vento gelado. Kent tranquilizava Maisie, a equilibrava desde os tempos de menina, quando ela saiu de Londres para trabalhar na casa de campo dos Comptons. Apesar dessa calma, ela estava inquieta. A imagem de Stratton e do outro homem, e seus olhares furtivos na direção dela, suscitavam ainda mais perguntas. Depois, Georgina e Stratton lhe vieram à mente. Será que eles compareceriam ao mesmo evento essa noite? Juntos, talvez? Enquanto mudava a marcha para fazer uma curva, ela se perguntou se haveria um plano em ação, e se ela seria uma peça no jogo. Mas, nesse caso, que peça ela seria? E o quão sério era o jogo?

CAPÍTULO 5

Maisie fez o trajeto conforme planejado e chegou a Dungeness às duas horas. A planície vasta coberta de seixos, um promontório que alcançava os limites ocidentais do estreito de Dover, parecia se estender do povoado de Lydd até o mar. Ela pensou que a expressão "varrido pelo vento" devia ter sido criada para descrever Dungeness, situada no ponto mais meridional de Romney Marshes, uma região pantanosa que costumava ser fustigada por vendavais mesmo em dias de tempo bom.

Maisie dirigiu devagar por uma pista desgastada pelo transporte de leite. Ela pensou que por algum tempo o MG talvez tivesse sido o único automóvel a se aventurar por aquela estrada, tão quieta era a paisagem, sem sinal nem mesmo de pescadores. Olhando para ambos os sentidos antes de atravessar as estreitas linhas férreas de Romney, Hythe e Dymchurch, ela apoiou o mapa de Georgina no volante e olhou para baixo por um ou dois segundos sem parar o carro. Parecia que a maior parte das casas-vagão da antiga ferrovia ficava ao sul, então ela virou à direita, passando pelo farol, e manteve o carro em marcha lenta até chegar ao antigo vagão que foi o lar de Nicholas Bassington-Hope.

Maisie estacionou, vestiu o cachecol para se proteger do frio congelante e abriu a porta do MG, que precisou segurar com força, já que o vento forte quase a fechou de novo. Chegou ao vagão e, depois de se atrapalhar um pouco com as chaves, felizmente conseguiu entrar após dar apenas uma volta em falso na fechadura, sem precisar recorrer às boas graças de Amos White. Maisie colocou todo o peso do corpo contra a porta para fechá-la novamente e em seguida a trancou. Deixou escapar um suspiro profundo, satisfeita por finalmente estar ali dentro e não do lado de fora, naquele clima invernal congelante.

– Não há nada como os charcos para quebrar seus ossos! – disse Maisie em voz alta, enquanto puxava o cachecol para trás, tirava o chapéu e dava uma olhada ao redor. Por um momento, ficou surpresa, pois o lugar convertido em casa de campo não era nada como ela havia imaginado.

Sem tirar o casaco – ainda estava frio demais –, ela usou o cachecol para enxugar as gotículas de chuva do cabelo e do rosto enquanto caminhava pelo cômodo. Na verdade, não conseguia se lembrar de fato da imagem que lhe viera à mente quando Georgina mencionou pela primeira vez que seu irmão morava em um vagão ferroviário, mas pensou vagamente em um tecido de lã piniquento vermelho-sangue estofando os assentos, paredes de madeira escura e portas com placas onde estivesse escrito PRIMEIRA CLASSE e TERCEIRA CLASSE. Ela imaginara que o artista morava em um vagão de carga glamorizado, não no interior de bom gosto que ela contemplava naquele momento.

O sol já se punha, mas Maisie encontrou fósforos perto de um lampião a óleo no guarda-louça e removeu a coluna de vidro para acender o pavio. Ela foi recompensada por uma luz aconchegante ao recolocar a coluna de vidro e depois a cúpula amarela em forma de globo ao redor dela.

– Assim fica melhor.

Maisie pôs sua pasta em cima da mesa e andou pelo cômodo principal. Extremamente organizado, ele havia sido decorado com capricho, embora Nick tivesse preservado os elementos mais atraentes do design do vagão ferroviário. As opulentas paredes divisórias de madeira de cada lado haviam sido lixadas, envernizadas e polidas até ficarem reluzentes, assim como as tábuas do assoalho. As paredes laterais haviam sido pintadas com um verniz creme claro, e cortinas de linho escuro cobriam as janelas que davam para o mar. Duas poltronas de couro, do tipo encontrado em clubes de cavalheiros, estavam dispostas perto de um fogão a lenha encostado na parede divisória logo à direita da porta de entrada. Havia uma pilha de troncos leves de um dos lados do piso de lajotas vermelhas, e do outro lado havia uma grande chaleira com água, junto de diversos utensílios para atiçar o fogo. Uma cama de madeira havia sido disposta com a lateral encostada na outra divisória. A luxuosa colcha vinho se esparramava pela lateral da cama e se mesclava com um tapete persa que parecia ter sido tramado com todas as tonalidades vermelhas de lã, do bordô ao vermelho-sangue, do grená a uma cor quase ocre. Diante do guarda-louça ficava um pequeno armário com um compartimento em cima com prateleiras, fechado com portas, para cerâmicas e, embaixo, outro aberto onde Nick Bassington-Hope guardava um conjunto de potes e uma caixa para o pão, além de uma maciça tábua de madeira que protegia a bancada. Outros dois compartimentos mais abaixo continham uma frigideira, uma caçarola e diversos potes com grãos e latas de sopa. Andando ao redor, Maisie pensou que o espaço compacto parecia transmitir conforto, algo que provavelmente era essencial à vida nessa parte do litoral, em qualquer estação do ano.

Ao abrir uma segunda porta, Maisie descobriu que a moradia não se restringia a um vagão, mas se estendia a outro, paralelo ao primeiro. Uma porta de tamanho convencional, como a de uma casa, havia sido instalada e levava a um pequeno vestíbulo, construído para conectar os dois vagões. As janelas nesse lado comprido do vagão haviam sido pintadas de branco e depois decoradas com um mural. Em vez de parar para observar a história representada na série de pinturas, Maisie continuou a inspecionar a casa de Nick. O vestíbulo dava acesso ao ateliê e ao banheiro, embora não houvesse água corrente nem encanamento para os residentes de Dungeness. O banheiro consistia em um lavatório de madeira com um painel de azulejos sobre uma pia e uma bancada de mármore. Havia um jarro e um cântaro sobre o lavatório e, sob ele, um penico coberto com um pano todo branco. Maisie presumiu que toda manhã os residentes precisassem fazer um rápido passeio, caminhando sobre os seixos até chegar à beira do mar para esvaziar o "mictório". Continuando a inspecionar o lugar, ela viu um pequeno guarda-roupa que continha diversas peças: três camisas, um par de calças azuis de veludo cotelê, um casaco marrom de lã e outro de pesado algodão encerado. Quando esticou o braço para buscar no fundo do guarda-roupa, Maisie sentiu a textura áspera de lã pesada e puxou a manga da outra roupa. Nick havia guardado seu sobretudo do Exército. Maisie tirou o casaco do guarda-roupa, ergueu-o e instintivamente o aproximou do nariz.

Ah, meu Deus, eu não deveria ter feito isso. Estendeu os braços para afastá-lo do rosto e foi até o ateliê para olhá-lo mais detidamente. *Ah, minha nossa.* Ainda havia uma mancha de lama na bainha do casaco. Depois, ao aproximar o tecido da luz, ela notou uma mancha grande e antiga na manga, que ela sabia se tratar de sangue. *Meu Deus, ele guardou isso por todo esse tempo.* Maisie fechou os olhos e segurou o casaco mais perto de si, o odor da morte ainda recendendo em meio às dobras do tecido, como se a peça tivesse absorvido algo daquilo que o artista vira quando era um jovem subalterno.

Depois que devolveu a peça ao guarda-roupa, Maisie manteve a mão parada por alguns segundos sobre a maçaneta da porta enquanto tentava esvaziar do pensamento a imagem de Nick e do sobretudo de que ele não conseguiu se desfazer.

A noite começava a cair e Maisie mal havia avançado na tarefa que se impusera para aquela tarde. Depois de anotar que devia perguntar a Georgina por que as roupas de Nick não haviam sido recolhidas da casa, ela seguiu em frente. Imaginava que o local de trabalho de um artista seria de certo modo desorganizado, talvez com desenhos aqui e acolá, tintas gotejando de potes sem tampa, trapos manchados de várias cores, livros e papéis espalhados pelo chão. Olhando para o ateliê limpo, cuidadosamente arrumado, Maisie se deu conta de que ela talvez compartilhasse com Stratton certa ideia de como seria um "tipo" artístico. Repreendendo a si mesma, ela circulou pelo ateliê no qual Nick criara a obra que o notabilizou.

Na parede paralela ao primeiro vagão, uma caixa especial de madeira havia sido embutida para armazenar as tintas do artista. Ela lembrou a Maisie as caixas de correspondência no bloco de apartamentos onde morava agora. Cada escaninho de madeira foi designado para determinada cor, e dentro havia tubos e potinhos de diversas tonalidades de azul, vermelho, amarelo, verde, preto, laranja ou violeta.

Jarros de tamanhos variados para armazenar uma coleção de pincéis haviam sido colocados em um carrinho de chá decorado de maneira alegre. E, embora tivessem marcas de tinta e do desgaste depois de muito uso, os pincéis haviam sido adequadamente limpos antes de guardados. Perto da longa cortina, havia um cavalete apoiado na divisória. E, encostada na divisória do banheiro, ficava uma cômoda com gavetas estreitas para papéis de diferentes gramaturas, madeira para molduras e seções para telas ainda não utilizadas. No chão via-se um cesto com panos manchados mas limpos, e havia ainda uma poltrona confortável e cheia de almofadas, posicionada junto à janela. Ao lado da janela, ficava uma mesinha com cadernos de esboços e alguns lápis.

– Mas onde está o seu trabalho, Nicholas? Onde você pôs o seu trabalho? – perguntou Maisie ao ateliê vazio.

Segurando a lamparina com a mão esquerda, ela usou a direita para abrir a última gaveta da cômoda. Ali ele guardara um monte de cadernos de esboços. Mesmo vestida com seu casaco, ela se sentou no chão, colocou a lamparina ao lado e começou a folhear os cadernos, todos os quais estavam assinados e datados. Ela havia apenas começado quando ouviu uma batida sonora na porta.

– Ah! – exclamou, surpreendida pela intrusão. Mesmo assim, ela se pôs de pé e, com a lamparina na mão, foi atender àquela visita que soava impaciente.

Ao abrir a porta, Maisie se deparou com um homem corpulento e mais ou menos da sua altura. Ele vestia uma comprida jaqueta de tecido emborrachado e uma boina de lã sobre o cabelo ruivo começando a ficar grisalho, preso para trás numa longa e espessa trança. Suas calças, do mesmo tecido emborrachado, estavam enfiadas para dentro das botas, cujos canos foram dobrados para baixo. Maisie quis muito dar um sorriso, pois não teve dúvida quanto à identidade do homem.

– Deve ser o Sr. White – falou ela antes que o homem tivesse a chance de abrir a boca. Queria evitar todas as perguntas que ele pudesse ter quanto ao direito dela de estar ali, na casa de um homem que morrera havia pouco tempo.

Ele a encarou por algum tempo, surpreso por Maisie tê-lo tratado sem rodeios. Em seguida ele falou, com um forte sotaque de pescador de Kent:

– Pensei apenas em conferir o que estava acontecendo aqui. Não quero estranhos se metendo nos assuntos do Sr. Hope.

– Não sou uma estanha, Sr. White. Sou amiga da irmã do Sr. Bassington-Hope, Georgina. Ela me pediu que viesse para ver se estava tudo bem por aqui, já que eu me encontrava na região.

– É estranho alguém aparecer nesta área... É meio fora de mão, Dungeness, ninguém precisa passar por aqui...

– Pois é, eu sei, mas era só um pouquinho fora do meu caminho. – Maisie sorriu mais uma vez, embora sentisse que suas respostas educadas estavam surtindo pouco efeito sobre o pescador. – Eu conheço Romney Marshes e estava me dirigindo para Hastings, então me pareceu que essa seria uma boa oportunidade de ajudar a Srta. Bassington-Hope.

Ele balançou a cabeça.

– Gente esquisita, os Hopes. A gente pensava que eles viriam aqui com mais frequência, mas só vieram uma única vez. Três deles mal chegaram e já foram embora. Gente esquisita. – Ele balançou a cabeça, se mexeu como se fosse partir, mas se virou novamente. – É melhor a senhorita levar aquele carrinho para trás do vagão e estacioná-lo nos fundos da casa. Ou pela manhã, do jeito que está ventando, aquela coisa vai estar sem a capota. – Ele olhou para Maisie em silêncio e logo continuou: – Já que conhece os Romney Marshes, a senhorita devia pelo menos saber que é melhor estacionar atrás do vagão.

Maisie consultou o relógio.

– Bem, não pretendo ficar até tarde. – Maisie sentiu o desconforto da chuva fria no rosto e a luz da lamparina tremeluziu. – Meu Deus, realmente preciso ir andando.

Amos White se virou, falando enquanto se afastava:

– Apenas se lembre de botar aquele carrinho em um lugar mais protegido.

E então ele se foi.

Maisie fechou a porta e estremeceu. Talvez devesse ficar em Dungeness, principalmente porque mal havia começado a inspecionar a propriedade de Nick, embora soubesse que se sentiria uma intrusa ao dormir em uma cama que não era a dela, em uma casa que não lhe fora oferecida como um pouso para a noite. Tinha pouco tempo, e mais perguntas haviam se formado em sua mente, uma atrás da outra, pedindo para ser formuladas e respondidas. *Quem eram os três membros da família? Teriam sido Georgina e seus pais? Ou talvez os três irmãos enlutados?* Ela olhou ao redor. Das duas, uma: ou Nick era uma pessoa organizada, ou alguém mais viera lá e achara apropriado arrumar a casa. Alguém que havia conseguido se esquivar dos olhos argutos de Amos White.

Quando foi mais uma vez até o centro do cômodo, ela se permitiu deixar todas as perguntas no fundo dos seus pensamentos e examinar a pintura mural na parede diante dela, meticulosamente produzida sobre as antigas janelas do vagão ferroviário. Cada janela fora preparada com uma base branca para se transformar em uma tela, e cada uma retratava uma cena que era puro Romney Marshes: árvores vergadas na direção oposta ao litoral pela força do vento, igrejas isoladas nos campos planos divididos por sebes onde ovelhas pastavam, e, acima dos charcos, nuvens prateadas percorrendo velozes toda a extensão de um céu carregado. Maisie aproximou a lamparina e sorriu, pois, à medida que seus olhos se moveram da esquerda para a direita, da serenidade dos pântanos para o mar rebentando contra os seixos, com algumas imagens maiores que outras para criar a ilusão de distância e de proximidade do detalhe, ela se deu conta de que a história contada no mural era parte da história daquela costa, uma narrativa de séculos atrás. No meio da história, o dia se transformava em noite, e a cena mostrava um barco de pesca atracado. Os homens descarregavam sua pescaria à luz de lanternas, com lenços envolvendo a cabeça à maneira dos ciganos. Sobre um cavalo preto de olhos selvagens, um homem de máscara e um chapéu de três pontas empunhava uma pistola enquanto vistoriava uma captura, não de bacalhau, nem de linguado, enguia, cação ou hadoque, mas barris e baús prestes a explodir de tão abarrotados de ouro e especiarias, sedas e rum. Em outra parte do mural, os homens haviam escapado com seu butim em direção à igreja, onde um vigário os acolhia e lhes pedia que entrassem, permitindo assim que se escondessem atrás do púlpito. Na cena seguinte, amanhecia e os coletores de impostos – tão temidos hoje quanto nos tempos antigos – procuravam em vão pelos contrabandistas. Na cena final, pintada acima do pé da cama, o dia estava novamente claro no pântano. As ovelhas pastavam, o vento soprava vergando as árvores para a terra, e o céu trovejante havia cedido lugar ao azul. Era uma cena de paz e tranquilidade.

    Maisie deu um passo atrás para olhar o mural completo. As ignóbeis gangues da Kent do século XVIII ganharam vida e cores pelas mãos do artista. Ela se aproximou da parede e iluminou os rostos delicadamente retratados, admirando os detalhes, até do cão curvado para um lado enquanto o cavalo empinava. Nick Bassington-Hope de fato era talentoso, isso era evidente até mesmo naquela cena excêntrica, que representava a vida pregressa no lugar onde ele havia se refugiado.

    Ela consultou seu relógio e suspirou. Permaneceria ali por mais algum tempo buscando pistas. Já passava das quatro horas e estava escuro lá fora, mas ela concluiu que não poderia partir sem empreender uma investigação atenta pela casinha, mesmo que isso significasse dirigir tarde da noite, em condições nada seguras, prestando atenção na pista irregular. Quando o ar à sua volta pareceu ter se acostumado à sua presença, ocorreu-lhe que aqueles que estiveram ali antes dela podiam estar em busca de algo de extrema importância.

Ela levou o MG para um lugar atrás do segundo vagão, onde um alpendre surpreendentemente forte havia sido construído e abrigava não apenas uma pilha de madeira leve montada com cuidado, mas também um banheiro e um barril que acumulava água por meio de um inteligente sistema de calha. Maisie conseguiu estacionar embaixo do alpendre e voltou sorrindo, contornando os vagões até a porta de entrada. Parecia que, contrariando a avaliação de Stratton, esse artista tinha uma natureza muito prática, levando-se em consideração o trabalho envolvido na adaptação dos dois vagões – e Maisie presumiu que Nick havia feito esse trabalho por conta própria.

Trancando a porta mais uma vez, Maisie baixou as cortinas, acendeu o fogão de ferro-fundido e pôs a água da chaleira para ferver. Quando o ambiente se aqueceu, ela abriu a porta do ateliê para que o calor circulasse e assim ela pudesse se movimentar por ali com conforto. Estudou o lar que Nick havia criado. Não, nada disso era obra de um homem que seria negligente ao construir a plataforma de um andaime.

∽

De volta aos cadernos de esboços que mal acabara de abrir quando Amos White esmurrou a porta, ela notou que eles continham estudos do início da carreira de Nick – desenhos a carvão e aquarelas desprovidos da interpretação sensível dos últimos tempos – e outros mais recentes, que pareciam demonstrar traços mais seguros. Maisie deu uma olhada nos cadernos e teve certeza de que haveria outros ainda. Estimando que Nick devia ter usado mais de cem ou talvez duzentos cadernos, ela começou a procurar novamente, embora houvesse nos vagões pouquíssimos lugares para armazenamento. Sob a cama, encontrou uma série de caixas de maçã contendo mais cadernos de esboços, junto com muitos livros de ficção e não ficção que ele havia adquirido no decorrer dos anos. Apoiada nas mãos e nos joelhos, Maisie puxou as caixas de sob a cama, colocou os cadernos perto do fogo e, sentando-se no chão e apoiando a lamparina em uma mesa de canto, começou a folhear o conteúdo.

Diferentemente do restante da casa, na qual tudo parecia ter seu lugar próprio, os cadernos de esboços não haviam sido catalogados nem ordenados. Se tivesse que conjecturar, Maisie apostaria que eles haviam sido examinados muito recentemente. Lembrando-se de suas conversas com Georgina, ela se perguntou se os Bassington-Hopes haviam esperado encontrar ali alguma pista da localização do depósito – algo que ela mesma queria descobrir.

Os primeiros esboços de Nick eram de cenas pastorais, de cavalos nos campos de Kent, de fazendas e fornos de secagem de lúpulo, do gado dirigindo-se a passos lentos para o curral de ordenha no final da tarde, de mulheres reunidas no quintal das fazendas, com seus casacos amarrados por cordas, botas com cadarços enlameadas sob o pesado tecido de saias e aventais. Fortes como homens, elas passavam cachos de lúpulo que haviam acabado de ser lavados por uma moenda, duas delas girando uma alça gigantesca, outras duas alimentando os cilindros duplos. Havia esboços detalhados, um rosto aqui, um nariz ali, o braço de um fazendeiro ou a mão rechonchuda de uma criança sendo segurada pela mão calejada de seu pai. E então veio a guerra.

Maisie tinha dificuldade em olhar para os esboços. Enquanto os examinava, sua cabeça começou a latejar, e a cicatriz em seu pescoço, a doer. Como não conseguiu continuar, voltou-se para os trabalhos feitos logo depois do regresso de Nick da França, um período em que, ainda se recuperando de suas feridas, ele foi convocado a trabalhar pela causa da guerra cuidando do projeto gráfico de livros de propaganda. Desta vez, os esboços enfureceram Maisie. Ela saiu de perto do fogo, enraivecida pelos slogans que se revelaram enquanto ela passava as páginas. O desenho de um garotinho sentado no joelho de seu pai, acompanhado de uma frase: QUE HISTÓRIAS DE GUERRA VAI ME CONTAR, PAI? Uma jovem mulher com seu namorado, desviando o olhar na direção de um homem com o uniforme do Exército: SERÁ QUE ELA AINDA ESCOLHERIA VOCÊ? E em seguida a imagem de um soldado alemão derrubando a porta de um lar: VOCÊ PODE PARÁ-LO AGORA! Maisie havia visto os cartazes durante a guerra, mas nunca havia se perguntado quem teria rascunhado cada ideia daquelas, nunca tinha pensado no homem que desafiou outros a se juntarem à guerra e que pressionou aqueles que estavam em casa, empurrando-os para o serviço militar.

E nesse momento, em suas mãos, estavam os embriões dessas ideias. Para cada cartaz que ela havia visto em estações de trem, cinemas ou na frente de uma loja, havia dez, quinze esboços, ou mais, com o projeto gráfico em diferentes estágios de desenvolvimento. A princípio, ela sentiu raiva do artista. Depois se viu ponderando se ele teria tido alguma possibilidade de escolha, e, se não, como ele deve ter se sentido, sabendo do resultado final mortífero de seu trabalho. Quando as chamas do fogão diminuíram, Maisie se aproximou dele mais uma vez e pensou que cada dia da vida de Nick Bassington-Hope talvez tivesse sido atormentado pelo remorso – se de fato houve remorso.

Os esboços da época que ele passou nos Estados Unidos interessaram mais a Maisie, não apenas porque ilustravam um país distante, mas também porque revelavam um homem que parecia ter encontrado certa paz de espírito. Cânions grandiosos na contraluz, iluminados por um sol que se erguia alto no céu, árvores tão grandes que ela mal podia imaginar como seria caminhar pela floresta, e em seguida as planícies. Mesmo em meros cadernos de esboços, com lápis e carvão, giz pastel e aquarela, ela podia praticamente sentir o calor, a brisa soprando pelos milharais ou a água de um rio sendo borrifada à medida que, impetuoso, ele descia em assustadoras corredeiras. Mais uma vez, Nick havia desenhado segmentos detalhados, como a água passando por uma pedra isolada, um galho, parte da asa de uma águia. E no canto de uma página, a lápis, o artista havia escrito: "Posso novamente dançar com a vida." Quando Maisie fechou um caderno de esboços e pegou outro, percebeu que estava com os olhos marejados, que o trabalho de um artista que ela nunca conhecera a comovia profundamente. As viagens empreendidas para o outro lado do mundo haviam salvado a alma de Nick Bassington-Hope.

Enquanto secava os olhos, Maisie pegou uma coleção de cadernos de esboços amarrados com barbante e identificados como CONSTRUTOS. Foi ficando intrigada à medida que passava as páginas, pois parecia não apenas que o artista planejara seus murais e trípticos com o mais extremo cuidado, mas também que ele previu cada passo envolvido na sua exposição, até mesmo o menor parafuso e a menor bucha necessários à fixação de uma peça. Então ela estava certa, ele não era um sujeito imprudente, que assumia riscos desnecessários, mas um executor cuidadoso de sua obra. Podia-se mesmo dizer que sua atenção ao detalhe chegava à obsessão. Passando as páginas, Maisie reparou que os detalhes nesse caderno se referiam a exposições realizadas e que não havia nada relacionado à abertura na Galeria Svenson. *A página teria sido arrancada? Ou ainda estaria lá? Ou no depósito?*

Maisie empurrou os cadernos para um lado, se pôs de pé e apoiou as mãos primeiro no encosto de uma poltrona, depois no da outra. Ela sorriu, pois, ao tocar a poltrona à esquerda da lareira, seus dedos sentiram o calor – mas não de um jeito que indicaria a proximidade das brasas. Era um calor diferente, uma sensação que outra pessoa provavelmente não sentiria. Quando apoiou a mão na poltrona de couro, Maisie soube que aquele era o assento preferido de Nick, que ele sempre escolhia essa poltrona. Ela se sentou no lugar dele, fechou os olhos e, com as mãos delicadamente apoiadas no colo, respirou profundamente três vezes, a cada vez inalando o ar até que seu pulmão estivesse cheio antes de exalar. Em seguida ficou em silêncio, na companhia apenas do som das ondas quebrando na praia e, mais próximo, do crepitar da madeira.

Expulsando todos os pensamentos da mente, ela aguardou. Em algum momento – embora não soubesse dizer quanto tempo havia transcorrido, pois Maisie havia aprendido que momentos e horas passados em silêncio, sem nenhuma atividade intelectual, permitem àquele que está em busca de algo a oportunidade de transcender tais dimensões humanas –, sobreveio-lhe a imagem do artista em sua casa, andando de um cômodo para o outro. A sala de estar, a mesma onde ela estava sentada, está aconchegante e calorosa, como agora, embora não esteja no inverno, mas no alto verão, e a luz se infiltre pelas janelas. Agora Nick está em seu ateliê, uma paleta na mão, seu carrinho de pincéis e uma seleção de tintas ao seu lado, e ele trabalha. A imagem vai desaparecendo e em seguida lá está ele sentado na poltrona ao lado da cômoda. Está fazendo um esboço e, enquanto desenha com o carvão no papel, lágrimas rolam e ele roça o dorso da mão contra os olhos vermelhos. Embora seja um dia claro, ele veste o sobretudo, que envolve seu corpo enquanto trabalha, enfrentando a emoção que sua obra inspira. Ele para e olha em volta, põe o trabalho de lado, mede o chão com os passos e então pega um papel do bolso. Olha para o papel por um breve instante e o recoloca no bolso. Em seguida, a imagem fica borrada e ele desaparece. O mar quebra na praia, as gaivotas guincham e planam no céu.

    Depois de abrir os olhos, Maisie esfregou as têmporas e olhou ao redor para voltar a se situar. Sete e meia! Ela se levantou e caminhou como se fosse para o ateliê, mas de súbito parou, pois se deu conta de que escutar gaivotas chiando tão agitadas era incomum àquela hora da noite. Com as visitas de fim de semana à casa de Andrew Dene na Cidade Velha de Hastings, havia se familiarizado um pouco com os ritmos da vida costeira. Ela foi até a janela, mas antes apagou a lamparina para postar-se na escuridão e abrir uma pequena fresta na cortina.

    Luzes eram acesas e apagadas, e havia um alvoroço perto do banco de seixos para onde um barco de pesca acabara de ser puxado. Maisie observava enquanto os homens – deviam ser três, talvez quatro – descarregavam a sua captura. Ela já havia esperado muitas vezes por barcos como esse chegando com a pescaria da manhã, mas o que ela estava vendo nesse momento lhe pareceu estranho. Até onde alcançava sua vista, não havia redes, nem barris para os peixes, e era tarde para a pesca ser descarregada. Um som pesado ecoou pelo ambiente e desviou sua atenção logo quando um caminhão apareceu, recuando de marcha a ré o mais perto do banco de seixos que o motorista conseguiu. Ela estreitou os olhos. Era difícil enxergar no escuro, embora a cena fosse iluminada por lampiões Tilly. Sim, talvez fosse uma pesca noturna. As sombras podiam confundir, criando ilusões de ótica ao brincar com a luz e a imaginação. E ela estava exausta, com muito trabalho por fazer. Mas não tão exausta a ponto de não tomar alguns cuidados para se proteger, mesmo que essa proteção acabasse não se revelando necessária.

    Depois de apagar o fogo, Maisie levou a lamparina para o ateliê, onde ela voltou a acender o pavio e, com uma mão, apalpou as dobras da poltrona. Seus dedos delicados arrancaram de lá alguns *pennies* e até mesmo um florim, um tubo de tinta seco e um lápis. Levando as mãos ainda mais fundo, Maisie ficou frustrada por não encontrar nada de importante. Estivera confiante de que sua meditação tinha revelado a pista de que ela precisava. Ela voltou para a sala de estar de Nick, vestiu seu chapéu e seu casaco, lavou a xícara e o pires e os colocou no aparador. Em seguida esperou. Esperou até que a única luz na praia viesse do farol, até que a costa estivesse vazia e ela pudesse ir embora. Com a mão estendida para guiar-se para fora do vagão, ela caminhou devagar na direção do banheiro e entrou no MG. O motor pareceu um pouco barulhento, mas – ela esperava – o som provavelmente era abafado pelo bater das ondas enquanto ela avançava vagarosamente pela trilha de seixos que levava à estrada principal.

Sua rota passava por Kent e seguia na direção de Chelstone. Mas, quando ela deixou os charcos para trás, suas luzes dianteiras iluminaram, apenas por um segundo ou dois, a traseira de um caminhão que estava saindo da estrada principal para entrar em uma pista lateral. Achava que o motorista provavelmente não a havia visto, embora ela tivesse reconhecido o caminhão imediatamente. Era o mesmo veículo que vira na praia.

Maisie guardou na memória o ponto exato em que o caminhão havia virado e, enquanto dirigia na escuridão, decidiu que regressaria àquele lugar.

CAPÍTULO 6

Maisie havia chegado tarde à casa de Frankie Dobbs, mas, apesar da hora, pai e filha ficaram juntos até a madrugada, sentados, às vezes sem dizer nada, outras conversando sobre o trabalho de Maisie ou, como acontecia com cada vez mais frequência, falando do passado. Frankie Dobbs costumava começar uma frase dizendo "Lembra-se quando...", emendando com a história de alguém que ele havia conhecido em sua juventude, quando trabalhou em uma pista de corridas de cavalo, ou com a história de um de seus fregueses, para os quais ele entregava frutas e hortaliças em suas rondas como vendedor. Mas, desde 1914, Frankie morava em Kent, embora seu sotaque pudesse ser facilmente reconhecido como da região em que se ouviam dobrar os sinos da igreja de Saint Mary-le-Bow, o que o distinguia como um legítimo *cockney*.

Frankie já não lhe fazia perguntas sobre o Dr. Andrew Dene nem conjecturava se aquele flerte algum dia o tornaria seu genro, naquela pequena família de duas pessoas. Como ele havia comentado com a Sra. Crawford, a cozinheira em Chelstone, logo antes de ela se aposentar no Natal: "Bem, eu gosto do moço... Nascido e criado em Londres, sabe. Bom sujeito. Tem os pés no chão, e é gentil com a minha Maisie, mas não sei, ela parece que nunca..." Ao dizer isso, seu olhar se perdeu na distância, o que fez a Sra. Crawford tocar no ombro dele e dizer: "Não se preocupe com a nossa Maisie. Ela é diferente. Eu sempre falei: a menina é diferente. E ela vai encontrar o próprio caminho. Sempre fez isso, sempre fará. Não, ela não é alguém com quem a gente precise se preocupar." Apesar disso, enquanto falava, a Sra. Crawford refletiu por um instante sobre a quantidade de vezes que ela mesma havia se preocupado com Maisie Dobbs.

– Aqui está, ovos frescos desta manhã e duas lascas de bacon! Isso a sustentará, minha menina.

– Assim você me deixa mal-acostumada – repreendeu Maisie enquanto o pai se sentava para atacar seu próprio café da manhã.

Frankie consultou o relógio.

– Tenho de me apressar um pouco esta manhã para ver os cavalos. Sabe, estamos indo bem, com outro potro prestes a nascer em breve, embora para mim fosse melhor se o jovenzinho escolhesse outro dia menos frio para vir ao mundo. Passo o tempo todo me certificando de que os estábulos estejam aquecidos.

Ele voltou ao seu café da manhã, mergulhando o pão no ovo frito.

– Desde que você não esteja se cansando demais, pai.

Frankie balançou a cabeça.

– Não. Dá para fazer tudo em um dia de trabalho. – Para evitar outra menção aos ferimentos decorrentes de um acidente que ele tivera no ano anterior, Frankie se pôs a repetir uma fofoca entreouvida na propriedade: – Bem, parece que você causou um problema, não é?

– Eu? – Maisie apoiou a faca e o garfo na mesa. – O que quer dizer?

– Bem, comenta-se que, já que você saiu da Ebury Place, sua senhoria não vai manter a casa porque você não está mais lá e não confia em mais ninguém para ficar de olho na propriedade, assim o melhor que ela pode fazer agora é fechá-la com muita naftalina até que James volte para a Inglaterra.

– Mas ela não mantinha a casa aberta por minha causa, pai. Eu era apenas uma espécie de supervisora e admito que isso vinha bem a calhar, me ajudou a guardar algum dinheiro no banco. Tenho certeza de que são apenas rumores, você sabe como gostam de sair falando por aí.

Frankie balançou a cabeça novamente.

– Não, acho que desta vez tem algo aí. Custa um dinheirão manter uma casa como aquela funcionando. Mesmo que eles simplesmente a deixem fechada, vão economizar um pouco. – Frankie fez uma pausa para tomar um gole de chá. – Mas eu não acho que a questão é dinheiro. Não, acho que a sua senhoria apenas não quer mais passar muito tempo na poluição de Londres. E não quer mais andar com aquela gente que não entende que existe uma crise. Acho que as únicas pessoas que ela já levou a sério foram do tipo do velho Dr. Blanche, gente que tem um pouco de noção das coisas. – Frankie empurrou seu prato para a frente e deu uma batidinha na lateral da cabeça com o indicador. – Ela não liga muito para a classe social da pessoa, desde que ela pense por si mesma. Então acho que é bem provável que eles vendam a casa, principalmente agora que a Sra. Crawford mora com seu irmão e a mulher dele em Ipswich. Eles já trouxeram aquela Teresa para trabalhar na cozinha, mas é como se as pessoas já não quisessem mais uma criadagem grande, não como anos atrás.

– Espero que ninguém pense realmente que é tudo culpa minha – disse Maisie.

– Não, não é sua culpa, querida, é só que tudo aconteceu ao mesmo tempo. E, como você disse, as pessoas gostam de sair falando por aí. – Frankie consultou o relógio novamente. – Você vai partir em um minuto, eu sei, então darei meu adeus agora. É melhor eu ir para o estábulo.

Maisie beijou o pai e acenou para ele, observando-o caminhar lentamente. Frankie detestava ver a filha ir embora dirigindo, então ela esperou que ele se fosse antes de deixar o chalé. Estava na hora de ele se aposentar, e Maisie sentia-se grata por lady Rowan ter lhe garantido que a casa do cavalariço seria do seu pai pelo resto da vida. Ela nunca esqueceu que Frankie Dobbs havia impedido que seus cavalos fossem requisitados durante a guerra.

Depois de arrumar a cozinha, Maisie fez sua mala e saiu antes das nove horas, planejando chegar a Hastings antes das dez. Na solidão da viagem até a costa de Sussex, ela pôde pensar sobre o caso de Nicholas Bassington-Hope sob a luz fria do dia. Certamente fazia frio, e o dia estava luminoso, pois o vento havia varrido as nuvens do sul, deixando o céu azul e a terra gelada sob os pés.

Maisie gostava de trabalhar metodicamente no decurso de um caso e, ao mesmo tempo, de deixar a intuição conversar com ela, para que a verdade se manifestasse. Às vezes, a compreensão era inspirada por algo tão simples quanto um odor desconhecido no ar, ou talvez por informações reveladoras relacionadas a escolhas feitas por uma das vítimas. E Maisie havia descoberto que os criminosos geralmente também eram vítimas. No entanto, este caso parecia pedir outra abordagem, exigindo que ela "trabalhasse dos dois jeitos ao mesmo tempo", como havia comentado com o pai quando ele lhe perguntou sobre o encargo que a havia levado a Dungeness. Não que ela tivesse falado sobre o caso, apenas comentou que ele demandava dela algo bastante diferente.

Aquele "algo diferente" era a necessidade de compor uma fotografia, uma imagem da vida da vítima, sem algumas das informações que costumavam estar disponíveis. Enquanto dirigia, refletiu sobre o fato de que não tivera a oportunidade de estar presente logo após o acidente. Quando visitou o local, já não havia aquele resíduo de energia que ela sempre sentia na presença imediata da morte. Ela pensou que, de todo modo, em breve poderia visitar a galeria novamente, sozinha. Até agora, ela havia apenas começado a traçar os contornos da vida de Nick Bassington-Hope. Primeiro ela teria que esboçar a paisagem e então, à medida que obtivesse novas informações, adicionaria cor e profundidade à sua obra.

Maisie passou a marcha e reduziu a velocidade para descer uma colina baixa e entrar em Sedlescombe. Seus pensamentos surgiam cada vez mais depressa. Será que esse caso funcionaria como a pintura de um desses murais, uma imagem produzida em um terreno instável que conta uma história acrescentando detalhes que dão vida e ímpeto à obra-prima?

Ela tinha seu esboço geral, a carvão, da vida do artista, e agora passaria às minúcias. Primeiro, Dungeness: será que ela havia presenciado algo inapropriado ou sua imaginação teria sido estimulada pelo misterioso silêncio da costa? Talvez o mural pintado por Nick na janela do vagão a tivesse afetado, a ponto de ela ver algo que não estava ali, quando pescadores diligentes apenas traziam a pesca para a costa no implacável tempo invernal. Talvez o caminhão à sua frente na estrada não fosse aquele que ela vira na praia, ou talvez fosse o mesmo veículo, dirigindo-se a um depósito ou manufatura rural onde peixes eram embalados no gelo para serem transportados para Londres. Maurice com frequência a alertava que a mente inquieta ou tomada por emoções podia transformar um comentário inocente em um motivo para discussão, ou converter um acontecimento aguardado com alegria em uma ocasião pavorosa. E não estava ela perturbada por um sobretudo, pelo peso de uma roupa que havia sido arrastada na lama de Flandres, pelas mangas que haviam protegido braços que talvez tivessem dado apoio e um último alento a jovens oficiais moribundos?

Quando Maisie pegou a estradinha que levava ao limite externo da Cidade Velha, acima dos casebres dilapidados e amontoados da Bourne Street, e passou pelas casas com vista para o Canal da Mancha, ela sabia que precisaria criar uma série de esboços detalhados: da família Bassington-Hope, dos amigos e sócios de Nick, daqueles que colecionavam sua obra e daqueles que a detestavam, do misterioso depósito. Ela queria saber por que sua cliente havia discutido com Stig Svenson na galeria. Rememorando o primeiro encontro, Maisie se lembrou de Georgina comentar que, se alguém tivesse assassinado Nick, ela também poderia ser um alvo. Que acontecimento, que situação daria ensejo a esse temor, ou teria sido aquele um comentário casual, com a intenção de instigar a investigadora? Será que Georgina – e Stratton – a estava fazendo de boba?

Ainda estava cedo, apenas dois dias haviam se passado desde o primeiro encontro com Georgina, mas desde então ela precisava trabalhar com toda a seriedade – se não para a sua cliente, pelo menos para si mesma. Pois ela já estava bastante convencida de que, mesmo que Nick tivesse morrido num terrível acidente, e possivelmente como resultado da própria negligência, isso dera a Svenson um motivo para discutir com a executora testamentária de seu cliente, havia resultado em uma briga entre as irmãs Bassington--Hope e produzira um comportamento muito estranho no detetive-inspetor Stratton.

– Maisie! Minha nossa! Pensei que nunca a veria novamente! E por que, permita-me perguntar, você está sentada em seu carrinho vermelho mirando o mar?

Maisie balançou a cabeça.

– Ah, me desculpe, Andrew, eu estava a quilômetros de distância.

Dene abriu a porta do MG e pegou a mão de Maisie, trazendo o corpo dela para perto do seu quando ela saiu do carro.

– Acho que você tem me evitado – provocou ele, embora a afirmação claramente pedisse para ser refutada.

Maisie sorriu e corou.

– É claro que não. Não seja bobo. – Ela virou a cabeça em direção ao mar. – Vamos dar um passeio. Precisarei ir embora às duas horas, você sabe, então não vamos desperdiçar a manhã.

Por um segundo apenas, a expressão de Dene revelou seu desapontamento, mas em seguida ele voltou a sorrir.

– Excelente ideia, Maisie. Entre por um instante, enquanto ponho meu casaco. – Ele estendeu a mão para que Maisie entrasse na casa primeiro. – É uma pena que você não possa ficar aqui até amanhã.

Maisie não respondeu, não se virou para dar uma explicação, nem mesmo se desculpou. E Dene não voltou a expressar o que sentia, pensando que suas palavras haviam se dissipado no ar, o que, segundo achou, foi até melhor.

⁂

Levou apenas quinze minutos para descerem a High Street em um ritmo tranquilo. Depois caminharam por Rock-a-Nore em direção às lojas altas de redes de pesca na praia de Stade, onde o casal parou para observar um barco sendo puxado por um guincho para a costa. Redes de outros barcos haviam sido amontoadas em pilhas, prontas para serem limpas, remendadas e guardadas para outro dia de trabalho. Embora trabalhasse como cirurgião ortopédico no All Saints' Convalescent Hospital, Dene viajava regularmente a Londres para lecionar para universitários sobre ferimentos na coluna e a reabilitação de pacientes que sofriam acidentes, doenças ou ferimentos de guerra. Como Maisie, Dene era um pupilo do Dr. Maurice Blanche, e ele acreditava que essa conexão em comum poderia ajudar o recente namoro deles, mas, depois de um início promissor, ele agora se perguntava se havia sido otimista demais. Naquela manhã, diversas vezes ele abriu a boca para falar, na esperança de dar início a um diálogo mais profundo, mas acabou permanecendo em silêncio.

Enquanto caminhavam, Maisie e Andrew Dene observaram as mulheres da Cidade Velha vendendo peixes, moluscos e búzios para turistas londrinos que iam passar um dia de inverno ali e os levavam de volta para casa para comer com um pouco de pão e banha no chá de domingo. Havia turistas que pagavam algumas moedas para comer apoiados no balcão um prato de gelatina de enguia ou moluscos, verdadeiras iguarias quando acompanhados por uma xícara de chá bem forte.

– Aqueles moluscos parecem ótimos – ouviam os dois.

– Você já provou a gelatina de enguia?

– Que belo dia quando não está ventando, não?

Por toda a beira-mar ouviam-se conversas, mas não entre o casal. Dene estava prestes a tentar mais uma abordagem, a dar início a outra conversa quando notou que Maisie olhava para um dos barcos de pesca. Ela semicerrava os olhos para ver melhor, protegendo-os da luz com uma das mãos.

– O que foi, Maisie? Ficou interessada em algum dos peixes que os garotos descarregaram? – gracejou Dene.

Ela mal se mexia, de olhos fixos na direção do barco, mas depois se virou para Dene.

– Desculpe, Andrew, o que você disse? Eu estava bastante preocupada.

Dene respondeu com a voz entrecortada:

– Se não se importa que eu diga, Maisie, você está bastante preocupada desde que chegou. Qual é o problema? Não podemos passar uma tarde juntos sem que algo que você veja desperte um pensamento que com certeza vai lembrá-la de seu trabalho, ou de algum lugar que não seja este aqui, comigo, seja lá o que for?

Em vez de responder ao comentário dele, Maisie fez uma pergunta.

– Andrew, você conhece os pescadores daqui? Os nomes lhe são familiares?

Dene presumiu que Maisie mal o havia escutado.

– Eu... eu... sim, conheço, Maisie. Conheço a maioria das famílias, afinal sou médico e escolhi viver perto da Bourne Street, onde mora a gente simples.

Ele percebeu que estava cada vez mais tenso enquanto falava, uma mistura de aborrecimento por ela ter ignorado seu comentário e medo de que ela usasse o momento para falar dos sentimentos dela, sentimentos que ele não tinha certeza de estar pronto para ouvir. Ele ficou aliviado quando ela enlaçou a mão na dele e continuou a caminhar na direção dos homens que estivera observando.

– Venha, vamos caminhar de volta para a casa de chá. Eu adoraria tomar uma xícara antes de partir para Tenterden – disse ela com um sorriso, embora Dene logo percebesse que, ainda que ela continuasse a falar, tinha a atenção voltada para os três pescadores que nesse momento estavam parados ao lado do barco deles.

Os três estavam absortos conversando, de costas contra o vento, as cabeças quase se encostando. Quando o casal passou por eles, Dene viu os homens olharem para cima ao mesmo tempo e depois se virarem para concluir o diálogo. Maisie agora olhava para Dene, como se não quisesse revelar a ele que os havia visto, assim pensava o médico. Eles atravessaram a rua.

– Você sabe quem são esses homens, Andrew?

– Escute, o que está acontecendo, Maisie? Sei que não tenho nada a ver com isso, mas...

– Apenas o nome deles, Andrew.

Dene suspirou, não pela primeira vez nesse dia.

– Não conheço aquele ruivo no meio com rabo de cavalo, mas os outros dois são irmãos. Os Drapers: Rowland e Tom. Eles cuidam do *Misty Rose*, o barco em que estavam apoiados.

Maisie começou a andar mais rápido, soltou a mão de Dene e o encarou novamente.

– Dene, você já sabe alguma coisa de contrabando na costa?

Dene riu, balançando a cabeça enquanto eles se aproximavam da casa de chá.

– Ah, as coisas que você me pergunta, Maisie, as coisas que você me pergunta... – Dene pôs sobre o balcão moedas para duas xícaras de chá, então esperou serem servidos e procurou dois lugares em uma mesa. Só então respondeu: – É claro, ocorre contrabando na costa desde a Idade Média, você sabe. Há muito tempo, contrabandeavam-se tecido, lãs e sedas finas. Especiarias também eram caras o suficiente para atraírem os contrabandistas, e depois foi a vez das bebidas alcoólicas ou mesmo de produtos pirateados. É um pouco como nas histórias de capa e espada e tem um quê de Dr. Syn.

– Dr. Syn?

Dene deu um gole no chá antes de responder.

– Você precisa ler mais histórias de aventura, Maisie, e assim, talvez, pare de procurar problemas. – Ele fez uma pausa para ver se ela reagiria à provocação, mas ela continuou a ouvir, sem fazer nenhum comentário. – "Dr. Syn, vigário e contrabandista de Romney Marsh, uma história de cavaleiros do diabo e de bruxas, marujos!" – explicou ele, imitando a voz de um pirata de pantomima, e ficou feliz quando Maisie riu da piada, mas ela logo voltou a ficar séria.

– E agora? O que contrabandeiam?

Dene se reclinou.

– Ah, não sei se ainda há contrabando hoje em dia, Maisie. É claro, há rumores de que daquelas cavernas no alto dos penhascos saem túneis que vão dar nos porões de uma casinha da Cidade Velha... e isso indicaria que o contrabando continua e que eles têm por onde escoar o butim, por assim dizer.

Maisie ficou pensativa.

– Mas, se você tivesse que dar um palpite, o que acha que as pessoas iriam contrabandear se pudessem?

Dene balançou a cabeça e deu de ombros.

– Realmente não sei. Quer dizer, suponho que as pessoas contrabandeiem coisas que são difíceis de conseguir e com as quais se pode ganhar um bom dinheiro. Não sei se hoje seriam bebidas alcoólicas, ou especiarias, sedas e lãs. – Ele pensou por um momento. – As pessoas provavelmente contrabandeiam coisas por diferentes motivos... – Ele fez uma pausa, balançando a cabeça. – Agora você me pegou, Maisie. Já estou aqui especulando sobre algo de pouca importância. – Foi a vez de Dene consultar o relógio. – É melhor você ir andando, se quiser chegar na hora ao seu compromisso em Tenterden.

Eles caminharam até o MG em silêncio. Maisie se virou para Dene antes de tomar seu lugar e dar a partida no motor.

– Desculpe-me, Andrew. Parece que não sou capaz de lhe dar o que você quer, não é mesmo? – perguntou ela, e olhou diretamente nos olhos dele, como se quisesse dimensionar o efeito de sua confissão sobre a situação deles.

– Acho que somos o tipo de pessoa que acaba querendo a mesma coisa em momentos diferentes – respondeu ele, sorrindo, mas, quando seus ombros se vergaram e ele olhou para o chão, o sorriso era o de um homem resignado a sua situação, e não o de alguém que saberia o que fazer para modificá-la.

Maisie tocou a face dele com a mão, mas não o beijou. Foi apenas quando ela estava prestes a partir, com o rosto emoldurado pela janela do carro, que Dene se curvou e a beijou. Ele recuou e falou novamente.

– Ah, e sobre os contrabandistas... Eu diria que o único motivo para o contrabando hoje em dia é se alguém estiver preparado para pagar uma bela quantia por algo que deseje, algo difícil ou impossível de ser obtido aqui. Há pessoas que fariam quase qualquer coisa para conseguir aquilo que realmente desejam, sabe?

Dene deu uma leve batidinha no teto do carro enquanto recuava para ver Maisie se partir.

∽

Há pessoas que fariam quase qualquer coisa para conseguir aquilo que realmente desejam, sabe? Maisie repetiu as palavras enquanto dirigia para Tenterden. O terceiro homem na praia, aquele que Dene não conhecia, era Amos White, o pescador de Dungeness. Maisie se perguntou se era comum pescadores se encontrarem dessa maneira. *É claro, deve ser. Certamente todos os pescadores se conhecem, eles pescam na mesma área, provavelmente vendem sua mercadoria juntos.* Mas eles a haviam visto e acharam necessário comentar sobre ela uns com os outros enquanto ela passava. Embora eles sussurrassem, a tensão em seus corpos, a maneira como se aproximaram, como se compartilhassem um segredo, tudo isso funcionou como mensagem entregue diretamente a Maisie, como se eles tivessem pronunciado seus pensamentos para ela, ou falado mais alto que o vento. Sim, ela já havia visto todos eles antes, e Nick Bassington-Hope também os vira. Nesse momento, ela teve certeza disso.

∽

O céu estava ligeiramente encoberto quando Maisie chegou a Tenterden, mas aquilo não era um presságio de chuva, pois a camada de nuvens reluzia, iluminada por um sol baixo que deixava os campos mais verdes e as árvores desfolhadas mais escuras em contraste com os arredores. As condições eram ideais para que o gelo se formasse nas estradas, e talvez nevasse mais tarde. Ela havia reservado tempo de sobra para vir dirigindo de Hastings e não encontrou obstruções no caminho, então tinha espaço para fazer algumas compras. No florista ela comprou um pequeno buquê para a Sra. Bassington-Hope.

Havia poucas flores nessa época do ano, mas, embora fossem caras, havia flores de estufa das ilhas de Jersey e Guernsey à venda. Ao sair do florista,

Maisie se perguntou por quanto tempo a loja sobreviveria, já que gastar dinheiro com itens como flores era cada vez mais difícil para todos – não que os pobres algum dia tivessem podido gastar com tais frivolidades.

A livraria local era outro negócio que funcionava em um espaço limitado. Ela estava curiosa para ver um exemplar de *Dr. Syn*, o livro que Andrew Dene tinha mencionado. Havia dois exemplares em estoque, e Maisie acomodou-se em uma cadeira para ler as primeiras páginas. Se o romance havia inspirado o artista de alguma forma, Maisie queria saber mais sobre a história. Antes de sair da livraria, fez uma ou outra anotação em uma de suas fichas, que guardou na bolsa ao se aproximar do livreiro e agradecer por tê-la deixado olhar o livro.

– Maisie! – Georgina acenou para ela quando viu o MG parar na estação, e depois foi até a porta do passageiro, abriu-a e se sentou. – Convenci Nolly a me dar uma carona até a cidade. Ela precisava resolver algumas coisas, sabe, visitar os inquilinos da fazenda e daí por diante, mas, quando peço um favor a ela, Nolly age como se eu lhe tivesse pedido que entrasse na jaula para alimentar os leões.

Maisie conferiu o trânsito e arrancou com o veículo.

– Não, vamos esperar um pouco, eu gostaria de conversar com você antes.

– É claro. – Maisie continuou a dirigir por alguns metros, estacionou o carro, desligou o motor e depois pegou seu cachecol e suas luvas, que ela havia deixado atrás do seu assento. – Você se importaria se caminhássemos em vez de ficarmos sentadas aqui? Estou vendo que você está usando sapatos resistentes, então vamos lá.

Georgina concordou, mas pareceu um tanto surpresa. Maisie imaginou que costumava ser Georgina quem lançava uma ideia, quem sugeria o que fazer.

– Quer falar sobre o quê?

– Bem, em primeiro lugar, sobre a casa-vagão de Nick. Você coletou muitas informações na sua visita?

Maisie assentiu, enquanto formulava sua resposta e avaliava o comportamento de Georgina. A maneira como ela andava, com as mãos ao lado do corpo, abrindo e fechando os dedos contra as palmas e em seguida enfiando as mãos para dentro das mangas do casaco, tudo isso revelava uma grande tensão, e mais o quê? Enquanto caminhavam, Maisie entrou no ritmo dos passos de sua cliente e imitou a maneira como ela sustentava as mãos e os ombros. Ela sentiu que Georgina não apenas estava temerosa, mas também que seu medo vinha da expectativa de algo adverso. Em seu trabalho, Maisie viu o medo se revelar repetidas vezes e havia aprendido que ele era experimentado em graus diferentes. Ele se manifestava por diversas ações e respostas que variavam de pessoa para pessoa e dependia das circunstâncias. A expectativa de más notícias resultava em uma aura mais deprimida ao redor da pessoa que estava temerosa – o que era diferente, digamos, de uma pessoa que estivesse com medo de outra, ou que temia ser incapaz de agir em determinado momento, ou que temesse a consequência de certa ação. Maisie presumiu que Georgina estivesse um pouco temerosa com relação ao que poderia ter sido revelado, e de certa maneira arrependida de sua decisão de investigar o motivo do acidente do irmão. E pensou que esses sentimentos podiam ter aflorado em decorrência de novas informações recebidas, ou talvez da sensação de que ela não teria estômago para aguentar aquilo.

– Saí com mais perguntas do que respostas, para falar a verdade. Embora isso não seja raro nesse estágio da investigação. – Maisie fez uma pausa. – Descobri que estou muito curiosa com a obra de Nick. Ele era um artista muito interessante, não era?

Georgina sacou um lenço do bolso, com o qual secou as gotículas de suor na testa e em cada lado do nariz.

– Sim, ele era certamente interessante, e inovador. Mas em que aspecto *você* considera que ele era *interessante*?

Maisie enfiou a mão no casaco e deu uma espiada no antigo relógio de enfermeira preso à lapela de seu tailleur.

– Percebi, em um ou outro trabalho, que Nick representava pessoas que ele conhecia, seus rostos, em cenas para as quais elas não poderiam estar posando. Achei curioso ele fazer isso. Na verdade, e tenha isso em mente, não conheço nada sobre arte... Presumo que, de forma muito parecida com um escritor que cria um personagem inspirado em um conhecido, ainda assim protegendo essa pessoa com um nome fictício, um pintor utilizará todo tipo de disfarce para evitar revelar a pessoa real em determinada cena. Parece que Nick não seguiu por esse caminho... Ele fez o oposto.

– A qual trabalho está se referindo?

– O mural nas paredes da casa.

– Os contrabandistas?

– Sim. Aparentemente, ele se inspirou no personagem ficcional Dr. Syn, dos livros de Russell Thorndike, para pintar uma história ilustrada. No entanto, quando se veem os rostos, nota-se que são homens que ele conheceu.

– Ah, é claro! Sabe, acho que ele fez isso só essa vez. Eu me lembro de ele dizer que os pescadores têm rostos tão curtidos pelo tempo quanto as pedras esculpidas pelo mar ao longo dos anos, então ele queria pintá-los em um contexto histórico. Ele falou que a simples visão daqueles homens havia lhe trazido à mente toda a mitologia do contrabando na região. E depois, é claro, ele leu aquele livro, ficou inspirado e quis retratar uma história com que pudesse decorar o vagão. Tudo muito apropriado, devo dizer, estando-se à beira dos misteriosos Romney Marshes.

Maisie assentiu.

– Sim, achei que foi mesmo inteligente. Mas, veja bem, fiquei curiosa com uma coisa, sabe? – Ela se virou para Georgina enquanto caminhavam de volta para o MG, e notou gotas de transpiração na testa da mulher.

– Ah, e o que é?

Maisie sentou-se ao volante e se inclinou para abrir a porta para Georgina. Deu a partida no motor e continuou:

– Localizei os três pescadores que inspiraram os contrabandistas do mural, mas não o rosto do personagem do destemido líder em seu cavalo de batalha. – Ela deixou o comentário suspenso no ar, olhou nos dois sentidos da estrada e partiu, afastando-se da estação na direção da High Street. – Esquerda ou direita?

CAPÍTULO 7

A entrada da Bassington Place era flanqueada por duas colunas cobertas de musgo que sustentavam portões de ferro enferrujados sempre abertos. Maisie pensou que provavelmente havia anos que os portões não eram fechados, a julgar pela hera que os mantinha naquela posição. À esquerda havia uma casa de arenito de um andar, também coberta de hera.

– Gower, nosso guarda-caça, lacaio ocasional e faz-tudo da propriedade, vive ali com a mulher, que é a governanta. Francamente, eu me pergunto por que ainda temos um guarda-caça, mas Nolly está determinada a angariar recursos abrindo a propriedade para festas de tiro. Os moradores da região sempre vieram, sabe, e pagam uma pequena quantia para caçar, mas Nolly está de olho em coisas maiores... Na verdade, quem lhe deu essa ideia foi um dos clientes de Nick. – Georgina apontou para a direita. – Continue por aqui, depois vire à direita, ali, na altura daquele carvalho.

Avançando por um caminho ladeado por rododendros salpicados de neve, Maisie dirigia vagarosamente para evitar os sulcos na pista, seguindo as instruções de Georgina.

– Um dos clientes de Nick?

– Sim, o magnata americano que está desesperado para comprar o tríptico. Ele disse que conhece homens com muito dinheiro lá nos Estados Unidos, todos buscando um pouco da velha Europa. Acho que, se deixássemos Nolly levar a cabo todas as suas estratégias, ela venderia o lugar todo, com meus pais dentro... Bem, chegamos: um pouco da velha Europa para você!

– Essa é a casa?

– Sim, é aqui. E, graças a Deus, Nolly ainda não está de volta.

Maisie desacelerou ainda mais o MG ao se aproximar para poder observar a propriedade, que ela considerou um magnífico exemplar das grandiosas casas de campo medievais, mesmo que nesse momento estivesse um pouco maltratada. Era quase como se três casas tivessem sido agrupadas, com todos aqueles telhados inclinados e até mesmo algumas chaminés elisabetanas ornamentadas com tijolos arredondados, claramente adicionadas em um período posterior. As vigas robustas nas extremidades da estrutura eram preenchidas com reboco cinza-amarronzado que Maisie presumiu que tivesse sido aplicado sobre paredes construídas com a antiga técnica de pau a pique. As janelas com vitrais em forma de diamante haviam sido substituídas ao longo dos séculos, e aqui e ali, onde o terreno havia se assentado sob o peso das paredes e da carga dos anos, as vigas não eram autênticas. Apesar do tamanho, a casa coberta de hera parecia aconchegante e acolhedora, e, ao seu jeito, lembrou Chelstone.

Quando ela estacionou o MG, a pesada porta de carvalho se abriu com o som sinistro das dobradiças de ferro fundido rangendo por falta de óleo. Um homem alto de cerca de 70 anos se aproximou delas, mas, antes que ele tivesse chegado até onde o carro havia parado, Georgina se inclinou na direção de Maisie.

– Escute, agora me dei conta de que eu deveria ter avisado antes, mas achei melhor dizer aos meus pais que eu a havia pedido que investigasse o acidente de Nick. É claro, ainda que eu os tenha feito prometer guardar segredo, eles contaram a Nolly, que saiu do prumo por conta disso. Não que eu tenha medo de Nolly, mas ela consegue ser um estorvo, embora as pessoas sempre sintam pena dela... mesmo assim, não aguento mais ficar pisando em ovos por causa do temperamento dela.

Georgina saiu do MG, andou na direção de seu pai e lhe deu um beijo no rosto.

– Olá, Piers, querido, deixe-me apresentar minha velha amiga da Girton, Maisie Dobbs.

O patriarca da família Bassington-Hope estendeu a mão para Maisie, que imediatamente sentiu seu calor e sua força. Ele era alto, ostentando mais de 1,80 metro, e ainda caminhava com a postura de um homem jovem. Usava calça de veludo cotelê bem conservada, embora ligeiramente gasta, uma camisa Vyella e uma gravata em um tom de lavanda bem vivo, além de um pulôver marrom de tricô de pontos trançados. Seu cabelo grisalho acinzentado, no mesmo tom das sobrancelhas, estava penteado para trás, e seus olhos cinza pareciam gentis, emoldurados por uma pele sulcada com manchas hepáticas nas têmporas e na fronte. Embora Georgina tivesse retratado seus pais como algo excêntricos e Maisie tivesse se preparado para encontrar um comportamento incomum, ela se surpreendeu quando sua cliente chamou o pai pelo nome próprio. Enquanto observava os dois, formou uma ideia de Piers Bassington-Hope e suspeitou que ele usasse a aparência de excentricidade a seu favor, sempre que fosse necessário.

– Encantado em conhecê-la, Srta. Dobbs.
– Obrigada por ter me convidado para a sua casa, Sr. Bassington-Hope.
– Não há de quê. Estamos muito satisfeitos que tenha vindo e concordado em ajudar Georgina. Faça o que puder para tranquilizá-la, hein?

O sorriso de Bassington-Hope era genuíno, mas não conseguia camuflar uma palidez acinzentada que insinuava a tristeza do homem pela perda de seu primogênito. Não escapou a Maisie que ele usou seu sorriso, enfatizando as palavras para obter maior efeito, como se estivesse sugerindo que a investigação visaria meramente ao bem-estar emocional de Georgina, uma complacência paterna diante do estado de inquietação da filha. Ela presumiu que, no que dizia respeito ao pai de Nick, o assunto estava encerrado e não restavam perguntas a serem respondidas. Ela se indagava como a mãe de Nick estaria enfrentando a situação, sob o peso da perda familiar.

– Vamos entrando. A Sra. Gower serviu um chá do tipo que não vemos há anos! E temos sua comida favorita neste fim de semana, Georgie: bolos Eccles! – Ele se voltou para Maisie. – Não importa que as crianças tenham crescido, a Sra. Gower sente certa necessidade de paparicá-los com seus pratos preferidos quando eles vêm nos visitar nos fins de semana. Nolly está aqui o tempo todo, pobre garota, mas, é claro, se Nick estivesse aqui... – As palavras do homem foram sumindo enquanto ele se afastava para deixar as mulheres entrarem na sala de estar na frente dele.

Antes mesmo de chegar à sala de estar, Maisie pensou que precisaria de uma semana para assimilar o lugar em que se encontrava. Se ali fosse Chelstone, ou talvez uma das outras casas imponentes que ela havia conhecido no decurso de sua vida profissional, a decoração seria mais reservada, mais de acordo com o que era considerado de bom gosto. Alguns aderiam aos hábitos vitorianos e cobriam cada perna de mesa à vista ou enchiam cada espaço com uma mobília pesada, plantas e cortinas de veludo. Outros adotavam uma abordagem mais suave, talvez usando essas peças de mobiliário mais antigas, mas as misturando com cortinas claras e paredes cobertas em tons de creme também claros em vez do severo papel de parede vinílico. E havia ainda os que mergulharam de cabeça naquilo que os franceses chamavam de *art déco*. Mas, para a maioria, a decoração de uma casa costumava ser uma questão de equilíbrio entre gosto pessoal e os recursos disponíveis, então, mesmo nas resistências mais opulentas, uma mistura de mobiliário e acessórios ilustrava a história da família, ao lado de algumas peças novas nas quais investiam – um gramofone, um rádio, um móvel para as bebidas. Mas a decoração da casa dos Bassington-Hopes estava longe dessas opções, o que ela achou ao mesmo tempo estimulante e um pouco alarmante.

No saguão de entrada, cada parede era pintada de uma cor diferente, mas não apenas isso: alguém – talvez um grupo de pessoas – havia deixado sua marca ao adicionar um mural com um jardim de flores e folhagens que cresciam a partir de um rodapé verde. Parecia que a hera havia serpenteado desde o exterior da casa e entrado ali. Em outra parede, havia um arco-íris sobre um portal, e até mesmo as cortinas haviam sido tingidas numa variedade de padrões para combinar com a frivolidade artística ao redor. Uma antiga *chaise longue* havia sido estofada com uma simples lona, e o tecido depois fora pintado com uma série de triângulos, círculos, hexágonos e quadrados. Tapeçarias vanguardistas suspensas nas paredes e travesseiros bordados em ponto-cruz com esferas vermelhas e amarelas ou alaranjadas com linhas paralelas verdes somavam-se à confusa profusão de cores.

A sala de estar parecia mais um estúdio para atividades artísticas do que um espaço para o qual os convidados se retirariam a fim de tomar um chá ou um drinque. As paredes haviam sido pintadas de um amarelo pálido, o trilho para quadros era marrom-escuro, enquanto os rodapés e as portas eram verde-musgo. Quando pôde olhar mais de perto, Maisie notou que as bordas chanfradas das portas com painéis de madeira haviam sido finalizadas com o mesmo tom de vinho dos caixilhos das janelas.

Junto às janelas francesas, havia dois cavaletes. Parada diante de um deles estava a mãe de Georgina, que se virou, limpou as mãos com um pano e veio cumprimentar Maisie, que a achou tão colorida quanto a própria casa. Também tinha o cabelo grisalho, enrolado e preso em cima da cabeça em uma trança frouxa, da qual se desprendiam cachos atrás e dos lados. Um avental azul de pintura salpicado de tinta cobria sua roupa, mas Maisie podia ver a parte de baixo de uma saia rendada de um vermelho intenso. Ela usava brincos de argolas e braceletes de ouro e prata. Parecia uma cigana, e lembrou a Maisie os imigrantes kalderash que chegaram em massa ao East End londrino cerca de vinte anos antes, trazendo com eles um tipo de vestido que acabou sendo adotado por muitas mulheres que já estavam fartas do austero e duradouro estilo vitoriano.

– Graças a Deus Georgina encontrou a senhorita. Como Nolly estava dirigindo, temermos que ela insistisse em terminar seus afazeres antes de levar Georgie até a estação. Ficamos preocupados de a senhorita ficar ali sozinha. – Emma Bassington-Hope segurou a mão de Maisie com as mãos manchadas de lápis carvão. – Como pode ver, a Sra. Gower serviu uma maravilhosa mesa de chá... Você avisou para elas, Piers? Venha, vamos nos sentar para nosso banquete e poderá nos contar sobre a senhorita. – Ela se voltou para a filha e o marido. – Joguem esses livros no chão, queridos.

Aconchegando-se num sofá estofado com tecido floral, ela chamou Maisie com um gesto de mão e deu uma batidinha no lugar ao lado dela. Georgina e o pai se sentaram em poltronas que evocaram em Maisie a imagem de velhos cavalheiros tirando uma soneca à tarde. As molas no meio do sofá haviam se soltado, de modo que, apesar das grandes almofadas de pena, Maisie não pôde evitar se inclinar na direção de sua anfitriã. Era como se o sofá estivesse conspirando para que ela se aproximasse da mulher como se fossem trocar confidências, o que não era ruim, na opinião de Maisie.

– Emsy, Maisie está aqui a trabalho, lembre-se. Ela precisará lhe fazer algumas perguntas.

Maisie sorriu e levantou a mão.

– Ah, tudo bem, Georgina. Mais tarde. Temos bastante tempo. – Ela se voltou para Emma e depois para o pai de Georgina. – Os senhores têm uma casa adorável, tão interessante.

Georgina serviu o chá e entregou as xícaras para sua convidada e depois para sua mãe e seu pai antes de lhes oferecer sanduíches de pepino. Emma continuou a conversa com Maisie.

– Bem, é uma casa maravilhosa para pessoas que adoram pintar. Estamos rodeados pela mais bela paisagem rural... Cultivamos nossas próprias hortaliças, sabe?... E temos todo esse espaço para fazer experimentações. Piers e eu sempre defendemos a ideia de que nossas telas não têm de ser necessariamente retângulos feitos de madeira e lona. – Ela apontou para a filha. – Ora, quando Georgie era criança, costumava escrever histórias inteiras nas paredes do quarto dela, então Nick vinha e as ilustrava. Nós as conservamos, sabe? Eu não poderia deixar que as cobrissem de tinta, e agora, é claro, menos ainda...

Ela levou a mão para a boca e então segurou a ponta de seu avental e o pressionou contra os olhos. Piers Bassington-Hope olhou para baixo, levantou-se e foi até a janela, parando ao lado da arte de sua mulher, então pegou um carvão e acrescentou algo à tela. Em seguida, amassou-o entre os dedos. Enquanto isso, Georgina observava suas mãos e olhava de relance para Maisie, que não fez nenhum movimento para reconfortar a mulher, cujos ombros se mexiam enquanto ela soluçava segurando o avental. Depois de alguns segundos, durante os quais o pai de Georgina abriu as portas envidraçadas e saiu da casa, Maisie se inclinou e pegou as mãos da mulher, assim como Emma havia feito quando foram apresentadas uma à outra.

– Conte-me sobre seu filho, Emma.

A mulher ficou em silêncio por um momento e então fungou e balançou a cabeça, embora estivesse olhando diretamente para Maisie.

– Isso é um tanto incomum para mim, sabe? Eu mal a conheço, e no entanto sinto estar aqui com alguém que me fosse há muito tempo familiar.

Maisie não disse nada, apenas esperou, enquanto envolvia as mãos da mulher.

– Fiquei perdida, muito perdida, desde o acidente. Nick era tão parecido comigo, entende? Georgina é como o pai dela. Ele escreve e também tem outros talentos: projeta móveis, desenha e compõe músicas. Acho que Harry herdou isso dele. Mas Nick era inegavelmente um artista. Percebi isso já na infância dele. Seus trabalhos eram sofisticados demais para uma criança, tinha uma tremenda noção de perspectiva e uma capacidade de observação bem aguçada. Lembro-me de pensar que o menino não apenas conseguia desenhar um homem trabalhando no campo, mas também parecia ser capaz de desenhar os próprios pensamentos que o homem trazia dentro de si. Era como se ele conseguisse contar a história inteira do campo, de cada pássaro, do cavalo, do arado. Eu poderia lhe mostrar os desenhos e as pinturas de infância dele e a senhorita veria... Ele investia o coração e a alma em cada linha do carvão sobre o papel, em cada traço com pincel e tinta. Nick e sua obra eram um só.

Ela se engasgou com um soluço e depois curvou-se na direção dos joelhos. Sem largar as mãos de Maisie, sua testa tocava as mãos da investigadora. Seu gesto era tão autêntico que a própria Maisie sentiu vontade de se inclinar para a frente em reconhecimento à confiança que a mãe depositava nela ao deixar que suas lágrimas rolassem, e também para reconfortá-la, apoiando o rosto contra a nuca da mãe enlutada. Elas permaneceram assim por um tempo, até que Maisie sentiu o terrível lamento se abrandar, e então se sentou ereta, mas não removeu as mãos. Alguns momentos mais tarde, Emma Bassington-Hope levantou a cabeça, Maisie recolheu as mãos e fitou a mulher nos olhos.

– Ah, meu Deus, eu... eu... queira me desculpar, eu...

Maisie falou com voz suave:

– Não há de que se desculpar. – Ela fez uma pausa. – A senhora gostaria de me mostrar alguns dos trabalhos de Nick e me contar mais sobre ele?

∞

Passou-se talvez uma hora até que Maisie e a mãe de Georgina voltassem para a sala de estar. Durante esse tempo, Maisie fez um tour pela casa, viu que cada quarto era decorado de uma cor e um estilo diferente e concluiu que a família parecia exemplificar tudo aquilo que ela sempre associara à palavra "boêmia". Era evidente que o casal Bassington-Hope havia adotado um estilo de vida que teria chocado os mais velhos do tempo deles, mas eles não eram os únicos de sua época a buscar autenticidade para explorar a própria sensibilidade criativa. Eles haviam tido a sorte de herdar a terra e a propriedade, recursos que lhes permitiram legar aquele luxo aos filhos, que não tinham nenhum motivo para achar que alguma porta lhes estaria fechada, embora Maisie se perguntasse se esse raciocínio era compartilhado pela filha mais velha.

Havia mais quadros de Nick Bassington-Hope expostos pela casa, mas Emma chamou a atenção para o fato de que, mesmo antes da morte do filho, Nolly havia vendido algumas obras originalmente presenteadas aos pais. Aparentemente, aquilo levara Nick a discutir com Nolly e, mais tarde, enfureceu Georgina. À época, os pais aquiesceram, dando-se conta de que a propriedade da família estava mais do que carente de recursos. Durante a conversa, Maisie ficou ainda mais curiosa em relação a Harry, já que seu nome raramente era mencionado.

Maisie e Emma voltaram a se sentar no sofá, onde a mulher emocionada tomou as mãos de Maisie mais uma vez. Ela falava da época em que Nick serviu na guerra, explicando que ele sentira a necessidade de "fazer sua parte" pelo rei e pelo país e que havia se alistado no regimento Artists' Rifles no início do conflito, em 1914.

– Acho que ele sentiu o dever de se alistar por ter estado na Bélgica antes da guerra. É claro, nós éramos completamente contrários a isso, afinal, Nick era um garoto sensível. – Ela sorriu. – Bem, se tivessem dado um rifle para Nolly ou Georgie, eu talvez não tivesse me preocupado tanto, mas depois, de todo modo, Georgie acabou indo para a guerra, e ainda teve problemas com as autoridades. Quanto a Nolly...

– E quanto a Nolly...?

Logo que Maisie fez a pergunta, a porta bateu com um estrondo e uma mulher alta, de cerca de 40 anos, vestindo uma saia leve de tweed, sapatos de couro marrom e um casaco marrom de lã, entrou na sala a passos largos. Enquanto tirava a boina e passava os dedos pelo cabelo castanho dourado cortado bem rente ao queixo, ela amaldiçoou a neve que havia recomeçado a cair. Depois, olhando feio para Maisie, serviu-se de chá e de um bolinho. Com traços mais angulares do que os de Georgina, Noelle Bassington-Hope parecia ser dura e inflexível, e Maisie imaginou que a preocupação e a tensão pesavam em sua aparência.

– Vamos, mãe, confesse, "e quanto a Nolly"?

– Ah, não seja chata, Nolly. A Srta. Dobbs é nossa convidada – respondeu Georgina, expressando sua irritação com a irmã. Enquanto isso, o marido e a filha entravam na sala de estar pelas portas envidraçadas, bem a tempo de ouvir a irmã mais velha pedindo uma explicação sobre a conversa entreouvida.

Maisie estendeu a mão para Noelle, mas então se deu conta de que não sabia seu sobrenome de casada.

– Senhora...

– Grant. A senhorita deve ser a investigadora de Georgie, não que haja alguma coisa para investigar.

Nolly deu uma mordida em seu bolinho, pôs o prato de volta na mesa e estendeu a mão. Seus gestos eram reveladores: o insulto foi feito com indiferença e certa petulância, mas Maisie julgou que seus modos revelavam desconfiança e algo mais, uma sensação que ela já havia presenciado naquele mesmo dia. *Ela está com medo de mim.*

– É um prazer, Sra. Grant. – Maisie fez uma pausa. – Queria muito conhecê-la.

– Humpf! – Noelle se sentou ao lado da mãe, no lugar que Maisie acabara de vagar. – Estou surpresa que uma mulher com a sua inteligência tenha se envolvido nessa história... Afinal, nossa família está de luto por conta de um acidente. Ora, as coisas que as mulheres presumidamente inteligentes costumam aprontar sempre me impressionam, não é, Georgie?

Nolly olhou para a irmã, que havia voltado a se sentar, enquanto o pai estendia a mão para que Maisie se sentasse em uma cadeira de madeira resistente, que acabara de pegar. A cadeira não era apenas envernizada mas também pintada de vinho e adornada com estrelas douradas.

– Ah, pelo amor de Deus, Noll – comentou a irmã mais nova, revirando os olhos.

Embora uma discussão familiar pudesse revelar muita coisa, Maisie não queria se envolver na discussão das irmãs. Ela se levantou, pegando novamente sua bolsa.

– Sra. Grant, estou ciente de que a decisão de Georgina de contratar meus serviços deve ter sido um grande choque para a senhora. Afinal, o luto de sua família é tão recente e, é claro, a senhora tem muitas responsabilidades como juíza de paz e administradora da propriedade de seus pais. Eu gostaria muito de conversar com a senhora, principalmente porque, em sua condição de juíza de paz, entende a importância dos pormenores, não é mesmo?

– Bem... Eu... quando a senhorita fala dessa maneira, suponho que...

– Muito bem. – Maisie estendeu a mão na direção do jardim, onde agora mal se podia enxergar a trilha ao crepúsculo. – Vamos dar um passeio. Não está tão frio quanto antes e acabou de começar a nevar de leve. Eu gostaria de ouvir sua opinião sobre alguns assuntos.

– Certo. – Noelle Grant apoiou a xícara e o prato na mesa, claramente receptiva aos elogios de Maisie. – Vou assobiar para os cachorros e vamos lá. Apenas um minutinho enquanto pego o cachecol e as luvas. – Ela parou perto da janela e olhou para fora. – Vamos sair pela porta dos fundos. Vou pegar uma galocha e uma jaqueta antiga. A senhorita precisará disso.

Noelle conduziu Maisie para a sala de armas, que tinha o odor de cachorro molhado, galochas e fumaça de cachimbo estagnada. Depois de vestir roupas adequadas para ficar ao ar livre, Noelle pegou duas bengalas de um antigo vaso de argila, entregou uma delas para Maisie, abriu a porta e avançou sob a neve que caía lentamente.

– Humm, espero que não continue assim, sabe. Ou precisarei pedir ao velho Jenkins que venha aqui com seus cavalos para limpar o caminho pela manhã. – Ela continuou a falar, mal olhando para Maisie. – O homem tem um trator novíssimo em seu estábulo, mas insiste que os cavalos Shire trabalham melhor. Vivo dizendo a ele: "Adapte-se aos novos tempos, Jenkins, ou já era!"

Maisie acompanhou o ritmo dos passos de Noelle enquanto passavam por uma velha carruagem de caça, presumindo que a mulher a costumava guiar para ir e voltar das reuniões do comitê e das visitas aos arrendatários das terras.

– Há pessoas que simplesmente se sentem mais seguras com as ferramentas que já conhecem e, por causa disso, é provável que Jenkins faça um trabalho melhor com os cavalos do que com o trator.

– Humm! Bem, amanhã de manhã vamos descobrir, não é mesmo?

Sob uma camada de neve, mal se enxergava a trilha à frente. Maisie pensou que o passeio teria de ser rápido para que ela pudesse pegar a estrada principal para Chelstone sem que o clima dificultasse a viagem para o MG, que era um carro baixo.

– Sra. Grant, eu...

– Pode me chamar de Nolly, todos me chamam assim. Na Bassington Place não somos nada formais.

– Nolly, será que poderia me contar sobre seu irmão Nick, a partir de sua perspectiva? Estou curiosa para saber mais sobre ele e imagino que você possa ter uma percepção melhor que a dos outros, uma vez que seu marido serviu com ele durante a guerra.

Enquanto esperava a resposta, Maisie olhou de esguelha e percebeu rugas se formando ao redor da boca de sua acompanhante, que tinha os lábios contraídos. Embora não pudesse ver sua testa sob o chapéu, sabia que a mulher a estava franzindo.

– Não acho que Nick tenha sido tão cabeça-oca quanto Georgie. Sim, eles eram gêmeos, mas Nick sempre foi mais determinado. – Ela fez uma pausa breve e em seguida continuou: – Bem, sei que me perguntou sobre Nick, mas, se voltarmos ao início, teremos de falar dos dois, pois são gêmeos, e, embora eles sempre tenham tido personalidades diferentes, havia similaridades evidentes e as pessoas tendem a pensar nos dois juntos.

– Entendo.

– Georgina podia, e ainda pode, devo dizer, ser um pouco como o fogo-fátuo. Aparece com uma nova ideia a cada cinco segundos, como essa de contratá-la, por exemplo, se não se incomoda que eu diga isso. – Ela se virou na direção de Maisie, que pôde então confirmar que ela franzia a testa. – É claro, a guerra a fez sossegar um pouco. Foi uma grande ideia fazer o que fez, mas ela foi com muita sede ao pote. No meio do horror, acabou tendo que ficar mais na dela. Não me leve a mal, eu a admiro por isso, mas... enfim, a senhorita me perguntou sobre Nick. – Ela fez uma pausa para se desviar de um galho caído e gesticulou para que Maisie andasse à sua frente por algum tempo antes de continuarem a caminhar lado a lado. – Nick tinha toda a emoção de Emsy, todos aqueles sentimentos, aquela intensidade, mas isso era atenuado por algo que meu pai tem, uma solidez, suponho que se possa dar esse nome. É claro, são todos uma gente artística, mas Piers tinha um pouco mais de... meu Deus, como eu poderia dizer?

Nolly parou de falar e olhou para cima, demorando-se um momento para chamar os cachorros para seguirem junto dela.

– Pragmatismo? – sugeriu Maisie.

– É isso! Sim, Piers pode ser uma pessoa criativa, mas também tem um senso pragmático. Por exemplo, sua habilidade é fazer móveis que sejam ao mesmo tempo funcionais e artísticos. Ele é um artesão e um artista em igual medida. Bem, se a senhorita olhar para mim... e não tenho nenhuma ilusão quanto a isso, em absoluto... verá que sou completamente pragmática, sem nem um pedacinho artístico sequer. Nick, como eu disse, era ao mesmo tempo artístico e pragmático. Mas, quando menino, e depois já crescido, ele podia fazer coisas arriscadas, e fez.

– Exatamente como Georgina?

– Mas de um modo diferente. Georgina não se importava de se indispor com ninguém, enquanto Nick era mais cuidadoso. Ele queria acordar algumas pessoas, certos *tipos* de pessoas, das pressuposições que elas tinham. Georgina saía atirando sem reservas. Nick sempre tinha um alvo antes de mirar. E não me leve a mal, eu o admirava demais. Acho apenas... ah, não sei... acho apenas que não se devem acordar certos demônios, apenas isso.

– A guerra?

– Sim, a guerra, para início de conversa. – Nolly olhou para cima novamente e para a paisagem, agora coberta pela neve branca e macia. – É melhor começarmos a voltar daqui a pouco. Está ficando escuro e essa neve vai cair a noite toda. Vamos ligar o rádio para escutar a previsão do tempo quando tivermos voltado.

As mulheres caminharam por mais algum tempo, conversando sobre as diversas ocupações de Nolly e seus planos para Bassington Place e as terras das cercanias. A propriedade se estendia por uma considerável distância antes que surgisse a primeira fazenda. Maisie imaginava que, embora grande parte do campo estivesse obscurecida pela neve, deviam florescer prímulas, campainhas e uma grande quantidade de anêmonas-dos-bosques nos pastos e bosques durante a primavera. Um rio serpenteava em uma parte do terreno e provavelmente ia se juntar ao rio Rother, que afluía na direção dos Romney Marshes.

Maisie continuou a fazer perguntas enquanto voltavam para a casa.

– Então me conte sobre Nick e a guerra.

– Ele se alistou imediatamente, arrastando junto com ele seus amigos artistas, mesmo aquele que era jovem demais à época... Qual era mesmo o nome dele? – Ela puxou a gola para cima. – Courtman, esse era o nome, Alex Courtman. Enfim, todos eles foram mandados para regimentos diferentes depois do treinamento, então Godfrey e Nick tiveram uma grata surpresa ao descobrirem que serviriam juntos.

– Sinto muito em saber do desaparecimento de seu marido, na França.

Nolly Grant balançou a cabeça.

– Ele não "desapareceu". Foi morto, está lá enterrado. Não, ele não "desapareceu", ele está lá e sei exatamente onde. Meu marido morreu como um herói no campo de batalha, lutando pelo país, e orgulhoso disso, devo lhe dizer! Vamos direto ao assunto, nada desse negócio de "desaparecimento". Fico tão chateada com todo esse pisar em ovos para falar a verdade. As pessoas morrem, não desaparecem!

As sobrancelhas de Maisie se arquearam.

– Entendo que eles eram próximos quando seu marido morreu.

– Nick foi ferido logo depois que Godfrey morreu. Recebi o telegrama me informando que eu era viúva e cuidei do meu irmão assim que ele foi trazido para casa. Isso me mantinha ocupada, e eu não tinha tempo para pensar na morte dele, sabe? Afinal, precisamos continuar vivendo e cuidar dos vivos, não?

– É claro. – Maisie assentiu, escolhendo as palavras com cuidado. – Nolly, você aprovava Nick?

A mulher suspirou, olhando para as lajotas aos seus pés logo que chegaram ao pátio dos estábulos.

– O que importa se eu o aprovava ou reprovava? Essa família faz o que quer e quando quer, sem pensar em mais ninguém. E, se eles não me deixarem seguir em frente com os planos para a propriedade, todos nós seremos jogados em um abrigo para pobres! – Ela fez uma pausa. – É claro, estou exagerando, mas sou a única com alguma noção do dinheiro necessário para administrar o lugar ou de como lidar com os fazendeiros que arrendam as terras... Na prática, Godfrey era uma espécie de gerente depois que nos casamos e antes de ele ir para a França, e nós administrávamos tudo juntos. Agora estou querendo atrair as pessoas para a propriedade, sabe, visitantes. E os visitantes nunca virão se dois dos Bassington-Hopes... na verdade três, se Harry continuar fazendo as coisas do jeito dele... continuarem irritando as pessoas o tempo todo. Então, será que eu aprovo? Não, não aprovo. Eles tentaram mudar coisas que simplesmente não dá para mudar. – Ela fitou Maisie. – Nick e Georgie realmente pensaram que poderiam parar uma guerra com suas imagens e palavras? Isso é uma maldita estupidez, se quer saber. Francamente, alguém devia ter parado *os dois* há muito tempo. Aqui está, use isso para tirar suas galochas.

As mulheres removeram botas e casacos e, antes de entrar na parte principal da casa, Nolly olhou pela janela para avaliar o clima.

– Bem, Maisie, acho que hoje à noite você não irá a lugar algum, a não ser para um quarto de hóspedes. Daqui consigo ver que mal está dando para transitar pela alameda que desce até a estrada principal. Em vez disso, você deveria trazer seu carro até o estábulo para protegê-lo.

– Mas eu preciso...

– Por favor, não conteste. Nós nunca permitimos que nossas visitas saiam daqui prejudicadas pelo vinho ou pelo mau tempo. Pelo menos Piers poderá impressioná-la com seu vinho sabugueiro safra 1929!

―――

– Nolly está absolutamente certa, você não pode dirigir até Chelstone com esse tempo. E deve estar ainda pior na direção de Tonbridge. Não, você deve ficar aqui, não é mesmo, Emsy, Piers? – perguntou Georgina, olhando para a mãe e o pai enquanto a irmã servia taças de xerez da bandeja que havia acabado de ser levada à sala pela Sra. Gower.

Maisie aquiesceu.

– Obrigada pela hospitalidade. Tenho que pedir um favor, entretanto. Deixei minha mala na casa do meu pai e preciso realmente telefonar para não o deixar preocupado.

– É claro, minha querida. Nolly, mostre para Maisie onde fica o telefone. Tomara que as linhas não tenham sido interrompidas. Nunca se sabe. A boa notícia é que, de acordo com Jenkins, que apareceu aqui logo depois que vocês saíram, esse pedaço do terreno poderá ser facilmente desobstruído amanhã de manhã. Ele disse, estas são as palavras dele, que se trata de neve fofa e macia, e não de neve dura, então logo cedo ele vai com Jack e Ben desobstruir a alameda.

– Não usarão o trator?

– Não, os cavalos.

– Esse homem é um tolo! – praguejou Nolly enquanto conduzia Maisie ao saguão de entrada, onde ficava o telefone.

Depois de garantir ao pai que estava segura com amigos, Maisie deslocou o MG para um estábulo vazio. Originalmente construídos para alojar quinze cavalos, os estábulos eram agora a moradia de quatro caçadores, e havia outras baias usadas como depósito e para os cavalos dos visitantes que pagavam parar serem recebidos por Nolly Grant. De volta para a casa, Georgina lhe mostrou o quarto de hóspedes.

– Muito bem, a lareira foi acesa, e a Sra. Gower colocou toalhas novas para você. Deixe-me mostrar onde fica o banheiro, na porta ao lado. Está um pouco velho, mas você pode até nadar na banheira. Vou lhe trazer algumas roupas de dormir e um vestido para o jantar, embora ele seja um pouco grande para você. Nolly gosta de manter as aparências e, por mais que ela me irrite, sei que ela está presa aqui, então acabo concordando. Esse não era um costume da família em nossa adolescência, então ela sempre se sentia constrangida e não trazia amigos para casa. Uma pena, realmente. – Georgina sorriu, acenando com a mão ao sair do quarto. – Os drinques serão servidos daqui a aproximadamente meia hora, e em seguida jantaremos. Acho que esta noite teremos pato assado.

Maisie olhou ao redor. O revestimento de madeira devia ter sido marrom-escuro, envernizado e encerado para exibir um brilho glorioso. Agora ele estava pintado com cores diferentes, um tabuleiro de xadrez verde e amarelo com uma borda azul. Em cada quadrado amarelo, alguém havia pintado uma interpretação geométrica de uma borboleta, uma mariposa ou uma abelha em uma flor. Sobre o trilho para os quadros, pintado de azul, uma teia de aranha dourada subia e se estendia pelo teto, com o centro no ponto exato em que a luminária havia sido instalada.

– Capturada na teia dos Bassington-Hopes!

Maisie sorriu para si mesma enquanto contemplava a decoração aleatória do quarto de hóspedes. Ela foi até o banheiro, que felizmente era simples, pensou ela, pintado de branco, com ladrilhos brancos cobrindo o chão e circundando a antiga banheira com os pés em forma de garras. Havia uma cadeira de carvalho escuro em um canto e, no outro, um toalheiro feito da mesma madeira. Quando ela se inclinou para abrir as torneiras, no entanto, notou que as duas peças do mobiliário provavelmente haviam sido feitas para combinar com o quarto, pois a cadeira tinha uma borboleta talhada que parecia ter acabado de pousar no encosto, e o suporte para a toalha exibia uma aranha de madeira escalando um dos lados. Voltando para o quarto, um exame mais atento da colcha revelou um trabalho com retalhos representando insetos de jardim e, na cadeira próxima à janela, almofadas de ponto-cruz combinando com a colcha. Quando a banheira se encheu com água quente vinda do encanamento, Maisie se virou para ver um poema pintado na porta. Era um verso simples, um poema infantil.

Não restavam dúvidas de que o quarto havia sido decorado por Georgina e Nick juntos, a mobília havia sido feita por Piers e a colcha e as almofadas projetadas por Emma. Será que todos os quartos da casa exibiam o talento artístico dos Bassington-Hopes? E, se fosse assim, como Nolly se sentiria sendo excluída dessa atividade, pois, até onde Maisie pôde averiguar, não havia indícios de seu envolvimento nisso?

Maisie achou Piers bastante solícito em relação à mulher e às filhas, oferecendo de maneira formal o braço esquerdo para que Emma apoiasse sua mão e fosse acompanhada à sala de jantar e depois permanecendo de lado para que as filhas e Maisie entrassem antes dele. Ele conduziu Emma para uma das extremidades da mesa, certificou-se de que ela estivesse confortável e esperou até que as mulheres se sentassem para tomar seu lugar no lado oposto ao da mulher. Emma trajava um vestido de veludo vermelho-escuro, com um xale preto ao redor dos ombros. Seus cabelos grisalhos haviam sido penteados para trás, mas permaneciam soltos e não trançados ou enrolados em um coque.

– Agora você terá a sorte de provar os vinhos de papai! – Georgina pegou seu guardanapo e se virou para Piers. – O que teremos esta noite para fazer jus ao pato, pai?

Piers sorriu.

– O vinho de abrunho do ano passado.

– Frutado com uma nota equilibrada de carvalho – acrescentou Georgina.

– Que absurdo! – exclamou Nolly, que pegou sua taça para que Gower, agora vestida com uma roupa formal, servisse um intenso e avermelhado vinho tinto de um decantador de cristal. – Não o vinho, é claro, pai, mas a descrição de Georgina, como sempre rebuscada.

– Meninas, por favor! Não vamos discutir na frente de nossa convidada.

– Escute, escute, Emsy, escute, escute. – Piers arqueou uma sobrancelha, fingindo que estava aborrecido, e depois colocou as mãos sobre uma das mãos de cada filha. – Elas podem ser mulheres crescidas, Maisie, mas, juntas, parecem gatos brigando!

– E, quando Nick estava aqui, por que...?

Maisie olhou para Emma e depois para Piers. O chefe da família Bassington-Hope havia soltado as mãos das filhas e nesse momento olhava para baixo, balançando a cabeça.

– Ah, querido, me desculpe, eu não deveria. – Emma também balançou a cabeça, repreendendo-se. – Não é o momento certo, com todos nós juntos aqui e recebendo visita.

– Se me dão licença... – Piers colocou o guardanapo ao lado de sua taça ainda cheia e deixou a sala.

Nolly afastou a cadeira como se fosse seguir o pai.

– Noelle! – Emma usou o nome próprio da filha, o que, como Maisie percebeu, fez com que ela se virasse imediatamente. – Deixe seu pai ter um momento para ele. Nós todos sentimos a dor do luto e nunca sabemos quando ela vai nos alcançar. Para Piers, é o sentimento de um pai por seu filho, e nenhuma de nós sabe quão profundamente essa dor pode tocar o coração.

– Emsy está certa, Nolly, você sempre acha que pode...

– Basta, Georgina. Basta! – Emma se virou para Maisie e sorriu. – Bem, Maisie, eu soube que você é muito amiga de lady Rowan Compton. Sabia que fomos apresentadas à Casa Real no mesmo ano?

Maisie pegou sua taça de vinho pela haste e se inclinou para o lado enquanto a Sra. Gower servia a sopa de ervilha.

– Que coincidência! – exclamou, sorrindo para a anfitriã. – Não, eu não sabia. Aposto que ela estava bastante agitada nesse dia.

– Meu Deus, estava. Na verdade, acho que é por isso que a admirei tanto, sabe. Afinal, nenhuma de nós gostava daquele tipo de coisa, embora nos sentíssemos extremamente honradas em sermos apresentadas à Sua Majestade. É claro, ela acabou se casando com Julian Compton... ele era considerado um partido e tanto... embora, segundo minha mãe, a mãe dela temia que ela se juntasse àquele homem esquisito, qual era mesmo o nome dele? – Ela tamborilou na mesa, tentando se lembrar.

– Maurice Blanche? – ajudou Maisie.

– Sim, esse mesmo. É claro, ele agora é muito famoso, não?

Maisie aquiesceu.

– E eu, graças aos céus – continuou Emma –, encontrei um artista que via o mundo com olhos parecidos com os meus e que *também* tinha um nome, para a felicidade dos meus pais.

– Está falando que você teve muita sorte em me capturar, hein, Emsy?

– Querido, sim, tive mesmo! – Os olhos de Emma Bassington-Hope cintilaram quando seu marido entrou na sala novamente, tomando seu lugar na cabeceira da mesa.

– Aqui vamos nós... Pronto para um passeio pela estrada da memória, Piers? – Nolly revirou os olhos de um jeito conspiratório.

– Não poderia haver passeio melhor... se nossa amiga não se importar de se juntar a nós. – Piers olhou para Maisie.

– É claro. E, devo dizer, este vinho é magnífico.

– Sim, e com sorte teremos mais dele. Onde está Gower? – disse Nolly novamente.

Mais dois decantadores do vinho cuidadosamente produzido por Piers Bassington-Hope abrandaram as tensões familiares e, pensou Maisie, fizeram deles companhias maravilhosas. Às onze horas eles estavam relaxados diante do prato de queijos. Piers havia afrouxado sua gravata a pedido de Emma, e as duas irmãs finalmente estavam à vontade uma com a outra.

– Vamos contar a Maisie sobre a grande peça. Lembram-se, quando Nick quase afogou o pequeno Harry no rio?

– Ele devia ter segurado a cabeça dele sob a água por mais tempo!

– Ah, Nolly, por favor! – Georgina se aproximou da irmã e, gracejando, deu uma batidinha na mão dela, e as duas começaram a rir. Ela se virou para Maisie. – Bem, acho que Nolly devia ter 16 anos, porque Harry tinha apenas 4.

– Eu *tinha* 16, sua boba, era meu aniversário!

Piers riu.

– Uma festa de debutante, e convidamos todos os que conhecíamos para passar o fim de semana aqui. Quantas festas de garotas de 16 anos têm dois membros do Parlamento, três atores, um punhado de poetas e escritores e não sei mais quantos artistas?

– E só havia ela de 16 anos na festa! – Nolly se virou para Maisie, dando risadinhas. Maisie pensou que ela se parecia com a irmã quando ria.

Georgina se pôs a contar a história.

– Decidimos fazer uma peça no rio, todos nós.

Maisie balançou a cabeça.

– O que é uma peça no rio?

– Uma peça no rio! Sério, nós queríamos montar uma peça que pudesse ser encenada sobre os barcos a remo, então achamos que seria uma boa ideia roubar uma história dos vikings.

— É uma pena que na época não conhecêssemos seu amigo Stig, não é mesmo?

— Bem... — interveio Piers, advertindo sua filha mais velha, temendo que o comentário aborrecesse Georgina, que agitou a mão como se estivesse golpeando um inseto.

— Lá estávamos nós, todos vestidos com refinamento, os atores nos barcos, falando inglês antigo e dando ataques histéricos de maneira bem dramática para cá e para lá, e Nick decidiu, no calor do momento, trazer um pouco de realismo à peça. Harry, nosso querido Harry, havia acabado de aprender a tocar flauta doce e havia sido escolhido como bobo da corte... Ele era sempre o cachorro ou o bobo da corte. — Georgina mal conseguia falar de tanto rir, ajudada, pensou Maisie, por outra taça daquele vinho bastante potente.

Nolly continuou a narrar do ponto em que sua irmã havia parado.

— Bem, Nick pegou Harry, dizendo: "Jogarei o servo ao mar!", e o jogou no rio. Bem, é claro, Harry desceu como uma âncora, e houve risos, até que Emma gritou da margem, e nos lembramos de que ele não sabia nadar! Isso foi muito estúpido, se pensarmos bem.

— Enfim, Nick pulou no rio, que não era tão fundo assim, e tirou nosso pobre e engasgado Harry. — Georgina agora estava tendo um ataque de riso.

— Maisie, esse é o tipo de travessura que nossos filhos aprontavam quando pequenos — comentou Piers, sorrindo. — Às vezes apavorantes, muito cruéis quando vistas em retrospecto, mas boas para darmos risadas mais tarde.

Maisie inclinou a cabeça e acenou concordando, embora estivesse se perguntando se, *em retrospecto*, Harry não consideraria a experiência cruel.

— E — acrescentou Georgina — eu me lembro do pobre Harry todo molhado e gritando: "Odeio você, Nick, odeio! Espere só até eu crescer!" O que, é claro, instigou Nick a provocá-lo ainda mais, falando: "Você e o seu exército, hein, Harrykins?"

O riso foi se aquietando, e Emma sugeriu que se recolhessem à sala de estar para tomarem o café. Enquanto relaxavam em frente à lareira, Emma trouxe álbuns de fotografias, contando detalhes de um ou outro acontecimento. Logo, no entanto, o vinho que havia colaborado com a hilaridade uma hora antes agora deixava o grupo um pouco mais do que sonolento.

    Maisie voltou para seu quarto, aquecido e aconchegante, já que Gower havia acendido a lareira antes de se recolher. Uma garrafa de água quente havia sido deixada na cama e havia um cobertor extra dobrado sobre a colcha. Ela tirou seu vestido, colocou a roupa de dormir deixada ali por Georgina e se aninhou sob as cobertas. Antes de desligar a luz, Maisie se reclinou nos travesseiros e ficou olhando para os fios dourados da teia de aranha acima. Ela achou os Bassington-Hopes quase tão inebriantes quanto o vinho caseiro de Piers, embora ela tivesse dado apenas alguns goles durante o jantar. Sentia-se comovida pela intimidade das histórias, dos eventos e das fotografias da família compartilhados. Mas estaria ela fascinada pela vivacidade e pela pura ousadia dos Bassington-Hopes? E, nesse caso, teria sido pega de surpresa por eles, o que a impediria de discernir algo importante com sua integridade habitual?

    Era claro que Nick era o menino dos olhos da família. E, apesar de suas diferenças, Maisie detectou respeito entre Noelle e Georgina, como se cada uma delas até certo ponto levasse em consideração a força e a coragem da outra. Embora Noelle pensasse que Georgina assumiu riscos enormes, e claramente desaprovasse seu estilo de vida, ela sentia orgulho das realizações jornalísticas da irmã. Por sua vez, Georgina podia muito bem estar frustrada pelo comportamento mandão de Noelle, que desaprovava até mesmo os pais, mas ela estava tomada de compaixão pela mulher que havia perdido o marido para a guerra, o jovem homem que ela claramente adorara. Georgina também era uma mulher solitária e entendia a busca de Noelle por reconstruir sua vida, a necessidade de criar um futuro com segurança financeira, com companhia e com significado.

    Noelle havia sido inteiramente franca com Maisie a respeito de suas ambições para a propriedade e de sua crença de que eles deveriam usar o legado de Nick para custear os consertos da casa e gerar uma renda baseada não apenas nas fazendas arrendadas e no lucro advindo das diversas plantações. Era evidente que ela considerava Nick e Georgina "problemáticos", e Harry, uma causa perdida. *Um músico, pelo amor de Deus!*

    E Maisie repassou toda e cada frase da conversa das duas, tentando criar uma imagem da maneira como Noelle se movia quando dava uma opinião ou esperava Maisie concluir uma pergunta. Estava impressionada pelo fato de que a irmã mais velha – a que tentou, com pouco sucesso, exercer autoridade sobre os Bassington-Hopes, que agia mais como uma matriarca do que a própria mãe – aparentemente nunca tivesse pedido para conversar com a pessoa que havia descoberto o corpo de Nick, havia evitado visitar a galeria e declinado viajar para o funeral em Londres para dar o último adeus ao irmão. Enquanto a primogênita recontava fatos ocorridos em uma das exposições de Nick, Georgina, que estava mais do que um pouco embriagada e inclinava-se na direção de Maisie no sofá macio, sussurrou: "Ela nem chegou a ir no funeral."

Não, Maisie ainda não dera por encerrada a investigação da "pobre Nolly", assim como de todos os Bassington-Hopes, inclusive Georgina. E ainda havia Harry. O que foi que o pai de Georgina disse sobre o filho caçula quando eles estavam vendo as fotografias das crianças tiradas no verão de 1914? Foi nesse momento que ele apontou para a fotografia de Noelle, Georgina, Nicholas e Harry, que tinha cerca de 12 anos na época, uns dez anos mais novo que os gêmeos, e quase a metade da idade de Noelle. "E ali estava ele, o último da fila. Harry. Sempre atrás, sempre à margem, este é o Harry."

Embrenhando-se sob as cobertas, Maisie ponderou sobre aquelas palavras antes de o sono dominá-la: *Sempre atrás, sempre à margem, este é o Harry.*

CAPÍTULO 8

De manhã bem cedo começou a degelar, o que, junto com os esforços do laborioso arrendatário e seus cavalos Shire, fez com que a alameda que levava à Bassington Place estivesse livre de neve por volta das onze horas. Isso permitiu que Maisie partisse ao meio-dia com Georgina, que havia pedido uma carona de volta para Londres. Depois de uma viagem que acabou sendo demorada, elas chegaram a Chelstone. Conversaram despreocupadamente durante o trajeto, mas, nos momentos de silêncio, Maisie se viu questionando a origem do mal-estar que sentia na companhia de Georgina desde que a mulher fora ao seu escritório na Fitzroy Square pela primeira vez. A princípio, ela havia desconsiderado o incômodo, mas agora era difícil ignorar a sensação. Por mais que admirasse a força de Georgina e sentisse compaixão por ela, que estava de luto por seu irmão, havia algo que afligia Maisie. Foi quando passaram de carro pelo povoado de Chelstone que uma única palavra atingiu Maisie de forma tão poderosa que ela quase a disse em voz alta. A palavra era "dúvida". Sua confiança estava abalada pela dúvida, embora ela não soubesse se era de sua habilidade que duvidava, ou de sua relação com Georgina e os outros Bassington-Hopes, ou mesmo do caso em si. Ela desejou poder ficar sozinha para pensar e descobrir a causa dessa emoção potencialmente paralisante.

– Vou lhe dizer: que lugar imponente, Maisie. Achei a Bassington Place enorme! Você sem dúvida manteve isso em segredo, hein? – disse Georgina, em um tom que soou alto demais para Maisie.

– Ah, não iremos à casa principal, Georgina. Meu pai mora na casa do cavalariço.

Maisie virou à esquerda e pegou a pista que passava bem em frente à casa da viúva, onde Maurice Blanche morava, e estacionou em frente à casinha de vigas de madeira expostas que era o lar de seu pai.

– Não devo demorar muito.

– Não vou ficar sentada aqui fora nesse frio de matar! Vamos lá, você conheceu minha família. Agora é a minha vez.

Georgina abriu a porta do passageiro e, esfregando os braços, quase foi correndo até a casinha.

Antes que Maisie desse um passo, a porta se abriu e Frankie Dobbs, esperando ver a filha, se deparou com Georgina. Maisie sentiu as bochechas corarem. Desde a morte de sua mãe, essa era apenas a terceira vez que alguém que ela apresentava como "amigo" visitava a casa de seu pai. Uma vez foi Simon, durante a guerra, depois Andrew, no ano anterior, e ninguém mais.

– Pai, esta é... – Maisie bateu com força a porta do motorista.

– Georgina Bassington-Hope. Encantada em conhecê-lo, Sr. Dobbs.

Frankie pareceu de certa forma perplexo, mas foi logo dando as boas-vindas a Georgina.

– É um prazer conhecê-la, senhorita. – Ele deu um sorriso enorme quando Maisie se aproximou, tomando as mãos dela nas suas enquanto ela se inclinava para beijá-lo na bochecha. – Venham para dentro, as duas. Está congelando aqui fora.

Quando já estavam na casinha, Frankie puxou outra cadeira para perto da lareira.

– Você não me disse que ia trazer uma amiga para casa, Maisie. Eu teria comprado algo especial para o chá.

– Foi uma decisão de última hora, pai. Ficamos presas na casa de Georgina por causa da neve e ela precisava de uma carona de volta para Londres.

– Vou esquentar a chaleira. – Frankie foi na direção da cozinha.

– Não ficaremos, pai. Vim apenas para...

– Que disparate! – Georgina tirou seu casaco e sua echarpe, colocou-as nas costas de uma poltrona e ficou de costas para o fogo. – Uma xícara de chá para nos fortalecer para a estrada seria excelente. Posso dar uma mãozinha?

Maisie corou novamente, aborrecida por Georgina ter tomado tais liberdades. Primeiro, quando insistiu em entrar na casa, e agora, ao supor que ela poderia simplesmente andar de um lado para o outro e fazer o que quisesse.

– Não, está tudo bem. Eu vou.

Da sala de estar vieram risos enquanto Maisie trabalhava na cozinha juntando xícaras e pires e os colocando em uma bandeja com tanta energia que achou que poderiam rachar. Ela sabia que seu comportamento era imaturo, sabia que, se tentasse explicar seu temperamento, ela pareceria – e se sentiria – rude. Mesmo assim, enquanto escutava Georgina fazer perguntas ao seu pai de maneira tão atrevida que aquele homem quase sempre hesitante conversava à vontade, Maisie quis correr até a sala e interromper o diálogo imediatamente. *Por que estou me sentindo assim?* Estaria ela com ciúme de Georgina, de sua família cheia de vivacidade, da tranquilidade com que ela assumia a posição de convidada interessada? Levantando a pesada chaleira do fogão, Maisie encheu o bule com a água fervente, percebendo, enquanto se afastava do vapor quente que subia, que ela queria proteger seu pai, queria interromper a conversa para que nada mais fosse revelado sobre a vida deles juntos. Ela pôs a chaleira no fogo novamente, colocou a tampa no bule e esperou. *Eu não confio nela.* Sim, era aí que a dúvida estava enraizada, na falta de confiança.

Como havia baixado a guarda na Bassington Place, Maisie sentia que Georgina agora usava o que sabia sobre ela, ultrapassando os limites, dando a seu pai a impressão de uma amizade que não existia – que não podia existir – entre elas. Ela pegou a bandeja de chá e, vergando-se para evitar a viga baixa da porta, voltou à sala de estar, determinada a retomar o controle do diálogo.

Depois de meia hora, Maisie insistiu que elas deveriam partir, pois havia a possibilidade de a estrada estar em más condições. Frankie Dobbs vestiu um casaco pesado de lã para que pudesse sair e se despedir delas. Enquanto tirava o carro do pátio, ela automaticamente olhou à esquerda antes de pegar a direita e viu lady Rowan andando pelo gramado coberto de neve, seguida por seus três cães. Ela agitou a bengala no ar para chamar a atenção de Maisie.

– Quem é aquela? – perguntou Georgina.

– Lady Rowan Compton. Escute, fique aqui, Georgina, por favor, eu realmente preciso cumprimentá-la rapidamente.

Georgina abriu a boca para falar, mas Maisie já havia saído do carro e bateu a porta bem forte antes de correr para cumprimentar sua antiga patroa.

– Devo dizer que é uma alegria vê-la, Maisie, embora eu adoraria ter sabido que você estaria em Chelstone. Já faz muito tempo que não nos sentamos para conversar.

– Passei voando por aqui, lady Rowan, pois eu precisava pegar minha mala. Fiquei presa por causa da neve quando visitava uma amiga e só consegui voltar para Chelstone esta manhã. Agora estamos voltando correndo para a cidade.

Lady Rowan apertou os olhos na direção do carro.

– É seu amigo médico, ali no MG?

Maisie balançou a cabeça.

– Ah, não. É a amiga com quem eu estava ontem à noite, Georgina Bassington-Hope.

– Bassington-Hope? – Maisie percebeu que a postura da mulher mais velha se alterara quando ouviu o nome, suas costas ficarem mais eretas, seus ombros mais altos. – Filha de Piers e Emma Bassington-Hope, por acaso?

– Sim, isso mesmo.

Lady Rowan balançou a cabeça.

– Bem, veja só!

– Há algo de errado, lady Rowan?

– Não, não, nada mesmo. – Ela sorriu para Maisie e em seguida acrescentou de forma abrupta. – É melhor eu não a prender aqui. O dia agora está encantador, com o sol raiando sobre a neve. As estradas estarão mais desobstruídas agora, então você fará uma boa viagem de volta para a cidade. – Os cães começaram a latir enquanto corriam de volta na direção da casa do cavalariço, pois haviam avistado Frankie Dobbs, que eles sabiam ser uma fonte de petiscos. – Ah, céus, bem quando eu achava que eles estavam se comportando bem. Adeusinho, Maisie.

Maisie disse adeus, correu para o MG e partiu. Quando olhou para trás antes de virar para entrar na Tonbridge Road, viu lady Rowan parada ao lado de seu pai, ambos olhando fixamente para o carro. Embora Frankie Dobbs tivesse feito um último aceno, lady Rowan não ergueu a mão. Mesmo à distância, Maisie sabia que ela estava franzindo o cenho.

Para felicidade de Maisie, quando ela chegou em casa, tocou no aquecedor e percebeu que ele estava quente. Já bastava pagar pelo aquecedor central e por uma lareira a gás. Graças aos céus, os construtores haviam decidido não incluir uma das eficazes, mas caríssimas, lareiras elétricas.

Sentada em uma poltrona com as pernas dobradas para um lado, ela apoiou um caderno nos joelhos e rabiscou algumas anotações. Apesar dos pensamentos e sentimentos que a afligiram mais cedo naquele dia, não havia nada que a convencesse de que a morte de Nick Bassington-Hope não tivesse sido um acidente. No entanto, se ela presumisse se tratar de um crime, poderia avançar mais rápido. Ela precisava buscar provas, um motivo e um assassino. Ela não quis trabalhar dessa maneira a princípio, pois um método fundamentado em conjecturas poderia levar a um mal-entendido, caso ela tomasse algum objeto inofensivo por uma pista vital, ou um comentário casual como a base para uma conclusão inexata. Ela havia visto esse tipo de coisa acontecer com policiais quando era óbvio que eram pressionados a prender alguém por divisões mais altas na hierarquia. Embora a abordagem de Maisie às vezes levasse mais tempo, o nível de acerto de seus métodos confirmava a integridade de seu trabalho. Mas dessa vez, para dar impulso à investigação, ela assumiria aquela conduta alternativa.

Maisie fechou os olhos. Visualizando a galeria, evocou na mente o artista trabalhando sobre o andaime. Ele estava fixando as buchas que segurariam o tríptico, que devia ser muito grande. Ou não era? O ateliê em sua casa-vagão teria acomodado uma tela de cerca de 2,50 metros de altura, caso necessário, se a tela fosse disposta formando um ângulo com a parede para o artista trabalhar. Ela avaliou o lugar onde o tríptico seria pendurado. Sim, isso daria para um quadro central de, digamos, aproximadamente 2,50 metros por 1,20 a 1,50 metro. E depois os quadros laterais. Ela voltou a pensar no mural. Todos presumiram que a obra desaparecida compreendia três quadros – mas e se fossem mais do que três? Isso faria alguma diferença no resultado? Ela examinaria a parede da forma mais minuciosa possível para tentar assegurar que tipo de preparativo Nick estava fazendo: endentações na parede onde as buchas haviam sido fixadas podiam indicar quantos quadros eram, embora os parafusos e os pregos usados na construção do andaime também tivessem deixado suas marcas, apesar da reforma que foi feita mais tarde.

Um relógio sobre a cornija soou as horas. Eram seis da tarde, e ela precisava se aprontar para a festa de Georgina. Estava apreensiva com isso. A verdade é que ela sabia que não se sentiria à vontade, e não apenas por conta das dúvidas que a afligiram mais cedo. Apenas pensar em uma festa já trazia à tona seus anos de Girton, para onde ela voltou depois da guerra a fim de concluir seus estudos. Houve ocasiões em que ela e outras mulheres foram convidadas para festas, normalmente por homens que também estavam retomando seus estudos, ou por homens mais jovens que haviam acabado de embarcar neles. E parecia que todos eles queriam dançar e esquecer o passado. Para Maisie, esses eventos normalmente significavam uma hora ou duas apoiada contra uma parede, um drinque em que mal tocava, mas segurava antes de partir sem nem mesmo encontrar o anfitrião para agradecer pelo convite. Ela havia comparecido a apenas uma festa em que se divertira, na qual ela até baixara a guarda, e isso se dera no início da guerra. Sua amiga Priscilla a levou para uma festa oferecida pelos pais do capitão Simon Lynch, que queriam presenteá-lo com uma despedida alegre antes que ele partisse para a França. As memórias dessa festa misturavam emoções doces e amargas. Desde então, apesar da passagem do tempo e de seus sucessos acadêmicos e profissionais, ela nunca conseguiu sentir-se confiante nessas situações sociais.

Depois de pôr o vestido preto que ela costumava usar de dia, um cardigã de casimira azul-claro na altura do joelho e uma estola que Priscilla lhe dera no ano anterior e que combinava com o cardigã, Maisie escovou o cabelo, espalhou um pouco de ruge na face e acrescentou uma pincelada de cor aos lábios. Consultou o relógio antes de jogá-lo dentro do bolso do cardigã, pegou o casaco azul-marinho do guarda-roupa do quarto, sua bolsa preta, e em seguida enfiou os pés nos sapatos pretos com uma tira única que ela havia deixado perto da porta.

Maisie havia ficado na dúvida a respeito da hora mais apropriada para chegar à festa, que, de acordo com o convite, começaria às sete, o jantar leve sendo servido às nove. Ela não queria ser a primeira a chegar, mas tampouco queria se atrasar e perder a oportunidade de conhecer alguém com quem fosse conveniente engatar uma conversa.

Só era possível dirigir na rua ao longo do Embankment, o aterro que margeia o Tâmisa, a passo de tartaruga, tão densa era a neblina e a fumaça ocre que envolvia ônibus, cavalos, carroças e pedestres. Não que houvesse muitos destes últimos na escura noite de domingo. Estacionando perto das mansões de tijolos vermelhos, Maisie ficou satisfeita ao encontrar uma vaga a partir da qual poderia ver as pessoas entrando no apartamento de Georgina e analisar seus comportamentos, nem que fosse por alguns minutos. Como estava frio, ela envolveu o pescoço com a estola e assoprou seus dedos enquanto esperava que outros convidados chegassem.

Um casal elegante chegou em um carro com um chofer. A mulher – felizmente, observou Maisie – não estava trajando um vestido de noite, mas claramente algo mais curto, apropriado para o que agora havia se tornado a hora do "coquetel". Em seu caminho para Chelsea, ocorreu a Maisie que um vestido de noite teria sido mais apropriado, um pensamento teórico, de todo modo, já que ela não tinha nenhum. Outro carro parou rangendo em frente à mansão errada, o que fez o motorista dar a marcha a ré com um ruído áspero, os freios chiando, até que o carro estremeceu e parou diante do endereço correto. Duas mulheres e um homem saíram do carro, todos parecendo ligeiramente embriagados. O motorista então gritou que procuraria uma vaga para o carro, que ele guiou por alguns metros apenas e estacionou de qualquer jeito antes de sair, deixando as luzes do veículo acesas. Maisie decidiu que, em vez de chamá-lo nesse momento, ela iria localizá-lo quando estivesse na festa.

Maisie pegou sua bolsa e estava prestes a abrir a porta quando outro carro parou, seguido por um segundo carro, que ela reconheceu imediatamente. Ela esperava que seu veículo não estivesse tão visível para quem chegava em frente ao prédio. Felizmente, na escuridão, o vermelho normalmente tão chamativo se misturava com as cores dos outros carros estacionados. Enquanto ela observava, Stratton saiu do Invicta e se aproximou do primeiro carro. Nesse momento, o homem que ela havia visto conversando com ele na véspera saiu do seu veículo. Eles não se cumprimentaram com um aperto de mãos, então Maisie conjecturou que já haviam se encontrado antes, ou – e essa era uma nova ponderação – que eles não se importavam muito um com o outro. Uma mulher jovem, com roupa de festa, seguiu o sujeito do primeiro carro e aquiesceu quando Stratton e o homem falaram com ela. Maisie suspeitou que ela fosse uma das novas detetives recrutadas para trabalhar com Dorothy Peto na Scotland Yard.

Ela esperou. Logo a mulher entrou no prédio de Georgina. Em seguida, os dois homens voltaram a suas respectivas viaturas e partiram. Maisie se escondeu quando eles passaram por ela e torceu mais uma vez para que não a tivessem visto.

Ela assistiu a mais dois carros, ambos conduzidos por choferes, deixarem convidados na mansão. E então um homem saiu das sombras e do torvelinho da neblina e caminhou pela rua. Ele balançava uma bengala e seu modo de andar sugeria o de um homem jovem, que talvez cantasse para si mesmo. Ele não usava chapéu, e seu sobretudo estava aberto, exibindo uma roupa de festa, com uma echarpe branca solta ao redor do pescoço. Maisie suspeitou de que aquele fosse Harry Bassington-Hope. Enquanto ele subia os degraus até a porta de entrada, outro carro surgiu das sombras e passou pelo prédio lentamente, como um predador rastreando sua presa. Mas, assim como um leão pode perseguir sua caça por um tempo apenas por prazer, o motorista parecia apenas seguir Harry. A cena sugeriu a Maisie que se tratava de alguém que estava simplesmente observando e esperando e não tinha pressa em dar o bote. *Pelo menos, não por enquanto.*

Embora a rua estivesse pouco iluminada, o motorista olhou diretamente para o MG quando o carro cruzou com ela. Maisie se reclinou no assento e ficou parada como uma estátua, mas nesse momento uma luz se acendeu na janela da mansão à sua esquerda, revelando as feições do homem. Apesar de tê-lo visto apenas de soslaio, ela o reconheceu de imediato.

∽

– Maisie, que bom vê-la aqui, fico feliz por você ter vindo.

Georgina acenou para um garçom que se aproximava e em seguida entrelaçou seu braço no de Maisie, uma demonstração de afeto que inquietou a convidada, embora ela entendesse que, para as pessoas com as quais ela agora estava se misturando, certas barreiras sociais e códigos de comportamento já vinham se erodindo nos últimos dez anos.

– Deixe-me apresentá-la para algumas pessoas.

Georgina se virou para outro garçom e pegou duas taças de champanhe, entregando uma delas para Maisie antes de dar uma batidinha no ombro de um homem. A semelhança era evidente à primeira vista, e ele era, sem dúvida, o mesmo homem que Maisie vira andando na rua com uma bengala na mão. Embora agora ele estivesse sem o casaco, ainda usava a echarpe.

– Harry, quero que você conheça Maisie Dobbs.

O homem jovem estendeu o braço para apertar a mão dela.

– Um prazer, pode ter certeza. É sempre bom conhecer uma das amazonas de Georgina.

– Amazonas? – perguntou Maisie.

– Ah, você sabe, mulheres talentosas e independentes e tudo o mais, verdadeiras predadoras que andam circulando por aí. Costumam acabar com a vida de um homem em seu apogeu, não é mesmo, Georgie Porgie?

– Não faça com que eu me arrependa de tê-lo convidado, Harry.

Georgina balançou a cabeça enquanto encarava o irmão e em seguida conduziu sua convidada através da sala lotada na direção de três homens postados perto da lareira.

– Venha conhecer os velhos amigos de Nick. É uma pena que você não tenha encontrado Duncan e Quentin em Dungeness... Eles chegaram a Londres hoje de manhã. Alex, como sempre, já suplicou uma cama aqui para passar algumas noites! – Quando se aproximaram dos homens, Georgina chamou a atenção deles. – Cavalheiros, eu adoraria que conhecessem uma velha amiga da Girton: Maisie Dobbs. Maisie, deixe-me apresentar-lhe Alex Courtman, Duncan Haywood e Quentin Trayner. – Georgina voltou a olhar de relance para a sala e logo se desvencilhou do grupo. – Ah, com licença, os Sandlings chegaram.

Eles observaram Georgina desaparecer em meio à aglomeração e então se voltaram uns para os outros novamente. Maisie foi a primeira a falar.

– Pois bem, soube que os senhores se conhecem há anos.

Duncan estendeu o braço e esmagou um cigarro pela metade em um cinzeiro de prata sobre a cornija. Ele era mais baixo que seus amigos, além de mais esguio, com movimentos rápidos e gestos precisos. Tinha feições distintas, um nariz pequeno e fino, olhos pequenos e cabelo castanho-claro penteado para trás. Maisie achou que ele se parecia com um rato-do-campo. Ele estava prestes a retrucar quando Alex respondeu ao comentário de Maisie.

– Sim, desde antes da guerra, na verdade. Duncan, Quentin, Nick e eu nos conhecemos na Slade. – Alex gesticulou na direção de seus dois ami-

gos enquanto recitava seus nomes e olhou para o chão ao falar de Nick.
– E quando as autoridades souberam que eu era um pouco jovem demais para ter me alistado... eu quis seguir meus compatriotas no combate, mas fui impedido quando minha mãe insistiu que eu fosse mandado para casa, e ela me arrancou as orelhas por via das dúvidas... bem, me puseram para trabalhar no ministério. Nick apareceu por lá depois de ter sido ferido e acabamos esboçando algumas imagens que incentivassem a população a sair de seu torpor em plena guerra. Em seguida, Nick foi novamente mandado para o combate, só que dessa vez com um pincel no lugar da baioneta.
– Entendi.
Maisie pensou que Alex pintara um quadro quase romântico das aventuras de guerra dos amigos, embora estivesse pouco surpresa, pois ele de certa forma tinha ares de um personagem romântico, com o cabelo castanho-escuro penteado de um jeito que lembrava um poeta ou um ator, alguém que ela havia visto no cinema... Leslie Howard, talvez. Ele era o mais alto dos três e, magricela e desajeitado, havia conservado certa aparência adolescente. Seus olhos pareciam se estreitar formando uma meia-lua quando ele sorria, o que ocorria com frequência, e Maisie notou que dava para ver cada um de seus dentes quando ele ria.
Quentin, robusto e de estatura mediana, com cabelo castanho-claro e pálpebras profundas e caídas, parecia mais fechado, olhando para os pés ou mirando ao longe outros convidados enquanto Maisie conversava com Duncan e Alex. Ela sentiu que algo próximo do medo emanava dele, como se quisesse apenas que ela os deixasse em paz.
– ... Então a senhorita deve ter nos visto, recrutas inexperientes manchando durante os treinos das sextas-feiras em Londres. – Alex estava falando dos primeiros dias depois que se alistaram. – Éramos conduzidos pela banda do regimento pela Euston Road, passávamos pelo Lord's Cricket Ground, subíamos a Finchley Road e depois passávamos por Swiss Cottage, avançando para o Hampstead Heath. Para nós rapazes, era uma farra, porque todas as vendedoras costumavam sair das lojas e jogar cigarros e doces na nossa direção.
– Francamente – falou Duncan –, como Nick sempre dizia, os inimigos mais ofensivos e insuportáveis que tínhamos de encarar eram a lama e os ratos.

– Ah, e você se lembra do hino? – Alex cutucou Quentin e olhou para Duncan antes de olhar de volta para Maisie. – Nick costumava fazer todos cantarem... Na verdade, acho que ele queria um lugar no concerto dos recrutas do regimento Artists' Rifles em 1915, mas, é claro, até lá nós já tínhamos sido transferidos. – Ele limpou a garganta e começou a cantar uma estrofe.

Perigos e privações não vão nos alarmar,
Estamos prontos para o chamado da Inglaterra
As Artes da Paz vão nos auxiliar,
Lutamos pela rainha e pela Liberdade.

Um grupo que estava perto se virou e aplaudiu, pedindo bis, ao que Alex fez uma reverência e balançou a cabeça. Ele se virou para Maisie.

– Na verdade, acho que é a única estrofe de que me lembro. Ah, é claro, cantávamos "rainha", porque o Rifles foi fundado na antiga era vitoriana.

Quentin falou pela primeira vez, acrescentando, com uma voz surpreendentemente forte:

– E não estávamos prontos, nenhum de nós, para nada daquilo, muito menos para a França.

O grupo ficou em silêncio. Seguiram-se alguns segundos de desconforto até que um garçom se aproximasse com uma bandeja cheia de taças com champanhe até a borda.

– Aqui está! – Alex foi passando as taças para seus amigos, enquanto Maisie levantava a sua para indicar que ainda estava pela metade.

– E agora todos vocês moram em Dungeness?

Novamente, Alex foi o primeiro a responder.

– Agora vamos todos nos mudar, não é mesmo, amigos? – Ele não esperou por uma resposta. – Duncan acabou de se casar com sua noiva, depois de fazê-la sofrer tanto, então ele se mudou para uma casa de campo idílica em Hythe. E Quentin está no processo de se mudar. – Ele se virou para Maisie e sussurrou num gracejo: – Para morar em Mayfair com a amante, que foi casada três vezes.

– Isso já é um pouco demais, se não se importa. – A voz de Quentin sinalizava uma advertência.

Enquanto os três conversavam sobre imóveis em Londres, Maisie concluiu que a festa não era o lugar nem o momento para descobrir mais sobre eles e se perguntava como poderia orquestrar um encontro com cada um individualmente. Por ora, era suficiente tê-los conhecido, pois assim poderia se apresentar novamente quando se reencontrassem, o que ela planejava fazer nos dias seguintes.

Maisie conversou com os homens por mais algum tempo e depois pediu licença, dizendo que precisava botar a conversa em dia com uma velha amiga que tinha acabado de ver em um canto da sala. Enquanto ela andava na direção da jovem mulher que havia visto mais cedo com Stratton, ela percebeu o silêncio que se fez atrás dela, e soube que os amigos artistas de Nick estavam esperando que ela se afastasse para longe a fim de comentar aquele encontro sem serem ouvidos.

– Ah, oi, acho que já nos encontramos antes, não? Foi no *derby* do ano passado? – Maisie abordou a mulher, que se servia de um aperitivo oferecido pelo garçom.

– Eu... eu... sim, acredito que foi. E, sim, deve ter sido no *derby*.

Maisie sorriu.

– A senhora não tinha acabado de apostar em um cavalo chamado Brigada de Homicídios?

– Ah, puxa! – A mulher praticamente se engasgou com um *vol-au-vent* e em seguida balançou a cabeça.

– Não se preocupe, seu segredo está bem guardado comigo, mas, da próxima vez, não concorde quando disserem tê-la visto em um lugar onde não esteve. É melhor admitir que não reconheceu a pessoa e depois seguir a conversa daí. A menos que você seja muito esperta, sempre vai ser descoberta se disser uma mentira completa.

– Quem é a senhorita?

Maisie sorriu como se ela realmente estivesse conversando com uma velha amiga.

– Sou Maisie Dobbs.

– Ah, meu Deus.

– Pelo menos sabe que eu sou uma amiga, e não uma inimiga. Está trabalhando para Stratton?

Ela aquiesceu.

– Eu... eu... não posso lhe contar nada. Veja bem, realmente preciso ir andando.

– Não, não desista agora, ou pode perder seu emprego, ou acabar na frente de uma máquina de escrever na Scotland Yard. Apenas me diga quem está vigiando aqui. A nossa anfitriã sabe quem é a senhorita?

– Não. Eu entrei e colei em um desses homens repugnantes ali. Eles estavam apoiados na porta quando entrei. Era exatamente a situação de que eu precisava.

– Continue.

A mulher suspirou.

– Fui designada por Stratton para vir aqui, e também por Vance, do Flying Squad.

– E quem está observando?

– Harry Bassington-Hope.

– Por quê?

– Não sei.

– A senhorita não sabe?

Ela balançou a cabeça.

– Estou aqui apenas para reportar a que horas ele chegou, com quem conversou, a que horas partiu. Preciso anotar se ele chegou de táxi e se pegou um táxi para ir embora.

– E como poderia saber de que maneira ele chegou se a senhorita chegou depois?

– Eu perguntaria a ele.

– Fez isso?

Ela balançou a cabeça.

– Como se chama?

– Doris Watts.

– Muito bem, Doris. Precisa saber do seguinte: ele chegou a pé vindo do final da rua. Possivelmente veio andado ou pegou o metrô da casa dele ou de outro lugar, embora seja improvável que esperem que a senhorita forneça esses detalhes, a menos que ele os conte. Neste momento ele está bebendo e entretendo qualquer um que se importe em falar com ele, então por que não vai até lá e se apresenta?

– Vai dizer a Stratton que me viu?

Maisie olhou de relance pela sala para localizar Georgina e em seguida respondeu:

– Sim, provavelmente, mas também contarei a ele que a senhorita estava agindo muito discretamente e que só imaginei que você estava aqui com a Yard porque eu os vi deixá-la de carro. Bem, isso é que foi *amador*, então a culpa é inteiramente deles.

Doris Watts estava prestes a falar novamente, quando houve uma comoção na porta no momento em que Georgina recebia um novo convidado na festa, que já havia ficado mais barulhenta no curto espaço de tempo desde que Maisie chegara. O alvoroço das conversas foi se abrandando e as pessoas começaram a olhar para o recém-chegado, dando um passo atrás à medida que a anfitriã conduzia o homem para o centro de um grupo parado perto da janela. Maisie se virou para o outro lado, pois nesse momento ficou gelada.

– Ah, meu Deus, veja quem é – disse Doris Watts, pondo a mão sobre o braço de Maisie.

Nessa hora, Maisie olhou ao redor, sua curiosidade instigada pelo convidado que não apenas havia levado as pessoas a abrir caminho para passar, mas cuja presença a havia feito gelar até os ossos.

– Mosley – sussurrou ela.

– É *ele*, não é? Espere até eu contar ao detetive-inspetor Stratton que ela conhece Oswald Mosley.

Quando o homem começou a conversar com o grupo, mais convidados se aproximaram dele. E, com seu círculo imediato crescendo até parecer uma plateia, o que era uma conversa íntima começou a se transformar em um discurso. Maisie também foi atraída para perto dos convidados aglomerados, não para ouvir, mas para observar o efeito que um indivíduo podia exercer sobre aquele mar de gente em volta dele, e que agora compreendia a festa inteira – com exceção de Alex, Duncan e Quentin, que notavelmente haviam se afastado, cada um deles franzindo o cenho enquanto olhavam para o homem e de volta entre si, sussurrando.

Oswald Mosley, o antigo membro do Parlamento pelo Partido Trabalhista, era um orador charmoso, quase hipnótico, com um cabelo preto que acentuava seus olhos escuros e penetrantes. Maisie o achou parecido com uma cobra, com um poder de encantamento que fascinava os presentes enquanto ele expunha suas opiniões sobre o futuro do país.

– O Novo Partido vai apontar o caminho, amigos. Não haverá mais desemprego, que apenas cresceu com as políticas do Partido Trabalhista. Novas amizades serão forjadas com nossos antigos inimigos e nunca, nunca mais marcharemos para a guerra novamente, para morrer em solo estrangeiro em defesa de nossa terra. Vamos construir nosso país e proteger nossas próprias fronteiras. E avançaremos para ocupar o lugar que merecemos como líderes da era moderna.

As salvas e os gritinhos de "Hei, hei!" e "Viva!" ficavam cada vez mais altos ao redor de Maisie. Homens e mulheres estendiam seus braços para tocar no carismático político assim que ele começou a apertar as mãos daqueles que nesse momento formavam uma fila, quase como se ele fosse o rei Midas, que com apenas um toque daria a bênção de riquezas inenarráveis. Maisie decidiu ir embora. Ela parou antes de chegar à porta para falar com Alex Courtman, que estava pegando outra taça de champanhe da bandeja de um garçom.

– Srta. Dobbs, não está indo embora, está? A dança vai começar em um instante! – Justo nessa hora, a música mudou de uma melodia de fundo para um ragtime retumbante. – Ah, muito bem! – Courtman pegou a taça de Maisie, que deixou na bandeja do garçom junto à sua, e a arrastou para o centro da sala, onde os outros já se mexiam ao ritmo da música. – Apenas uma antes de ir embora.

– Ah, não, eu... eu...

Mas antes mesmo que Maisie pudesse continuar a objetar, ela havia sido capturada pela multidão. E, embora declarasse que não sabia dançar, seus pés encontraram o ritmo e, olhando de lado para os outros dançarinos, ela os imitou e logo se mesclou aos festeiros determinados a dançar noite adentro. Ela riu quando Courtman a envolveu pela cintura com a mão, segurando a mão direita dela enquanto eles davam passos para cá e para lá ao som do ragtime. Ela até mesmo riu quando pisou nos pés dele, um movimento que levou Courtman a se contrair, fingindo estar sentindo dor. Maisie deixou de lado as preocupações da manhã, permitindo que a música arrebatasse seu espírito e tocasse sua alma. Courtman conseguiu mais duas danças até que ela acenasse com as mãos indicando que realmente precisava ir embora. Ele pressionou a mão sobre o coração no momento em que ela partia e fez uma reverência teatral para assinalar seu adeus. Sorrindo, ela saiu da sala que havia se transformado em pista de dança e olhou ao redor bem a tempo de ver seu par tirar para dançar uma apavorada Doris Watts. Ele a puxou para perto enquanto a música ficava ainda mais alta.

Maisie ainda estava sorrindo enquanto procurava sua anfitriã para agradecer e dar boa-noite antes de partir. O saguão estava quieto e vazio quando Maisie dobrou o corredor e escutou vozes elevadas que vinham de um cômodo ao lado. Ela havia visto o aposento de relance quando entrou no apartamento e vira o santuário da jornalista, repleto de livros. Nesse momento, ao se aproximar furtivamente, ela ouviu a voz de Georgina, seguida pela de seu irmão mais novo.

– Ah, pelo amor de Deus, Georgie, você é realmente uma fresca. Na verdade, a cada dia está ficando mais e mais parecida com a Nolly.

– E o que será que você está fazendo para me deixar parecida com a Nolly, hein? Acha que eu posso continuar a dar mais dinheiro a você para pagar suas dívidas?!

– Ora essa, Georgie. Você está sempre cheia da grana, e essa é uma questão de *vida ou morte*.

– Não seja dramático, Harry. – Enquanto Georgina falava, Maisie ouviu um barulho de papel farfalhando. – Aqui está. É tudo o que posso dar neste momento.

Ficaram um instante em silêncio e em seguida Harry Bassington-Hope prosseguiu:

– Nick podia me atazanar, mas eu sempre embolsava um dinheirinho a mais depois da repreensão.

– Bem, eu não sou o Nick! O mínimo que você poderia fazer era agradecer.

Maisie viu a porta que já estava entreaberta se abrir um pouco mais e deu um passo para trás de modo que, quando Georgina voltasse para o saguão, não suspeitasse de que ela havia escutado a conversa. A porta da frente bateu com força após a saída de Harry Bassington-Hope, que nem ao menos deu boa-noite para a irmã.

– Georgina, estou indo agora, eu...

– Você precisa mesmo partir? – Georgina pareceu cansada, mas, como boa anfitriã, começou a dissimular que estava chateada pela partida de sua convidada. Enquanto falava, ela olhava por cima do ombro de Maisie e sorria na direção de outro convidado, acrescentando: – Já estou indo, Malcolm. – Ela se voltou para Maisie. – Bem, espero que você tenha aproveitado a noite, Maisie querida.

Maisie assentiu.

– Sim, muito. Fiquei um tanto surpresa de ver sir Oswald Mosley aqui... você o conhece?

– Minha querida, todo mundo que é alguém conhece Oswald. Futuro primeiro-ministro, pode apostar.

– O que acha dele?

Georgina deu de ombros, como se realmente não houvesse outra resposta além daquela que ela estava prestes a vocalizar.

– Acho que ele é um político brilhante, um homem maravilhoso. Temos sorte por ter pessoas como ele entre nós. Foi um golpe de sorte conseguir que ele comparecesse esta noite. Todos o querem em suas festas.

Assentindo novamente, Maisie mudou de assunto.

– Eu gostaria que nos encontrássemos amanhã de manhã, o mais cedo possível. Tenho mais algumas perguntas para você, e há alguns aspectos do caso que eu gostaria de discutir.

– Tudo bem, mas espero que isso não signifique cedo demais. Que tal às dez?

– Claro. Pode ir ao meu escritório?

– Muito bem. Às dez horas em seu escritório.

Maisie sorriu.

– Obrigada por ter me convidado para a festa.

Georgina se aproximou e pressionou a face na dela, em seguida olhou ao redor para se certificar de que estavam sozinhas.

– Maisie, estou tão contente que tenha vindo. Sei que pode parecer insensível dar uma festa quando alguém que você ama morreu, mas...

Maisie aquiesceu.

– Está tudo bem, Georgina, você não precisa explicar. Eu entendo. – Ela fez uma pausa, apoiando a mão brevemente sobre o braço da mulher para reconfortá-la. – Sua vida deve seguir em frente. Tenho certeza de que Nick aprovaria. Todos estão passando uma noite maravilhosa, e eu mesma me diverti muito.

Georgina aquiesceu, garantiu a Maisie que a veria pela manhã e avisou ao

mordomo que sua convidada estava de partida. Quando Maisie foi embora, ela ouviu Georgina dizer à distância:
— Já está indo, Oswald?

∽

Maisie se jogou no assento do MG e suspirou. Apesar dos receios que sentiu mais cedo e que dominavam seus pensamentos, ela havia notado certa vulnerabilidade em Georgina e permitira que esse sentimento a tocasse. Ela não havia baixado a guarda, mas isso não a impediu de experimentar compaixão por sua cliente quando ela entreouviu a conversa com o manipulador Harry Bassington-Hope. Ela sabia que certas verdades se situam entre o preto e o branco, nas áreas cinzentas da experiência, e nunca eram definitivas. E, embora não confiasse em Georgina – duvidando dela de uma forma que ainda precisaria compreender melhor –, ela sempre tentava ver o que havia de humano nas pessoas.

Maisie deu a partida no motor, acendeu os faróis e guiou o carro para a rua. A neblina esfumaçada estava ainda mais densa, se isso era possível, e mais uma vez tornava arriscado dirigir mais rápido que uma tartaruga.

Inclinando-se para a frente enquanto conduzia o carro, Maisie parou no cruzamento com a rua do Embankment antes de virar à direita para continuar seu trajeto. Foi nesse momento que ela viu um movimento inesperado na amurada do rio, uma atividade que levantou sua suspeita e a levou a encostar o carro e desligar suas luzes. Ela mal podia entender o que estava acontecendo, tão denso era o ar ao redor. Na luz turva irradiada pelas lâmpadas a gás, ela viu dois homens conversando com um terceiro, que estava com as costas apoiadas na amurada do rio. Um dos dois primeiros cutucava o terceiro homem no ombro repetidamente, até que ele pôs a mão no bolso e sacou algo que entregou para o segundo homem. O primeiro homem o cutucou novamente, ao que ele e o segundo homem entraram em um carro que estava aguardando e foram embora. O homem com as costas contra o muro levou alguns segundos para se recompor – ele também parecia um tanto embriagado – e depois se virou e andou a passos lentos pelo Embankment, como se não soubesse bem aonde estava indo. O homem era Harry Bassington-Hope.

A princípio, Maisie pensou que deveria lhe oferecer uma carona, mas depois decidiu não fazer isso. Ela não queria que ele pensasse que ela havia visto o que acabara de acontecer, ou seja, que ele passara adiante o dinheiro que havia pegado com a irmã. Mesmo os bêbados têm lembranças, ainda que duvidosas. E ela pensou que agora ele provavelmente estaria a salvo, visto que havia pagado pelos seus pecados. Mas quem dava as cartas? Pela sua experiência, homens como esses que o irmão mais novo de Georgina havia encontrado costumavam trabalhar para um outro muito mais poderoso, e certamente a conversa que ela entreouvira na casa de Georgina indicava que Nick já havia socorrido o irmão em algum momento.

Maisie estacionou no lugar de costume, perto de seu apartamento. Enquanto fechava e trancava a porta do carro, ela sorria, lembrando-se da dança, e deu um ou dois passos ao ritmo do ragtime que ainda ressoava em seus ouvidos. Mas o sorriso logo evaporou. Ela parou para escutar, para prestar atenção à sensação física de medo que imediatamente a envolveu, e depois continuou a andar. Pensou que a sensação poderia estar associada à cena que havia testemunhado junto ao Embankment e aventou a possibilidade de que aquele a quem Harry Bassington-Hope devia dinheiro tivesse abordado Nick diretamente. Ou, mesmo que não o tivesse abordado, era ainda mais provável que ele tivesse tentado encontrar uma fraqueza que poderia explorar. Ela refletiu sobre o motorista do carro que havia seguido o mais jovem dos Bassington-Hopes quando este se dirigia à festa da irmã, e ela se deu conta de que já havia descoberto qual era o calcanhar de aquiles de Nick. Era crucial que ela falasse com os amigos dele o quanto antes.

Com o sentimento de medo crescendo enquanto ela se aproximava da entrada do prédio, Maisie pegou a chave do apartamento em sua bolsa, e então olhou na direção da escadaria central muito iluminada e viu a silhueta de um homem andando de um lado para o outro. Agora ela entendia a raiz de seu pavor. Billy Beale esperando por ela em uma noite de domingo só poderia significar uma coisa.

CAPÍTULO 9

Maisie dirigia a uma velocidade arriscada, considerando que mal podia avistar um metro à frente do carro. Estava tão determinada a chegar à casa de Billy que assumiu riscos que de outra forma nunca teria corrido. Virou na rua onde Billy morava com um chiado que deve ter feito metade do bairro acreditar que a polícia fora até lá em busca de criminosos, quase colidindo com um cavalo e uma carroça, pois as luzes do veículo que levava o homem de volta para casa estavam fracas. Ainda era raro ver um automóvel naquele bairro, cujos residentes moravam aglomerados em ambientes úmidos, a maioria deles sem dispor de água corrente e onde as janelas precisavam ser fechadas com firmeza para que o ar fétido que vinha das docas não entrasse.

A mulher de Billy estava esperando na porta já aberta quando Maisie saltou do MG, pegou atrás do assento aquilo que ela chamava de "bolsa de remédios" e correu para a casa.

– Nós a trouxemos para baixo, Srta. Dobbs.

Doreen Beale havia chorado, mas seguiu Maisie quando ela avançou pelo corredor estreito na direção da cozinha nos fundos da casa. Uma mulher grávida estava sentada segurando Lizzie Beale, que choramingava e, com os olhos revirados, parecia prestes a perder a consciência.

– Limpem a mesa e coloquem um cobertor e um lençol nela para mim... e, Billy, traga aqui aquela lamparina para que eu consiga vê-la.

Maisie se aproximou de Lizzie, segurando-a com um braço enquanto abria o xale que a envolvia e depois os botões de sua camisola de flanela.

– Ela está queimando de febre e lutando para respirar, e você me diz que não conseguiu encontrar a enfermeira ou o médico?

Billy balançou a cabeça e Doreen estendeu uma coberta sobre a mesa e por cima dela pôs um lençol limpo. Maisie deitou Lizzie.

– Não, senhorita – respondeu Billy. – E toda vez que tentávamos pegar Lizzie, ela gritava, então entendi que não conseguiríamos levá-la para o hospital, se é que lá atenderiam a criança. – Ele fez uma pausa, balançando a cabeça novamente. – Os hospitais agora são administrados pelo conselho, mas não parecem ter mudado muito, na verdade.

Maisie assentiu, desejando que uma das clínicas de Maurice ficasse perto dali. Da bolsa que Billy havia colocado na cadeira perto dela, Maisie sacou uma máscara branca de algodão, que posicionou sobre o nariz e a boca, e depois a fixou, amarrando-a atrás da cabeça. Ela pôs a mão na bolsa novamente e tirou um termômetro, junto com um espéculo de madeira que usaria para baixar a língua de Lizzie. Também desembalou uma bacia pequena e estreita com uma alça de cada lado, que pôs sobre a mesa e encheu com peróxido de hidrogênio para fazer a desinfecção de forma improvisada. Pegando o termômetro, ela o sacudiu algumas vezes antes de o colocar entre as macias dobras da pele sob a axila de Lizzie. Em seguida, aproximando-se do rosto da criança, levantou as pálpebras e examinou os olhos. Balançou a cabeça e abriu delicadamente os lábios cor de cereja da menina um pouco mais, pressionando para baixo a língua de Lizzie.

– Traga a luz mais para perto, Billy.

Billy se inclinou, aproximando a lamparina a óleo com as mãos.

– Ela está doente há quatro ou cinco dias, não é?

Maisie removeu o instrumento e o apoiou na mesa, correndo a mão pela testa de Lizzie ao fazer isso, e então pegou o termômetro, aproximando-o da luz para avaliar o resultado.

Billy e sua mulher assentiram juntos, e em seguida Doreen falou:

– Primeiro achamos que ela estava melhorando, depois ela começou a piorar, e agora isso. – Ela pôs o lenço sobre a boca e se apoiou em Billy. – O que acha que há de errado com ela, Srta. Dobbs?

Maisie ergueu o olhar.

– Ela está com difteria, Doreen. Pela espessa membrana cinzenta que se formou atrás da garganta, dá para saber que ela está com uma inflamação aguda nas amígdalas e adenoides. Está quente como uma fornalha. Ela deve ser levada para o hospital imediatamente. Não há tempo a perder quando a doença já avançou dessa maneira. – Ela se virou para Billy. – Se eu estiver certa, acho que o mais próximo fica em Stockwell. Se a levarmos para outro hospital, é quase certo que não a aceitem, com ou sem dinheiro. Mas devemos agir imediatamente. Doreen, venha comigo, iremos agora mesmo. No meu carro há espaço para um passageiro apenas, e você é a mãe da criança. Vamos usar o lençol e a coberta para enrolá-la.

Ela tirou sua máscara e foi até a pia para enxaguar os instrumentos, que envolveu em uma toalha de algodão limpa antes de as devolver para a bolsa.

– Bem, isso é importante: vocês precisam desinfetar a casa inteira – continuou Maisie. – Normalmente eu diria para queimar os lençóis, mas algodão não é barato, então pegue todos os lençóis e cobertas e os ferva em um banho de cobre. Vou repetir: todos eles e com bastante água e desinfetante. Assim que puder, Billy, leve as crianças para cima e dê banho nelas em uma bacia de latão com desinfetante. Esfregue tudo, Billy, tudo. Esfreguem a si mesmos, as crianças, tudo e todos. Joguem fora o leite que tiverem na despensa. Mantenham as janelas fechadas para que o ar de fora não entre na casa. Não podemos dar sorte ao azar. Ferva as roupas das crianças. Vocês têm mais quatro crianças na casa, e todas elas estão correndo risco. Deem um jeito de todas elas carregarem lenços e verifiquem se há cortes na pele, que vocês devem cobrir com um curativo limpo. Aqui... – Ela pegou na bolsa um rolo de bandagem. – As crianças têm cortes de que nem ficamos sabendo, e eles são um meio de disseminação da doença. De todo modo, o agente de vigilância sanitária provavelmente virá aqui amanhã, e ele talvez as leve como precaução. Não, não podemos perder mais tempo. – Ela juntou seus pertences, mas parou para dar mais uma orientação, dirigida à irmã de Doreen, que estava grávida e já estava acendendo o fogo para aquecer a água. – A senhora deve redobrar os cuidados. – Ela pegou uma máscara limpa na bolsa. – Talvez seja exagero, mas por favor use isso sempre que estiver com as crianças. Pelo menos até que todas tenham sido examinadas.

Era quase meia-noite quando Maisie saiu, mais uma vez acelerando, dessa vez dividindo a atenção entre a necessidade de levar Lizzie o mais rápido possível para o hospital e o conforto de suas passageiras. Ela não havia contado para Billy e sua mulher, mas sabia muito bem que as chances de sobrevivência de Lizzie seriam muito maiores se ela tivesse sido internada três dias antes. Depois do aparecimento da doença, cada dia sem cuidados médicos fazia com que a taxa de mortalidade em crianças pequenas aumentasse. Tendo em mente que uma em cada cinco crianças que não recebiam tratamento cinco dias depois dos primeiros sintomas costumava morrer, Maisie pisou fundo no acelerador. Após estacionar na frente do hospital, ela envolveu os ombros de Doreen com seu braço enquanto elas entravam apressadas no austero prédio vitoriano. Um médico foi chamado, Maisie deu o diagnóstico imediato e os detalhes dos sintomas, e Lizzie Beale foi levada. As mulheres foram orientadas a aguardar na sala de espera até que o médico viesse para informar o prognóstico, embora Maisie suspeitasse que seria uma longa espera, pois sabia que a criança acabaria indo para a sala de cirurgia, onde receberia injeções de antitoxina que protegeriam seus órgãos vitais da terrível doença. Sem dúvida, ela teria de se submeter a uma traqueostomia para a desobstrução da via aérea superior e, depois, à remoção das amídalas e adenoides. Será que seu coraçãozinho resistiria a essa perigosa cirurgia?

– Ah, minha preciosa Lizzie. Minha preciosa menina. – Doreen Beale desmoronou nos braços de Maisie, as lágrimas escorrendo pelo rosto. – Nós poderíamos ter vendido alguma coisa, poderíamos ter penhorado minha aliança de casamento. A culpa é minha, eu deveria ter dito a Billy: "Venda minha aliança." Quem me dera eu tivesse pensado melhor, quem me dera. Não raciocinei direito. – Seus soluços agitados pareciam esmagar seu peito, tais eram a dor e o sentimento de autorrecriminação.

– Não se culpe, Doreen, não deve fazer isso. Não é culpa sua. Algumas crianças não apresentam os sintomas usuais até que a doença já tenha avançado. No começo deve ter parecido um mero resfriado.

Maisie abraçou a mulher e se concentrou em reconfortá-la, pois a mãe precisaria de toda a determinação nas horas e, se tivessem sorte, nos dias seguintes. Havia sido uma longa noite e, enquanto aguardavam na sala de espera do hospital, Maisie voltou a pensar na festa de Georgina, naqueles que nunca precisavam pensar duas vezes em dinheiro quando se tratava de buscar auxílio para uma criança doente, ou mesmo um adulto. Embora ela não tivesse ido com a cara dele imediatamente, conseguia entender por que o homem que Georgina previra que um dia seria o primeiro-ministro havia começado a atrair o interesse tanto dos ricos quanto dos pobres. Ele prometeu um governo que cuidaria dos ingleses em primeiro lugar. Ele prometeu esperança. E as pessoas precisavam desesperadamente de motivos para ter esperança.

Os pensamentos de Maisie se voltaram para Billy.

– Escute, Doreen, é melhor que Billy fique aqui com você e com Lizzie. O médico virá falar com vocês assim que tiver notícias e, depois disso, o hospital provavelmente os orientará a ir para casa. Eu trarei Billy e – Maisie pôs a mão dentro da bolsa – aqui está o dinheiro para pegar um táxi e voltar para casa.

Doreen ia fazer objeções, mas Maisie a interrompeu.

– Por favor, Doreen, aceite. Estou muito cansada para explicar meus motivos, e você está exausta demais para ser orgulhosa.

A mulher assentiu ainda soluçando e Maisie foi embora.

Mais tarde, tendo deixado Billy no hospital e o instruído a avisar caso houvesse algo mais que ela pudesse fazer, Maisie voltou para casa. O silêncio frio da sala de estar mal a afetou, pois nesse momento ela estava anestesiada, como sempre ficava ao se deparar com a perspectiva de morte. Ela se culpou durante todo o trajeto para casa. Devia ter insistido antes em ir à casa deles para ver Lizzie. Mas agora, mesmo em casa, e mesmo a uma distância de alguns quilômetros, ainda contava com alguns recursos. Havia um papel que ela poderia desempenhar para ajudar a pequena menina a vencer sua luta pela vida. Ela não se deu o trabalho nem de tirar o casaco e se sentou em uma das poltronas, fechando os olhos. Com os pés plantados no chão, as mãos relaxadas no colo, ela se deixou mergulhar em uma profunda meditação, como lhe havia ensinado o sábio Khan, que, por sua vez, havia aprendido a meditar com seus antepassados. Ela buscou o estado fora do tempo no qual, de acordo com seu professor, tudo era possível.

No passado, Maisie tivera muitas dúvidas sobre essa estranha prática, perguntando-se o que ela era capaz de proporcionar, e se questionara por que o Dr. Blanche a levara para aprender algo aparentemente tão embaraçoso, tão inútil. Porém mais tarde, em suas horas de aflição, o valor dessas lições se provou repetidas vezes pertinente e ela passou a ter seu professor em alta conta. Ampliando sua mente, ela imaginou o doce rosto de Lizzie Beale, os cabelos encaracolados, sua risadinha quando se divertia, as bochechas rosadas e os adoráveis lábios vermelhos. Ela a viu no hospital e começou a se comunicar com a criança que nesse momento estava em outra parte de

Londres. Ela disse a Lizzie que seu coração era forte, que agora ela poderia descansar e, quando acordasse, estaria bem novamente. Maisie imaginou a criança dando risadinhas em sua cama, com a mãe e o pai ao lado dela. E, antes que abrisse os olhos e trouxesse sua consciência de volta ao quarto, pediu à pequena Lizzie Beale de sua imaginação que escolhesse a vida.

Quando por fim deitou em sua cama fria e se envolveu com as cobertas, Maisie demorou a dormir, repassando os acontecimentos da última semana sem parar em sua mente, relembrando conversas repetidas vezes, como se uma agulha estivesse parada em um disco de gramofone. Para sua surpresa, a emoção que pesava sobre ela era a raiva. Ela reconhecia que sua visão do mundo estava turvada pelos acontecimentos da noite, mas, ainda assim, achou que, como Billy, estava ficando ressentida em relação às próprias pessoas que proporcionavam tanto seu pão de cada dia quanto o teto sobre sua cabeça. É claro que ela tivera sorte na vida – afinal, não havia conseguido superar barreiras de classe, de educação e de oportunidades? Mas, quando refletia sobre o dinheiro circulando, sobre a injustiça ostensiva de uma sociedade em que alguns gastavam milhares de libras em um quadro, ao passo que uma criança poderia morrer por falta de poucas libras que lhe dariam acesso à assistência médica, o que ficava era um sabor amargo na boca. No final das contas, a diferença não era apenas entre quem tinha dinheiro e quem não tinha, quem podia ganhar dinheiro e quem não podia? E, por mais que as pessoas fossem agradáveis, era simplesmente injusto que alguns tivessem recursos para pintar o dia inteiro enquanto outros conheciam apenas a amargura do desemprego e a necessidade que os corroíam, não era?

Maisie voltou a ponderar, e seus pensamentos conflituosos começaram a se embolar quando enfim sua consciência cedeu à fadiga. Ela havia aprendido que normalmente havia um tema permeando seu trabalho. Como em uma dança com o destino, os casos surgiam e a princípio pareciam não ter relação entre si, mas estavam conectados, talvez por causa das emoções que vinham à tona na busca pela verdade ou devido à similaridade das circunstâncias. Desde o dia em que Georgina contratou seus serviços, ela ficou atenta à rede de conexões daquela rarefeita comunidade de pessoas poderosas e endinheiradas. Ela refletia sobre os fios que ligavam aqueles que estavam dispostos a pagar um alto preço por uma posição proeminente e aqueles que podiam colocá-los em tais posições, sobre a relação entre aqueles que queriam tanto alguma coisa que pagariam caro para possuí-la e aqueles que lhes forneceriam o objeto do desejo.

E não se podia argumentar que o artista exercia um poder extraordinário? Bastava ver a propaganda criada por Nick Bassington-Hope. O dom da habilidade criativa lhe dera o poder de convencer a população a pensar de determinada forma e de direcionar as ações das pessoas. Momentos antes que o sono a embalasse, Maisie se lembrou de ter visto um grupo de estudantes parado diante de um pôster de alistamento em uma parede da estação em Cambridge no outono de 1914. A propaganda os desafiava a fazer sua parte pelo rei e pelo país. VÁ AGORA, ANTES QUE SEJA TARDE DEMAIS! Sem o menor constrangimento, ela ficou escutando o diálogo entre os jovens, que ponderavam sobre o slogan em tom de desafio. Eles concluíram que isso seria "bacaníssimo" e foram embora da estação com destino a um posto de alistamento. Isso sim era poder, e Nick-Bassington Hope tinha vergonha disso. Na verdade, ela mesma não se sentia um pouco envergonhada? Envergonhada por ter usado o poder à sua disposição para conseguir um apartamento próprio só para ela, ao passo que os Beales estavam lutando para compartilhar sua casa, sua comida e a renda de um homem com outra família.

∞

Maisie não estava no melhor dos humores quando chegou ao escritório na manhã seguinte. Havia acordado cedo e saiu de casa antes das seis horas planejando visitar os Beales. Enquanto dirigia pela estreita rua de paralelepípedos ladeada por casas geminadas, ela viu a ambulância cinza que transportava pacientes com doenças infectocontagiosas parada diante da casa de Billy e Doreen. Estacionou atrás do veículo a tempo de ver três crianças sendo levadas, enroladas em cobertas vermelhas. Um grupo de meninos de rua das redondezas já se formava ali e, de pé, observavam a cena, segurando o pescoço e cantando:

Segure o pescoço
E não engula,
Para não pegar a febre!

Segure o pescoço
E não engula,
Para não pegar a febre!

Billy veio de dentro da casa para mandá-los embora, brandindo o pulso enquanto eles subiam a rua correndo, sem parar de cantar. Sua tez parecia tão cinzenta quanto o veículo no qual seu filho do meio havia sido cuidadosamente instalado junto com os dois filhos da irmã de Doreen. Ao se virar para entrar de novo em casa, ele viu Maisie.

– A senhorita não precisava ter vindo. Já fez o bastante ontem à noite.
– O que está acontecendo, Billy? Tem notícias da Lizzie?
– Vim para casa algumas horas atrás. Doreen ficou lá. O pessoal do hospital não gostou muito, mas ela não deixaria nossa Lizzie lá, tão doente... E com os pobrezinhos todos enfileirados em suas camas, é de admirar que consigam prestar atenção em todos eles, embora Lizzie esteja em uma ala especial, por causa da operação. – Ele fez uma pausa e esfregou seus olhos. – Eles operaram assim que ela entrou lá, tiveram de fazer um corte aqui. – Ele passou um dedo ao longo da garganta. – Tiraram as amígdalas. E ela tomou injeções contra isso e aquilo.

Maisie aquiesceu.
– O que disseram?
– A situação é grave. Disseram-se surpresos por ela ainda estar viva, ainda resistindo. Ainda mais sendo tão nova. Achavam que a perderiam na sala de cirurgia, mas ela voltou a reagir, o que deixou todo mundo chocado, isso, sim. Como eu disse, é arriscado. E agora estão levando os outros, todos menos o mais velho, que não apresenta nenhum sintoma. O agente sanitário disse que é porque ele é mais velho e está na escola. Pegou algo lá que o protege... Como foi mesmo que o homem chamou? – Billy balançou a cabeça, sua exaustão evidente.
– Ele provavelmente tem imunidade para combater a doença, Billy. E os outros não estão em uma condição tão grave quanto Lizzie. Quer uma carona de volta ao hospital?

Billy deu uma batidinha com o pé no degrau.
– Mas e quanto ao meu trabalho, senhorita? Não posso me dar o luxo de faltar, não é mesmo?

Maisie balançou a cabeça.

– Escute, não vamos nos preocupar com isso agora. Vou deixá-lo no hospital. Entretanto, ouso dizer que a enfermeira-chefe vai ditar suas leis marciais. Eles lá não gostam que as famílias fiquem esperando. Nossa enfermeira-chefe costumava reclamar o tempo todo das famílias que se intrometiam, e isso no horário de visita. Até os médicos ficavam apavorados com ela. Enfim, volte ao trabalho quando estiver pronto, Billy.

Mais tarde, quando Billy estava prestes a descer do MG diante do hospital em Stockwell, ele se virou para Maisie.

– Muitos patrões teriam me posto no olho da rua por isso. Não me esquecerei do que está fazendo por nós, a senhorita sabe.

– Não tem problema, Billy. – Ela suspirou. – Fique só imaginando Lizzie em casa, restabelecida. Não foque na doença. Olhe para a vida que há em sua criança. É o melhor a fazer agora.

∽

Maisie não conseguia parar de repassar os pensamentos da noite anterior. Sem dúvida, o que não faltava eram motivos para isso, pois, dirigindo por Londres, ela pôde ver homens formando filas para pedir assistência social ou diante das fábricas onde se dizia que era possível encontrar trabalho. Alguns previam que a situação ficaria ainda pior antes de começar a melhorar.

Percebendo que a raiva e o remorso escalavam novamente, Maisie sentiu seus pensamentos atiçados ao observar com atenção o êxodo em busca de trabalho. Muitos dos homens mancavam, outros tinham cicatrizes no rosto ou a expressão daqueles que haviam se preparado para a guerra de tal maneira que não restara vestígio algum de otimismo. Eram homens – e mulheres – cujo país havia precisado deles, mas que agora não tinham os meios de subsistência. Eram os heróis esquecidos, que agora combatiam outra batalha: a da própria honra.

Depois de bater a porta de seu escritório, Maisie estava no ápice da indignação quando pegou o telefone e discou para a Scotland Yard. Ela pediu que pusessem o detetive-inspetor Stratton na linha.

– Sim! – O detetive pareceu estar com pressa.

– Detetive-inspetor Stratton, eu gostaria de conversar com o senhor esta manhã. Poderia estar no "café" usual por volta das onze e meia? – Ela tinha consciência de seu tom ríspido, mas não fez nada para amainá-lo.

– Tudo bem. Presumo que seja algo importante.

– Importante, inspetor? Bem, quando nos encontrarmos, o senhor poderá me contar se Harry Bassington-Hope é ou não importante.

Ela não esperou para ouvir a resposta e recolocou o telefone preto na base. Consultou seu relógio e, depois, o relógio de parede. Georgina chegaria em aproximadamente meia hora. Havia tempo para se recompor antes do encontro, com o qual ela estava apreensiva – de tal maneira que, embora parte dela preferisse que o compromisso não tivesse sido marcado, ela ansiava por encontrar sua cliente ainda com a fúria que crescia dentro dela desde que chegara em casa na noite passada. O telefone tocou.

– Fitzroy...

– Maisie.

– Ah, olá, Andrew.

– Não parece muito satisfeita em ouvir minha voz.

Maisie balançou a cabeça, embora Andrew Dene não pudesse vê-la.

– Não, não, de forma alguma. Estou com um pouco de pressa, só isso.

– Você está sempre com pressa, se não se importa que eu diga.

Na opinião de Maisie, esse era o comentário errado, na hora errada, o fósforo que acendia o estopim.

– Bem, Andrew, talvez eu esteja. Talvez uma criança morrendo, ou um artista assassinado, seja algo urgente. Talvez seja melhor você voltar a fazer o que estava fazendo e me deixar sozinha com minhas urgências!

– Maisie, isso foi totalmente desnecessário. Você não é a única pessoa do mundo que está sob pressão, tampouco a única que precisou lidar com a morte. Olhe o que enfrento e verá o que estou dizendo!

– Andrew, eu...

– Podemos conversar sobre isso quando nos encontrarmos. Na verdade, na minha opinião, temos de pôr as cartas na mesa.

– Sim, claro, você está certo.

– Bem, é melhor eu desligar, Maisie. Você está ocupada, e sei por experiência que essa não é a melhor hora para continuarmos nossa conversa. Entrarei contato.

Houve um clique na linha. Frustrada, Maisie bateu o fone no gancho e comprimiu a fronte com o polegar e o indicador. Não era assim que pretendia terminar seu namoro. Ela sabia que havia sido rude, que seu comportamento era imperdoável. Ela permitira que sua tristeza em relação à criança doente se transformasse em raiva, o que não ajudava ninguém. Mas ela precisava deixar aquela conversa de lado – havia uma manhã de trabalho pela frente.

Outra mulher talvez ficasse ao lado do telefone, esperando o toque que anunciaria o início de uma conversa na qual demonstrariam arrependimento de cada lado da linha. Ou ela poderia ter pegado o fone, pronta para pronunciar um "Desculpe-me". Mas Maisie já estava refletindo sobre o comentário que havia feito. "Um artista assassinado". Embora quisesse manter a mente aberta pelo maior tempo possível e apesar de ter sugerido para Billy que o trabalho avançaria melhor se aceitassem o caso de Bassington-Hope como uma investigação de assassinato, até aquele momento ela não havia declarado seus sentimentos sobre o assunto. Agora o fizera. Será que, sobrecarregada pela emoção, sua intuição havia se manifestado? Já havia quase esquecido Andrew Dene quando se debruçou sobre o mapa do caso e se preparou para o encontro com Georgina, que, pensou ela, não estava acima de qualquer suspeita, apesar dos sentimentos manifestados e da mão sobre o coração quando elas se encontraram pela primeira vez.

Maisie estava prestes a fazer uma anotação no mapa quando o telefone tocou outra vez. Estava inclinada a não atender – ainda não estava pronta para falar com Dene, pois não sabia realmente o que dizer –, mas, diante da insistência da pessoa do outro lado da linha, ela cedeu.

– Maisie, estou contente por conseguir falar com você – disse Lady Rowan, antes mesmo que Maisie atendesse propriamente.

– Lady Rowan, que bom falar com você. Está tudo bem?

– Sim. Bem... não, de fato não, e é por isso que tomei a liberdade de telefonar para seu escritório.

Maisie se sentou à sua mesa.

– Ora, disponha sempre, lady Rowan. Há algo em que eu possa ajudá-la? – perguntou, enquanto enrolava o fio do telefone entre os dedos.

Lady Rowan prosseguiu:

– Na verdade, espero que *eu* possa *ajudá-la*. Veja bem, sei que não é da minha conta e cheguei a pensar que talvez eu não lhe devesse telefonar, mas você me conhece, não deixo de falar o que acho apropriado. – Ela fez uma pausa e, como Maisie não respondeu, seguiu em frente. – Bem, eu a vi naquele dia com a Bassington-Hope e apenas gostaria de saber: vocês são muito amigas?

– Ela é uma conhecida. Fui convidada para um chá na Bassington Place no sábado e, como o tempo fechou, eles insistiram para que eu ficasse até o dia seguinte.

– Sim, claro.

– O que quer dizer?

A mulher suspirou.

– Conheço os Bassington-Hopes há anos, antes mesmo de Piers e Emma se casarem. Parece um casamento dos céus, a união entre dois amantes das artes. Sei que isso tudo soa muito romântico, mas eu queria preveni-la.

– Sobre o quê?

– Ah, querida, isso é muito difícil de explicar sem que eu pareça terrivelmente mesquinha, mas senti que eu precisava informá-la sobre o tipo de pessoas que são, sobre como operam, por assim dizer.

– Operam?

– Está bem, melhor eu abrir o jogo. Sou assim, e pelo menos terei feito a minha parte.

– Siga em frente.

– Os Bassington-Hopes sempre foram mimados, tanto antes do casamento quanto depois. Têm um estilo de vida completamente esbanjador, e isso foi transferido para os filhos. Bem, sei que não há nenhuma lei contra isso. No entanto, essa família pode ser perigosa. Não de uma forma agressiva, entenda, mas do jeito como usam as pessoas. – Ela fez uma pausa. – Já vi isso acontecer. Eles parecem atrair as pessoas, aquelas que lhes interessam... mesmo os artistas podem se cansar uns dos outros, afinal. É como se eles sugassem aqueles que são escolhidos para entretê-los, depois os jogam fora quando se dão por satisfeitos e então partem para outra pessoa.

– Ah, céus... Lady Rowan, se me permite, isso me parece muito desagradável.

– Não estou dizendo que há algo de tão terrível na forma como eles agem, Maisie, e as pessoas sentem uma pena enorme por eles terem perdido o filho naquele acidente... Li o obituário. Uma coisa horrorosa aquele acidente. – Ela fez uma pausa, respirando fundo antes de recomeçar a falar sobre o motivo do telefonema. – E, você sabe, eles podem ser muito divertidos. Mas, quando já não estão interessados, quando já tomaram aquilo que o outro tem para dar, eles o dispensam. A pessoa não deve se sentir segura com eles, nunca.

– Entendo.

– Entende mesmo, Maisie? Meus comentários fizeram-me parecer uma velha enjoada? Fiquei preocupada, pois temi que algo parecido estivesse acontecendo com você. Sei que é incrivelmente esperta e consegue perceber esse tipo de coisa sozinha, mas eu queria ter certeza. Você é exatamente o tipo de pessoa que eles atrairiam para o círculo deles, alguém interessante, que tem algo a dizer. Então, quando você estivesse se sentindo confortável, descobriria que a curiosidade deles havia minguado e que alguém que você pensava que fosse sua verdadeira amiga no fundo não era. Não acho que isso faça deles más pessoas, nem mesmo que ajam dessa maneira de forma consciente. Como eu disse, é algo que vejo nos filhos, com exceção, talvez, daquela garota mais velha... Ela deve estar com 40 anos agora. Ela perdeu o marido na guerra, não foi? Pobrezinha. Eu me lembro que fomos convidados para uma festa quando ela tinha uns 16 anos, por volta disso. A casa estava cheia de todo tipo de gente... pareciam fantoches em uma peça, foi o que senti... mas não havia ninguém ali da idade dela. Em vez disso, havia todas aquelas supostas mentes luminosas, com suas ideias originais: políticos, escritores, artistas, professores... e até mesmo uma presença real.

– Eu entendo e sei que não é do seu feitio falar mal das pessoas, então agradeço pela sinceridade. Obrigada por sua preocupação, lady Rowan, e por ter tido o trabalho de telefonar.

– E não meti o nariz onde não fui chamada, certo?

– É claro que não. Espero que você sempre chame minha atenção para coisas desse tipo. E a conversa ficará entre nós duas.

– Sim, eu sei, Maisie. Posso confiar em você.

⁂

Maisie recolocou o telefone no gancho e permaneceu sentada e imóvel por um tempo. O alerta de lady Rowan havia iluminado um canto escuro na compreensão de Maisie sobre a família Bassington-Hope, um ponto cego onde cresciam sentimentos de dúvida e de desconfiança. *Agora sei por que não conseguia me sentir segura.* Ela havia servido de público para o show dos Bassington-Hopes, uma performance encenada apesar da sombra da morte. Ela pensou em Nick e Georgina e percebeu de que maneira os traços descritos por lady Rowan haviam se manifestado nas crianças. Nick usara pessoas reais em seus quadros e, apesar do risco de causar dor ou constrangimento nos outros, na maioria das vezes essas mesmas pessoas se sentiram atraídas por ele. E Georgina, ao dar uma festa cheia de gente "interessante" e convidar até mesmo um político controverso, atraíra a energia das mentes brilhantes que ela reunia ao seu redor.

Para sua surpresa, Maisie sentiu uma onda de ternura em relação a Georgina. Ali onde lady Rowan via uma mulher que usava os outros, Maisie enxergou uma pessoa que ansiava por atenção e por relações que a definissem. Será que seus feitos do passado agora significavam pouco para ela? Maisie se levantou e começou a andar de um lado para o outro. Consultou seu relógio. Georgina estaria ali em pouco tempo, e ela queria refletir sobre a conversa com lady Rowan antes de se encontrar com sua cliente. Os filhos dos Bassington-Hopes evidentemente tinham falhas – *como todos nós*, pensou ela –, mas como essas falhas poderiam ter contribuído para a morte de Nick? Essa era a sua maior preocupação, assim como estabelecer uma relação de respeito com Georgina. Lembrou-se de uma discussão com Maurice, anos antes, a propósito de um novo cliente com o qual seu mentor obviamente não conseguia estabelecer uma conexão. Maurice discutiu a questão do caráter com Maisie. "Não gosto especialmente do homem. No entanto, eu o respeito. Presumo que os sentimentos dele por mim sejam os mesmos. Cheguei à conclusão de que gostar de uma pessoa com a qual precisamos lidar não é de suma importância, Maisie. Mas respeito é crucial, de ambos os lados, assim como tolerância e uma compreensão profunda das influências que moldam um caráter."

A campainha da porta soou. Georgina Bassington-Hope havia chegado.

CAPÍTULO 10

— Fiquei feliz em vê-la na festa, Maisie. Temi que estivesse cansada de nós. – Georgina foi se sentando em uma cadeira perto da lareira a gás. – Todos tiveram uma noite formidável. E, você sabe, Nick não iria querer que a vida fosse paralisada. Na verdade, ele nos diria para festejar alegremente.

— Foi uma noite muito estimulante, muito divertida – respondeu Maisie, enquanto pendurava o casaco da mulher em um gancho atrás da porta. – Tive a oportunidade de conversar com os amigos de Nick e de conhecer Harry. Obrigada por me convidar, Georgina. Gostaria de uma xícara de chá?

— Não, obrigada. – Georgina olhou ao redor. – Onde está seu assistente esta manhã?

Maisie se sentou perto de sua cliente.

— Os filhos dele estão muito doentes, então me pareceu justo que ele ficasse com a família. Se ficar tudo bem, amanhã ele estará de volta ao trabalho.

— Ah, querida. Sinto muito... Bem, agora vamos ao Nick.

— Sim, *Nick* – respondeu Maisie, surpresa de que a situação difícil na família de Billy tenha sido tão rapidamente descartada, embora ela reconhecesse que talvez Georgina não quisesse falar de doenças, que podiam ser interpretadas como algo semelhante à perda. – Eu gostaria de lhe fazer mais algumas perguntas, se possível.

— Pergunte. – Georgina se remexeu em seu lugar e cruzou os braços.

— Em primeiro lugar, eu queria formar uma imagem mais detalhada das relações de Nick com aqueles de quem ele era próximo ou que eram importantes na vida dele. Vamos começar pelo trabalho dele e por Stig Svenson.

Georgina assentiu.

– Sim, claro, Stig. Desde o início apoiou o trabalho de Nick, logo que ele saiu da Slade, por aí. A princípio ele exibia um trabalho aqui e outro ali, como parte de exposições maiores, e sempre incentivava Nick a expandir o alcance de suas obras. Ele possibilitou que Nick fosse para a Bélgica. E em seguida, depois da guerra, para os Estados Unidos.

– Como ele viabilizou essas temporadas? Por meio de contatos? Financeiramente?

– Ambos. Ele acredita na promoção de novos talentos e no aprendizado sob orientação. Ele é muito competente nesse trabalho, guiando novos clientes na direção de obras que não apenas refletem seus gostos pessoais, mas que também se provam investimentos lucrativos. Ele conhece o mercado e compreende seus artistas.

– Entendi. E ele também representa os amigos de Nick?

– Sim, em certa medida. Eles de fato são exibidos na galeria, de forma intermitente. Todos eles conhecem Stig há anos.

– Como o Sr. Stig reagiu quando Nick se alistou?

– Com um de seus ataques vikings, uma espécie de suor que toma conta dele quando as coisas saem do controle ou ele está prestes a perder dinheiro. Ficou furioso, dizendo a Nick que ele estava arruinando sua carreira, que ele estava no auge do sucesso, como ele poderia... e assim por diante. Mas depois, como essa experiência resultou em um trabalho tão formidável, Stig ficou maravilhado. Ele mal podia esperar para sair vendendo o trabalho a quem fizesse a oferta mais alta.

– Então esse relacionamento com Nick rendeu a Svenson muitos bons frutos?

– Ah, sim, eu diria que foram muitos, mesmo. Acho que ele nunca perde dinheiro com nada.

Maisie assentiu, se levantou e ficou andando de um lado para o outro, primeiro em direção à janela, depois de volta para a lareira, e se apoiou na cornija para continuar a conversa.

– Georgina, é importante que eu forme um retrato verdadeiro de quem era seu irmão intimamente. – Ela tocou no próprio peito enquanto falava. – Sei que a guerra o abalou profundamente, e como seria diferente? Mas eu gostaria que você se lembrasse de conversas que talvez possam me ajudar a compreendê-lo de forma mais ampla.

– Isso é necessário?

Maisie permaneceu calma em seu lugar perto da lareira.

– Humm, sim, é necessário. Para estabelecer um motivo para o assassinato, preciso incorporar a vítima, até onde for possível. Essa é a minha forma de trabalhar.

– Sim, eu sei. – Georgina fez uma pausa, depois esfregou as mãos, o que fez Maisie se abaixar e aumentar a intensidade das chamas de gás. A mulher prosseguiu: – Dizer que Nick perdeu a inocência na França seria um eufemismo, mas a descrição serve para explicar o que aconteceu com ele.

– Sim, entendo – respondeu Maisie em um tom suave. – Muito bem. Vamos em frente.

– Não tanto na primeira vez, quando ele foi ferido, embora tenha sido ruim o bastante. Mas voltar para lá o perturbou profundamente.

– Conte-me sobre os ferimentos primeiro.

– Ele sofreu um ferimento no ombro por estilhaços que efetivamente lhe rendeu uma "dispensa". Ele também foi atacado com gás, e... – Ela fez outra pausa. – Ele não ficou desequilibrado, não como alguns dos casos de trauma de guerra sobre os quais escrevi, mas ficou *perturbado*. E então o recrutaram para trabalhar na divisão de propaganda. Não houve escolha.

Maisie estava pensativa.

– Eu gostaria de voltar à descrição da perturbação dele. Há algo que se destaque em suas conversas com ele imediatamente após a repatriação?

– O que chamava atenção era seu silêncio, embora, mesmo com essa reserva, ele contasse algumas histórias aqui e ali, quando acontecia de nos encontrarmos.

– Histórias?

– Sim. – Georgina fez uma pausa, estreitando os olhos como se ela estivesse olhando para o passado. – Ele viu algumas coisas horríveis. Bem, nós todos vimos, não é? Mas essas eram mais perturbadoras, pelo que consigo me lembrar, do que as coisas chocantes que você ou eu vivenciamos. E ele não falou muito sobre isso, mas eu sabia que ele se lembrava de coisas...

– Você está se sentindo bem? – quis saber Maisie, percebendo que sua cliente parecia abalada.

Georgina assentiu.

– Como artista, Nick via os acontecimentos como mensagens, se entende o que quero dizer. Ele via um homem morto e ao mesmo tempo, naquela confusão, olhava para cima e via um ponto que era uma calandra voando no céu. Era algo que o comovia e o intrigava... a realidade daquele momento.

Maisie não disse nada, esperando a mulher continuar sua reflexão.

– Ele me disse que havia visto atos de terror imensos e, no verso da moeda, atos de compaixão que o tocaram em seu âmago. – Ela chegou mais para a frente. – Escrevi sobre uma dessas histórias, sabe? É o tipo de coisa que nunca se leria no *Times*, mas consegui vender a matéria para uma revista americana. Havia um homem, não era alguém que ele conhecesse bem porque havia acabado de se juntar a um regimento depois de seu treinamento com os Artists' Rifles. Houve uma grande explosão, e o homem ficou completamente fora de si, correndo para lá e para cá, descontroladamente. Nick disse que achou que teriam compaixão por ele, compreensão, mas não: em vez disso, algo completamente diferente aconteceu. – Ela fez outra pausa, como se estivesse escolhendo as palavras com cuidado. – Alguém o chamou de preguiçoso e, em seguida, um outro disse: "O que vamos fazer com ele, garotos?", e ficou decidido que ele seria mandado para fora sozinho, em plena luz do dia, para verificar os cabos de transmissão. Então o homem foi cambaleando na direção da linha inimiga e, quase imediatamente, acabou sendo abatido por um atirador.

Maisie balançou a cabeça e estava prestes a falar quando Georgina prosseguiu:

– E isso não é tudo. O corpo dele foi trazido de volta e pendurado em um poste acima da trincheira, e os soldados usaram os restos do homem morto para praticar tiro, após escrever as letras "BFM" em suas costas. Bem, esse é o tipo de coisa que nunca seria escrita nos registros oficiais.

– BFM?

– Baixa Fibra Moral.

Maisie sentiu um gosto de bile na boca. Ela engoliu antes de continuar a fazer perguntas:

– Georgina, sei que você disse que Nick havia acabado de se juntar ao regimento, mas ele conhecia os homens que cometeram esse ato pavoroso, ou o comandante deles?

– Bem, aí é que está – respondeu Georgina, franzindo a testa. – Acredito que ele conhecia, pois consigo me lembrar de Nick dizendo que era terrível o que a guerra conseguia fazer: modificar um homem, produzir uma espécie de anarquia na qual soldados, seres humanos, fariam qualquer coisa por medo.

– Medo?

– Sim, aquele medo que sentimos de alguém que já foi um de nós, mas que se transformou. Nick sempre afirmou que queria mostrar como as pessoas eram um coletivo, como eram iguais umas às outras, e que isso era algo sublime. E ele dizia que era justamente isso o que assustava as pessoas, pessoas como aqueles homens: ver algo terrível e reconhecer que eles próprios poderiam facilmente ter se transformado naquilo, e por isso precisavam destruí-lo. Regras de bando. – Ela balançou a cabeça.

– Ele pintou essa cena?

– Tenho certeza de que pintou. Eu a procurei quando fui ao vagão depois que ele morreu. Na verdade, procurei as obras que retratavam algumas dessas histórias e encontrei apenas aqueles esboços mais gerais da guerra que você deve ter visto.

– Eu dificilmente os chamaria de "gerais".

– Sim, eu sei.

Maisie consultou seu relógio e foi se sentar perto de sua cliente mais uma vez.

– E quanto à compaixão? Ele desenhou episódios sobre isso?

– Não vejo motivos para ele não ter pintado. Acredito que exista todo um conjunto de obras que nós não vimos, para lhe dizer a verdade, e acho que Nick mantinha esses esboços e trabalhos mais detalhados longe do alcance dos outros, pois eles eram como o ensaio para o grande espetáculo: a obra que não conseguimos encontrar, o tríptico.

Percebendo que era hora de avançar, Maisie pegou suas anotações.

– Eu gostaria de voltar a falar sobre a obra de Nick na próxima vez que nos encontrarmos. No entanto, tenho mais algumas perguntas para você. Para ir direto ao ponto, Nick se desentendeu com alguém nos últimos tempos? Sei que já perguntei isso antes, mas preciso perguntar novamente.

– Bem, embora todos morassem em Dungeness, os garotos, Quentin, Alex e Duncan, já não eram tão próximos quanto no passado. Todos eles estão quase se mudando de lá, agora. Na verdade, sei que Duncan e Quentin voltarão lá na quarta-feira. Os dois estão de mudança, sabe, acho que vão precisar fazer as malas e tudo o mais. – Ela fez uma breve pausa. – E parece que Nick estava se distanciando de todos, embora isso não fosse incomum para alguém como meu irmão, um artista que estava havia meses se preparando para uma exposição importante.

– E em sua família?

– Nick havia discutido com Harry, como, a esta altura, você já deve ter imaginado. Harry é ao mesmo tempo um homem e um menino, embora na maior parte do tempo seu lado menino esteja mais evidente. E ele joga, mas tem a péssima mania de perder, então pedia ajuda para mim e para o Nick. Seria inútil procurar a Nolly. Nick passou uma lição nele a última vez que Harry se meteu em uma grande encrenca.

– O que você chama de grande encrenca?

– Algumas centenas de libras.

– E Nick podia ajudar?

– Na posição que ele havia alcançado, sua arte era requisitada e atingiu um alto valor no mercado. Desde que Nick morreu, Harry já me procurou duas vezes. Fui cuidadosa com meu dinheiro e investi a herança que recebi de minha avó muito sabiamente e consegui vender as ações no momento certo, mas não posso desperdiçá-la com Harry. Entretanto, eu o socorri não faz muito tempo.

– Onde ele trabalha?

– Em vários clubes, você sabe: o Kit Kat, o Trocadero, o Embassy, lugares desse tipo.

Maisie não sabia nada sobre tais lugares, mas precisava localizar Harry.

– Eu gostaria de conversar com ele, Georgina. Poderia me dar o endereço?

– Eu... eu na verdade não tenho.

– Entendo. Bem, então uma lista dos clubes, talvez?

– Tudo bem, vou anotar alguns. Sempre é o Harry que aparece quando precisa de alguma coisa, para ser franca. E ele nunca me decepciona.

Maisie repassou algumas de suas anotações.

– Bem, e quanto a Nick e Nolly?

Georgina suspirou.

– Como você sabe, Nolly pode ser terrivelmente difícil. Ela não foi sempre assim, embora tampouco fosse exatamente como o resto de nós. Ela adorava Godfrey, seu marido, e está determinada a enaltecer sua memória como um herói de guerra.

– Sim, ela me disse isso.

– É triste, realmente. Quer dizer, ele era um sujeito muito agradável, mas um pouco insosso. Nós todos gracejávamos, dizendo que ela estava tentando enxertar um pouco de bom senso na nossa linhagem, sabe, uns trabalhadores rurais, contadores e advogados. Quando paro para pensar nisso, acho que o fato de ser uma Bassington-Hope deve ter sido tão difícil para ela... Contudo, ela e Nick se aproximaram muito quando ele voltou da guerra.

– É mesmo?

– Sim. Claro, eu estava longe, e Nolly o visitava praticamente todos os dias no hospital e durante o período da recuperação e depois permaneceu em Londres com ele, apenas para garantir que estivesse por perto quando começou a trabalhar no Gabinete de Informação. Acho que fez isso porque Nick estava com Godfrey quando ele morreu...

– Nick estava com o marido de Nolly?

– Você não sabia? Eu jurava que... bem, enfim, Nick estava com Godfrey quando ele morreu, sim. Godfrey estava no regimento ao qual Nick se juntou, apenas por obra do acaso, mas esse tipo de coisa acontecia o tempo todo. – Georgina ficou pensativa e então olhou para Maisie, franzindo o cenho. – É tão terrível que Nolly e Nick tenham brigado e não tenham conseguido superar suas diferenças.

– Quais eram essas diferenças?

– Estou tentando lembrar quando foi que a situação se deteriorou. Sei que ela criou uma grande aversão à obra dele, disse que ele deveria esquecer a guerra, que era uma idiotice desenterrar tudo aquilo apenas para pintar um quadro.

– Quando foi isso?

– Eles estavam brigados bem antes de ele ir para os Estados Unidos. Sim, é isso, eu me lembro dela dizendo, no almoço, logo depois que ele embarcou: "Tomara que os caubóis e os índios capturem a imaginação dele e ele abandone essa maldita guerra!" Meu pai concordou com ela. Veja bem, meu pai sempre tenta ver as coisas pela perspectiva de Nolly. Ela é a mais velha, e ele a protege muito, tenta entender o que a motiva, embora eu ache que ele fica tão desconcertado quanto o resto de nós. Quer dizer, Maisie...

– Me desculpe, Georgina. Eu estava escutando, mas pensei em algo que você disse. – Maisie ficou em silêncio por um momento. – E quanto a você e Nick? Estavam em bons termos quando ele morreu?

– É claro. Quer dizer, tínhamos nossas pequenas diferenças de opinião, por exemplo, sobre uma peça que tivéssemos visto ou sobre algum artigo de jornal. Mas Nick e eu éramos extremamente próximos, e não adversários.

Enquanto ela falava, Maisie observou Georgina sistematicamente empurrar para baixo a cutícula de cada dedo com a unha do polegar da mão oposta.

– Bem, apenas mais duas ou três perguntas por hoje. Nick estava saindo com alguém? Ele tinha uma amada?

Georgina sorriu.

– Que termo mais antiquado, "amada". A mente de Nick estava quase o tempo todo voltada para o trabalho e, quando não estava, ele tinha seus relacionamentos, sem muito compromisso. Sempre havia uma garota aqui e ali, que o acompanhava em uma festa se ele desejasse ir com alguém. E quero mesmo dizer "garota". Nenhuma que tenha sido digna de nota, no entanto, e certamente ninguém de quem eu consiga agora me lembrar.

– O que você sabe sobre Randolph Bradley?

Georgina deu de ombros e desviou o olhar. Maisie percebeu uma corzinha leve em sua face.

– Um típico homem de negócios americano. Rios de dinheiro, e está conseguindo se manter assim, o que é um feito, pois ouvi dizer que os problemas econômicos são mais graves lá do que aqui. Há anos ele é um dos clientes de Stig, então começou a colecionar a obra de Nick já faz um tempo. Sei que ele tem uma galeria em sua casa dedicada à obra de Nick. Esses milionários gostam de exibir suas aquisições uns para os outros, não é mesmo?

– Gostam?

– Ah, com certeza! Ouvi dizer que Bradley não poupará esforços para conseguir a obra que ele deseja.

– E ele quer o tríptico?

– Sim, mas, quando o encontrarmos, não vamos vendê-lo. Nick não queria isso. Depois que ele morreu, Nolly achou que seria uma boa ideia nos livrarmos de tudo. O que é estranho, pois a certa altura ela queria esconder toda a obra de Nick. Uma mudança de opinião ocasionada pela iminente ruína financeira da propriedade... Eu não deveria me surpreender. Sem falar no fato de que a obra seria enviada para o exterior. Como eu disse, ela detesta a obra de Nick que trata da guerra, disse que não deveriam permitir que ela fosse exibida em lugar nenhum da Grã-Bretanha ou da Europa.

– Entendi. – Maisie consultou seu relógio novamente. – Sabe, tenho uma última pergunta, por ora. Você insinuou que, se Nick foi assassinado, então sua vida também poderia estar correndo perigo. O que a levou a dizer isso?

Georgina balançou a cabeça.

– Acho que eu estava sendo exageradamente cautelosa. Falei isso apenas porque Nick e eu fazemos o mesmo tipo de trabalho, as mesmas coisas eram importantes para nós. É difícil explicar, mas nós dois queríamos *fazer* algo relevante nos campos em que havíamos escolhido trabalhar. Eu não queria apenas lançar palavras no papel, queria escrever exatamente o que vi quando dirigi uma ambulância na França. Nick queria fazer a mesma coisa com sua arte, fosse para mostrar a beleza da natureza ou a violência dos homens e das bestas.

– Sim, posso ver isso bem.

– Você acha que ele foi *assassinado*? – perguntou ela, fitando Maisie nos olhos.

– Há provas convincentes que corroboram a conclusão do legista de que a morte dele resultou de um acidente, embora eu tenha uma sensação no meu íntimo, assim como você, de que a verdade não é tão simples. Acredito que fizemos progressos esta manhã, Georgina. Irei a Dungeness novamente na quarta-feira, mas eu lhe pediria que não contasse a mais ninguém que estarei lá. Estou planejando ir mais uma vez à galeria, e também fazer uma visita ao Sr. Bradley. Mas não conseguirei dissimular por muito tempo que tenho apenas um interesse passageiro na obra de Nick. Inevitavelmente, outros de fora do seu círculo familiar saberão que estou investigando a morte de seu irmão.

– E qual conduta você assumirá nessas reuniões?

Maisie deu uma batidinha com a caneta nas fichas a sua frente.

– Se Nick buscava representar verdades pessoais ou universais, muitas pessoas devem ter se comovido com sua obra. Alguns devem ter ficado gratos pela iluminação, mas, como a experiência das trincheiras ensinou para Nick, as pessoas nem sempre gostam de ver as coisas *como elas são*, principalmente se virem a si mesmas refletidas na honestidade brutal do artista. Estou curiosa para saber como ele comoveu seu público mais próximo, formado por amigos e conhecidos. Veja bem, se Nick foi vítima de um crime, é mais do que provável que ele conhecesse o assassino. O que significa que você possivelmente também conhece essa pessoa.

∽

– Inspetor, me desculpe, estou atrasada. Meu primeiro compromisso do dia se estendeu um pouco. – Maisie retirou o cachecol e o deixou no encosto da cadeira diante de Stratton, que já estava bebericando seu chá. – Outra xícara?

– Não, obrigado, esta é suficiente.

– Então o senhor não se incomoda de me esperar enquanto pego um pouco de chá para mim?

Maisie voltou com uma xícara do chá forte e um prato com torradas e geleia, colocando-os na mesa antes de se sentar.

– Então, Srta. Dobbs, o que houve desta vez?

– Inspetor, como disse antes, eu lhe sou grata por ter apoiado a decisão da Srta. Bassington-Hope de buscar minha ajuda, embora, como já discutimos, o propósito fosse mantê-la ocupada para que não o importunasse. No entanto, o que ficou evidente para mim é que há algo mais em jogo. Bem, reconheço que suas investigações não são da minha conta, mas o senhor deveria saber que eu acabaria descobrindo que o senhor e o camarada do Flying Squad têm um forte interesse nas atividades de Harry Bassington-Hope.

Stratton balançou a cabeça.

– Eu avisei a eles que a senhorita descobriria.

– Vance?

– Eu até disse que descobriria o nome dele logo.

– E que ideia foi essa de mandar Doris investigar um local desconsiderando quem poderia estar observando?

Stratton suspirou.

– Tudo bem, então já sabe que temos interesse no jovem Harry.

– Terá de me contar mais do que isso, inspetor. Parece que eu fui envolvida em seu trabalho sem que me perguntassem se me importaria!

Stratton balançou a cabeça e tomou um gole de chá.

– Harry Bassington-Hope, como a senhorita provavelmente já sabe, se envolveu com algumas pessoas um tanto indesejáveis. A rigor, "indesejáveis" é um eufemismo. História clássica: apostas ocasionais em cavalos ou em mesas de carteado acabaram se tornando um passatempo regular, e o hábito de jogar, somado aos sujeitos que ele encontrava nesses clubes, o levou a contrair dívidas pesadas com o tipo de pessoa com quem nunca deveria fazer isso.

– De que forma isso está conectado ao irmão dele?

– Vou chegar lá, embora tenhamos dúvida se há uma conexão direta, além do fato de que, de tempos em tempos, o Bassington-Hope mais velho liquidava as dívidas do mais jovem. Não, o motivo pelo qual existe uma colaboração entre departamentos, entre mim e Vance, é termos encontrado um sujeito parecido com Harry Bassington-Hope, um pequeno apostador que estava a um passo de se tornar um trambiqueiro, morto há alguns meses e acreditamos que tenha sido assassinado pelos mesmíssimos homens a quem Harry deve dinheiro.

– Harry é a isca para pegar o peixe grande, é isso?

– Sim. Estamos apenas observando e esperando.

– Então vou perguntar novamente, inspetor, há conexão ou não com a morte do artista?

– Nick Bassington-Hope tropeçou no andaime, *como já sabemos*. No entanto, o momento em que isso ocorreu foi péssimo no que diz respeito a nossa investigação. A última coisa que podíamos desejar era que aquela irmã esquentadinha, cheia de contatos no Parlamento, incapaz de acreditar que seu amado irmão fosse tão desastrado a ponto de se matar, saísse correndo por aí descontrolada em busca de um assassino, arruinando meses de um trabalho sólido feito pela polícia e ainda em andamento.

– Entendi. Mas e se não tiver sido um acidente?

– Você está se referindo ao nosso elemento criminoso? Não, eles não teriam interesse em Nick Bassington-Hope. Até onde sabemos, os homens no comando não teriam feito essa associação. Arte não é a área deles.

– E qual é?

– Eles ganham bastante dinheiro com os clubes, oferecendo segurança, esse tipo de coisa. Receptam joias, como diamantes e ouro, e estão envolvidos em assaltos a banco. Podemos chamá-los de barões do crime de Londres. É como uma pirâmide, das pequenas cobras no solo amealhando uma libra ou duas aqui e ali até o topo, onde ficam os homens que comandam o espetáculo.

– Entendi...

– O que você entendeu?

– Ah, sabe... ficou mais claro para mim o motivo de o senhor manter as coisas em segredo, mas eu realmente queria que tivesse me contado isso há uma semana.

Stratton suspirou.

– Bem, devo dizer, a senhorita está fazendo um bom trabalho mantendo aquela mulher quieta.

– Estou mesmo, inspetor?

– Sim. Tenho certeza de que muito em breve colocaremos os mandachuvas atrás das grades. Só precisamos nos manter no encalço do jovem Harry e, a qualquer momento, os apanharemos com a boca na botija.

– Hummm...

– O que isso significa, Srta. Dobbs?

– Nada, inspetor. Nada mesmo. – Maisie deu um último gole no chá, terminou a torrada, apoiou a xícara no pires e se virou para pegar o cachecol no encosto da cadeira. – A propósito, como está Doris?

– Bem, acho que por um tempo não contrataremos mulheres para o trabalho de detetive. Ela não estava à altura do cargo.

Maisie se levantou, arrastando a cadeira nas tábuas do assoalho.

– Ah, eu não dispensaria pessoas como Doris assim de repente, inspetor. Nunca se sabe o que uma mulher pode revelar que tenha passado completamente despercebido pelos senhores.

Maisie encontrou Billy e Doreen Beale na sala de espera do hospital.

– Como estão as crianças? E Lizzie? – perguntou, entrando às pressas no prédio, desenrolando seu cachecol e tirando as luvas.

Billy envolvia Doreen com o braço, reconfortando-a. Os dois tinham o rosto tenso, a pele ao redor dos olhos vincada e uma aparência cansada.

Billy balançou a cabeça.

– Passamos a noite em claro de novo, com uma coisa atrás da outra. O mais velho está em casa com a irmã de Doreen. Está tudo em ordem com ele, e os outros, nosso Bobby e os dois filhos de Jim e Ada, estão todos bem. Mas Lizzie... ainda está instável, como eu disse antes. Íamos agorinha entrar e ver nossa pequena novamente, mas eles nos mandaram embora, disseram que houve uma emergência.

Maisie assentiu e olhou ao redor em busca de uma enfermeira ou de um médico com quem pudesse falar.

– Eles disseram qual foi a emergência?

– A pobrezinha está com o corpo todo em apuros. Acho que eles enfiaram mais um pouco daquele anti-alguma-coisa nela. – Billy hesitou. – E não é apenas a respiração, não, mas também o coração, os rins, o corpo todo. Ela está lutando, por Deus, está lutando.

– Vou tentar conseguir mais informações para vocês.

Maisie pôs a mão no ombro de Doreen Beale, acenou para Billy e foi atrás de uma enfermeira. Ela mal havia chegado à porta quando um médico apareceu na sala de espera.

– É a Sra. Beale?

– Não – respondeu Maisie –, sou a patroa do Sr. Beale e vim para saber se eu poderia ajudá-los. Fui enfermeira, por isso pude identificar a gravidade e trouxe a filha deles para cá.

– Muito bem, é um tanto problemático conversar com os pais às vezes, principalmente os do East End, a senhorita sabe... as conversas monossilábicas, se entende o que eu estou dizendo.

Maisie o encarou furiosa.

– Não, não entendo o que está dizendo. Os pais são pessoas perfeitamente capazes, mas estão aflitos e dependem de sua compaixão e franqueza, se me permite dizer. Bem, talvez o senhor possa fazer a gentileza de me passar as informações, e eu conversarei com eles.

– Peço desculpas, eu não quis dizer... acabamos de receber um monte de crianças que foram trazidas durante a noite. Quase sempre as pobres almas não fizeram uma refeição porque o pai não consegue arrumar trabalho, e a situação só tem piorado. Elas não têm força para lutar.

Notando que ele suava e esfregava a mão na testa, Maisie suavizou seu tom, dando-se conta de que havia sido um pouco rude demais, talvez porque vinha da conversa com Stratton. Ela vira esse tipo de tensão havia anos, na França, embora na frente da batalha se enfrentassem armas de guerra, e não doenças que se multiplicavam em meio à degradação e à precariedade.

– Como está Lizzie Beale?

O médico suspirou.

– Eu gostaria de ter notícias melhores. É inacreditável que aquela criança ainda esteja viva. Ela certamente não apresentou os primeiros sintomas da difteria, e é claro que a doença progrediu até se manifestar de forma avançada na pobrezinha, como um muro de tijolos. Como sabe, de imediato fizemos uma traqueostomia, uma amigdalectomia e uma cirurgia nas adenoides, então o risco de infecção é terrivelmente alto. Administramos antitoxina, mas ela tem precisado lutar para manter os órgãos vitais em funcionamento. Não temos muito mais a fazer a não ser observar, esperar e mantê-la o mais confortável possível.

– E o seu prognóstico?

– Bem, cada minuto em que ela está viva é como dinheiro no banco. Não posso prometer que ela estará conosco a esta mesma hora amanhã, no entanto.

Maisie sentiu crescer um nó em sua garganta.

– E as outras crianças dos Beales?

– Chegaram aqui a tempo, então a doença está nos primeiros estágios e espera-se que se recuperem totalmente.

– Os pais podem ver Lizzie?

O médico balançou a cabeça.

– As regras são rígidas, a senhorita sabe. A enfermeira-chefe arrancaria minhas entranhas só de pensar que eu deixei a família entrar na ala a uma hora destas.

– Doutor, conheço muito bem as enfermeiras-chefes. O senhor tem razão em agir assim. Entretanto, a criança está lutando para sobreviver e os pais, por sua vez, precisam de um resquício de esperança. Por que não permitir que fiquem juntos, apenas por alguns minutos?

Ele suspirou novamente.

– Meu bom Senhor, a senhorita vai me fazer perder o emprego! Mas... ah, tudo bem. Vá e os traga aqui, depois venham comigo.

As enfermeiras balançaram a cabeça quando viram o médico conduzir os Beales pelo corredor, primeiro em direção a uma pequena antessala, onde receberam instruções para lavarem as mãos e colocarem máscaras, e em seguida a uma ala onde os casos mais sérios estavam em quarentena. Catres austeros com estrutura de ferro estavam perfeitamente alinhados, com apenas um lençol e uma coberta áspera cobrindo o corpo febril de cada criança. O vapor do desinfetante mal disfarçava outro odor que pairava no ar: o da sórdida respiração da morte à espera de que outra vítima se fragilizasse.

– Vou esperar do lado de fora só por precaução, caso a enfermeira-chefe apareça – disse Maisie. – Eu encaro a explosão do seu temperamento se ela descobrir que as regras foram quebradas.

O médico assentiu e estava prestes a levar os Beales para ver a filha quando Maisie disse para o casal:

– Não tenham medo de tocá-la. Segurem suas mãos, digam que estão aqui, acariciem seus pés. Deixem que ela sinta a presença de vocês. É importante. Ela saberá...

Cerca de meia hora mais tarde, Maisie foi embora do hospital deixando ali os Beales, que agora aguardavam por uma oportunidade para ver o jovem Bobby antes de voltarem para casa. Billy afirmou que estaria no escritório na manhã seguinte. Refazendo seus planos enquanto se dirigia para o Ritz, onde encontraria Randolph Bradley, Maisie concluiu que seria mais eficaz visitar Stig Svenson no dia seguinte, antes de sua ida a Dungeness. Se Billy estivesse com ela na galeria, seria mais fácil iniciar uma conversa com o zelador. E ela não queria chegar ao litoral cedo demais. Não, ela só precisaria estar lá ao cair da noite. Para aguardar.

CAPÍTULO 11

Com o cabelo impecavelmente penteado para trás com brilhantina, o atendente ajustou o par de óculos de casco de tartaruga logo acima do nariz e olhou atentamente para o cartão de visita de Maisie.

– E o Sr. Bradley não está esperando pela senhorita?

– Não, mas tenho certeza de que ele me receberá assim que souber que estou aqui. – Ela pegou o cartão. – Escute, deixe-me escrever um bilhete para ele no verso. O senhor tem um envelope?

Maisie escreveu no cartão e o enfiou em um envelope, que em seguida devolveu para o atendente, junto com uma moeda.

– Tenho certeza de que pode garantir que ele receba isto em mãos.

O homem fez uma breve reverência e se virou para outro atendente, que assentiu e se afastou. Vinte minutos depois, quando Maisie ainda esperava de pé no saguão, um homem alto e distinto veio em sua direção. Ela presumiu que ele tivesse cerca de 1,90 metro e mais ou menos 45 anos. Usava um terno de corte impecável e sem dúvida era inglês. Um lenço azul-cobalto, combinando com a gravata, fora colocado no bolso do peito de maneira chamativa. Seus sapatos luziam. Ele atravessou o saguão com uma das mãos no bolso da calça e, com a que estava livre, acenou para o atendente. Seu sorriso era contagiante e seus olhos azuis brilhavam. Era um homem muito bem-sucedido e que parecia cultivar com dedicação um modo de vida inglês, embora seu jeito descontraído evidenciasse que ele não era nativo das Ilhas Britânicas.

– Srta. Dobbs? – O homem havia tirado a mão do bolso e a estendeu para ela. – Randolph Bradley.

Maisie sorriu. Até então, ela havia conhecido apenas um americano, o médico Charles Hayden, que foi amigo de Simon durante a guerra. Ela lembrou que ele também tinha esse estilo relaxado, apesar da seriedade do seu trabalho.

– Agradeço por me receber, Sr. Bradley.

O homem olhou ao redor, claramente em busca de um lugar propício para uma conversa privada.

– Vamos tomar um café aqui.

Ele apontou para o restaurante, que os garçons pareciam estar preparando para o almoço. Resoluto, Bradley simplesmente avançou até uma mesa, ficou postado enquanto um garçom puxava uma cadeira para Maisie se sentar e em seguida tomou seu lugar, pedindo um bule grande de café.

– Então, Srta. Dobbs, gostaria de saber mais sobre meu interesse na obra de Nick Bassington-Hope?

– Sim. Quando foi que o artista e a obra dele chamaram sua atenção pela primeira vez, como colecionador?

Bradley pegou um maço de cigarros e um isqueiro de dentro do bolso interior do paletó.

– Deixe-me fazer uma pergunta antes que eu responda. A senhorita está colaborando com os meninos de azul?

– Desculpe-me... o que quer dizer?

– A polícia?

– Não, não estou. Trabalho de maneira independente, como escrevi no bilhete e como o senhor pode ver no meu cartão.

– Então para quem está trabalhando? Quem a está pagando?

– Georgina Bassington-Hope solicitou que eu conduzisse uma investigação específica sobre a morte do irmão. Ela acha que algumas perguntas ficaram sem resposta. Contratou meus serviços para que a família possa seguir em frente depois da perda.

– Então a senhorita está me investigando?

Maisie sorriu.

– O senhor é um ávido colecionador da obra do Sr. Bassington-Hope, então obviamente passaram um bom tempo juntos. Afinal, todo artista se preocupa em deixar o comprador de seu trabalho satisfeito, não é mesmo?

Bradley assentiu.

– Sim, a senhorita acertou em cheio. Nick não era alguém que deixasse os outros tirarem vantagem dele e tinha consciência de onde vinha o seu sustento. Ele podia ter sua casinha na praia... nunca fui até lá, mas ouvi falar muito sobre ela... e, no entanto, sabia como vender a sua obra.

– O que quer dizer?

O americano acenou para um garçom, que se aproximava trazendo um bule de prata, que colocou na mesa ao lado de uma jarra e uma tigela de açúcar combinando. Ele não disse nada até que o garçom tivesse se afastado da mesa depois de lhes servir o café.

– Creme?

Maisie recusou.

– O senhor estava falando sobre Nick e como ele percebia o mercado da arte.

Bradley deu um gole no café e prosseguiu:

– Grande parte dessa gente, os artistas, não tem ideia do que fazer quando vai vender uma obra. Talvez tenham um agente, um sujeito como Svenson, e é isso, acabam deixando que ele cuide de todas as questões. Mas Nick estava interessado: interessado em *meu* interesse por sua obra. Ele quis me encontrar e conversamos bastante. Passamos a nos conhecer.

– Entendi. – Maisie meneou a cabeça e pousou sua xícara no pires.

– O que a senhorita entendeu?

Pouco acostumada a conversar com alguém tão direto, ela limpou a garganta e ficou constrangida ao lembrar que Stratton a havia desafiado com as mesmas palavras.

– Usei uma figura de linguagem. Estou tentando formar uma imagem de Nick Bassington-Hope, de como ele era, e estou descobrindo que era uma espécie de camaleão. Ele era um artista, e as pessoas às vezes fazem suposições precipitadas sobre os artistas. Por exemplo, de que eles não têm os pés no chão. Foi alguém que viu coisas indescritíveis na guerra e, no entanto, não se furtou a representá-las. Tampouco receou retratar pessoas reais. Então, quando digo "Entendi", simplesmente estou visualizando mais facetas dele do que eu já tinha visto. E entender o homem que Nick Bassington--Hope foi é essencial para que eu possa submeter um relatório completo para minha cliente. – Maisie não perdeu tempo e emendou outra pergunta para Bradley: – Pois bem, quando foi que o senhor viu a obra dele pela primeira vez? E de que maneira formou sua coleção?

Bradley apagou seu cigarro, fez menção de pegar outro, mas acabou mudando de ideia.

– Lembre-me de contratá-la na próxima vez que eu quiser verificar os antecedentes de alguém com quem esteja fechando um negócio. – Ele fez uma pausa e continuou: – Primeiro, deixe-me contar que eu servi na guerra, Srta. Dobbs. Naquela época, eu já havia construído meu negócio, mas fui recrutado por nosso governo para assessorar o suprimento de, bem, pode escolher, tudo e qualquer coisa, antes que os primeiros soldados americanos fossem para a guerra, em 1917. Eu poderia ter ficado nos Estados Unidos, mas me mandei para a França para ter certeza de que o trabalho estava sendo bem-feito. Só voltei após o Armistício. Eu vi a guerra, Srta. Dobbs, vi pelo que aqueles meninos passaram. E os de vocês passaram por tudo aquilo por muito mais tempo.

Maisie não disse nada, sabendo que a essa altura da conversa era melhor apenas permitir que o homem falasse. Ele havia se reclinado na cadeira, não muito para trás, mas o suficiente para Maisie perceber que ele estava baixando a guarda. Ele pegou aquele segundo cigarro, serviu mais café tanto para ela quanto para si mesmo e voltou a falar, guardando o isqueiro de prata com monograma e semicerrando um olho quando a fumaça pairou no ar.

– Svenson veio me ver, ah, deve ter sido em 1922. Algumas obras de Nick estavam expostas na galeria. Claro, a empresa de Svenson era muito menor naquela época. Acho que ele ganhou uma fortuna com Nick Bassington--Hope e com esses mestres antigos que ele compra dos europeus que estão à beira da ruína. Enfim, ele me avisou antes, então apareci... eu estava na Inglaterra, de todo modo... e vi, bem ali e naquele momento, que aquele era um artista que eu poderia apreciar. Não sou o tipo de colecionador que compra qualquer coisa apenas por comprar, Srta. Dobbs. Não, eu preciso gostar da obra que vou adquirir. Mas... – Ele fez uma pausa e a encarou. – Eu me esforço ao máximo para obter aquilo que quero. E eu queria o trabalho daquele menino.

– Por quê?

– Era simplesmente impressionante! Tão simples, tão... Meu Deus, o que foi que Svenson disse? Calculada, foi isso, *calculada*. Nick não apenas apresentava o conflito, não, ele podia alcançar a... a... *essência* da cena. E ele não desviava os olhos do horror de tudo aquilo, quando o tema era a guerra, e foi isso que vi a princípio. Mas ele acrescentava algo, algo como...

– Verdade?

– Isso. Ele alcançava a verdade.

– Então o senhor começou a comprar a obra dele?

– Naquele exato momento e lugar, como eu disse. E eu queria ver o que ele havia feito antes, e quis comprar tudo o que ele havia pintado e que depois foi posto à venda. Na fase americana, houve mudanças, mas a obra ainda tem todas as características pelas quais ele é conhecido. E lembre-se, eu conheço o lugar, trabalhei por toda parte.

– E quanto à sua última série? Sei que o senhor comprou tudo, com exceção da obra principal.

– Sim. Eu a comprei toda, nem precisei vê-la. Com relação a esse menino, sei o que estou comprando... e vale muito mais agora que ele está morto. Não que eu vá vendê-la.

– Mas o senhor não adquiriu a obra principal?

– Nick não queria vendê-la. Mas vou comprá-la, a senhorita verá. Quando a encontrarem, vou comprá-la.

– Pelo que sei, houve uma outra oferta.

Bradley deu de ombros.

– Peixe pequeno. Vou adquiri-la, como eu disse.

– O senhor sabe algo sobre ela, além do fato de que supostamente é composta por mais de uma parte?

– Foi o que me disseram... Nick disse a mesma coisa para mim, e é mesmo o que eu esperava.

– Por quê?

– Bem, veja seus outros trabalhos. Há uma qualidade serial neles, então estou bem seguro de que se trata de um tríptico. E tenho certeza de que o tema é a guerra. É por isso que eu a quero.

Maisie não deu nenhuma resposta imediata. Nesse meio-tempo, Bradley apagou o cigarro e se inclinou para a frente, com os cotovelos na mesa.

– Acredito que essa obra, não importa o que seja, vai destilar... sim, acho que essa é uma boa palavra... *destilar* tudo o que ele pensou e sentiu sobre a guerra. Lembre-se, eu o colecionei por anos, o vi crescer, mudar, lidar com sua vida por meio da arte. Acho que, quando essa obra final foi concluída, ele se sentiu pronto para deixar o passado no passado, sabe, para dar um passo adiante na direção do que quer que fosse que estivesse à sua frente. Pressagiei que aquilo a que ele se lançaria seria um exemplo de... de...

– Ressurreição? Renascimento? – sugeriu Maisie, quase distraída, pois sua mente havia vagado, pensando em Nick Bassington-Hope e na obra que resultara em sua morte.

– Sim, acho que é isso mesmo. Gosto da ideia. Sim. Estava lá, em certa medida, na sua fase americana. Mas mesmo isso parecia mostrar uma peregrinação, uma jornada, e não uma chegada. – Ele assentiu novamente e olhou ao redor. O restaurante agora estava repleto de hóspedes almoçando. Consultou seu relógio. – Teria outras perguntas, Srta. Dobbs?

– Ah, sim, apenas uma ou duas, se não se importar. Eu gostaria de saber há quanto tempo o senhor tem comprado obras de arte de Stig Svenson e... prometo que isso é confidencial... como é lidar com ele.

– Conheço Svenson desde antes da guerra, quando ambos estávamos começando nossas carreiras. Eu havia ganhado dinheiro e queria me permitir alguns luxos. Quando eu era menino, um *conterrâneo* inglês – ele sorriu e verificou se Maisie havia captado o gracejo – vivia em nossa rua. Ele não era rico, nenhum de nós era rico naquele bairro, mas ele saía daquela casa todo dia vestido como se estivesse a caminho do Banco da Inglaterra. Suas roupas não eram novas, mas eram boas. Eu não sabia nada sobre ele, exceto que ele era garboso, como se diria. *Garboso.* Eu queria ser como aquele sujeito, e, quando ele morreu, sua família... pois descobrimos que ele tinha filhos na cidade... sua família veio e vendeu tudo. E sabe de uma coisa? Ele trabalhava em uma fábrica. Não em um escritório elegante, mas em uma fábrica. E gastava dinheiro com arte, com todo tipo de quadros de artistas dos quais nunca se tinha ouvido falar. Eu era apenas um jovem, mas comprei algumas de que gostei, baratas. Foi isso que me colocou no meu caminho. Descobri meu amor pela arte. Fui ter com Svenson em 1919, quando eu estava em Londres, antes de embarcar no navio de volta para casa. Comprei algumas obras dele, com desconto, já que nessa época vocês ingleses não estavam em condições de regatear, e mantivemos contato. Meu negócio prosperou e eu passava tanto tempo aqui quanto em casa. – Ele fez uma pausa, mais uma vez pegando um cigarro, e refletiu um momento antes de continuar a falar, encarando Maisie. – Bem, embora eu conheça Svenson há um bom tempo, acredito que, se ele pudesse, me arrancaria todo o dinheiro. Nós nos respeitamos mutuamente, mas sei como ele é. É esperto, sabe o que tem potencial de venda, e, neste exato momento, o que vende é arte europeia, pois todos os seus ricos duques, condes e príncipes estão liquidando as relíquias da família. Só Deus sabe onde ele as arruma, mas ele *sabe* quem quer comprar. Não se iluda, se houver uma pilha de dinheiro em qualquer lugar em Londres, Paris, Roma, Gante ou Amsterdã, ela terá o dedo de Stig Svenson. – Ele se levantou e deu a volta na mesa para puxar a cadeira de Maisie. – E Nick conseguia lidar com ele. Sabia que Svenson era capaz de atrair um comprador, mas, mesmo assim, o encarava como um falcão.

Bradley acompanhou Maisie até o saguão do hotel.

– Obrigada por me receber, Sr. Bradley. O senhor foi muito prestativo e muito gentil ao me conceder seu tempo valioso.

– Foi um prazer, Srta. Dobbs. – Ele entregou a ela um cartão de visita. – Telefone, caso precise de mais informações – continuou, dando uma risada. – Na verdade, entre em contato se a senhorita descobrir onde está aquela maldita pintura. Eu a quero e pagarei à família a quantia que pedirem. Nolly Bassington-Hope sabe disso... De fato, ela não vê a hora de mandá-la para fora do país!

Maisie tomou fôlego para fazer outra pergunta, mas o americano já havia se virado e ido embora. E, apesar de parecer que se deslocava tranquilamente, na verdade ele avançou depressa, pois em um instante já havia desaparecido.

∽

Maisie sabia que estava enfrentando dificuldades com aquele caso. A trama solta ameaçava desfiar antes mesmo que ela distinguisse um padrão. Havia pontos que ela não conseguia discernir, e ela compreendia que todo o raciocínio do mundo não tornaria a tarefa mais fácil. Ela tinha de continuar trabalhando, confiante de que cada passo adiante seria como outra gota d'água sobre a pedra, erodindo aos poucos a rigidez com que o tempo e as circunstâncias haviam revestido a sua pureza. O problema é que ela não tinha tempo para ir "aos poucos". É claro, teria ajudado se desde o início tivesse uma carta de apresentação de Georgina afirmando textualmente que Maisie estava investigando a morte de Nick com sua permissão. Mas, inicialmente, Georgina não quis revelar a natureza da investigação, então ela havia deixado a primeira entrevista com o zelador aos cuidados de Billy, em vez de ter feito ela mesma. Talvez tivesse sido uma boa estratégia, mas ela teria de falar com o homem pessoalmente no dia seguinte e na presença de Billy, que facilitaria o andamento da conversa.

De acordo com Georgina, os três amigos mais próximos de Nick ainda estavam em Londres e, salvo engano, Alex Courtman estaria no apartamento de Georgina nessa tarde. No caminho para Kensington, Maisie se deu conta de que todos os três homens estavam de mudança, e dois deles pelo visto tinham melhorado de vida recentemente, o que era interessante quando se pensava que artistas criam algo para ser adquirido na base do puro desejo, e não por necessidade. Por outro lado, pensou Maisie, ela já notara que havia muitas pessoas que ainda podiam arcar com esses luxos, e talvez esses compradores de arte considerassem que essa fosse uma época propícia para formar suas coleções a um custo mais baixo, o que não seria possível em outros tempos. Ela balançou a cabeça enquanto andava, desejando conhecer um pouco melhor o mundo da arte.

Os lugares onde Nick escolheu viver eram desolados. Seu passado era desolado, assim como as paisagens naturais que o atraíam. Houve mulheres – "garotas", como Georgina as descreveu –, mas o trabalho era a vida de Nick, seu verdadeiro amor. E ele também parecia ser financeiramente estável, com dinheiro suficiente para socorrer Harry em caso de dívidas. Georgina disse que a arte de Nick estava vendendo bem, e é claro que Maisie sabia que Bradley havia gastado nela uma quantia considerável, o que ajudou Nick a fazer seu pé-de-meia. Mas existiria outra fonte de renda? E qual era a relação entre Nick, Harry e o homem que dirigia o carro que seguiu o irmão mais novo no dia da festa de Georgina? Ela já conhecia o homem por sua aparência e suspeitava – embora não tivesse nenhuma evidência concreta – de que Stratton estivesse errado ao presumir que o submundo que Harry frequentava não ia bater na porta de Nick.

Ela estacionou o MG, foi até o apartamento de Georgina e tocou a campainha. Uma empregada atendeu, levou-a à sala de estar e foi chamar Alex Courtman.

– Ah, Srta. Dobbs, a *dançarina*. Encantado em vê-la novamente.

Alex Courtman estendeu a mão. Ele parecia ainda mais jovial, trajando uma calça de gabardine, uma camisa branca sem colarinho com as mangas arregaçadas e um pulôver marrom avermelhado de tricô com ponto trançados. Ele não estava usando gravata e não pareceu muito preocupado com sua aparência informal, reforçada pelo cabelo preto bagunçado que provavelmente não havia visto uma escova naquela manhã.

– Será que o senhor faria a gentileza de me ceder uns momentinhos de seu tempo, Sr. Courtman?

– É claro.

Ele estendeu a mão na direção de uma poltrona e em seguida se sentou na extremidade de um sofá Chesterfield, perto de Maisie, que deu uma olhada ao redor antes de se virar para fitá-lo. Havia tanta gente na festa de Georgina que ela mal observara a sala, que agora lhe pareceu essencialmente vanguardista, embora talvez não tão excêntrica quanto a residência da família Bassington-Hope. Havia peças antigas que imediatamente sugeriam uma conexão com a fortuna que atravessara gerações, mas, em vez da sobriedade que uma sala mal iluminada pudesse inspirar, o interior era reluzente, com janelas flanqueadas por pesados festões de seda cor de ouro claro. Em um canto, um tabique entalhado havia sido ornado com tecidos asiáticos, e uma parede exibia uma coleção de máscaras do mundo todo.

Maisie se sentiu confortável nesse ambiente, agora que pôde prestar atenção aos detalhes. As paredes eram pintadas de amarelo-claro, os trilhos para quadros e a cornija, de branco, e cores neutras haviam sido escolhidas para propiciar um fundo adequado para as obras de arte. Havia três quadros do irmão de Georgina e alguns outros de artistas que Maisie não conhecia.

– Como eu poderia ajudá-la, Srta. Dobbs?

– Como o senhor sabe, estou trabalhando para a Srta. Bassington-Hope para investigar as circunstâncias da morte do irmão dela. Para isso, preciso de mais informações sobre a vida dele. O senhor foi um de seus amigos mais próximos, então pensei que talvez pudesse – ela sorriu – pintar um quadro dele para mim, respondendo a algumas questões.

– É só perguntar!

Ele se reclinou no Chesterfield, um gesto que chamou a atenção de Maisie. Ela sentiu como se estivesse em um palco com Alex Courtman, como se ele, depois de ler suas falas em um roteiro, esperasse a vez dela de desempenhar seu papel. De maneira instintiva, ela desejou deixá-lo desconfortável.

– Vocês todos estão de mudança. Nick está morto, é claro, mas Duncan tem sua casa em Hythe, Quentin comprou um apartamento com "sua amante que foi casada três vezes", e o senhor está passando mais tempo aqui do que em Dungeness. Não parece que todos esses planos surgiram depois do acidente.

Courtman respondeu tranquilamente.

– Bem, essas coisas tendem a acontecer todas de uma vez só, não é mesmo? Basta que um abandone o barco para que todos os outros sintam vontade de pular fora. Duncan estava namorando havia anos, a pobre garota deve ter se perguntado se algum dia ele faria dela uma mulher honesta. Quentin, por sua vez, aproveitou a oportunidade que apareceu de tornar desonesta a mulher de um outro, pois ela ainda é casada com o marido número três, e eu fui ficando aqui em Londres cada vez mais. – Ele olhou pela janela e, em seguida, de volta para Maisie. – Provavelmente comprarei meu próprio apartamento em breve.

– Vocês são todos muito bem-sucedidos profissionalmente, não é mesmo?

Ele deu de ombros.

– A obra de Nick vendeu muito bem, e acredito que fomos beneficiados pelo simples fato de nos associarem a ele, como se parte desse brilho se refletisse sobre nós. E, francamente, Svenson aproveita essa amizade ao máximo. Se a senhorita ficar perto dele por tempo suficiente, vai ouvi-lo falar sobre a "escola Bassington-Hope" e sobre como nosso trabalho foi influenciado por Nick.

– E isso aconteceu?

– De forma alguma. Somos todos muito diferentes, mas, se eu tiver mais sucesso pegando impulso em Nick, então é o que farei.

Maisie fez uma pausa.

– O senhor disse na festa que se conheceram faz alguns anos.

Ele assentiu.

– Sim, como eu lhe disse, nós todos nos conhecemos na Slade, embora eu fosse mais próximo de Duncan do que Nick e Quentin, para falar a verdade. A senhorita talvez não tenha percebido, mas sou mais jovem do que os outros, cheguei mais tarde ao grupo. Agora não faz muita diferença, mas naquela época eu era definitivamente o calouro. E então nos alistamos no regimento Artists' Rifles mais ou menos juntos, o que selou as amizades, embora Nick, Duncan e Quentin sejam... tenham sido... uma espécie de trio exclusivo. Mas, quando se tratou de uma mudança como irmos para Dungeness e, depois, sairmos dali, bastou o primeiro para que todos os outros fizessem o mesmo.

– E quem foi o primeiro?

– Nick. Foi ele quem disse que deveríamos fazer nossa parte na guerra. Acho que as pessoas só falavam isso naquela época, sabe, fazer sua *parte*. O problema é que aquilo era um pouco demais, se quer saber minha opinião. Homens mais velhos sempre falam para os jovens fazerem sua parte, e muitas vezes se trata de algo que eles mesmos não gostariam de fazer.

– É verdade.

Maisie aquiesceu, familiarizada com a desilusão que formava uma espécie de corrente subterrânea sempre que se falava sobre a guerra. Às vezes a emoção explodia em uma defesa raivosa do conflito, porém ela havia percebido que, mais frequentemente, essa emoção era inspirada pela incapacidade de compreender como e por que a guerra aconteceu, e por que tantos que haviam lutado estavam agora simplesmente abandonados, ou assim parecia. Mosley não havia explorado essa situação na festa de Georgina? E muitos não haviam sido atraídos por suas palavras, como se ele pudesse fornecer respostas para suas perguntas mais profundas?

– Talvez o senhor possa me contar sobre os Rifles – continuou. – Foi no regimento que vocês se conheceram melhor?

– No treinamento, e não na França. Nós todos fomos designados para regimentos diferentes. Nick acabou no mesmo regimento do cunhado, para sua enorme tristeza, embora eu acredite que ele acabou se dando bem com o sujeito. – Courtman olhou pela janela, seus olhos inexpressivos mirando as chaminés e a paisagem à distância. – Ele escreveu em uma carta que sempre havia achado o homem um pouco molenga, mas começou a vê-lo simplesmente como alguém *gentil*. Nick ficou destroçado quando ele morreu.

– O senhor sabe como especificamente isso aconteceu? – perguntou Maisie. Ela não havia esperado que a conversa tomasse esse rumo e estava tão intrigada que incentivou o homem a seguir evocando suas lembranças.

Courtman se voltou para Maisie.

– Circunstâncias? Além de duas trincheiras com homens apontando armas uns para os outros?

– Quis dizer...

– Sim, eu sei o que quis dizer. Eu estava brincando. Falar sobre a guerra faz isso comigo. Como Godfrey Grant morreu? Pelo que sei, foi durante um cessar-fogo.

– Cessar-fogo?

– Sim. Quer dizer, a senhorita ouviu falar da trégua do Natal e tudo o mais? Bem, não houve apenas uma trégua, sabe? Isso ocorria com bastante frequência. Na verdade, não era incomum haver uma breve trégua para os dois lados tomarem fôlego, resgatarem seus feridos e enterrarem seus mortos. Imagine isso, homens como formigas correndo de um lado para o outro tentando reverenciar seus mortos, antes que um oficial sabichão os chamasse de volta para sua trincheira para dar início a uma nova rodada.

– O marido de Nolly foi morto durante uma trégua?

– Sim, até onde sei. Não tenho certeza do que aconteceu, claro. Provavelmente ele não voltou para a trincheira antes que estivessem novamente prontos para atacar, algo assim.

– Entendi.

Maisie fez anotações sobre a conversa em uma ficha, pegou uma nova e ergueu os olhos.

– Então, de volta a Nick. Como foi o treinamento dele? Ele continuou a desenhar?

– Nunca o vi sem um caderno de esboços. Veja bem, somos artistas, todos nós tínhamos cadernos de esboços, mas apenas Nick buscava transformar esses desenhos em algo mais substancial.

– O senhor nunca vendeu seus quadros de guerra?

– Srta. Dobbs, nunca concluí nenhum quadro de guerra. Ainda que Svenson goste de dizer que minha obra está inserida na escola Bassington-Hope, prefiro desenhar a vida cotidiana a evocar aquelas cenas toda vez que encosto o pincel na tela. De todo modo, acabo de arrumar um novo trabalho. Artista comercial, essa é a nova moda... – Ele fez uma pausa, escolhendo suas palavras com cuidado. – A arte de Nick era seu exorcismo, de certa forma. Ele usou sua alma para pintar a guerra e a expôs ao público. Toda vez que criava um quadro a partir de sua memória, era como se algo obscuro fosse enterrado. E, se aquela obscuridade encolerizasse um dos superiores, então, para Nick, isso era a cereja do bolo.

– O que sabe sobre o tríptico?

Ele balançou a cabeça.

– Se sabe que é um tríptico, então eu sei tanto quanto a senhorita.

– Acha que seria a última de suas obras de guerra? – quis saber Maisie, inclinando-se para a frente.

Courtman ficou em silêncio por um momento e em seguida ergueu a vista na direção de Maisie.

– Sabe, acho que era. Não havia pensado sobre isso dessa forma, mas, quando reflito sobre a obra dele e sobre a maneira como ele falava a respeito desse trabalho... aliás, ele nunca disse nada muito *específico* sobre ele... bem, acredito que seria a última de suas obras de guerra. – Ele fez mais uma pausa, apenas por um momento. – Sim, intuiu muito bem, Srta. Dobbs. É muito esperta.

– Não, não fui. Foi algo sugerido por Randolph Bradley, na verdade.

– Humpf! Os ricaços americanos, hein? Bem, ele deve saber, não é? Só faltou ele comprar o próprio Nick, do jeito que tentou abocanhar toda a obra dele. Ele ficou furioso atrás do tríptico, ou o que quer que seja. Furioso! Foi à galeria quando estávamos montando o andaime de Nick. E ouça bem, nós sabíamos o que estávamos fazendo, aquele andaime era firme, absolutamente firme.

– O que ele queria?

– Ele chamou Nick para um canto. Começaram a conversar tranquilamente, sabe, Bradley lhe dando palmadinhas nas costas, um monte de elogios, esse tipo de coisa. Então ficaram em silêncio e, logo a seguir, Bradley disse: "Vou ter essa pintura nem que seja a última coisa que eu faça. E, se você não quiser que seja assim, sua carreira está acabada, companheiro." Dá o que pensar, agora que estou me lembrando disso. Não acho que ele teria feito alguma coisa de fato. Na verdade, e foi isso o que me surpreendeu, sabe, ele sempre foi um cavalheiro, como se tivesse se encarregado de nos mostrar o jeito certo de ser britânico. Uma certa petulância, para um maldito de um colono.

– E então o que aconteceu?

– Ah, Svenson apareceu muito nervoso e todos se acalmaram. Bradley pediu desculpas para Nick, para Duncan e para mim. Ele disse que aquilo era só uma demonstração do tipo de emoção que a obra de Nick despertava nele.

– Nick disse alguma coisa?
– Ah, sim, nesse momento ele acabou revelando coisas que não devia.
– É mesmo?

Maisie inclinou a cabeça de uma maneira que sugeria apenas curiosidade, e não a agitação que as palavras de Alex haviam causado.

– Ele sorriu, como se estivesse realmente no controle da situação. E então disse muito tranquilamente... sabe, estou surpreso que Georgie não tenha lhe contado isso...
– Ela conhece a história?
– Pelo amor de Deus, ela estava lá! Enfim...
– Ela estava na galeria quando isso aconteceu?
– Bem, ela tinha ido com Bradley. – Ele deu um largo sorriso. – Vamos lá, você deve saber sobre Georgie e Bradley...

Maisie balançou a cabeça.

– Não, não sabia. – Ela parou de falar por um momento e depois voltou rapidamente à conversa. Mais tarde ela refletiria sobre Georgie e o americano. – Mas, Sr. Courtman, de que forma Nick revelou segredos?
– Ele anunciou sua intenção para a obra. Todos nós presumimos que é um tríptico, mas não sei... pode se tratar de uma obra com mais partes...
– E?
– Ele disse que essa obra não iria decorar uma residência privada, mas, em vez disso, ele a doaria à nação, à Tate ou à National Gallery, ou até mesmo ao museu de guerra do antigo Bethlem Lunatic Asylum, em Lambeth. Um lugar bastante apropriado para um museu de guerra, não acha? Um hospício para lunáticos desativado? Enfim, Nick disse, para todos que estavam lá, que a obra era um presente para os mortos da guerra e para aqueles que nos fariam marchar para a guerra no futuro, para que nunca nos esquecêssemos de quem somos.
– Nunca nos esquecêssemos de quem somos? Ele explicou o que quis dizer com isso?
– Sim, explicou. Bradley lhe perguntou: "E quem diabos somos nós, afinal?" Um pouco constrangedor, para falar a verdade, mas Nick não ficou

nem um pouco irritado, ainda que o homem tenha gastado uma fortuna, uma verdadeira *fortuna*, com a obra dele. Ele não sorriu, sua fisionomia não demonstrou nada sobre seu humor, mas ele disse, de maneira bem simples: "Somos a *humanidade*." E então ele voltou para o andaime, e Duncan e eu olhamos um para o outro e fizemos o mesmo, apenas seguimos em frente com nosso trabalho, sabe, revirando o mapa de Nick para ver onde as buchas para a pintura, ou pinturas, deviam ser afixadas, sem enrolação. Todo mundo se pôs a fazer o que tinha de fazer, embora se ouvisse um murmúrio aqui e ali, como pode imaginar. Nem Svenson voltou para falar com Nick, até onde sei, nem para fazer um sermão sobre o risco de cortar a fonte de dinheiro. Na hora achei que ele iria esperar até que todos tivessem se acalmado para fazer o papel do diplomata, mas...

Maisie não disse nada. Alex se reclinou no Chesterfield e fechou os olhos. Ele ficou sentado daquela maneira por alguns segundos, até que Maisie falou com voz suave:

– Foi muito prestativo, Sr. Courtman. – Ela se levantou, pegou sua pasta preta e consultou o relógio. – Realmente preciso ir andando.

– Certo. – Courtman se levantou. – Espero não ter falado nada indevido, sabe, revelando o segredo de Georgie e Bradley. Não diga nada a ela... bem, se disser, por favor não deixe que ela saiba que fui eu que lhe contei.

– Não, claro que não. – Maisie estendeu a mão para Courtman. – Tenho mais uma pergunta para o senhor, se não se incomodar.

– Pois não.

– Georgina e Nick estavam em bons termos quando ele morreu?

– Ah, lá vamos nós... – Ele suspirou antes de responder. – Havia algumas rusgas entre eles antes da exposição. Nick estava chateado por ela ter um caso com Bradley, um americano casado, sabe, com uma esposa em Nova York que não gostava de vir à Europa, e ele disse isso para Georgie. Acho que, além disso, havia algumas outras coisas acontecendo na família. Harry jogou uns contra os outros, de certa maneira, para lhe falar a verdade. E então, no dia em que saímos para montar o andaime, eu estava no quarto de hóspedes com Duncan e ouvi Georgie e Nick discutindo. Gritando um com o outro, frases do tipo "você isso e você aquilo", para cá e para lá. – Ele deu de ombros.

– Sinto muito por Georgie, na verdade. Deve se sentir péssima, agora que Nick se foi. De fato, é surpreendente ela ter procurado a senhorita, não é?

– Por quê?

Maisie já estava perto da porta, e Courtman se inclinou na frente dela para segurar a maçaneta.

– Bem, se eu fosse detetive, eu me perguntaria sobre o temperamento de Georgie.

Maisie sorriu.

– Isso é que é interessante no trabalho de investigação, Sr. Courtman. As coisas raramente são o que aparentam e, quando são, tendemos a não notar. Manterei segredo sobre nossa conversa e acredito que o senhor fará o mesmo.

– Com certeza! Nenhum problema quanto a isso, Srta. Dobbs. Avise-me caso haja mais alguma coisa em que eu possa ser útil.

– Ah, antes que eu me esqueça – ela se virou –, Duncan e Quentin estarão aqui mais tarde?

Courtman balançou a cabeça.

– Não, na verdade, os dois voltaram para Dungeness. Acho que Duncan tem um comprador para seu vagão, provavelmente outro artista miserável, hein? E Quentin ainda está cuidando da mudança. Os dois disseram que ainda tinham muita coisa para fazer lá, então foram embora.

Maisie agradeceu mais uma vez e logo se foi. Agora havia ainda mais fios para ela juntar e elaborar a trama. Era como se ela fosse uma artesã, diante de um tear gigante cheio de meadas de lã, cada uma aguardando para tomar parte da cena final, a imagem que revelaria as circunstâncias da morte de Nick. Ela só precisava organizar os fios e em seguida a trama, depois sua lançadeira voaria para um lado e para o outro, para cima e para baixo e ela estenderia as mãos ao longo do pano, a ponta dos dedos testando a firmeza e a resistência, o pente empurrando a trama para baixo de modo a assegurar uma tecedura fechada, sem o menor espaço.

O que a intrigava, enquanto descia a rua, era que, se Alex Courtman estivesse tão envolvido no caso como ela pensou que estava, por que havia sido tão aberto durante a conversa? Ainda mais interessante era o fato de que os dois outros amigos haviam retornado para Dungeness, o que a fez ter mais certeza de que precisava manter o plano de viajar para lá no dia seguinte – e de que devia ser duplamente cautelosa.

CAPÍTULO 12

Ao retornar para o apartamento naquela noite, Maisie passou pelo Austin Swallow estacionado. "Ah, Deus", pensou ela, enquanto manobrava o MG em sua vaga costumeira. Ela trancou o carro e, ao se virar, deu de cara com Andrew Dene, que vinha andando em sua direção, com o sobretudo agitando-se ao vento e o cabelo varrido para cima por uma repentina rajada fria. Quando Maisie o cumprimentou, ele tinha um sorriso no rosto, como era de costume, embora ela pudesse notar a tensão que seus ombros arqueados revelavam. Ele pôs a mão em seu braço e a beijou no rosto. Alguém que estivesse passando por ali naquele momento pensaria que fossem primos ou amigos e nunca teria imaginado que compartilharam intimidades em um relacionamento agora em crise.

– Que surpresa, Andrew. – Maisie procurou as chaves, as mãos tremendo com a expectativa do confronto iminente. Depois de achá-las, caminhou para a entrada principal do prédio. – Entre, vou colocar a chaleira no fogo.

Andrew Dene a seguiu pelo saguão do prédio até o apartamento. Pararam diante da porta e ela selecionou uma segunda chave para abri-la.

– Acho que já é hora de resolvermos nossa situação – disse ele, enquanto ela enfiava a chave na fechadura.

Depois de abrir a porta, Maisie se virou e acenou. Em seguida, em um gesto automático, foi até o aquecedor para sentir a temperatura antes de colocar seu chapéu e as luvas sobre uma mesinha. Tirou seu casaco Mackintosh.

– Sim, é claro, você está certo. Aqui, deixe-me pegar seu casaco. Fique à vontade. – Ela esperou Dene tirar o sobretudo e o cachecol e pendurou os dois casacos em uma cadeira que ficava no quartinho. – Devo preparar um bule de chá?

Já sentado em uma das duas poltronas, Dene balançou a cabeça.

– Não, obrigado. Tenho dúvidas se me demorarei, Maisie.

Maisie assentiu enquanto se acomodava na outra poltrona. Primeiro, ela achou que deveria permanecer calçada, mas depois, lembrando-se em silêncio de que podia fazer o que bem quisesse na própria casa, ela se livrou dos sapatos e dobrou as pernas para cima, friccionando seu pé permanentemente frio.

– Acho que precisamos falar sobre *nós*, Maisie.

Ela não disse nada, deixando que ele falasse sem ser interrompido. Ela havia aprendido cedo, com Maurice, que era sempre melhor dar a uma pessoa que tinha algo importante a dizer – talvez uma declaração, ou uma queixa – a cortesia de um discurso ininterrupto. Interromper faria a pessoa ter de recomeçar e, assim, se repetir. E como ela já havia percebido sinais de que Dene estava inquieto, não daria motivos para a conversa subir de tom, pois ela queria que ele fizesse bom juízo dela, se fosse possível.

– Quando começamos a sair, eu esperava que você um dia se tornasse minha esposa. – Dene engoliu em seco, o que fez Maisie pensar que ele deveria ter aceitado uma bebida antes de embarcar na conversa. – Apesar das aparências em contrário, Maisie, não tive sorte no amor e não sou o sedutor que alguns pensam que sou. Fiquei simplesmente esperando pela garota certa, alguém que compreendesse minhas origens, o esforço que é preciso fazer para prosperar na vida, por assim dizer, a partir de determinadas circunstâncias. E achei que essa garota fosse você.

A voz dele fraquejou por um instante enquanto ele ajeitava para trás o cabelo que havia caído em seu rosto, depois prosseguiu:

– Sei que seu trabalho é muito importante para você, mas eu acreditava que ele poderia, com o tempo, ficar em segundo plano em relação ao nosso namoro. Agora, já não sei. – Dene se virou para ela, os olhos brilhando. – Preciso lhe dizer, Maisie, que fiquei atordoado com seu jeito quando nos falamos pela última vez ao telefone. Mas, mesmo antes disso, quando você comprou este apartamento – ele fez um gesto amplo com a mão, mostrando o espaço ao redor –, isso de certa forma me avisou qual era meu lugar, embora eu ainda tivesse esperanças.

Maisie continuou calada, prestando atenção total no homem a sua frente. Ela não estava impassível. Na verdade, trazia em seu coração uma melancolia pelo fato de o relacionamento ter chegado a essa situação. Mas ela sabia muito bem que em seu íntimo ele abrigava outra sensação: a dor agridoce do alívio. E ela estava ainda mais triste por saber disso.

– Então, antes que eu continue falando, quero saber, Maisie, se há alguma esperança para mim... para nós, como casal... se eu a pedir em casamento.

Ela não disse nada por alguns segundos. Embora tivesse ensaiado essa conversa à noite, revirando-se na cama e se perguntando como poderia revelar seus sentimentos e ser compreendida, ela se sentia inábil com as palavras quando se tratava de assuntos pessoais. Falou com voz calma e controlada.

– Andrew, você é, e tem sido, um companheiro maravilhoso. Gosto de sua companhia, então como não me sentiria encantada na sua presença? – Ela fez uma pausa. – Mas a verdade nesse caso é que... ah, isso é tão difícil de explicar.

Dene abriu a boca para falar, mas Maisie balançou a cabeça.

– Não, por favor, deixe-me tentar, Andrew. Devo tentar dizer o que penso, para que você entenda. – Ela fechou os olhos enquanto buscava as palavras. – Depois do meu... meu colapso no ano passado... pois foi isso que aconteceu, agora sei... lutei para enxergar o caminho que tenho adiante. Sei que tanto você quanto Maurice disseram que eu deveria repousar por mais tempo, mas não estou habituada a isso. Sinto que tenho algum... algum tipo de controle sobre as circunstâncias quando estou trabalhando. Esse controle... ah, essa não é a palavra certa. – Ela mordeu o lábio. – Essa *ordem* me deixa segura, ela funciona como uma muralha com um fosso. E a verdade, Andrew, é que meu trabalho consome toda a energia que tenho no momento, e você merece mais do que isso. – Ela limpou a garganta. – Passei a temer que, com o passar do tempo, pesaria sobre nós a pressão para nos conformarmos ao papel aceitável de um médico e sua mulher, e isso significaria que eu teria de fazer uma escolha. Então, escolhi agora, Andrew. Agora, e não mais tarde. – Maisie fez uma pausa. – Eu vi como as alegrias de nosso namoro são comprometidas por minhas responsabilidades para com as pessoas que me procuram pedindo ajuda, e minha escolha frequentemente tem sido a fonte de uma grande angústia para nós dois. Ainda que você venha a Londres a cada quinze dias, e que eu viaje para Hastings no intervalo... isso não tem sido suficiente para viabilizar um relacionamento saudável, não é mesmo?

Dene examinou as palmas delicadas, os dedos compridos alongando-se diante dele.

– Espero que não se importe que eu diga, Maisie, mas, embora entenda o que acabou de dizer, você podia ter sido mais sincera desde o início. Você já devia saber de tudo isso, e eu não estava preparado para ficar assim em uma espécie de deriva. Na verdade, vim aqui para terminar nosso... nosso... namoro. Pelo menos tive a coragem de encarar o...

Com lágrimas turvando seus olhos, Maisie, que não havia esperado por essa resposta colérica, interrompeu Dene:

– Acredito que fui responsável em relação a você, e respeitosa, eu...

– Você não foi honesta *consigo mesma*... até agora, presumo. Tenho certeza de que nunca teve a intenção de levar nosso namoro adiante. E, enquanto isso, eu poderia ter conhecido outra pessoa, poderia seguir em frente com a minha vida. Na verdade, conheci alguém, mas eu queria saber em que pé estávamos.

– Bem, Andrew, faça como achar melhor. Acredito que fui sincera em relação a você, e...

– Em relação a mim? Sincera? Maisie, você me surpreende, realmente. Tenho sido uma distração para você, constantemente à mão: um fim de semana aqui, um jantar ali, passeios quando você está com vontade. E é sempre você quem decide o que quer fazer.

Maisie se levantou, abalada.

– Andrew, acho que é hora de você ir embora. Eu queria que nos separássemos em bons termos, mas, com essa conversa, receio que isso não vá acontecer.

Agora de pé, Andrew Dene respondeu em tom de sarcasmo:

– Que seja, Srta. Dobbs, psicóloga e investigadora. – Ele suspirou, antes de acrescentar: – Sinto muito, isso não era necessário.

Maisie assentiu e, sem dizer mais nada, foi andando na frente até o quartinho, pegou o casaco de Dene e o abriu para ele.

– Dirija com cuidado, Andrew. Está uma noite gelada lá fora.

– Esta noite vou ficar enfurnado no hospital. Ficarei bem.

– Boa sorte, Andrew.
– Para você também, Maisie.
Dene se virou e foi embora.

⁓

Maisie foi direto para seu quarto, acendeu as luzes e abriu o guarda-roupa. Naquele momento, ela não queria pensar em Dene nem nas consequências do fim do relacionamento. Tirou várias peças de roupa, se prostrou na beirada da cama, segurando seu cardigã azul de casimira e a estola. Ela pressionou o tecido macio contra o rosto e chorou. Apesar do alívio, ela já sentia a aragem fria da solidão atravessar seu peito. Quando conheceu Andrew, Maisie havia interposto uma barreira entre ela e um isolamento que parecia sempre prestes a envolvê-la, mas usá-lo como uma salvaguarda contra o anseio por um relacionamento íntimo não era justo. Ele foi um pretendente animado, que claramente a adorara, mas ela não sentia confiança suficiente para abrir mão de seu trabalho. E, ela lembrou a si mesma, isso é o que acabaria acontecendo.

Afastando as roupas de cama, Maisie se enrodilhou e envolveu o corpo com o edredom, ansiando por alguns momentos de alento antes que tivesse de encarar a noite que se aproximava. Seu corpo tremia, embora não fizesse frio no quarto. Quando as lágrimas gradualmente abrandaram, Maisie admitiu para si mesma que havia algo mais, uma verdade que ela talvez nunca tivesse considerado se não houvesse conhecido os Bassington-Hopes e que lhe dava um indício da qualidade que buscava na vida e que não sabia definir, algo desconhecido e ilusório que ela sabia que nunca encontraria com um companheiro como Andrew Dene. Ela se deu conta de que havia passado a adorar a cor, tanto na perspectiva do caráter quanto literalmente: nos tecidos, nas telas, na cerâmica e nos ambientes. Andrew era divertido, animado, mas o mundo em que ela havia ingressado graças ao trabalho com Georgina tinha uma força revigorante: havia uma potência, um fogo que a fazia se sentir como se estivesse rompendo seu casulo e aguardando, apenas aguardando, suas asas secarem antes de alçar voo. E como sua alma ferida poderia se transportar pelos ares se ela agora se acorrentasse? Era isso que estava no âmago de seu descontentamento. Havia algo naquelas palavras... Ela se arrastou para fora da cama e procurou o livro novamente, até encontrar o fragmento que ela havia marcado. "Ele criaria orgulhosamente, com a liberdade e a força de sua alma..." Poderia ela fazer isso com sua vida? E, se pudesse, acabaria despencando até a terra, como Ícaro? O que foi mesmo que Priscilla lhe dissera no ano anterior? "Você sempre esteve em lugares seguros!" Agora ela estava entre pessoas que execravam abordagens conservadoras da vida. Maisie sentiu a cabeça girar. Seus pensamentos a mergulhavam ora no entusiasmo, ora no desespero, ao mesmo tempo que se punia por estar tão absorta em si mesma, enquanto os Beales e milhares como eles enfrentavam problemas tão desesperadores. E a simples lembrança de Priscilla renovou sua tristeza, pois sentia falta da honestidade e da profundidade da amizade entre elas. Visitá-la na França no ano anterior fizera com que percebesse que ansiava pela proximidade de uma amizade verdadeira.

Depois de seu colapso, ela sentira voltar a solidão que a havia tomado quando sua mãe morreu. Estar com Andrew a ajudou a traçar um horizonte de futuro, uma âncora que ela usava para se afastar da guerra, da perda de Simon, das terríveis imagens que a assombravam, e também, no presente, para que a vida pudesse seguir em frente. Mas agora estava tentando levantar a âncora, pronta para soltá-la e ir na direção da luz que emanava de Georgina, sua família e amigos. Ela estremeceu novamente, por causa de um frio que vinha de dentro, lembrando-se de sua desconfiança e do alerta de lady Rowan. Será que ela era mais parecida com Georgina do que havia pensado, já que se nutria da energia e da vida daqueles que habitavam um mundo de cor, de palavras, de talento artístico? Será que ela poderia se transformar no tipo de pessoa que lady Rowan descreveu, alguém que usava as pessoas?

Maisie se reclinou, exausta. Maurice a havia orientado a não assumir nada muito exigente, dada a sua fragilidade enquanto se recuperava. Embora ele fosse favorável à mudança para um apartamento próprio, havia sugerido que aquela talvez não fosse a hora certa, que ela deveria aproveitar a oportunidade de morar na mansão dos Comptons em Belgravia por pelo menos outros três ou quatro meses. Mas ela havia agido rapidamente, querendo aproveitar que encontrara um imóvel à venda por um bom preço, e ela sabia que nutria o desejo de reforçar sua singularidade, sua capacidade de continuar como havia começado, mantendo-se firme sobre os dois pés. Ainda que esses mesmos pés houvessem colapsado não havia muito tempo.

Percebendo que estava entrando em uma espiral de autorrecriminação, ela juntou forças, enxugando as lágrimas e dando um suspiro profundo.

– Foi melhor assim – disse em voz alta, pensando em Dene.

E em seguida sorriu, pois Priscilla lhe veio à mente mais uma vez. Ela sabia exatamente o que sua amiga recomendaria, com a cinza caindo de seu cigarro enquanto gesticulava para enfatizar o conselho proferido em frases rápidas. "Se eu fosse você, Maisie, chafurdaria na tristeza até que não restasse mais uma gota d'água salgada no meu corpo, e então eu iria me animar, passar um pó de arroz, vestir minhas melhores roupas e sair para me divertir na cidade... E digo: me divertir a valer."

Esfregando a mão nos olhos, ela se postou diante do espelho e envolveu-se com a estilosa estola azul. Sim, junto com o vestido preto, ela cairia muito bem em uma mulher saindo à noite desacompanhada, mesmo que a trabalho.

⁂

Maisie saiu do apartamento às dez horas, bocejando. Já não era completamente incomum uma mulher sair sozinha à noite. Na verdade, era algo que se tornara bastante aceitável, principalmente porque não havia homens em número suficiente para acompanhá-las. Com base em sua experiência desde o fim da guerra, Maisie pensava que muitos solteiros eram, afinal, um tanto cafajestes, aproveitando-se ao máximo da abundância de mulheres com uma petulância do tipo "o que vem fácil, vai fácil". Aparentemente, Nick não tinha um comportamento mais elevado do que esse.

Maisie pegou sua lista de clubes. Planejava simplesmente enfiar o rosto pela porta de cada um deles dissimulando ter ido ao estabelecimento para ver seu amigo Harry e depois ir embora o mais rápido possível se não confirmasse a presença dele. Felizmente, agora que Joynston-Hicks não era mais o secretário de Estado para Assuntos Internos, ela não tinha tanto receio de estar em um clube durante uma batida – um jogo de gato e rato disputado por muitas pessoas, jovens aristocratas boêmios a que os tabloides se referiam como "juventude brilhante", antes que Jix fosse exonerado do cargo.

Dois dos clubes da lista ficavam em Chelsea, outros dois no Soho, e um se localizava em Mayfair. Quando chegou ao Stanislav's, um estabelecimento no Soho, Maisie achou que estava mais desenvolta no ato de entrar despreocupadamente no clube, adular o homem ou a mulher na porta e depois ir embora quando respondiam que Harry estaria ali mais tarde ou em outra noite. Claramente, ele tinha muitos compromissos a cada noite e trabalhava em diferentes lugares, embora ela não tivesse nenhuma intenção de permanecer no local a não ser que tivesse certeza de sua presença no clube ou de que ele não fosse demorar a chegar.

Por fim, outra noite ela pôs o vestido preto de lado e vestiu uma calça preta e uma blusa de mangas compridas com um decote canoa e uma faixa combinando na cintura. A roupa havia pertencido a Priscilla, que a embrulhara e enviara junto com muitas outras em um pacote de papel pardo. A roupa havia chegado um pouco antes do Natal, com uma mensagem que dizia: "Ser mãe arruinou, simplesmente arruinou, a minha cintura. Estas estão um pouquinho fora de moda, mas tenho certeza de que ainda podem ser aproveitadas." A calça mal havia sido usada e, visto que apenas uma minoria de mulheres vestia calça, a roupa não era tão ultrapassada quanto Priscilla havia sugerido. Maisie pensou que a blusa era um exagero, embora ela reconhecesse que, se Priscilla não lhe tivesse enviado as roupas, elas provavelmente teriam mofado no fundo do guarda-roupa da amiga. Naquele momento, ela estava grata pelo conjunto, mesmo achando que ele não lhe caía bem de jeito nenhum, embora fosse perfeito como um subterfúgio para a noite.

Ela respirou fundo e empurrou a porta do Stanislav's, e nessa hora um homem corpulento deu um passo à frente para abri-la. Uma jovem mulher sorriu atrás de um balcão preto e prateado emoldurado por uma série de abajures prateados e retangulares, suas luzes fornecendo a única iluminação no saguão. Maisie pestanejou e em seguida sorriu de volta para a mulher, que trajava um vestido preto de veludo com lantejoulas na bainha, na cintura, no colarinho e nos punhos. Seu cabelo loiro estava preso para trás em um pequeno coque, os olhos eram realçados com delineador e os lábios estavam pintados de vermelho-sangue.

– A senhorita é sócia do clube? – cumprimentou a mulher cordialmente.

– Ah, não... mas sou uma convidada de Harry Bassington-Hope. Ele já está aqui?

A mulher inclinou a cabeça.

– Vou descobrir. Um momento, por favor.

A mulher abriu a porta atrás dela e enfiou a cabeça para dentro de uma sala que Maisie não pôde ver.

– Ei, Harry já tá aqui? – perguntou, com o sotaque *cockney*.

Depois de alguns segundos, ela fechou a porta e se dirigiu a Maisie novamente, recuperando seu sotaque cristalino.

– Ele deve chegar a qualquer momento, senhora. Por favor, siga-me. Temos uma pequena mesa onde poderá aguardar por ele.

Maisie ficou aliviada ao ver que a mesa se situava no canto da sala, perto da parede de fundo, uma posição perfeita para observar as idas e vindas das pessoas no clube. Um garçom veio à mesa e Maisie pediu um refrigerante de gengibre com cordial de limão. Alguém certa vez lhe dissera que esse era um drinque popular nas cidades americanas depois que a lei seca impôs que se acabasse com o menor indício de álcool no hálito, então Maisie o pediu não porque o quisesse beber, mas porque daria a impressão de que ela fosse uma assídua frequentadora de clubes que pediria algo mais forte depois. O coquetel inofensivo foi servido e Maisie se acomodou para observar o salão.

Havia uma série de mesas de tamanhos variados, que acomodavam de duas a oito pessoas, dispostas até as profundezas de três lados da pequena pista de dança de parquê. No quarto lado, à distância, um quarteto havia acabado de começar a tocar e alguns pares já estavam dançando. Maisie ficou batendo o pé ao ritmo da música e deu um gole em seu drinque. Embora estivesse cansada ao chegar, agora já se sentia revigorada e concluiu que seria muito divertido ir com amigos a um lugar como aquele – isto é, se *tivesse* um grupo de amigos para acompanhá-la.

Seus olhos perscrutaram o salão em busca de rostos conhecidos. Não demorou muito para que avistasse Randolph Bradley e Stig Svenson em uma mesa próxima ao bar. O sueco inclinava-se para a frente, atento à conversa, enquanto o americano relaxava reclinado em sua cadeira, seu terno cinza de seda com uma gravata em um cinza mais escuro e um lenço sinalizando sua riqueza. Maisie se perguntou se Georgina apareceria e moveu sua cadeira mais para trás, a fim de ficar nas sombras. Ela observou quando o americano ergueu seu indicador para chamar o garçom, que se apressou em direção à mesa. Bradley se levantou, enfiou uma nota na mão do homem e deu um tapinha nas costas dele. Ele se despediu de Svenson com um aperto de mãos e partiu. Stig Svenson ficou fitando seu coquetel por um instante, depois ergueu a taça, reclinando a cabeça para trás, e terminou seu drinque com um gole. Enxugou a boca com um lenço que sacou do bolso da calça e também foi embora do clube.

Ao passar os olhos pelo salão uma segunda vez, Maisie percebeu um outro homem, que ela nunca havia visto, observando Svenson ir embora. Ela fechou os olhos e, em seus pensamentos, repassou a cena que presenciou quando olhou o salão de relance pela primeira vez. Sabia que ele estava ali quando entrou e que estivera observando Svenson e Bradley atentamente. Quem era ele? Maisie apertou os olhos na escuridão quando o homem se levantou, sacou uma nota do bolso de sua calça e a verificou contra a luz que vinha da parede antes de deixá-la sobre o bar. Ele pegou seu chapéu no assento ao lado dele e foi embora do clube.

– Quer dançar, Srta. Dobbs?

– Ah, meu Deus, o senhor me assustou!

Alex Courtman puxou uma cadeira e se sentou à mesa.

– Bem, por nem um momento eu pensaria que está aqui por outro motivo além do trabalho. Aliás, devo dizer que a senhorita está encantadora.

Maisie arqueou uma sobrancelha.

– Obrigada pelo elogio, Sr. Courtman. Bem, se não se importa, estou esperando um amigo.

– Ah, um amigo? Então tenho certeza de que seu amigo não se importará se eu a roubar para uma dança, não é mesmo?

– Não, obrigada, Sr. Courtman. Prefiro não fazer isso.

– Ora, vamos lá! Não se vem a um clube a não ser que se esteja disposto a dançar uma ou duas músicas.

Courtman estendeu o braço, pegou a mão de Maisie e a conduziu para a pista de dança, enquanto ela corava e protestava. A melodia popular havia atraído muitos outros pares de suas mesas, de modo que mal havia espaço para se mexerem, mas isso não impediu Courtman de agitar seus braços de um lado para o outro ao ritmo da música, tomado por ela, ocasionalmente abraçando Maisie com vivacidade. Maisie também começou a balançar os braços, deixando-se conduzir pelo seu par. Ao perceber o entusiasmo dela, Courtman a tomou pela cintura e a fez rodopiar. Quando a música atingiu um crescendo, um trompete entrou no ragtime, com uma nota longa e estridente, sendo acompanhado por piano, baixo, bateria e trombone. Os dançarinos gritaram, aplaudindo sem parar de se mover pela pista. Harry havia chegado.

Courtman pediu a Maisie outras duas danças antes que ela, sem fôlego, erguesse as mãos em um zombeteiro gesto de rendição e retornasse a sua mesa, sendo seguida por seu par.

– A senhorita sabe mesmo dançar, não é?

Maisie balançou a cabeça.

– Para lhe dizer a verdade, a não ser pela festa de Georgina na semana passada, acho que eu não dançava desde... desde... bem, desde antes da guerra, na realidade.

Courtman levantou a mão para chamar um garçom e em seguida se virou novamente.

– Não me diga que a senhorita dançou com o amor da sua vida e que ele nunca mais voltou da França.

O sorriso evaporou do rosto de Maisie.

– Isso não é da sua conta, Sr. Courtman.

Ele tocou a mão dela.

– Ah, céus, sinto muito. Eu não queria ofendê-la, é apenas mais uma daquelas histórias de guerra, não?

Maisie assentiu, indicando que aceitava as desculpas e afastando a mão. Ela mudou de assunto.

– Então, o senhor frequenta este lugar?

– Venho aqui vez ou outra. Especialmente quando me devem dinheiro.

– Harry?

Courtman aquiesceu.

– Afinal de contas, ele é irmão de Nick. No domingo, me pediu algumas libras. Disse que me pagaria em dois dias, então está na hora de eu receber dele o que me deve.

– Foram apenas algumas libras?

Ele balançou a cabeça.

– Não, um pouco mais do que isso... Vinte libras, para dizer a verdade. Mas não sou exatamente abastado, então quero o dinheiro de volta hoje mesmo. E vou pegá-lo.

Maisie olhou na direção da pista de dança, que ainda estava apinhada de gente, e, em seguida, observou Harry. Com as pernas afastadas, a gravata-borboleta afrouxada, ele se reclinava para trás novamente com o trompete erguido no alto, tirando outra nota impossivelmente aguda do instrumento reluzente.

– Se ele cuidasse do dinheiro como cuida do trompete, seria um homem rico.

Courtman pegou o coquetel que o garçom acabara de colocar diante dele.

– Verdade, está brilhando – disse Maisie. Ela se voltou para Courtman. – Quando é que ele para ou faz uma pausa?

– Em uns quinze minutos. A senhorita pode entregar uma mensagem para o garçom, com o acompanhamento monetário apropriado, e ele a transmitirá para Harry, dizendo para ele vir se juntar à senhorita.

Maisie seguiu sua orientação, deslizando algumas moedas na palma da mão do garçom e lhe entregando um pedaço de papel dobrado.

– Devo esperar até que ele venha? – Courtman sorriu para Maisie com tal sinceridade que ela quase o desculpou pela falta de maneiras demonstrada momentos antes.

– Sim, obrigada, Sr. Courtman. Não estou de fato acostumada a lugares assim, para falar a verdade.

– Eu sei. Entretanto, só ficarei aqui sob uma condição.

– Condição?

– Sim. Reivindico a primeira dança depois que o menino do trompete voltar para o palco.

❦

Harry saiu do palco todo emproado e se dirigiu ao bar, parando no caminho para receber palmadinhas nos ombros e apertos de mão de frequentadores do clube e se inclinar para beijar mulheres no rosto, acumulando algumas marcas de batom. Maisie observou quando o garçom o abordou e sussurrou em seu ouvido, ao que Harry olhou ao redor para localizar a mesa de Maisie.

Ele acenou para o garçom, pegou o drinque que já havia sido colocado no bar diante dele e dirigiu-se até Maisie.

– Srta. Dobbs, nós nos encontrando novamente, embora eu deva dizer que nunca a imaginaria uma notívaga.

Ele puxou uma cadeira, girou-a e se sentou, apoiando o braço no encosto da cadeira enquanto deixava seu copo sobre a mesa. Ele viu Maisie olhar para o líquido transparente.

– Água com gás. Nunca tomo nada mais forte enquanto estou tocando, embora eu tente compensar o tempo perdido quando não estou trabalhando. – Ele se virou para Alex Courtman. – Alex, meu velho camarada, ainda está ocupando o apartamento da minha irmã? Eu achava que o ianque já teria expulsado você a uma hora dessas.

Alex Courtman se levantou.

– Estou me mudando na semana que vem, Harry, para novas acomodações em Chelsea.

Harry se virou novamente para Maisie.

– Como chamam um artista sem uma garota?

Maisie balançou a cabeça.

– Não faço a menor ideia.

– Um sem-teto! – Ele riu da própria piada, enquanto Maisie sorria e balançava a cabeça.

– As mais velhas são as melhores, não são, Harry? – Courtman se levantou e esvaziou seu copo. – Vou voltar para reclamar aquela dança quando o menino do trompete recomeçar a tocar.

O irmão mais novo de Georgina observou Courtman se dirigir ao bar em passos largos e depois voltou a prestar atenção em Maisie.

– Então, o que posso fazer pela senhorita?

Maisie pensou que Harry não se parecia com um homem que perdera o único irmão homem havia apenas um mês.

– Como o senhor sabe, Georgina não ficou satisfeita com a avaliação da polícia sobre as circunstâncias da morte de seu irmão e acredita que ele possa ter sido vítima de um ato criminoso. Ela me pediu que investigasse o assunto e...

– E geralmente é alguém próximo da vítima, não é mesmo?

– Nem sempre, Sr. Bassington-Hope. No entanto, família e amigos tendem a ter uma relação transparente com a vítima, mas nem sempre estão conscientes de que algo fora do comum está ocorrendo nos meses e dias que precedem a morte. Diante de perguntas, acho que a memória é despertada, em certa medida, e mesmo uma breve rememoração pode lançar luz sobre uma pista significativa para chegar à verdade sobre o incidente.

– Presumo que não seja nenhum segredo que meu relacionamento com meu irmão, por mais querido que ele fosse para mim, era realmente muito ruim.

– Era mesmo? – Maisie disse apenas o suficiente para manter Bassington-Hope falando.

– Eu ainda estava na escola quando ele entrou no Exército, então, para mim, ele era o irmão mais velho. E quanto às garotas, Georgie e Nolly, bem, Georgie estava longe, enfim, vivendo sua própria aventura, e Nolly mal notava a minha presença. Eu era uma espécie de inseto no bálsamo das irmãs. Veja bem, eu gostava bastante de Godfrey, o marido de Nolly. Ele sempre topava um jogo de críquete, sabe? Na verdade, em comparação com Nick, ele, sim, se parecia com um irmão mais velho.

– E como foi quando Nick morreu?

– Um acidente estúpido, um acidente muito estúpido, não foi?

– Foi?

– É claro. Bem, se ele tivesse deixado seus amigos do peito o ajudarem um pouco mais e não tivesse sido tão enigmático, aquilo não teria ocorrido. – Ele balançou a cabeça. – Não, não consigo imaginar que tenha sido algo além de um acidente que poderia ter sido evitado.

– O senhor e Nick não brigaram por causa de dinheiro?

– Hummpf! Suponho que isso seja de conhecimento geral. – Ele fez uma pausa, consultou o relógio e depois continuou: – Meu irmão e eu levávamos vidas diferentes. Sim, eu havia arrumado um problema financeiro e Nick me socorreu, mas a senhorita sabe, Nick sempre tinha de dar um sermão. Deus sabe por quê, pois ele não tinha exatamente uma auréola imaculada.

– O que quer dizer?

– Ah, nada de mais. Ele só não era o menino dos olhos azuis que Georgina quer que a senhorita pense que ele era. Nunca parou para pensar se estaria irritando alguém com sua obra, sabe? E acredite em mim: ele conseguia irritar algumas pessoas.

– Quem ele irritou?

Ele desviou seu olhar na direção do palco, onde outros músicos estavam se posicionando, levantou-se e esvaziou sua bebida.

– Para começar, a família. Ele tinha o hábito de contrariar todo mundo, em algum momento. Meu pai teve de acalmar Nolly algumas vezes... e pensar que ele a chateara mesmo depois de tudo o que ela fez por ele...

– Como ele chateou...?

– Sinto muito, Srta. Dobbs. Realmente preciso ir, os rapazes estão esperando por mim.

Ele se virou e saiu apressado, contornando o salão para não ser parado por admiradores no meio do caminho, e subiu no palco em um único salto, pegando seu trompete e lançando outro lamento na direção das vigas, as notas subindo a escala, e a banda o acompanhou quando ele mudou de direção, descendo a escala. Os dançarinos se levantaram, remexendo o corpo, e, quando Maisie pegou sua bolsa, sentiu uma pressão em seu cotovelo.

– Ah, não! A senhorita me prometeu outra dança.

Alex Courtman havia afrouxado a gravata enquanto esperava no bar que Harry deixasse a mesa.

– Mas...

– Sem "mas"... Vamos lá.

⁓

Uma hora se passou até que Maisie saísse do clube e tomasse o caminho de casa, avançando pelas ruas frias e enevoadas. Ela estacionou o MG, verificou a tranca e caminhou até a entrada principal do prédio. Só depois de abrir a porta ela se virou para trás. Um tremor serpenteou por sua coluna e, às pressas, ela fechou a porta atrás de si, correndo em seguida para o apartamento no térreo. Quando já estava dentro de casa, trancou a porta e, sem acender as luzes, foi para a janela e observou o pequeno gramado na frente do prédio e as árvores que o circundavam separando o edifício da rua. Ela ficou parada ali por algum tempo, mas não havia ninguém por perto, embora ela sentisse, instintivamente, que a haviam vigiado.

Tentou acalmar a mente e se sentou sobre uma almofada com as pernas cruzadas para meditar antes de ir para a cama, esperando que a prática deixasse o caminho livre de pensamentos conscientes para que novas conexões se revelassem. Ela não havia conseguido interrogar Harry Bassington-Hope tão minuciosamente quanto queria, embora tampouco tivesse saído de lá com as mãos vazias. De uma perspectiva pragmática, ela havia obtido uma lista de clubes onde ele tocava e sabia perfeitamente como e onde poderia encontrá-lo novamente se precisasse continuar a conversa, que havia chegado ao fim de forma abrupta. Ela não havia insistido em nenhum ponto que pudesse alertá-lo de que estava por dentro de seus negócios no submundo – e que ela já sabia que um de seus agressores no último domingo era alguém que Nick também conhecera.

A conversa havia lançado mais luz sobre os Bassington-Hopes. Agora ela planejava aparecer na propriedade da família sem aviso prévio quando estivesse voltando de Dungeness naquela semana. Embora isso não fosse algo que uma mulher de boas maneiras faria, ela presumia que seria bem-vinda. De tempos em tempos, Nick afastava os membros de sua família, e pareceu que, nas semanas que antecederam sua morte, ele havia discutido com as irmãs e o irmão – em todo caso, ele tinha poucas coisas em comum com este último. Ele havia aborrecido o homem que não apenas era fonte constante de bastante dinheiro, mas também o amante de sua irmã. E parecia que a dinâmica dessas relações estava afligindo Stig Svenson – ele teria muito a perder se Nick se recusasse a entrar na linha. Alex Courtman era um caso interessante – não tão próximo de Nick quanto os outros dois amigos, mas inteiramente franco em relação às próprias habilidades artísticas. Ele estava sempre pronto para compartilhar informações com Maisie. Será que a estaria confundindo deliberadamente? E por que parecia estar à margem do "círculo íntimo"?

Maisie decidiu não pensar mais no caso e, em vez disso, concentrou seus pensamentos em Lizzie Beale. Billy talvez estivesse de volta ao trabalho pela manhã. Ela esperava com toda a força que as notícias de sua filha fossem encorajadoras. Ela passou algum tempo deitada sem conseguir dormir de tanta preocupação e se afligiu quando tentou evocar a imagem de Lizzie e descobriu que não foi possível. Chegou a *ver* seu pequeno casaco vermelho, as botas de couro em seus pés, os cachos de cabelo parecendo os de uma boneca de pano e as covinhas em suas mãos. Mas não viu o rosto.

CAPÍTULO 13

Quando Maisie arrumou suas roupas para a viagem a Dungeness no dia seguinte, o odor terroso do couro novo a fez se lembrar de Andrew Dene, que alguns meses antes lhe presenteara com aquela mala. Ela passou os dedos pelas tiras, correndo as mãos pelo couro macio da parte de cima. Ela já havia compreendido que aquele seria um dia desafiador e sabia que teria sido gratificante pensar que, ao fim do dia, encontraria alguém que a amasse e que dissesse: "Você já está em casa, deixe-me abraçá-la até amanhã."

Mesmo sem chuva ou granizo, o céu sobre a Fitzroy Square estava cinza como aço, irradiando uma intensa luz prateada pelas lajotas igualmente cinzentas. Era como se toda cor houvesse sido drenada da manhã que se anunciava, como se o tempo estivesse em suspenso até o dia seguinte, e o dia depois desse. Quando destrancou a porta da frente, Maisie consultou o relógio preso ao bolso de seu blazer. Mesmo estando alguns minutos atrasada, ela sabia que dificilmente Billy estaria no escritório. Ele não viria nesse dia. Ela se dirigiu à escada e parou. *Por que estou subindo a escada?* E então ela se virou, trancou a porta atrás de si outra vez e foi até o MG.

Havia começado a chuviscar, uma garoa fina que continuaria pelo resto do dia. Maisie não foi até o hospital em Stockwell, pois sabia que não havia necessidade. Em vez disso, dirigiu para a casinha dos Beales no East End.

Quando estacionou diante da casa, viu que as cortinas estavam fechadas. Ao sair do carro, percebeu que os tecidos finos e esgarçados nas janelas das outras casas da rua haviam balançado de um lado para o outro, pois os vizinhos observavam as idas e vindas. Maisie bateu na porta. Não houve resposta, então ela bateu de novo e ouviu um som de passos se aproximando, até que a porta se abriu. Era a irmã de Doreen. Maisie se deu conta de que ela ainda não havia sido apresentada à mulher e por isso não sabia seu nome nem como se dirigir a ela.

– Eu vim... Eu espero...

A mulher assentiu e deu um passo para o lado, seus olhos avermelhados, o volume de sua gravidez pesando e obrigando-a a segurar as costas enquanto abria espaço para Maisie entrar no corredor estreito.

– Eles estavam falando sobre a senhorita. Queriam vê-la.

Maisie tocou a mulher no ombro e andou até a porta da cozinha, onde fechou os olhos e suplicou a si mesma para falar e fazer a coisa certa. Ela bateu na porta duas vezes e a abriu.

Billy e Doreen Beale estavam sentados à mesa da cozinha, ambos diante de xícaras de chá frio intocadas. Maisie entrou e não disse nada, mas, de pé atrás deles, delicadamente apoiou uma mão no ombro de cada um.

– Sinto muito. Sinto muito mesmo.

Doreen Beale engasgou, puxou seu avental até a altura dos olhos inchados e chorou, empurrando a cadeira para trás enquanto se curvava. Ela cruzava os braços com força na altura da cintura, como se estivesse tentando estancar a dor que vinha do mesmo lugar onde havia carregado Lizzie antes de a menina nascer. Billy mordia o lábio superior e se levantou, deixando Maisie tomar o assento que ele havia vagado.

– Eu tinha certeza de que a senhorita saberia. Certeza de que saberia que ela se foi. – Ele mal conseguia formar suas palavras, a voz falhando. – Está tudo errado, raios, tudo errado, quando podem nos tirar alguém tão lindo quanto nossa pequena Lizzie. Está tudo errado.

– Sim, Billy, você tem razão, está tudo errado.

Ela fechou os olhos, continuando a pedir em silêncio as palavras que pudessem reconfortar, palavras que dessem início à cura dos pais enlutados. Ela havia visto, ao entrar na cozinha, o abismo de dor que já separava marido e mulher, cada um mergulhado fundo no próprio sofrimento e tristeza, nenhum deles sabendo o que dizer ao outro. Ela sabia que começar a falar sobre o que havia acontecido era uma chave para reconhecer a perda, e que essa aceitação, por sua vez, seria um meio de suportar os dias e meses que teriam à frente. Ah, como ela desejou poder falar com Maurice, pedir seu conselho.

– Quando aconteceu?

Billy engoliu em seco e Doreen ficou sentada, enxugou os olhos com o avental novamente e pegou o bule de chá.

– Não estamos prestando atenção às boas maneiras, Srta. Dobbs. Desculpe-me. Vou pôr a chaleira no fogo.

– Eu faço isso, Dory. – A irmã de Doreen deu um passo à frente.

– Não, sente-se. Ada, você já está carregando muito peso.

Doreen Beale ocupou-se do fogão, atiçando o fogo. Ela estava prestes a pegar o balde de carvão quando Billy se aproximou.

– Não, deixe que eu faça isso.

– Billy, eu posso fazer! Bem... – Ela retomou o balde de carvão. – Vá conversar com a Srta. Dobbs. É muita gentileza dela vir nos visitar.

Maisie se lembrou dos dias que se seguiram à morte de sua mãe, dias em que pai e filha mal conseguiram conversar um com o outro. Eles se mantiveram ocupados, ambos lidando com suas tarefas rotineiras sem falar sobre a perda, evitando contato, pois nenhum deles suportava ver o desespero consumindo o outro. E havia levado anos para curarem as feridas na alma que o luto havia deixado neles.

– Voltamos para o hospital ontem à noite, ainda cedo. Acontece que ela havia piorado, então fomos ver a pobrezinha... Já não era ela ali, senhorita. Pobrezinha.

Billy fez uma pausa e pegou o chá frio assim que Doreen se virou para apanhar sua xícara. Ela acenou para que ele continuasse a falar enquanto ela levava a xícara para enxaguar na pia. O ar na cozinha estava enfumaçado e sufocante, com o vapor da chaleira tornando a umidade ainda mais desagradável.

– O médico estava lá, as enfermeiras também, e eles tentaram nos fazer ir embora, mas ficamos. Como poderiam esperar que fôssemos embora quando era a nossa própria filha, sangue do nosso sangue, que estava deitada ali?

Maisie sussurrou "obrigada" para Doreen quando as xícaras de chá quente foram colocadas na mesa, e ela deu uma batidinha na cadeira indicando à mulher de Billy que se sentasse novamente. Ada permaneceu sentada perto do fogo, em silêncio, passando a mão na barriga de grávida.

Billy voltou a falar.

– Pareceu que a espera se prolongou por horas, mas era... bem, não consigo me lembrar agora que horas eram, para dizer a verdade...

– Onze – interrompeu Doreen enquanto mexia o seu chá, o que continuou a fazer, sem parar para beber. – Eram onze horas. Eu me lembro de ter olhado no relógio.

– Enfim, às onze horas, a enfermeira veio para nos pegar e, quando chegamos à ala do hospital, o médico nos disse que ela estava em seus últimos momentos de vida. Que já não havia nada que pudesse ser feito.

Ele emudeceu, levando a mão à boca e fechando os olhos. Permaneceram em silêncio por um momento, até que Doreen endireitou o corpo na cadeira.

– Apenas ficamos lá, Srta. Dobbs. Eles me deixaram segurá-la até que ela partisse. Acho que não me esquecerei disso, sabe, de que nos deixaram entrar para abraçá-la, para que assim ela não se fosse sozinha. – Ela fez uma pausa e então olhou para Maisie. – Eles disseram que ela não sabia nada que estava acontecendo, no fim. Disseram que ela não estava sentindo dor. Acha que ela sabia, Srta. Dobbs? A senhorita foi enfermeira... Acha que ela sabia que havíamos ido até lá, que estávamos ali?

Maisie tomou as mãos de Doreen nas suas, olhou para Billy e depois para sua mulher.

– Sim, ela sabia. Eu sei que ela sabia. – Ela fez uma pausa, buscando as palavras que expressariam algo que ela passara a sentir e a saber quando estava na presença da morte. – Eu costumava acreditar, na guerra, que, quando alguém morria, era como se essa pessoa tirasse um espesso casaco que havia se tornado pesado demais. O peso de que esses homens se livravam vinha dos ferimentos causados por armas, por balas, por coisas terríveis que eles haviam visto. O peso de Lizzie foi uma doença mais forte do que o corpo dela e, ainda que os médicos tenham feito tudo o que puderam para ajudá-la a vencer, a batalha foi pesada demais para ela. – A voz de Maisie falhou. – Assim, vejam, acredito que ela sabia que vocês estavam lá, que haviam chegado para abraçá-la enquanto ela se livrava daquele pesado casaco. Sim, ela soube que foram até lá. E, assim, seu pequeno espírito foi liberado da luta e ela se esvaiu.

Doreen se virou para o marido, que se ajoelhou ao lado dela. Eles se apoiaram um no outro, chorando juntos, e Maisie se levantou calmamente, indicando para Ada que estava de partida, e foi andando sem fazer barulho pelo corredor até chegar à porta da frente. Depois de abrir a porta e pisar na calçada, ela se virou para Ada.

– Diga para Billy só voltar para trabalhar quando se sentir pronto.

– Certo, Srta. Dobbs.

– Seu marido já encontrou trabalho?

Ela balançou a cabeça.

– Não, mas ele acha que pode arrumar lá nas docas no fim desta semana. Mas com os sindicatos...

Maisie aquiesceu.

– Quando Lizzie será enterrada?

– Ainda vai levar alguns dias. É possível que mais de uma semana, por causa de uma ou outra coisa.

– Por favor, me avise. E se precisar de algo... – Maisie entregou a ela um cartão de visita.

– Certo. A senhorita é muito boa com Billy e nossa Doreen. Eles têm sorte de Billy estar empregado.

Maisie sorriu e se despediu. Ela deixou o East End com as mãos firmes no volante, prestando atenção à estrada, os olhos ardendo. Mas, em vez de ir direto à Fitzroy Square, ela se sentiu impelida a ir até o Embankment. Chegando lá, estacionou o MG e desceu até o rio. Ela se debruçou na amurada e observou o Tâmisa, que nesse dia estava ainda mais cinzento, pois refletia as nuvens do céu. A umidade do nevoeiro mal havia se dissipado, e Maisie subiu a gola de seu casaco Mackintosh e voltou a envolver o pescoço com o cachecol. Ela fechou os olhos e se lembrou de Lizzie Beale, sentiu a cabeça dela no seu pescoço quando a tomou nos braços no dia em que Doreen, na época preocupada com Billy, foi ao escritório no ano anterior. Maisie segurou os próprios braços em frente ao peito, lutando contra as lágrimas que ela sabia que acabariam por vir e lutando ao mesmo tempo para não cair no abismo que poderia tragá-la muito rapidamente se sucumbisse mais uma vez.

Ela ficou observando a água por mais um tempo, então se virou para retornar ao carro. O fato de Billy e Doreen terem buscado um ao outro trouxe certo alento ao seu coração pesaroso, e ela se viu pensando em Emma e Piers Bassington-Hope. Será que a mãe e o pai de Nick haviam buscado um ao outro ao saber da morte do filho? A natureza de um artista sugeria alguma capacidade de demonstrar emoção, e o fato de ambos serem artistas a fazia supor que eles prontamente compartilharam a alegria e a dor inerentes à criação de uma família. Mas, no que diz respeito aos assuntos do coração, talvez eles reproduzissem o comportamento da geração de seus pais e fossem dados a esconder um do outro seus sentimentos mais íntimos. Havia sido por isso que Emma desmoronou na companhia de Maisie, buscando reconfortar-se nos braços de uma completa estranha? Se isso fosse verdade e os Bassington-Hopes tivessem criado um muro de silêncio entre eles em relação à perda do filho, o peso do luto devia ser intolerável, ainda mais nesse momento, quando sua filha lançava suspeitas sobre as circunstâncias da morte de Nick.

Maisie desabou na poltrona do escritório e olhou para o dia frio e úmido que fazia lá fora, sentindo-se inundada por uma onda de cansaço. Sim, ainda eram os primeiros dias. Se Maurice estivesse ali, ela sabia que seria repreendida por exigir tanto de si mesma quando ainda havia passado tão pouco tempo desde sua recuperação. Ela se inclinou para acender a lareira a gás e em seguida pegou sua agenda dentro da velha pasta preta. Repassando as páginas, ela reexaminou sua semana. Georgina estava lhe pagando uma bela quantia para compilar um relatório em que ela enumeraria provas que fundamentariam ou a hipótese de que seu irmão havia sido vitimado por um acidente que ele próprio causara, ou que ele havia morrido em decorrência de um ato deliberado cometido por outra pessoa. Maisie sabia que poucas vezes o resultado de um caso era preto no branco, inocente *versus* culpado, então ela se permitiu pensar que a morte do artista poderia muito bem ter sido causada por um acidente, mas que este, por sua vez, poderia ter decorrido das ações de outra pessoa. E talvez o medo das consequências tivesse impedido que essa pessoa se apresentasse à polícia. Mas, pensando de outra forma, Nick podia muito bem ter sido vítima de um assassinato premeditado, e nesse caso impunha-se perguntar se essa ação estaria associada com os elementos sórdidos a que Harry – *sempre à margem, Harry* – havia se juntado. Ou ainda, tratando-se de um assassinato, talvez ele não tivesse nada a ver com as atividades de Harry, e tudo a ver com as conexões de Nick ou com seu trabalho.

Seu trabalho. Maisie refletiu sobre o trabalho de Nick, desde aqueles primeiros dias na Slade, em seguida na Bélgica, até as representações gráficas de patriotismo evidentes na propaganda que ele produziu para o Gabinete de Informação. Seu instinto lhe dizia que ela mal havia visto a ponta do iceberg de suas pinturas de guerra. Com base nas informações que recebera, Nick quase tomara para si a tarefa de desconcertar as pessoas desde que retornara da França como um artista de guerra. Teriam os Estados Unidos realmente salvado sua alma? Ou será que o fervor de sua mente inflamada havia sido apenas temporariamente aplacado pela grandiosidade do ambiente natural que por certo o fascinara? Randolph Bradley teria razão ao sugerir que, na obra desaparecida, Nick estaria enterrando o que restara da guerra? Será que o caminho que ele havia tomado colocava sua relação com alguém em risco? Maisie sabia que, quando as pessoas mudam, quando algo conspira para transformar os caminhos delas em algo diferente dos caminhos daqueles que lhes eram próximos, esses outros normalmente se sentem abandonados, deixados para trás. Será que o fato de ele não comprometer a integridade de sua obra – como ele a enxergava – havia sido o motivo de sua morte?

Ela ficou diante da lareira por mais um momento e então, suspirando, foi até sua mesa, pegou o telefone e fez uma chamada para Duncan, no apartamento de Georgina. Por sorte, ele estava lá sozinho e concordou em vê-la dentro de uma hora. Ela tinha certeza de que Duncan e Quentin contariam um para o outro sobre as conversas que cada um teria com a investigadora, então tomou a liberdade de perguntar onde poderia encontrar Quentin e foi direcionada para o Chelsea Arts Club, onde ele provavelmente estaria jogando sinuca a tarde toda.

Depois de recolocar o telefone no gancho, Maisie se perguntou se Alex havia confidenciado aos amigos os pormenores do encontro entre eles. Ela ainda se sentia desconfortável ao rememorar aquela conversa e a maneira relaxada com a qual ele havia compartilhado confidências. Será que ela estava sendo manipulada? Voltou a ponderar sobre a conversa na festa, em particular sobre o comportamento de Haywood e Trayner, que se mantinham em silêncio enquanto Alex Courtman a regalava com narrativas do passado. Ocorreu-lhe que talvez ele estivesse interessado demais em desviar a atenção dela para os antigos tempos.

Maisie girou o botão ao lado da lareira a gás para desligar as chamas e olhou ao redor. Tudo estava organizado, todas as anotações e arquivos estavam em ordem e nem um único item se encontrava fora do lugar. Ela ficou ali de pé por algum tempo, pensando em Billy e Doreen Beale, na pressa em internar Lizzie no hospital, na febre inclemente que havia pressagiado o que estava por vir e na angústia da perda da filha. Como foi para eles voltar para casa, tocar as roupas dela e, dadas as circunstâncias da morte, queimar tudo o que havia pertencido a Lizzie?

Após fechar a porta do escritório, ela trancou a sala, girando as chaves em duas fechaduras e verificando a maçaneta outra vez para se certificar de que a porta estava de fato trancada. Quando pisou na calçada e se viu na praça, o frio atingiu seu rosto e ela bateu a porta com força atrás de si, novamente tomando o cuidado de verificar a fechadura – era possível que ela só retornasse ao escritório na manhã do dia seguinte, quando, esperava ela, Billy estaria de volta ao trabalho.

Os pensamentos sobre o trabalho a levavam insistentemente de volta ao caso de Nick. Ela consultou seu relógio e partiu em direção ao MG, estacionado quase na esquina da Warren Street. Se tivesse esperado apenas um instante a mais, Maisie teria visto dois homens cruzando a praça em direção ao prédio de onde ela havia acabado de sair e abrindo a porta com facilidade. Teria reconhecido um deles, embora não soubesse quem era.

⁂

Duncan Haywood abriu a porta antes que Maisie tivesse a chance de bater. Como na primeira vez que se encontraram, Maisie achou que ele parecia uma pequena criatura que corria apressada para cá e para lá, amealhando provisões para um longo inverno. Ele estava vestido de forma meticulosa: um paletó de tweed bem cortado mas bem surrado, uma camisa limpa e sapatos polidos. Será que ele havia se esmerado para causar uma boa impressão nela? Normalmente ele se vestiria mais à vontade, talvez como Courtman, ou como Nick? Embora o pensamento não lhe houvesse ocorrido de maneira tão clara, Maisie agora chegava à conclusão de que Nick era o líder do grupo.

— Srta. Dobbs, é um prazer vê-la novamente. — Ele se aproximou e lhe tomou a mão. — Posso pegar seu casaco?

— Obrigada por concordar com este encontro. E não, não se preocupe com meu casaco, ainda estou com um pouco de frio. — Maisie sorriu, trocou um aperto de mãos e entrou no apartamento, tomando a mesma poltrona de antes, ao passo que Duncan se acomodou no sofá Chesterfield, no lugar exato em que Alex havia se sentado. — Creio que nem Alex nem Georgina estejam aqui hoje, certo?

Ela retirou as luvas, apoiou-as no colo e desenrolou o cachecol.

— Sim, Alex foi ver o estúdio convertido em sala e quarto que está pensando em alugar, e Georgina provavelmente está com lorde Bradley.

— Lorde Bradley?

Duncan sorriu com malícia.

— É uma brincadeira, Srta. Dobbs. Foi assim que o apelidamos, Quentin, Alex e eu... e, é claro, Nick, quando estava vivo. — Ele fez uma pausa, como se quisesse testar o senso de humor dela. — Afinal, o homem está tentando virar inglês até a alma, com aqueles ternos para usar na City, os tweeds para praticar o tiro... A senhorita precisa vê-lo em cima de um cavalo! Calças de equitação feitas sob medida, paletó de equitação, a parafernália toda, e ele monta acompanhado de cães de caça com o clube West Kent e, às vezes, com o Old Surrey, sabe? Mas aí, quando ele abre a boca...

Maisie achou aquele comportamento esnobe e pensou em dizê-lo, mas preferiu fazer uma pergunta.

— Duncan, será que poderia me contar um pouco mais sobre seu relacionamento com Nick e sobre como era a vida lá em Dungeness, ainda que agora você more em Hythe e esteja recém-casado? — Ela deu um sorriso. — Aliás, meus parabéns.

— Obrigado. — Ele sorriu em retribuição ao cumprimento e disse com hesitação, como se estivesse calculando a resposta certa para a pergunta: — Conheço Nick desde antes da guerra, como sabe, então não vou ficar aqui requentando notícias antigas.

Ela inclinou a cabeça, reconhecendo a referência sutil ao fato de ela estar coletando informações e ao fato de ela saber que entre amigos há poucos segredos. Mas haver *poucos* não eliminava a possibilidade de ele ter uma ou duas informações importantes que ainda não tinham sido compartilhadas, e Maisie suspeitava que Alex não tivesse revelado para Duncan todos os detalhes da conversa deles.

– Eu era o mais próximo de Nick que alguém poderia ser, para falar a verdade. Georgina era a maior confidente, mas o camarada não podia contar tudo para a irmã, não é mesmo? – A pergunta foi apenas retórica e não houve pausa para resposta. – Estávamos todos no mesmo barco, sinceramente. Um pouco quebrados, querendo paz e tranquilidade, e o litoral nos proporcionava exatamente o tipo de ambiente que buscávamos, sem falar que nos atraiu o fato de os vagões estarem sendo vendidos a um ótimo preço e de uma comunidade de artistas estar se formando em Dungeness. Agora a maioria já se foi... Nem todo mundo consegue tolerar o clima, e a costa pode ser um tanto inóspita. É claro, Nick passou a vir para Londres e voltar para Dungeness com muita frequência quando começou a desfrutar de certo sucesso com o qual nós três nem podíamos sonhar, para ser franco. Veja bem, "sucesso" é um termo vago para um artista, Srta. Dobbs. Sucesso é quando se consegue comprar comida para pôr na mesa, telas e tintas a óleo, e colocar uma nova camisa no corpo. Mas Nick estava se dando bem e chegando àquele ponto em que o dinheiro começa a afluir em maiores quantidades.

– Eu achava, no entanto, que havia anos que Bradley vinha comprando as obras dele.

– Sim, é verdade, mas além de lorde Bradley estar barganhando pesado... acho que está no sangue... Svenson também levava uma parte, e depois havia todos aqueles a quem era preciso pagar para fazer uma exposição. E a senhorita obviamente sabe que Nick estava mais ou menos financiando as atividades do irmão.

– Eu sabia que ele estava dando uma ajuda.

Ele sorriu maliciosamente mais uma vez.

– Ah, ter esse tipo de ajuda!

Duncan levantou-se e caminhou para se apoiar na lareira, mas, em vez disso, se ajoelhou para acender o papel, os gravetos e o carvão que já estavam na grelha. O fogo não pegou de imediato, então, por mais alguns segundos, Duncan deu atenção à lareira. Maisie observou, notando que uma velha caixa de mudança havia sido aproveitada, com as letras pretas ainda visíveis em um ou dois fragmentos da madeira lascada. Quase sem perceber, Maisie leu a palavra: *Stein*. Quando Duncan riscou outro fósforo, Maisie olhou ao redor da sala, atraída pelos quadros, como vinha se sentindo ultimamente. Uma nova paisagem havia sido acrescentada à parede acima do bar, uma obra bastante moderna, que não a agradou. Ela se perguntou, uma vez mais, como seria ter recursos para gastar com algo que na realidade não era exatamente útil.

A madeira começou a se inflamar, e, pegando o fole, Duncan se virou para Maisie e se pôs a responder à pergunta que ela lhe fizera.

– Morar em Dungeness era uma aventura, mas por algum tempo fiquei de olho em Hythe, e me pareceu um tanto lógico me mudar para lá permanentemente quando a casa certa apareceu.

– O senhor então deve ter acabado tendo muito sucesso.

Maisie pensou que talvez tivesse ido longe demais ao fazer aquele comentário, bisbilhotando a situação financeira do homem. De toda forma, ele pareceu não ligar.

– Eu dou um jeito, sabe? Dou aulas de arte em duas escolas e, à noite, na igreja. Isso ajuda bastante. E a família da minha mulher colaborou com o dinheiro da casa.

– O senhor teve sorte. – Maisie prosseguiu, depois de uma breve pausa: – O senhor estava com Nick e Alex na noite da morte de Nick, não é mesmo?

– Sim. Veja bem, a senhorita já sabe disso tudo, então por que continua a me fazer essas perguntas? Acha que tive alguma coisa a ver com a morte de Nick? Se acha que sim, então vamos pôr as cartas na mesa e acabar de vez com todos os joguinhos. Não tenho nada a esconder e não quero ser bombardeado com perguntas dessa maneira – explodiu ele de modo repentino e, como Maisie admitiu para si mesma, justificado. De fato, a intenção dela havia sido pressioná-lo.

– Acha que ele foi assassinado?

– Vou colocar da seguinte maneira: ele não costumava ser uma pessoa descuidada, e havia planejado a exposição nos mínimos detalhes. Isso, no entanto, não fornece uma resposta em nenhuma direção. Ele estava cansado, vinha trabalhando pesado, fervorosamente, e quis fazer as coisas dessa maneira para que a abertura da exposição fosse a melhor, a mais comentada em Londres.

– E teria sido?

– Vi tudo, menos a obra principal, e achei que era brilhante. Mas agora Bradley já adquiriu a maior parte da coleção. E, como todos sabemos, ele teria matado para pôr as mãos naquele tríptico, ou o que quer que seja.

– O senhor não sabe o que é?

– Não.

– Nick trabalhou na obra em Dungeness?

– Se ele fez isso, nunca vi. Ninguém contou à senhorita o quanto ele poderia ser enigmático?

– Nick alguma vez recebeu visitantes em seu vagão?

O homem deu de ombros.

– Eu não era a babá dele, sabe? Apesar de todos nós vivermos no mesmo lugar, acho que consigo contar nos dedos as vezes que estivemos juntos no ano passado. Então, não, não posso lhe dar nenhuma informação sobre a vida social de Nick, sinto muito.

– Até onde sabe, Harry costumava visitá-lo? Ainda que o senhor não o visse, Nick mencionou algo a respeito?

– Ele foi lá algumas vezes.

– Quando foi a primeira vez?

Ele balançou a cabeça.

– Não consigo me lembrar.

– Os amigos londrinos de Harry alguma vez foram até a costa?

– E por que fariam isso? Seria muito desconfortável para o pessoal do clube, sabe? São pessoas estranhas, que passam as noites em bares sombrios, sórdidos, e depois voltam para seus bairros suntuosos.

Maisie não tirava os olhos dele, mas manteve o ritmo de seu inquérito.

– O senhor conhece a Cidade Velha, em Hastings?

– Estive lá. Todas aquelas gelatinas de enguia, moluscos, turistas londrinos em seus dias de folga e os barracos da Bourne Street.

– Já conversou com os pescadores?

– O quê?

– Com os irmãos Drapers, talvez? – insistiu Maisie, antes que ele tivesse tempo de ocultar o choque que seus olhos arregalados revelaram.

– Eu... eu, bem, não faço ideia do que está falando.

Maisie controlou seu embalo.

– Diga-me o que sabe sobre o mural no vagão de Nick.

Ele deu de ombros novamente.

– Dr. Syn. Ele adorava os mitos e lendas dos Romney Marshes, amava as histórias das gangues de contrabandistas, de cavaleiros do diabo, e é claro que ele conheceu Thorndike, o autor.

– E quanto aos Drapers?

– O que tem?

– No mural.

Outro dar de ombros.

– Não tenho ideia do que está falando.

– Não mesmo?

– Não.

Após uma pausa, Maisie perguntou:

– Será que o senhor não se importaria em me explicar mais uma coisa? – Ela se inclinou para a frente. – Na festa de Georgina, quando Oswald Mosley entrou na sala, ele foi quase imediatamente cercado por admiradores. No entanto, o senhor, Alex e Quentin simplesmente viraram as costas para ele. Bem, não sou partidária dele, mas fico curiosa para saber o que pensam dele.

Haywood respondeu de pronto:

– Céus, esse homem me deixa nauseado. Veja a sua postura, a retórica... E os tolos acabam se deixando iludir, assim como as pessoas se deixam iludir por aquele tirano na Alemanha, Herr Hitler. Se quer minha opinião, eles são feitos da mesma substância, e precisamos todos ficar vigilantes em relação a eles. Não consigo acreditar que Georgina o convidou, ou que ela pense que ele fará a metade das coisas que diz... O homem tem sede de poder.

– Entendi. É uma opinião contundente.

– Tenho amigos em Heidelberg, Munique e Dresden, e eles têm a mesma opinião sobre o líder deles. Precisamos ficar de olho nesse sujeito, Srta. Dobbs.

Ela sorriu.

– Sr. Haywood, muito obrigada por seu tempo, o senhor foi muito obsequioso.

– Mas...

– Mas?

– Achei que a senhorita teria mais algumas perguntas, só isso.

Ela balançou a cabeça.

– De forma alguma. Só faço perguntas quando ainda estou buscando respostas, e o senhor me prestou uma ajuda inestimável. Obrigada.

Maisie enrolou o cachecol em volta do pescoço e mais uma vez se levantou para aquecer as mãos perto do fogo por um momento antes de as enfiar nas luvas.

– Bem, preciso ir andando. Espero chegar a tempo de encontrar Quentin no Chelsea Arts Club.

Duncan havia se levantado quando Maisie se postou diante da lareira.

– Sim, claro.

Sem acrescentar mais nenhum comentário, ele a conduziu à porta da frente e se despediu dela. Quando o motor do MG roncou, Maisie observou o movimento apressado da silhueta dele em direção à mesa do telefone.

Maisie, por sua vez, não tinha pressa. É claro que ela iria para o clube, por vias das dúvidas, embora soubesse que o propósito de sua visita teria partido antes da chegada dela. Na verdade, ela sabia que, enquanto estivesse no caminho de Chelsea, Quentin estaria se desculpando com seus companheiros por abandonar um jogo de sinuca tão bom quanto aquele. Ele correria até o vestiário, pegaria o casaco e, ao sair, acenaria para um táxi, que o levaria à casa de sua amante. E, com um jeito rude, ele provavelmente orientaria o motorista a não molengar.

⁓

Ao dobrar a esquina para entrar na Fitzroy Square, Maisie foi surpreendida ao ver Sandra, uma das empregadas da mansão de lorde e lady Compton em Belgravia, esperando por ela na soleira.

– Sandra, o que está fazendo aqui?

Maisie sempre ficava em uma posição confusa ao se dirigir aos criados da Ebury Place. Da equipe reduzida que havia sido mantida, ninguém havia trabalhado na casa quando a própria Maisie se empregara ali antes da guerra, ainda menina, mas eles sabiam de suas origens. Por meio de tentativa e erro, ela havia forjado uma relação com os empregados atuais que mesclava respeito e amabilidade, e Sandra era a mais acessível, sempre pronta a se envolver em um "papo" com Maisie. Mas, agora que o sorriso costumeiro de Sandra havia desaparecido de seu rosto, parecia que alguma coisa estava errada.

– Está tudo bem?

– Será que eu poderia conversar com a senhorita? – Ela enrolava nos dedos a alça da sacola de compras que carregava. – Achei que talvez pudesse me ajudar.

Maisie compreendeu que a jovem mulher devia ter precisado de mais do que uma boa dose de coragem para procurá-la. Ela se virou para enfiar a chave na fechadura, mas foi surpreendida quando a porta simplesmente se abriu com um leve toque.

– Que estranho... – Ela olhou de volta para Sandra. – Venha, suba e me conte o que a está preocupando. – Distraída, Maisie balançou a cabeça. – Outro inquilino deve ter esquecido de trancar a porta.

Sandra olhou à sua volta.

– Provavelmente aqueles dois homens que vi saindo quando cruzei a Charlotte Street.

Maisie deu de ombros.

– Presumo que eles estivessem visitando o professor que tem um escritório acima do nosso.

– Na minha opinião, não pareciam do tipo que visitaria um professor.

– Ah, provavelmente não é nada. – Maisie balançou a cabeça mais uma vez e sorriu para Sandra. – Bem, venha, vamos ao escritório e você poderá me contar tudo.

Ela mostrou o caminho escada acima.

– É a primeira vez que vem ao nosso escritório, não é? É claro, meu assistente... lembra-se de Billy?... Ele não está aqui no momento. É muito triste, mas... ah, meu Deus!

Para entrar no escritório, Maisie não precisou girar a chave na fechadura, acionar a maçaneta e empurrar a porta. A porta já estava escancarada, e a fechadura tinha sido forçada por alguém que entrou no local. Alguém que não se preocupou com as fichas perfeitamente organizadas ou as pastas minuciosamente guardadas no armário ao lado da mesa de Maisie. Havia papéis, cartas e fichas espalhados pela sala. As gavetas estavam abertas, uma cadeira caída de lado, e até mesmo uma xícara de porcelana havia sido quebrada enquanto os invasores a percorreram em busca de – do quê?

– Meu Deus, senhorita! – Sandra deu um passo à frente e se abaixou, desabotoando o casaco. – Não vai levar...

– Não toque em nada! – Maisie examinou a cena. – Não, deixe tudo como está.

– A senhorita não deveria chamar a polícia?

Maisie já havia cogitado que os dois homens podiam muito bem ser policiais, devido ao comportamento estranho de Stratton nos últimos tempos e ao fato de que ele estava trabalhando com aquele outro homem, Vance. Não, ela lidaria com aquilo sozinha. Balançou a cabeça.

– Não acho que devo. – Ela suspirou, avaliando a tarefa à sua frente, perguntando-se como traria ordem àquele caos. – Sandra, conhece alguém que possa instalar uma nova fechadura? Alguém habilidoso?

A mulher assentiu.

– Sim, conheço. E foi um pouco por isso que vim falar com a senhorita.

– Desculpe-me, Sandra. Veja, deixe-me primeiro dar conta disso, e então...

– Fique aqui mesmo, senhorita. Voltarei assim que puder.

– Aonde está indo?

– Bem, Eric já não trabalha mais na Ebury Place. Agora ele está trabalhando para Reg Martin, na oficina. Ele consegue dar um jeito em tudo, então vou chamá-lo para vir aqui. Ele vai instalar uma nova fechadura para a senhorita.

Sandra vestiu as luvas e parou com a mão no batente da porta.

– E, se eu fosse a senhorita, fecharia essa porta e empurraria a mesa para frente dela até eu voltar. Não vou demorar.

Maisie ouviu a porta bater quando Sandra saiu do prédio. Driblando os documentos espalhados pelo chão, ela foi até a mesa onde havia trabalhado no mapa do caso com Billy. Normalmente o mapa era guardado a chave cada vez que saíam do escritório, mas dessa vez... dessa vez ela havia cometido um deslize, deixando o diagrama em que estavam registrando o progresso do trabalho no caso Bassington-Hope estendido sobre a mesa, pronto para que ela retomasse o trabalho quando Billy estivesse de volta na manhã seguinte. Agora o mapa tinha desaparecido.

CAPÍTULO 14

Maisie estava exausta quando chegou em casa. Dentro do apartamento vazio, desabou numa poltrona sem ao menos tirar o casaco. Sofria com a morte de Lizzie Beale, e a invasão no seu escritório só fez aumentar sua fadiga. Ela se inclinou para a frente para acender a lareira a gás e voltou a se jogar na poltrona. Ela havia sido profundamente afetada pelo falecimento da criança e sabia que se sentia assim não apenas porque a morte de alguém tão jovem é sempre especialmente desoladora – com certeza, ela não era a única a se perguntar como ficava a imagem de um país, de um governo, quando permitiam que a vida de uma criança se esvaísse dessa maneira, quando um pai não tinha assistência médica por falta de dinheiro –, mas também porque ela se lembrou da primeira vez que segurou Lizzie no colo. A maneira como a criança afundou seu rostinho em seu pescoço e segurou um botão da sua blusa com a mão cheia de covinhas fez com que, quando a bebê foi tirada dela, Maisie se sentisse carente. O calor e a proximidade da criança quando ela se agarrou a Maisie a fizeram perceber sua solidão e seu desejo de encontrar uma conexão mais profunda em sua vida.

Escorregando até se sentar no chão, Maisie se apoiou no assento da poltrona e estendeu as mãos na direção da lareira. Ela se sentia vulnerável, invadida. A imagem da fechadura quebrada ressurgiu em sua mente. A lembrança da madeira arranhada onde a porta havia sido forçada e dos papéis e das fichas espalhados pelo chão se misturavam e a perturbavam ainda mais. *Quem roubou nosso mapa do caso?* Talvez aqueles homens que ela vira com Harry Bassington-Hope? Certamente eles não teriam levado o mapa do caso. Será que o mapa foi um prêmio de consolação levado pelos invasores, que não sabiam o que queriam, mas agiram apenas por instinto? Poderiam ter sido contratados por Bradley, talvez esperando encontrar uma pista do paradeiro do tríptico? Ou será que foram Duncan e Quentin, preocupados com os passos que ela deu nos últimos dias? *Eles tinham algo a esconder.*

Ou teria sido o assassino de Nick? Sandra disse ter visto dois homens. Poderiam dois homens ter assassinado o artista? Ela se perguntou novamente se os contatos de Harry no submundo londrino teriam tirado a vida do irmão dele. Maisie esfregou os olhos e fez o casaco deslizar pelos ombros, virando-se para trás para colocá-lo sobre o assento da poltrona. *Sandra.* Ela nem descobriu por que Sandra foi vê-la. Em vez disso, distraída pela invasão de seu escritório, aceitou de bom grado a oferta de ajuda da jovem mulher.

Quando Sandra voltou com Eric, que carregava uma mala com ferramentas e uma nova fechadura, Maisie já havia limpado o escritório e começado a arquivar os documentos e as fichas. A porta logo foi consertada. Maisie voltou para casa com todos os ossos do corpo doloridos pela exaustão. Foi apenas ao se sentar e olhar para as chamas a gás que se deu conta de que não havia descoberto a razão da visita de Sandra, embora ela se lembrasse de que, quando o casal se dirigiu para a estação de metrô da Warren Street, o braço de sua antiga criada estava entrelaçado no do jovem homem.

Apesar de ter verificado mais de uma vez a integridade das fechaduras nas portas da frente e dos fundos e das janelas, Maisie não conseguiu se tranquilizar e dormiu de forma intermitente. Ela havia adorado a ideia de um apartamento no térreo, com uma porta nos fundos dando para um gramado típico de selo postal, mas agora se questionava se havia escolhido morar em um lugar de certa forma perigoso para uma mulher com seu tipo de trabalho. Mesmo que ela não esperasse se envolver com gente que pudesse lhe fazer mal, talvez o fato de ela não ter pensado nisso demonstrasse certa ingenuidade de sua parte.

Maisie estava ajoelhada no chão do escritório na manhã seguinte quando ouviu a porta da frente se fechar com uma rajada de vento e os passos inconfundíveis de Billy Beale se aproximarem subindo a escada. Ela se pôs de pé quando seu assistente entrou no escritório.

– Céus...

Maisie sorriu.

– Cuidei da parte mais pesada da tarefa, mas hoje teremos bastante trabalho para nós dois. – Ela sorriu de novo e se aproximou dele, tocando levemente na manga de seu casaco. – Você está se sentindo pronto para voltar a trabalhar, Billy?

Parecendo um homem de 60 anos, bem mais do que seus 30, Billy aquiesceu.

– Tenho de ganhar meu pão, senhorita.

Ele fez uma pausa, tirando seu casaco e pendurando-o no gancho atrás da porta, junto com a boina e o cachecol. Uma faixa de tecido preto alinhavada em volta do braço do casaco simbolizava seu luto.

– E, para lhe falar a verdade, tem tanta coisa acontecendo, uma atrás da outra, que é melhor para mim, se é. A irmã de Doreen entrou em trabalho de parto esta manhã, então não há lugar para mim em casa... nem para Jim. Ele saiu, foi procurar trabalho novamente. Por isso é melhor que eu fique longe. E para Doreen é algo para ocupar um pouco a cabeça. Eles também precisam se preparar, pois logo mais as outras crianças poderão voltar para casa. Enfim, a mulher que mora mais para cima da rua, a que fica lá e cuida de todos os bebês que nascem, estava na nossa porta quando saí de casa mais cedo, então não estou com pressa de voltar para lá.

– Como está Doreen?

– Eu diria que está conseguindo sobreviver, senhorita. Apenas isso. É tudo um pouco estranho, para falar a verdade. Lá estamos nós, sabe, acabamos de perder nossa menininha, e há um bebê prestes a vir ao mundo. E para quê? Que espécie de vida é essa? Vou lhe dizer, senhorita, eu não ia falar nada, mas Doreen e eu temos conversado e estamos organizando algo para nós mesmos, para nossos meninos.

– Organizando o quê?

– Planos, senhorita. – Billy balançou a cabeça e se reclinou, apoiando-se em sua mesa. – Aqui não tem nada para nós, não é mesmo? Olhe para este lugar, veja bem. Tenho uma profissão, trabalho com a senhorita, fazendo investigações, tenho experiência, e olhe para mim: não consigo nem proteger meus filhos. Não, senhorita, nós decidimos. Estamos juntando uns trocados, sabe? Para emigrar.

– Emigrar?

– Bem, um camarada que conheci na guerra foi para o Canadá depois. Os meninos canadenses contaram para ele como eram as coisas por lá, sabe? Foi só em 1921 que ele conseguiu comprar a passagem. – Billy balançou a cabeça, lembrando-se do amigo. – Esse meu camarada não era do tipo que escrevia, não fazia seu gênero, mas costumo receber um cartão-postal dele aqui e outro ali, sabe, com aquela marcha "Hands Across the Sea" na frente, e ele diz que lá homens como eu podem ter uma vida boa, homens que não têm medo de um pouco de trabalho árduo, que querem trabalhar para construir uma vida melhor para suas famílias. Sei que podemos poupar um pouquinho, Doreen e eu... Será mais fácil quando não tivermos que alimentar essas bocas a mais, e então iremos para lá. Fred está se saindo muito bem, sabe, arrumou trabalho, um bom lugar para morar, sem que precisem ficar todos apinhados como nós aqui, no East End, perto de toda aquela imundície que vem do rio.

Maisie estava prestes a comentar que não se devia agir sem pensar, que se devia esperar o peso de uma perda se atenuar antes de deixar o país, mas apenas sorriu.

– Você é um bom pai, Billy. Fará o que é melhor. Bem, a menos que você esteja planejando navegar para o Canadá esta tarde, é melhor começarmos a trabalhar. Precisarei ir a Dungeness mais tarde, mas quero garantir que tudo esteja arrumado e limpo novamente antes de eu partir. – Ela se virou para sua mesa. – Ah, e você precisará destas chaves para a nova fechadura.

Billy pegou o molho de chaves que Maisie lançou para ele.

– Perdemos alguma coisa importante, senhorita?

Maisie assentiu.

– O mapa do caso.

∞

Cerca de duas horas mais tarde, Maisie e Billy haviam posto ordem no caos e estavam sentados à mesa de carvalho diante de um extenso papel imaculadamente branco, do tipo usado por decoradores, que afixaram à madeira.

– Bem, vamos começar do zero, Billy. Talvez vejamos algumas associações, algumas pistas que até agora nos haviam escapado.

– Espero que sim, senhorita. Todo o trabalhão dos diabos terá ido pelo ralo se não conseguirmos fazer isso.

Maisie pegou uma caneta vermelha e começou a desenhar um círculo com o nome de Nick Bassington-Hope no centro.

– Quero ver Arthur Levitt esta manhã, Billy, e também quero que você converse com seu amigo da Fleet Street esta tarde, se conseguir.

– Certo, senhorita.

– Muito bem, vamos começar o trabalho...

Eles trabalharam no mapa até as dez horas, então enrolaram o papel e o amarraram com um pedaço de barbante. Tanto Billy quanto Maisie olharam ao redor.

– Como eu disse antes, senhorita, minha velha mãe sempre dizia que o melhor lugar para escondermos as coisas era à vista de todos.

– Bem, na minha pressa eu fiz isso, e veja só o que me aconteceu, Billy! Não, precisamos de um lugar bastante seguro, e não quero levar o mapa para casa.

– Tenho uma ideia, senhorita. – Billy andou até a lareira, cuidadosamente afastou o aparelho a gás, que havia sido ajustado para ficar em frente à grelha original projetada para lenha e carvão. – Contanto que a gente não danifique o velho condutor de gás empurrando a lareira para a frente e para trás, vai funcionar o velho truque de "subir pela chaminé".

– Parece um pouco óbvio para mim, Billy, mas, até que a gente pense em algo melhor, faremos assim. Pronto!

Billy empurrou o mapa do caso atrás da lareira a gás, moveu o aparelho de volta para sua posição inicial e se certificou de que o condutor do combustível não tivesse danificado com aquele movimento todo.

Depois de inspecionar a porta diversas vezes para verificar a integridade da fechadura, os dois finalmente se deram por satisfeitos com a segurança do escritório.

– É claro, você sabe qual é a ironia de toda essa conferência exaustiva, não sabe?

– E o que é, senhorita? – Billy levantou a gola do casaco para se proteger do vento.

– Os homens que invadiram o escritório podem muito bem ter conseguido o que queriam. Mas, se não tiverem, tentarão em outro lugar.

– Acho que a senhorita deveria chamar aquele camarada, Eric, para mudar a fechadura do seu apartamento.

– Farei isso. Assim que voltar de Dungeness.

Depois de bater a porta do passageiro do MG de um jeito que sempre fazia Maisie se contrair, Billy deu mais um conselho final.

– É claro, a senhorita sabe do que uma mulher sozinha na sua posição precisa, não é mesmo?

– E do que seria?

Normalmente, Maisie teria lembrado Billy de que ela era bastante capaz de se virar sozinha, mas estava consciente da fragilidade dele naquele momento e permitiu que continuasse a falar.

– De um baita cachorro. É disso que precisa. Um cão que tome conta da casa e proteja a senhorita desses criminosos.

Ela riu enquanto seguia na direção da Albemarle Street.

⁓

Ao ver a faixa no braço de Billy, Arthur Levitt tirou sua boina.

– Está tudo bem, filho?

Billy contraiu os lábios e Maisie pôde ver que ele estava se esforçando para se conter. Ela sabia que toda vez que ele falava sobre o luto familiar, a angústia atingia seu coração como fosse a primeira vez. Ele balançou a cabeça.

– Perdemos nossa filha mais nova, Sr. Levitt.

– Sinto muito, filho.

– Não somos os primeiros e não seremos os últimos. Minha velha mãe perdeu quatro bebês, todos eles antes de completarem 2 anos. Pensávamos que isso seria coisa do passado, não é? Enfim, precisamos seguir em frente. Temos de cuidar dos meninos, e a irmã da minha mulher está prestes a ter outro filho, então ela agora tem muita coisa em que pensar. – Ele mudou de assunto rapidamente. – Arthur, esta é a Srta. Dobbs, minha patroa.

Maisie deu um passo à frente, estendendo a mão. Levitt arqueou uma sobrancelha, mas foi cortês.

– O que posso fazer pela senhorita?

– Sr. Levitt, estou conduzindo um inquérito informal em nome da Srta. Georgina Bassington-Hope sobre a morte do irmão dela nesta galeria. A

Srta. Bassington-Hope intui que em certos aspectos as informações sobre os eventos que levaram à morte dele são um tanto vagos, daí meu interesse em conversar com o senhor, de forma confidencial.

– Bem, Srta. Dobbs, não sei. – Ele olhou ao redor. – O Sr. Svenson não está aqui e com certeza não vai gostar disso.

– Eu mesma já falei com o Sr. Svenson. – Isso até era verdade, embora Maisie soubesse que suas palavras sugeriam que ele lhe dera permissão para falar com o zelador. – E sei que o senhor deu uma declaração à polícia sobre a descoberta do corpo do Sr. Bassington-Hope, mas eu gostaria de lhe fazer mais algumas perguntas.

Levitt ficou olhando de Billy para Maisie, até enfim suspirar.

– Certo. Provavelmente não há mal nenhum nisso e, se pode ser útil para a Srta. Bassington-Hope, então está tudo bem.

– O senhor gostava do Sr. Bassington-Hope?

Ele assentiu.

– Um homem muito gentil. Sempre atencioso e respeitoso. Não era como alguns deles, uns sujeitos avoados que ficam correndo de cá para lá como um tentilhão em uma tempestade. Não, o Sr. Bassington-Hope era mais pé no chão. Não lamentava ter de levantar peso... Pelo contrário, preferia ele mesmo fazer isso, era muito cuidadoso com o trabalho dele, sabe?

– Sim, é o que ouvi dizer. – Maisie olhou de viés para Billy, que estava ocupado tomando nota. Ela percebeu que suas mãos tremiam e se perguntou qual teria sido a última vez que ele se alimentara. Voltando sua atenção para Levitt outra vez, ela continuou: – Sr. Levitt, talvez possa me contar do que se lembra do dia em que o Sr. Bassington-Hope morreu.

Ele ficou em silêncio por um momento, estreitando os olhos enquanto olhava através da grande janela do depósito ao fundo da galeria.

– Ele veio aqui cedo. Chegou em um furgão.

– Isso era incomum?

Levitt assentiu.

– Em geral, ela vinha em sua motocicleta, que estava sempre brilhando. Era uma Scott Flying Squirrel. Ele e o Sr. Courtman... tenho certeza de que sabe quem ele é... costumavam ficar aqui brincando um com o outro sobre quem tinha a melhor motocicleta: a Scott dele ou a Brough do Sr. Courtman.

Billy ergueu o olhar.

— Muito agradável, com certeza — murmurou ele.

Levitt percebeu o sarcasmo, mas seguiu em frente.

— Nesse dia ele não usou a motocicleta porque tinha muita coisa para carregar, suas ferramentas e tudo o mais, então veio em um furgão antigo emprestado.

— Entendi. Prossiga — incentivou Maisie.

— Eu estava aqui antes das sete, então acho que ele deve ter chegado por volta das oito. Havia muita coisa para descarregar. Ele tinha pegado o Sr. Haywood no caminho, no apartamento de sua irmã, pelo que entendi, e o Sr. Courtman os seguiu na Brough.

— Achei que o Sr. Bassington-Hope tinha ido ao apartamento da irmã na véspera. — Maisie olhou para baixo, direcionando suas palavras para o chão, e não para Billy ou Levitt.

— Sim, senhorita, está certa, mas aparentemente ele havia saído cedo para passar no depósito dele, onde carregou o furgão, e depois veio para vá. Ele estimou que voltaria lá novamente para pegar a peça final, aquela que todos estão chamando de tríptico.

— Como ele passou o dia?

— Primeiro, todos eles ficaram aqui e montaram a parte principal da exposição, o que até certo ponto foi fácil. Acho que teria sido uma exposição muito boa, mas já não havia nada para ser comprado, já que o Sr. Bradley adquiriu o conjunto.

— Foi o que soube. Conte-me sobre o andaime e o que aconteceu em seguida.

— Bem, assim que eles acabaram de montar as obras que haviam sido trazidas no furgão, o Sr. Bassington-Hope voltou ao depósito para pegar outros quadros, e os outros dois saíram para comer alguma coisa. O Sr. Courtman perguntou se ele precisaria de ajuda, mas ele disse que não. Fizeram outros preparativos, e então a madeira e as peças para o andaime foram entregues, e todos eles trabalharam naquilo pelo resto do dia.

— Houve visitas?

— Bem, sim. A família apareceu ao longo do dia e, claro, o Sr. Svenson estava um pouco agitado, dando instruções para todo mundo. Mas ele sempre era um pouco cauteloso com o Sr. Bassington-Hope. Ele podia ser explosivo, sabe, ficar melindrado se o mandassem fazer algo que não queria, e não pensava duas vezes antes de dizer para o Sr. Svenson sair de perto. Uma vez eu o vi fazer isso na frente dos outros, o que foi um pouco demais. Cá entre nós, isso deixou o Sr. Svenson constrangido... isso o enfureceu, para falar a verdade. Pensei comigo mesmo, naquela vez, que um dia ele passaria dos limites com o Sr. Svenson. Não, o Sr. Bassington-Hope nunca recuava diante de nada. Nesse ponto, ele era parecido com o irmão. E com aquelas duas irmãs, na verdade.

– O senhor conheceu o irmão dele?

– Estou aqui há anos, senhorita. Vi todos os quadros da família, de um jeito ou de outro. A mãe é muito talentosa, é claro. Acho que apenas aquela irmã mais velha não consegue empunhar um pincel para ganhar a vida. – Ele coçou a cabeça, lembrando-se da pergunta sobre Harry. – Quanto ao irmão, eu o vi chegar e sair algumas vezes quando o Sr. Bassington-Hope estava aqui para a abertura de uma exposição ou quando tinha algumas obras expostas. – Ele contraiu os lábios, como se avaliasse o quanto deveria revelar. – O que precisa lembrar, Srta. Dobbs, é que o Sr. Svenson controla a forma como o dinheiro é usado, então, se aquele mais novo quisesse algum dinheiro do irmão, seria mais provável ele o obter no banco, se entende o que digo.

Maisie assentiu.

– Sim, compreendo. Conte-nos sobre o andaime, sobre o que fizeram em seguida.

– Tudo muito meticuloso, eu diria. O Sr. Bassington-Hope era muito cuidadoso, medindo, testando a força do suporte. Ele sabia que, uma vez que estivesse montado, ele ficaria aqui sozinho trabalhando no posicionamento e na fixação das partes da obra. Ele me disse: "A última coisa que quero é quebrar o braço que uso para pintar, Arthur." Entretanto – ele olhou para Maisie para se certificar de que ela estava ouvindo com atenção –, entretanto, ele também sabia que o andaime era temporário, que ele provavelmente só seria usado novamente para desmontar a exposição, então não era como se ele fosse feito para construir uma casa embaixo dele. Não dava para sair pulando ali em cima com uma caixa de tijolos ou algo do tipo. Mas ele era resistente o bastante para aquele trabalho e tinha uma barreira em toda a parte de trás, assim ele podia se inclinar... um pouco, apenas... e verificar o posicionamento das buchas e, claro, dos quadros.

– Quando todos foram embora?

– Bem, houve aquela briga à tarde, tenho certeza de que a senhorita ouviu falar disso: o Sr. Bradley ficou enfurecido porque o Sr. Bassington-Hope não queria vender a obra principal. Depois eles foram embora, e os homens trabalharam até, ah, devia ser por volta das oito da noite.

– Sabe quando o Sr. Bassington-Hope pretendia buscar as peças principais?

– Bem, normalmente eu saio daqui às nove, naquele dia fiquei um mais pouco, mas o Sr. Bassington-Hope disse que trancaria a galeria e que eu podia ir para casa, porque o dia seguinte seria longo. Perguntei se ele tinha certeza, já que teria de carregar sozinho as obras escada acima, e o que a senhorita...

– Carregar as obras escada acima?

– Está vendo estas escadas aqui? – Ele apontou para os lances nos dois lados do depósito, no centro do qual havia um corredor parecido com um túnel que serpenteava até a galeria principal. – Elas levam até o patamar superior da galeria em forma de balcão. Há uma porta de cada lado. Ele teria de carregar as peças escada acima, depois erguê-las para posicioná-las sobre o balcão e finalmente colocá-las no andaime. Então ele poderia ou depositá-las por cima ou levantá-las por baixo, mas esse teria sido definitivamente o jeito mais fácil de fazer o trabalho. E ele queria que a porta de baixo que dá acesso à galeria ficasse trancada, não queria que ninguém mais aparecesse e o importunasse.

– Poderia repetir a que horas Haywood e Courtman foram embora?

– Calculo que tenha sido por volta das oito. Courtman já estava querendo ir embora, uma amiga o estava esperando em algum lugar, então Haywood pediu uma carona de motocicleta.

– E não apareceu mais ninguém entre as oito e a hora em que o senhor saiu da galeria?

– O Sr. Svenson voltou aqui, mas acabou indo embora antes de mim. Estava muito ansioso, mas ele também é muito bom com seus clientes, a senhorita sabe. Ele lida bem com o temperamento deles, é o que se pode dizer. E ele confiava no Sr. Bassington-Hope.

– Alguém poderia ter entrado na galeria?

– A porta de baixo estava trancada, com certeza, mas a de cima não estava... Porém, isso era esperado, já que ele precisou ficar indo e vindo.

– Ele estacionou o furgão dentro do prédio?

– O furgão estava na rua. E, claro, ele ainda não havia tirado as partes principais da obra de dentro do veículo. Só consigo pensar que ele estava um pouco atrasado, embora eu ache que ele só queria pegá-las mais tarde, justamente por desejar manter um segredo em torno delas.

Nesse momento, Maisie andava de um lado para outro.

– Sr. Levitt, conte-me sobre a manhã em que encontrou o Sr. Bassington-Hope.

– Foi bem antes das sete. Imaginei que ele estivesse aqui para se certificar de que ninguém visse a exposição antes da abertura. O furgão estava estacionado aqui na rua e a porta de fora estava destrancada, por isso pensei que ele já estivesse dentro da galeria. Coloquei a chaleira no fogo – ele apontou para um fogãozinho a gás – e atravessei este corredor aqui, e a porta ainda estava trancada, com a chave na fechadura pelo lado de dentro. Bati na porta para avisar que era eu, mas não houve resposta. Então subi, na esperança de que ele tivesse deixado aquela porta destrancada, como ele realmente havia feito. E foi quando a abri e a atravessei na direção do balcão que o vi. O andaime estava quebrado onde o pobre homem havia perdido o equilíbrio e caído para trás.

Levitt emudeceu. Maisie e Billy permaneceram em silêncio, esperando que ele retomasse a história.

– Desci correndo o mais rápido que pude para chegar até ele. Estava frio como uma pedra. Notei imediatamente que havia quebrado o pescoço. Abri a porta dos fundos... as chaves estavam na fechadura, como eu havia pensado... e corri para o escritório do Sr. Svenson, que fica no corredor, logo ali. Tenho uma chave reserva, e telefonei para a polícia. Em seguida o detetive-inspetor Stratton veio à galeria.

Maisie limpou a garganta.

– O senhor sabe o que aconteceu com o furgão?

– O camarada que emprestou para ele descobriu o que aconteceu e o recuperou junto à polícia. Eles o liberaram depois de alguns dias. Não havia nada lá dentro, a não ser algumas ferramentas.

– E havia alguma chave ou molho de chaves? O Sr. Bassington-Hope devia guardar a chave do seu depósito.

Levitt balançou a cabeça.

– Provavelmente seria melhor perguntar para a Srta. Bassington-Hope. Mas, para lhe dizer a verdade, não sei se encontraram alguma coisa.
– Por que diz isso?
– Bem, eu estava parado ali, conversando com o detetive-inspetor Stratton, enquanto dois outros policiais inspecionavam os pertences do Sr. Bassington-Hope, revistando o corpo dele. E não havia nenhuma chave, ou eu teria escutado algum comentário. Sabe, eu estava prestando atenção a isso. Sou zelador, Srta. Dobbs. Às vezes podem achar que sou como um carcereiro, com uma chave para isso e outra para aquilo. E, com exceção da chave do furgão, que ele costumava deixar sobre aquela prateleira ali, nenhuma outra foi encontrada naquela manhã, nem desde então.
– Achou isso estranho?
O homem suspirou.
– Para falar a verdade, Srta. Dobbs, e não falei sobre isso com mais ninguém, achei a coisa toda muito estranha... Há algo nisso tudo que não parece se encaixar. Mas aí é que está: se a senhorita tivesse visto a cena, provavelmente também teria pensado se tratar de um acidente.
Maisie inclinou a cabeça.
– Eu teria pensado isso, Sr. Levitt?

∽

Maisie e Billy fizeram uma breve pausa em um restaurante que servia tortas e purê de batata, onde uma porção farta de torta de enguia, purê e licor de salsinha restaurou a aparência pálida e abatida de Billy. Quando eles estavam na rua prontos para seguir cada um o seu caminho, ele afirmou estar "bem-disposto" para encarar a tarde.

Assim que voltou ao escritório, Maisie tratou de pôr o trabalho em dia. Havia faturas que precisavam ser preparadas, e o planejamento das semanas seguintes ainda não havia sido concluído. Ela também precisava pôr a correspondência em ordem e ficou satisfeita ao encontrar duas cartas importantes para outras investigações.

Tinha cerca de meia hora antes que precisasse partir para Dungeness, então foi para a mesa, mas não retirou o mapa do caso de seu esconderijo. Sentou-se e ficou rabiscando com uma caneta em uma ficha em branco.

Com base no que havia compreendido do mural de Nick, mais do que em qualquer outra coisa, ela pensou que devia ter acontecido algo em Dungeness que sugerisse que ele sabia de alguma situação ardilosa. Mas até que ponto ele teria se envolvido pessoalmente nisso? Ela intuía que Haywood e Trayner tinham algo a esconder, mas Courtman parecia estar à margem do grupo e provavelmente não fazia parte do círculo íntimo.

Harry Bassington-Hope? Seus pensamentos se desviaram para o músico diletante, e as palavras lhe vieram à mente: *Ele sabia o que estava acontecendo.* Mas Maisie achava que Harry tinha sido capturado na teia que ele mesmo havia tecido. Ela conhecia o tipo, já vira antes. As ações de Harry o haviam feito escorregar, e ela sabia que ele não pensaria duas vezes antes de arrastar alguém com ele ladeira abaixo, fosse um amigo, uma irmã ou um irmão. Ele era viciado nos altos e baixos dos jogos de azar, no frêmito inebriante do risco mesclado ao acaso da sorte – e aqueles que tinham algo a ganhar com sua fraqueza não perderiam tempo em usá-lo em benefício próprio. *Mas como fizeram isso?* Maisie balançou a cabeça e correu os dedos pelo cabelo. *Não, eles não estavam atrás apenas do dinheiro da família.* Ela arrastou a cadeira para trás e andou até a janela. *O que Harry obteria com o irmão que mais alguém poderia querer?* Ela passou o dedo pela condensação da vidraça e observou as gotículas da garoa descendo pelo caixilho de madeira. *E Nick teria morrido em consequência disso?*

Maisie se virou, pronta para juntar seus pertences e partir. Ela costumava conversar com Maurice em momentos como esse, em que estava prestes a avançar na escuridão. Ela dependia do aconselhamento dele nesse estágio em que também ela precisava lidar com o risco, confiar no acaso. *Será que sou tão viciada quanto Harry no frêmito que meu trabalho às vezes me propicia?* Será que a consciência de que talvez tivesse de abrir mão dessa *intensidade* foi o que a deixou insatisfeita no namoro com Andrew Dene? Maisie levou a mão à boca. Sempre dissera a si mesma que fazia esse trabalho porque queria ajudar os outros. Afinal, Maurice havia falado certa vez que a pergunta mais importante que uma pessoa podia se fazer era: "Como posso ajudar?" Se tivesse dado a resposta verdadeira a essa pergunta, certamente teria insistido na vocação de enfermeira – e talvez ainda tivesse ajudado crianças como Lizzie Beale. Mas esse papel não havia sido suficiente para ela. Faltariam a excitação, a emoção – e de fato se tratava disso – que sentia quando mergulhava no trabalho de coletar evidências que fundamentassem um caso.

Não é verdade que ela sentira essa carga de expectativa crescer dentro de si quando foi ao clube noturno e ficou aguardando, sempre vigilante, Harry? Sentiu na pele um formigamento quando viu o homem que estava no bar ir embora, talvez para seguir Svenson e Bradley. E então, na galeria, experimentou a mesma excitação, tão familiar, que foi aumentando enquanto interrogava Arthur Levitt. E, diante do prédio de Georgina, quando chegou à festa, sentiu aquela compulsão em esperar, observar, permanecer alerta, para desvelar uma verdade até então escondida. Georgina, é claro, era igual, embora, no caso dela, a urgência em buscar aventuras era posta em prática quando ela capturava a trama da verdade à qual daria forma em seus artigos. E ela estava envolvida com um homem casado. *Havia um risco nisso*. E Nick também: com seu trabalho, ele não arriscou ser criticado, perder seus apoiadores?

Verdade. Não havia sido por isso que ela assumira o caso? Aquela descarga de intuição quando Georgina pôs a mão sobre o coração e disse: "Uma sensação aqui", embora não conhecesse bem aquela mulher, embora as duas ainda não tivessem estabelecido uma relação. Maisie fora atraída por aquela afirmação e então deu um passo à frente e apoiou a mão no ombro da mulher, ouvindo uma voz em sua mente: "Sim, isso eu entendo." Era esse o sentimento que a movia e, em busca dele, assumia riscos. *A busca pela verdade*. Mas e se ela estivesse errada? E se todos os supostos indícios fossem simplesmente associações sem relevância: o irmão genioso, o patrono abastado, amigos que pareciam não ter nada a esconder? *Céus, mas não temos todos algo a esconder?* Maisie suspirou, sabendo que seus pensamentos a haviam levado por um caminho nada agradável, o caminho da dúvida. Ela nunca estivera cega diante do fato de que era obcecada pelo trabalho, mas sem dúvida havia sido menos do que sincera com aqueles a quem deveria ter prestado mais atenção: Andrew Dene, por exemplo.

Quase instintivamente ela pegou o telefone, mas acabou recuando. Não, ela não ligaria para Maurice. Ela havia forjado sua independência em relação a ele. Agora, era dona de seu negócio. Não havia nenhuma necessidade de buscar o conselho, a voz, a opinião dele quanto ao seu raciocínio, antes de agir.

Depois de se assegurar de estar levando tudo de que necessitaria, Maisie vestiu o casco, o chapéu e as luvas, pegou a pasta preta e a bolsa. Foi até a porta e, quando estendeu a mão para segurar a maçaneta de latão, o telefone começou a tocar. Estava determinada a ignorar os toques. Ocorreu-lhe, porém, que poderia ser Billy, tentando contatá-la antes que ela partisse para Dungeness, então ela reconsiderou sua resolução e tirou o fone do gancho.

– Fitzroy...

– Maisie.

– Maurice. – Ela fechou os olhos e suspirou. – Achei que pudesse ser você.

– Já ia sair do escritório?

– Sim. Estou de partida para Dungeness.

Os dois ficaram em silêncio por um momento.

– Sinto que você chegou àquele ponto de um caso em que deverá assumir alguns riscos. Estou certo?

Maisie fechou os olhos e suspirou outra vez.

– Sim, como sempre, Maurice.

– Ah, acabo de notar um leve tom de impaciência, Maisie.

– Não, de forma alguma. Eu apenas estava saindo, estou um pouco ocupada.

Outra pausa.

– Entendi. Então não irei detê-la. Seja cuidadosa, lembre-se de tudo o que aprendeu.

Ela aquiesceu.

– É claro. Entrarei em contato logo mais, Maurice.

O clique do aparelho em contato com a base pareceu ecoar pelas paredes, e o breve propósito da conversa reverberou pela sala silenciosa. Maisie ficou parada ao lado da mesa por alguns segundos apenas, nutrindo o arrependimento de não ter sido mais gentil. Em seguida, saiu do escritório, verificou novamente a fechadura e caminhou até o MG.

Quando estava prestes a se sentar no banco do motorista, viu Billy correndo pela Warren Street em sua direção.

– Senhorita! Senhorita! Espere um minuto!

Maisie sorriu.

– Você parecia que ia levantar voo, Billy. O que há de errado?

– Não há nada de errado, senhorita, mas apareceu uma coisa, sabe, que, por assim dizer... o que é mesmo que a senhorita costuma dizer? Ah, sim, que *despertou* meu interesse.

– É mesmo?

Billy tomou fôlego e levou a mão ao peito.

– Meu Deus, achei que não fosse encontrar a senhorita. Espere um instante. – Ele tossiu, arfando e olhando ao redor. – Muito bem. Foi isso que o meu camarada lá na Fleet Street tinha para me contar hoje. Não há nada sobre nosso Harry B-H para reportar, nada sobre Nick ou as irmãs. Então, de forma geral, está tudo certo, não há nada para ser reportado. Aí eu disse a ele: "E então, o que mais você me conta essa semana, parceiro?", e ele me disse que a única pista da qual está atrás, embora ainda não saiba muito sobre isso, é que se suspeita que esses bandidos com quem Harry está envolvido estejam metidos no negócio da mineração.

– Mineração? Mas que diabos isso quer dizer?

– É só uma maneira de falar, senhorita. – Billy abriu um largo sorriso. – Bem, o que acha que "mineração" significa?

– Carvão?

– Chegou perto. Bem perto... Ocorre que o meu camarada está seguindo uma pista de que eles estejam metidos com transporte de diamantes.

– Mas esses criminosos não se envolvem com qualquer tipo de roubo?

– Não, não roubam coisas como um ladrãozinho miserável que escapa com a tiara de sua senhoria. Não, estamos falando de diamantes brutos, trazidos de algum outro lugar e receptados aqui.

Maisie ficou em silêncio por alguns segundos.

– Sim, sim, isso é muito interessante, Billy. Não sei exatamente de que forma isso pode ter a ver com Harry e com o nosso caso, mas...

– O quê, senhorita?

– Apenas um pensamento... Mais alguma coisa?

Billy balançou a cabeça.

– Não, nada de mais. Meu camarada me disse que está de olho no que anda acontecendo no continente, disse que as coisas estão um pouco mais interessantes por lá neste momento, então não há muito que possa afetar os B-Hs.

Maisie se acomodou no MG, baixando a janela enquanto dava partida no motor.

– E então, o que está acontecendo na Europa?

– Bem, meu parceiro me disse que são aquelas coisas de sempre. Algumas casas sendo invadidas, velhas relíquias sendo roubadas, esse tipo de história.

– Bom trabalho, Billy. Vou refletir sobre tudo o que me contou no caminho até o litoral. Segure as pontas até amanhã à tarde, tudo bem?

– Certo, senhorita. Pode contar comigo.

Maisie encarou os olhos azuis-acinzentados de Billy, quase sem brilho, e sorriu.

– Sei que posso, Billy. Apenas cuide-se... e tome conta de sua família.

∽

Billy ficou ali parado, observando Maisie se afastar na direção da Tottenham Court Road. Ela não lhe confiou os planos dela para a noite nem o que exatamente pretendia resolver em Dungeness. Ele sabia que ela não queria preocupá-lo, o que o deixava ainda mais preocupado. Na verdade, àquela altura, ele já a conhecia bem o suficiente para saber que ela havia decifrado – com a maior exatidão possível – *o que* havia acontecido com Nick Bassington-Hope na noite da morte dele, mesmo que talvez ainda não soubesse quem mais estava envolvido. Era provável que ela tivesse elencado dois ou três possíveis suspeitos e, se ele estivesse certo quanto a isso, Maisie estaria apenas esperando até que alguém, em algum lugar, desse um passo em falso.

CAPÍTULO 15

Maisie concluiu que só precisava iniciar a viagem para Dungeness depois de uma ou duas horas. Ela sem dúvida não queria chegar cedo *demais*. Afinal, grande parte de seu planejamento baseava-se apenas em suposições. Ela não tinha nenhuma prova sólida de que naquela noite, sob o manto da escuridão, descobriria se suas suspeitas referentes às atividades de alguns poucos residentes da pequena comunidade costeira tinham fundamento. Tudo o que ela tinha para seguir em frente era, na verdade, uma narrativa de bravura, um mural colorido em um antigo vagão ferroviário, e a história de um lugar desolado. O caso consistia em fios soltos, que não chegavam a formar uma trama. Mas ela poderia confirmar alguns fatos, e esses fatos talvez indicassem que o momento era realmente propício para que ela fosse a Dungeness naquele dia, sobretudo porque seria uma noite clara, sem luar.

Maisie estacionou o carro ao lado da entrada do prédio de Georgina e verificou sua aparência antes de se dirigir à porta da frente. Tocou a campainha e a empregada veio atender em questão de segundos, sorrindo ao reconhecer Maisie.

– Srta. Dobbs. Anunciarei sua presença à Srta. Bassington-Hope – disse ela, enquanto conduzia Maisie à sala de estar.

– Obrigada.

Maisie tirou as luvas e o cachecol e esperou de pé.

– Maisie, que surpresa. Tem novidades? – perguntou Georgina quando entrou na sala alguns minutos mais tarde. Seu cabelo estava penteado para trás e preso em um coque frouxo, que deixava à mostra sua pele clara, sardas quase juvenis em seu nariz e olheiras acinzentadas sob os olhos.

– Não, mas eu queria fazer algumas perguntas, se não se importa. Eu gostaria de esclarecer certos acontecimentos que, pelo que entendi, precederam a morte de seu irmão.

– É claro.

Quando ela estendeu o braço na direção do sofá Chesterfield, Maisie notou uma mancha de tinta em formato circular na parte de cima do indicador da sua mão direita.

– Vejo que esteve escrevendo, Georgina. Será que a estou incomodando em um momento inoportuno?

A jornalista balançou a cabeça.

– Eu gostaria de dizer que sim. Mas, na verdade, fico feliz com qualquer interrupção que me poupe de ficar debruçada sobre uma página em branco pelo resto do dia, tentando escrever.

– Página em branco?

Georgina suspirou, balançando a cabeça novamente.

– As palavras ainda não reagiram ao chamado da escrita. Normalmente, nos últimos tempos, tenho composto meus textos em uma máquina de escrever, mas achei que, se eu pegasse a caneta-tinteiro de novo, ela talvez funcionasse como uma espécie de rastilho para detonar a inspiração.

– Há algo específico sobre o qual está querendo escrever?

Ela balançou a cabeça.

– Recebi a encomenda de escrever sobre Oswald Mosley para uma revista americana, mas parece que não estou avançando muito.

– Talvez o problema seja o tema, e não a sua habilidade.

– Não, acho improvável... O homem causa furor aonde quer que vá. Não entendo por que não estou conseguindo pôr as palavras na página. Parece que estou com problemas para descrever a honestidade, a integridade da missão dele.

Maisie sorriu.

– Pode ser porque, na verdade, tais qualidades não estão presentes nele?

– O que quer dizer? – Georgina se endireitou na cadeira. Sua coluna, antes curvada sob o peso da tarefa sacrificante, agora estava ereta, refletindo sua indignação. – Ele é...

– É simplesmente uma questão para você considerar. Já passou por algo assim em seu trabalho antes?

– Não. – Ela afastou um cacho de cabelo solto para trás da orelha antes de se inclinar para a frente e apoiar os cotovelos nos joelhos. – Desculpe, é mentira. Para falar a verdade, embora eu tenha sido muito bem-sucedida, especialmente com a coletânea dos meus artigos de guerra, não tenho tido muita inspiração desde a conferência de paz em 1919.

Georgina balançou a cabeça, deu um tapinha com as mãos nos joelhos, se levantou, de braços cruzados, e andou em direção à lareira, onde se abaixou, pegou um atiçador e o introduziu no fogo, deslocando as brasas em todas as direções para alimentar as chamas.

– Para ser sincera, acho que preciso de uma guerra para ter um assunto sobre o qual escrever. Eu deveria realmente ir embora deste país e procurar por uma.

Maisie sorriu, embora não fosse um sorriso de alegria, mas de um tipo que ela sabia que se ancorava em uma emoção semelhante àquela manifestada por Billy quando ele conheceu a Srta. Bassington-Hope. O ressentimento de Maisie crescia cada vez mais, mas ela estava consciente de que, mesmo que agora a conhecesse um pouco melhor, Georgina ainda era uma cliente.

– Como eu disse, Georgina, eu gostaria de lhe fazer algumas perguntas. Em primeiro lugar, os amigos de Nick ainda estão hospedados aqui?

– Não, Duncan partiu esta manhã. Até onde sei, ele e Quentin foram para Dungeness, como planejaram. Os dois têm assuntos pendentes para resolver. – Ela fez uma pausa, olhando para Maisie. – Achei que você iria novamente para lá esta semana.

– Sim, está certa – respondeu Maisie, mas sem dar mais informações para elucidar a questão. – Eles ficaram aqui cerca de uma semana, não foi?

Georgina atiçou o fogo mais uma vez e depois recolocou o instrumento de ferro fundido no suporte que ficava ao lado do balde de carvão.

– Sim, acho que tinha apenas um dia que eles haviam retornado de Dungeness quando você foi lá pela primeira vez. Eu me lembro de ter pensado que foi uma pena você não os ter conhecido. Deve ter se desencontrado deles por muito pouco.

– Claro. – Maisie estava pensativa. *Tenho razão. Hoje será o dia.* – Georgina, eu poderia lhe fazer perguntas pessoais?

A mulher pareceu desconfiada. Seu queixo ergueu-se mais um pouco, deixando entrever uma hesitação que ela provavelmente não gostaria de ter revelado.

– Perguntas pessoais?

– Antes de mais nada, por que não me contou sobre o encontro entre o Sr. Bradley e Nick na galeria, na tarde em que seu irmão morreu?

– Eu... eu... eu me esqueci. Não foi nada bom, então quis esquecer, para falar a verdade.

Maisie insistiu.

– Isso teve algo a ver com seu relacionamento com o Sr. Bradley?

Georgina limpou a garganta, e Maisie, mais uma vez, observou como ela empurrava as cutículas de cada dedo, primeiro as da mão esquerda e depois as da direita, enquanto respondia.

– Não havia nenhum *relacionamento*, do jeito como você fala, naquela época.

– Havia atração.

– É... é claro... Quer dizer, sempre me dei bem com Randolph... quer dizer, com o Sr. Bradley. Mas não éramos próximos na época da morte de Nick.

– E quanto a você e Nick? Já lhe fiz essa pergunta antes, mas soube que você voltou à galeria depois da discussão que houve à tarde... É claro, você havia ficado do lado de Nick. Sei que você o apoiou quando ele se recusou a vender o tríptico.

– Sim, apoiei a decisão dele. Sempre nos apoiamos mutuamente.

– E por que voltou à galeria?

– Como você... – Georgina suspirou. Tinha agora as mãos em concha, uma dentro da outra, sobre as pernas. – Eu não deveria perguntar, deveria? Afinal, estou lhe pagando para que faça perguntas. – Ela engoliu, tossiu e depois continuou: – Voltei para falar com Nick. Havíamos nos separado em maus termos, e eu não podia deixar a situação daquele jeito. Eu queria explicar.

– O quê?

– Nick sabia da atração entre mim e Randolph e não gostou daquilo. Randolph era seu admirador mais ferrenho, e Nick não queria complicações. Ele também desaprovava inteiramente nosso interesse mútuo, o que, devo dizer, era um tanto absurdo, considerando todos os pecadilhos de Nick.

Maisie não disse nada.

– Ele havia tido um caso com a futura mulher de Duncan – continuou Georgina – e, anos atrás, uma espécie de caso com uma mulher casada, então ele não era assim tão puro quanto a neve caindo do céu, como Emsy quer nos convencer. É claro, meu pai conhecia o verdadeiro Nick e o havia repreendido em mais de uma ocasião.

– Sério?

– Sim. Mas foi anos atrás. – Ela agitou a mão como se considerasse isso uma mera trivialidade. – Fui encontrar Nick para fazermos as pazes, para que ele soubesse que eu o apoiava e queria que ele me aceitasse também.

– E ele não aceitava?

– Com Randolph, não. Já havíamos discutido por causa disso antes. – Ela fez uma pausa, olhando nos olhos de Maisie. – Quando queria, meu irmão podia ser um verdadeiro cabeça-dura, Maisie. Em parte do tempo, ele era aquele irmão descontraído, mas ao mesmo tempo tinha a moral de um pastor e ações que chegavam perto daquelas de que Harry é capaz.

– Entendo.

– E ele nunca se esquecia de nada... e às vezes as coisas que ele guardava na mente reapareciam em sua obra... então você pode imaginar como me senti. Imaginei um mural cheio de amantes malfadados com meu rosto representado ao lado do de Randolph. Então, acabamos discutindo pela manhã e de novo na noite de sua morte, e fui embora sem dizer adeus, ou desculpa, ou... nada do tipo, na verdade.

Georgina começou a chorar. Maisie ficou em silêncio, permitindo que ela derramasse suas lágrimas e depois se acalmasse antes de continuar.

– E você não acha que a discussão pode ter deixado Nick tão perturbado que ele cometeu um erro quando estava no andaime?

– De forma alguma! Nick era muito focado para permitir que uma coisa dessas acontecesse. Na verdade, ele provavelmente foi insensível ao meu apelo porque só tinha uma coisa em mente: expor o tríptico.

Maisie pegou o cachecol, que estava ao lado dela no sofá Chesterfield.

– Sim, entendo. – Ela se levantou, pegou as luvas e a bolsa e se virou como se fosse embora, mas encarou Georgina. – E você não viu mais ninguém quando saiu da galeria aquela noite?

– Bem, Stig voltou lá. Eu o vi virar na Albemarle Street quando saí da galeria. Para ser sincera, eu realmente não queria encontrá-lo e, por sorte, um táxi apareceu bem nesse momento.

– Isso foi por volta de que horas? O Sr. Levitt já havia encerrado o expediente e ido embora?

– Sim, Levitt havia partido. – Ela fechou os olhos, como se tentasse se lembrar dos acontecimentos. – Na verdade, sei que ele já havia ido embora porque tive de bater na porta da frente para que Nick a abrisse. A porta de trás estava trancada.

– E você saiu pela porta da frente?

– Sim.

– Sabe se Nick a trancou novamente quando você foi embora?

– Humm, não, não sei. – Ela mordeu o lábio. – Veja bem, ele me disse para simplesmente deixá-lo em paz porque ele queria continuar seu trabalho. Eu mal consegui falar com ele, não era do nosso feitio ficarmos brigados um com o outro.

Maisie suspirou, permitindo que uma breve pausa interrompesse a inquirição.

– Georgina, por que não me contou antes sobre seu caso com Bradley? Você já devia saber o quanto uma informação dessas podia ser importante.

Georgina deu de ombros.

– Ter um caso com um homem casado não é algo de que eu sinta orgulho, para ser muito honesta com você.

Maisie assentiu, pensativa, e andou até o quadro acima do bar.

– Esse é novo, não é?

Georgina olhou para cima, distraída.

– Ah, sim, é mesmo.

– É da Svenson?

– Não, estou tomando conta dele, para um amigo.

– Deve ser ótimo tê-lo aqui por um tempo.

Ela aquiesceu.

– Sim. Espero apenas que não seja por muito tempo.

Maisie notou a melancolia em sua cliente, uma mescla de arrependimento e tristeza que pareceu vir da guarda daquela obra. Ela continuou a olhar para o quadro e, de repente, um fragmento do quebra-cabeça que era a vida de Nick Bassington-Hope se encaixou – e ela esperava que aquele fosse o lugar exato.

Maisie parou de interrogar Georgina, dando-se por satisfeita – por ora, pelo menos – com as respostas da jovem. Ela estava irritada, no entanto, por não ter sido previamente informada de que a porta da frente da galeria estava destrancada.

Enquanto as mulheres esperavam na soleira, após Georgina acenar para sua empregada para que acompanhasse a Srta. Dobbs até a porta, Maisie decidiu lançar uma isca para a jornalista, que um dia fora tão renomada.

– Georgina, você mencionou que precisava de uma guerra para voltar a se sentir estimulada pelo seu trabalho. – Maisie fez essa afirmação sem nenhuma inflexão na voz.

– Sim, mas...

– Então não precisa sair da cidade em que vive. Mas nesse caso você teria de arriscar ir além do ambiente que escolheu.

– O que quer dizer com isso?

– O Sr. e a Sra. Beale perderam sua filha mais nova para a difteria. Em uma casa que mal abriga uma família, eles receberam outra família com quatro pessoas, quase cinco, pois um bebê nascerá até o fim do dia. Isso porque o cunhado dele perdeu o emprego. E os Beales estão entre aqueles que se consideram remediados. Seu amigo, Oswald Mosley, não perdeu tempo em usar tais circunstâncias em seu proveito político, no entanto, entre os *abastados*, desconheço haver a mínima compreensão real dos apuros em que vive essa população *desvalida*. A guerra está em curso, Georgina, a diferença é que ela está ocorrendo aqui e agora, e é uma guerra contra a pobreza, contra a doença e contra a injustiça. Lloyd George não tinha prometido algo melhor para os homens que lutaram pelo país? Talvez você se desse bem se usasse um tema desse como estímulo para uma matéria! Tenho certeza de que seu editor americano ficaria satisfeito se você lhe apresentasse essa perspectiva original.

– Eu... eu não havia pensado...

– Entrarei em contato logo mais, Georgina. Espere por notícias minhas dentro de dois dias.

Georgina aquiesceu e estava a ponto de fechar a porta quando Maisie se virou para ela uma última vez.

– Ah, por acaso você conhece um tal de Sr. Stein?

Georgina franziu o cenho e balançou a cabeça um tanto energicamente ao responder:

– Não. A única Stein que conheço é Gertrude, a escritora.

⁂

Maisie se perguntava se havia ido longe demais com Georgina. *O que sei sobre jornalismo para sair dando conselhos?* Mas depois reconsiderou a questão. A mulher estava claramente consumida pela dor causada pela morte do irmão, porém não era verdade também que as ações dela desde então refletiam uma necessidade de recuperar sua antiga força? Pressionar a polícia a havia conduzido, frustrada e angustiada, à madre Constance, que por sua vez a havia levado a Maisie. E agora, é claro, ela estava reabastecendo suas emoções com um caso adúltero. Georgina se tornara conhecida como uma inconformista durante guerra, como uma jovem mulher que havia extrapolado os limites, que havia ido longe demais – de fato, entre os formados da Girton College, ela havia se tornado uma espécie de *cause célèbre*. Sua coragem havia inspirado uma notoriedade que até mesmo seus detratores não deixavam de admirar. Mas agora, sem nenhuma causa para defender, sem nenhum chamado apaixonado às armas incentivando-a a usar sua habilidade com as palavras, sem nenhum jogo perigoso e arriscado para estimulá-la, sua linguagem havia se tornado inexpressiva, e o interesse dela própria pelas reportagens que lhe encomendavam havia minguado. Não era preciso conhecer a fundo o mundo do jornalismo para entender o que tinha acontecido.

Maisie continuou a refletir sobre Georgina enquanto dirigia para o sul, a caminho dos Romney Marshes. Ela havia sucumbido ao mesmo erro contra o qual havia prevenido Billy. Tinha ressentimento daqueles que tinham muitos recursos por poderem viver no luxo, quando tantos outros tentavam em vão se agarrar ao menor sinal de esperança. Enquanto via os novos subúrbios londrinos aos poucos darem lugar aos pomares de macieiras de Kent, agora cobertos pela geada, ela se lembrou do clube noturno e da dança, bem como do lar ao qual retornava toda noite, e Maisie corou. *Será que estou me tornando uma dessas pessoas?* E ela se perguntou novamente se o trabalho que escolhera de fato contribuía para melhorar a vida das pessoas, mesmo que de maneira limitada.

∽

A noite começava a cair quanto Maisie pegou a estrada que, partindo de Lydd, levava a Dungeness. Embora aquela fosse uma terra infértil, onde se viam apenas algumas casas assoladas pelo vento gelado soprando da praia, ela conseguiu achar uma árvore envergada para o solo que servisse de proteção para o carro ao estacionar. Ela envolveu o pescoço com o cachecol, puxou para baixo o chapéu cloche o máximo que pôde, pegou sua mochila do assento do passageiro e, em seguida, saiu do carro e andou na direção da praia. Ela havia sacado uma pequena lanterna da mochila, mas não a usou, preferindo habituar-se à visão noturna, pois dependeria dela e também da sua memória para refazer o trajeto até a casa-vagão de Nick. Ela andou o mais rápido que pôde, mas tomou cuidado para pisar na areia da forma mais suave possível.

Com relutância, ela acendia a lanterna a cada 50 metros, aproximadamente, para se situar. Por fim, com a brisa salgada fustigando seu rosto, tendo o cuidado de se deslocar pelas áreas sombreadas quando o feixe de luz do farol varria a praia, iluminando-a, ela chegou à entrada da casinha. A ponta dos seus dedos protegidos pelas luvas estava anestesiada quando ela tirou a chave de dentro do bolso de seu casaco. Ela fungou no ar frio e esfregou o dorso das mãos nos olhos e os estreitou. Dando as costas para a quina do vagão para que o brilho de sua lanterna não pudesse ser detectado, ela acendeu a luz para iluminar a fechadura, enfiou a chave e abriu a porta, apagando a lanterna ao entrar no vagão. Depois de fechar a porta, ela se moveu rapidamente para baixar as persianas pretas, embora não fosse usar as lamparinas. Até mesmo uma frestinha de luz poderia entregá-la.

Com a lanterna, ela inspecionou a casa para ver se havia algum indício de que outras pessoas tivessem estado lá desde a sua última visita. O fogão estava como ela o havia deixado, a colcha parecia intocada. Ela foi até o ateliê, apontando o feixe de luz para as paredes, a cadeira, as tintas, o cavalete. O sobretudo ainda estava no armário, e, ao tocar o grosso tecido de lã mais uma vez, Maisie estremeceu. Voltou para a sala principal, dessa vez usando sua lanterna para poder observar o mural mais uma vez. Sim, Nick era um artista talentoso, embora ela se perguntasse o que outras pessoas pensavam quando viam o mural. Será que notavam o que ela havia visto, faziam-se as mesmas perguntas? E quanto a Amos White, será que Nick algum dia o convidou a entrar em sua casa? Teria ele visto o mural? Nesse caso, deve ter se sentido ameaçado. Nick contou histórias por meio de sua obra, transpondo imagens daqueles que conhecia para sua representação dos mitos e lendas que o inspiravam. Ela tocou os rostos e pensou no tríptico. *Mas e se a história fosse verdadeira, e outras pessoas, além de Nick, pudessem identificar os rostos?* Isso, decididamente, seria arriscado.

Maisie arrastou uma das poltronas para perto da janela e então puxou a colcha da cama. Ela adoraria acender a lareira, mas não poderia arriscar que nem mesmo um fiapo de fumaça fosse visto da praia, então ela se acomodou na poltrona, envolvendo o corpo com a colcha. Da mochila ela pegou sanduíches de queijo e picles e uma garrafa de refrigerante R. White's de dente-de-leão e bardana. As persianas deixavam à mostra apenas uma fresta mínima da praia. Era tudo de que ela precisava naquele momento. Ela engoliu a comida, prestando atenção aos sons entre uma mordida e outra. Depois esperou.

Temendo a atração magnética do sono, Maisie repassou o caso inteiro na cabeça, a partir do primeiro encontro com Georgina. Precisava admitir que ficou intrigada com o grupo de amigos – ela nunca havia se envolvido com pessoas como aquelas antes –, embora ao mesmo tempo tivesse se sentido desconfortável na turma que sua cliente reunia, e não apenas por uma questão de dinheiro, educação ou classe social. Não, essas pessoas não seguiam as mesmas regras que ela. O comportamento delas ao mesmo tempo a fascinava e intimidava. A casa em Tenterden lhe veio à mente. Não havia nela nada de familiar que inspirasse um sentimento de segurança. Tudo o que ela tocara pareceu desafiar o modo de vida habitual, e as cores e texturas agrediram seus sentidos de um jeito que ela nunca experimentara até então. Ela não havia sido seduzida pela audácia da família, por eles ousarem ser diferentes? Ela suspirou. Esse caso se parecia com a galeria de Stig Svenson, em que a sala de exposições fora projetada para que apenas uma obra ficasse realmente visível de cada vez, a fim de que a atenção do espectador não fosse distraída pela obra seguinte, ou pela que vinha depois dessa. Aparentemente, ela só estava conseguindo considerar um indício, uma prova de cada vez.

Com os olhos já fatigados, Maisie se contorceu na poltrona, envolvendo-se com a colcha mais uma vez para se proteger frio. Foi nesse momento que ela escutou um ruído de botas na trilha que levava ao banco de seixos e depois à praia. Metendo-se no vão entre a janela e a persiana, Maisie estreitou os olhos para ver melhor. As silhuetas na sombra caminhavam pesadamente em direção ao banco de seixos, atraídas por uma luz ainda mais brilhante que se projetava da praia. Ela ouviu vozes mais altas e, em seguida, o pesado ronco de um caminhão. Estava na hora de se mexer.

Levou menos de um minuto para ela recolocar a colcha e a poltrona no lugar. Com a lanterna, verificou os dois vagões de uma vez e saiu pela porta dos fundos. Embora parecesse que cada passo reverberava no ar noturno com um eco cada vez mais alto, ela sabia que os homens não escutariam nada, pois o som seria captado e dissipado pelo vento frio. Maisie avançou com cuidado, escondendo-se atrás de antigos barris, das laterais de outras casas e de toda construção disponível para se aproximar da área em que ocorria a atividade, que nesse momento era iluminada por lanternas.

Maisie se arriscou, apoiando-se na lateral de um antigo galpão para assegurar-se de que o caminho estivesse livre. Em seguida, curvando-se, ela correu para se esconder junto aos restos de um antigo barco de pesca, cujas laterais construídas com tábuas superpostas apodreciam à medida que a embarcação se consumia, desgastada e desintegrada, até que alguém a considerasse pronta para ir ao fogo. Ela tomou fôlego, o ar extremamente frio atravessando como uma navalha afiada sua garganta e seu peito, e então fechou os olhos por um segundo, antes de se arriscar a olhar para fora a partir de seu esconderijo.

Um grande barco de pesca havia atracado e estava sendo guinchado para a praia. No barco, os irmãos Drapers de Hastings, junto a Amos White, iam de um lado para o outro desembarcando grandes contêineres de madeira do convés para o banco de seixos, onde Duncan e Quentin pegavam o contrabando e o carregavam para o caminhão à espera. Eles mal trocavam uma palavra, mas, quando uma voz se elevava, ela era invariavelmente do quarto homem no barco – o homem que havia incitado a surra em Harry, o homem cujo rosto estava representado no mural do vagão do artista morto. Maisie permaneceu naquela posição por mais algum tempo, observando, decifrando quem era quem, que homem exercia poder sobre os demais. Claramente os pescadores eram meras marionetes, fazendo o que muitos haviam feito por séculos para aumentar sua parca renda de trabalhadores do mar. Os artistas pareciam confiantes, sabendo exatamente o que faziam. E quanto ao outro homem, o que viera do submundo de Londres, qual era o seu papel? Maisie observou atentamente. *Ele não é um criado, tampouco um chefe – mas detém poder.* Estava na hora de ir embora, de sair dali, para se preparar para o que ela já esperava que aconteceria em seguida. E, enquanto ela andava, sabia que havia jogado os dados, que agora rolavam pela mesa.

Maisie voltou pelo caminho que levava à Lydd Road. Então correu para o MG, trancou a porta e tomou seu lugar no banco do motorista, seus dentes rangendo em contato com o frio cortante. Ela permaneceu sentada em silêncio por um momento, para assegurar-se de não ter sido vista nem seguida, e então friccionou as mãos enluvadas uma na outra e deu a partida no carro, seguindo para a estrada que o caminhão havia tomado quando ela o observou antes. Dessa vez, ela planejava ser a primeira a chegar ao destino.

Ela não teria tempo de fazer um reconhecimento de campo preliminar. Em vez disso, contava com sua suposição de que o percurso feito pelo caminhão levaria a um celeiro ou outra construção onde os bens pudessem ser guardados até mais tarde, quando – como diz o ditado – "a barra estivesse limpa". Ou talvez o celeiro fosse usado como um centro de distribuição, onde o butim era dividido entre os homens de Londres e os artistas. Novamente ela escolheu um lugar onde o MG ficasse escondido atrás de uma das árvores vergadas que se veem nos Romney Marshes e saiu a pé. Diferentemente da praia, essa estrada era lamacenta, e, enquanto caminhava, Maisie podia sentir seus sapatos de couro marrom chapinhando na terra úmida e fria. Seus dedos do pé estavam começando a formigar e, depois de uma breve trégua, a extremidade dos dedos das mãos mais uma vez foi se anestesiando. Ela ergueu as mãos até a boca e soprou ar quente através das luvas. Um cão latiu à distância, e ela diminuiu o passo, prestando atenção ao silêncio da noite enquanto avançava pela estrada da fazenda.

Embora a noite estivesse totalmente escura, ela conseguiu distinguir o contorno de uma fazenda no meio dos campos. Correu os últimos poucos metros até chegar à lateral do celeiro e esperou por um minuto. A parte superior das paredes pareciam ter sido construídas com antigas madeiras de navios séculos atrás, embora Maisie apostasse que, uma vez no interior, as bases da construção revelariam uma estrutura medieval de vigas, em que cada peça de madeira seria identificável por meio de algarismos romanos talhados na madeira pelos artesãos originais. Resfolegante, esfregando os braços para se aquecer, Maisie sabia que teria algum tempo antes que o caminhão surgisse ressoando pela estrada. Ela precisava encontrar um esconderijo.

Embora portas duplas houvessem sido acrescentadas em cada extremidade do celeiro, Maisie presumiu que haveria uma porta menor, planejada para dar acesso a um homem que estivesse sozinho, sem fardos de feno em sua carroça ou gado para arrebanhar. Ao localizar essa porta, ela prestou atenção nos sons e depois a abriu. Sem tempo para inspecionar os arredores, fechou a porta e, acendendo a lanterna apenas uma vez, viu que um antigo furgão de entrega já estava escondido dentro do celeiro. Ela se dirigiu rapidamente para a escada rústica que levava ao sótão e ao telhado. Subindo os degraus, encontrou um cubículo sob os beirais do telhado, ao lado dos fardos de feno da colheita do verão. Daquele ponto de vista privilegiado ela poderia ver toda a atividade na extremidade do celeiro, por onde esperava que os homens entrassem. Era óbvio que o furgão havia sido estacionado naquela posição para que eles pudessem prontamente acomodar as caixas transferidas do outro veículo. *Sim, tudo está ocorrendo de acordo com o plano.* Maisie suspirou aliviada. Ela arriscara ao apostar que não haveria ninguém ali esperando pela chegada dos contêineres e ficou feliz por descobrir que havia acertado. Agora ela esperaria, mais uma vez.

Silêncio. Quanto tempo já havia transcorrido? Meia hora? Uma hora? Maisie esperou, o batimento do seu coração desacelerando até quase se normalizar. E então, à distância, o som de um motor acelerando, um solavanco, um ronco, o caminhão se aproximando pela estrada sulcada. O ruído ocasional quando o motorista acelerou de novo para passar por uma poça de lama sugeriu que o veículo estava sendo manobrado de ré. Em breve ela teria outra peça do quebra-cabeça. Em breve ela saberia o que Nick sabia.

Com um estremecimento, o caminhão parou, e então, depois de algumas trocas de marcha, ele foi posicionado e por fim rangeu até parar do lado de fora, diante das portas na extremidade do celeiro. Vozes masculinas foram ouvidas, e então as portas duplas foram arrastadas e se abriram. A lona na parte de trás do caminhão foi puxada, e Duncan e Quentin pularam da caçamba. Embora não reconhecesse o motorista quando ele se juntou aos homens, Maisie achou que ele podia muito bem ser um daqueles que vira com o agressor de Harry.

Os contêineres de madeira foram descarregados. Como ela já esperava, cada um se parecia com aqueles que havia visto nos fundos da Galeria Svenson, onde Arthur Levitt desembalava e expedia as obras de arte.

– Muito bem, vocês dois, vamos pegar o que é nosso e vamos embora. Vocês sabem em qual deles estão as nossas coisas, então andem logo com isso – orientou o motorista.

Quentin apontou para dois dos contêineres e, ao fazer isso, Maisie notou que a parte de cima de cada um trazia uma numeração e um nome escritos com tinta preta. Ela conseguiu ler apenas três deles: D. ROSENBERG, H. KATZ, e o outro estava marcado com o nome STEIN. Quentin pegou o pé de cabra que Duncan lhe deu e arrancou as ripas de madeira. Ela esticou o pescoço para ver melhor quando ele enfiou a mão dentro do contêiner e tirou o que claramente era um quadro, mas envolvido por um leve tecido de linho e, por cima, uma camada de pano rústico. Duncan ajudou Quentin a desembalar a obra. Os dois hesitaram por um momento quando vislumbraram o quadro.

– Que inferno, vamos logo com isso, pelo amor de Deus! – esbravejou o chefe da gangue. – Mais tarde você poderá admirar a belezura.

Os artistas trocaram olhares e, juntos, estenderam no chão primeiro o pano rústico e depois o linho para proteger o quadro, que eles colocaram sobre o tecido, de cabeça para baixo. Sem emitir o mínimo ruído, Maisie se inclinou para a frente tentando ver o que estava acontecendo.

Duncan pegou uma faca de seu bolso e a entregou para Quentin.

– Tome cuidado, meu camarada.

Quentin sorriu.

– É claro.

Em seguida ele se curvou, furando com a faca o grosso papel no verso do quadro. Ele pôs a mão contra a moldura para estabilizar a lâmina e então começou a remover o forro. *Ah, é falso*. Maisie mordia o lábio inferior enquanto assistia à cena que se desenrolava diante dela. Do espaço entre a proteção original no fundo do quadro e a falsa proteção, Quentin tirou uma bolsinha, que lançou para o chefe da gangue. Em seguida, repetiu os movimentos com a segunda obra selecionada.

– Pronto, você pode dizer para o seu chefe que essa foi a última, Williams. Não haverá mais *entregas* por um tempo, ou nunca mais. Fizemos tudo o que podíamos, por ora.

O homem balançou a cabeça.

– Não, vocês não esperam que eu acredite nisso, hein, seus artistinhas metidos? O Sr. Smith não gosta que mintam para ele. Enfim, aquele camarada alemão não vai parar por aqui, de jeito nenhum, então calculo que as relíquias dele vão continuar chegando. Tudo está apenas no início. De onde isso veio, virá muito mais, e vamos precisar esconder muito bem.

Quentin balançou a cabeça.

– A questão é a seguinte, Williams, não vamos mais fazer isso. Era mais ou menos simples até você aparecer, e agora não é mais. Fica complicado para todo mundo, especialmente para os seus amigos na Alemanha e na França.

– Bem, não tenho tempo para ficar batendo papo sobre isso com vocês, meninos. Mas entrarei em contato. Ah, e tem mais uma coisinha, pelo transtorno. – William sacou um maço de notas do bolso e o lançou para Duncan. – Em agradecimento. – Ele sorriu, acenou para seu motorista e se virou como se estivesse prestes a ir embora. Em seguida olhou para trás. – E, se eu fosse vocês, não demoraria muito tempo para movimentar esse pequeno lote. Nunca se sabe quem pode estar observando.

Os dois homens partiram no caminhão, que se afastou ressoando pela estrada. Duncan e Quentin permaneceram no celeiro por mais um tempo. Quentin estava agitado.

– Maldito Harry, esse estúpido. E maldito Nick, por ter contado a ele o que estávamos fazendo. Ele não tinha o direito...

– Tudo bem! – Duncan levantou a mão. – O fato é que ele abriu a boca, e Harry nos meteu nisso. Agora precisamos escapar. É uma baita tristeza não podermos mais ajudar Martin e Etienne e aquele pessoal dela. – Ele suspirou. – Enfim, vamos empacotar nossas coisas e dar o fora daqui.

Maisie ficou observando enquanto eles voltaram a guardar as caixas que haviam sido abertas e fixou na memória os numerais pintados de preto como uma espécie de identificação. Assim que terminaram de carregar as caixas, os homens se apressaram em partir. O furgão foi protegido, e Duncan se postou perto das portas enquanto Quentin dava marcha a ré para sair do celeiro. As portas foram novamente fechadas, mas Maisie só se mexeu quando teve certeza de que já não podia mais escutar o motor do furgão.

⁂

Descendo lentamente pela escada de madeira, ela removeu o feno de suas roupas e começou a andar pela área onde havia ocorrido o movimento das caixas e da entrega de outro contrabando. Ela havia conseguido vislumbrar a obra quando os dois homens a desembalaram e, embora a luz fosse insuficiente para que pudesse identificá-la, soube que, mesmo não se tratando da obra de um mestre venerável, ainda assim era evidentemente valiosa. Mas quem seria o proprietário dela? E, ainda que trazer uma obra para o campo não fosse uma atividade necessariamente ilegal – ela não tinha provas de crime, mas a conversa entre Duncan e Quentin sugeria que aquilo era mais do que uma aquisição de arte para ganho financeiro –, por que afinal ela fora trazida para o interior?

Maisie pegou uma ficha de sua mochila e anotou as marcas de identificação que havia observado nos contêineres. *Será que indicavam o dono ou possivelmente o valor da obra? Poderiam fornecer uma pista quanto à rota desde o ponto de partida até o destino final do contêiner?* Ela ficou ponderando sobre essas questões enquanto acrescentava outras anotações sobre as dimensões aproximadas de cada contêiner. Quando ia guardar seu lápis e as anotações, de súbito estacou, mal ousando respirar. Vozes vindas de fora se avolumaram, então ela correu novamente em direção à escada, mas havia subido apenas a metade dos degraus quando as portas se escancararam e um pastor-alemão de pelo longo lançou-se para dentro. Ele foi em direção a Maisie, mas os homens que vinham logo atrás do animal não puderam ver sua presa. Maisie permaneceu imóvel e em silêncio, sentada em um degrau no meio da escada e de olhos fechados. Ela relaxou cada músculo, como se fosse meditar, acalmando a mente e o corpo para que não sentisse medo. O cão buliçoso parou de correr. Em vez disso, ele se postou diante dela, como se avaliasse se seguia seu instinto ou seu treinamento e então se deitou aos pés dela, quieto. Maisie aproveitou aquele momento, deslizando as fichinhas na fresta entre duas vigas. Os homens logo se juntaram ao cão ofegante.

– E o que temos aqui, Brutus?

Outro homem, claramente mais velho, pelo comportamento e pelo tom de voz, vinha logo atrás. Ele estava vestido todo de preto, com um pulôver e uma boina pretos, calça preta e luvas de couro pretas. De fato, quando outros homens chegaram ao celeiro, Maisie notou que todos estavam usando um traje ideal para se mover furtivamente ao anoitecer, e dois deles estavam de uniforme, mas não o da polícia. Ela não disse nada, embora reconhecesse o segundo homem imediatamente. Era o que estava no bar do clube noturno onde Harry se apresentou e que foi embora para seguir Stig Svenson e Randolph Bradley. Ela estava começando a entender quem ele era e sabia que os poderes dele iam muito além dos da polícia.

– Se está envolvida nessas pequenas travessuras, Srta. Dobbs, por que não parece preocupada?

Maisie se levantou, determinada a não demostrar nenhuma surpresa por ele saber seu nome. Quando ela falou, se abaixou para acariciar a orelha do cão.

– Não estou envolvida *nessas pequenas travessuras*, embora, como o senhor, eu estivesse curiosa para saber o que andava acontecendo por aqui.

– Jenkins! – Por sobre o ombro ele chamou um colega, um dos homens que estavam inspecionando o celeiro. – Acompanhe esta jovem dama até o posto de comando para que seja interrogada. – Ele se virou para Maisie e, como se houvesse se esquecido de alguma coisa, voltou a se dirigir a Jenkins. – Ah, e quando for fazer isso, tire esse maldito espécime de cão inútil da minha frente e o leve de volta ao canil. O Jack Russel Terrier da minha mulher tem mais iniciativa do que este trouxa. Brutus, sei!

Maisie ficou em silêncio enquanto era acompanhada até um carro que estava parado à espera. Não adiantaria nada reclamar da ausência de um mandado ou de outro documento. Os poderes dos oficiais do Departamento de Alfândega e Impostos eram bem conhecidos e antecediam a fundação da polícia. Como Maisie sabia muito bem, o departamento, que era de suma importância para o governo, havia sido fundado em uma época em que toda forma de renda era crucial para um país que carregava as dívidas de guerra pendentes.

O oficial se certificou de que ela estivesse sentada de forma segura, mesmo que não confortável, dentro do furgão.

– Com licença, senhor, poderá me trazer de volta para eu pegar meu carro?

O homem sorriu, seu sorriso largo e misterioso iluminado pelas lanternas e pelos faróis dianteiros dos outros veículos.

– O carrinho vermelho? Não será preciso, senhorita. Já temos um oficial que o levará.

– Entendi.

Maisie se reclinou no furgão e fechou os olhos. Mesmo que não dormisse, precisaria recarregar um pouco da sua energia para a inquirição que certamente teria pela frente. Ela sabia que precisaria aparentar estar fornecendo informações, mas esperava conseguir usar certa sutileza para buscar fatos que acrescentaria àqueles já coletados. E sabia que teria de ser muito, muito cuidadosa. Sem dúvida, esses homens agiam à revelia de Stratton e Vance, que provavelmente estavam, eles mesmos, sendo manipulados com alguma destreza para que a investigação deles não interferisse naquela do Departamento de Alfândega e Impostos. Maisie sorriu. Precisava ser ela a dar as cartas nas próximas horas.

CAPÍTULO 16

Para surpresa de Maisie, ela não foi conduzida até uma desoladora cela pintada de branco para ser interrogada. Em vez disso, levaram-na para uma sala de estar confortável onde lhe serviram chá e biscoitos de araruta. Ela estava cansada, o que não era mais do que esperado, pois já passava das três da manhã. Prevendo uma longa espera, ela tirou os sapatos e se deitou no sofá, com uma almofada debaixo da cabeça para ficar mais confortável.

– Tirando uma boa sonequinha, senhorita?

Maisie acordou no susto quando um oficial tocou seu ombro.

– Hora de ver o chefe, se não se importa.

Ela continuou em silêncio enquanto se debruçava para pegar os sapatos. Depois de enfiar os pés no couro frio, com uma crosta de lama, ela se demorou amarrando os cadarços antes de se levantar e seguir o oficial, que não estava uniformizado.

– Ah, Srta. Dobbs, entre, por favor. – O homem apontou para uma cadeira, depois abriu um arquivo do qual pegou algumas folhas de papel. – Bem, tenho algumas perguntas para a senhorita, e então, se tudo estiver nos conformes, poderemos deixá-la partir.

– Onde está o meu carro?

– Seguro como um cofre. Só tivemos de dar uma espiada nele. Belo carrinho... Deve ter custado a uma jovem mulher como a senhorita uns bons trocados.

Maisie não mordeu a isca, mas inclinou a cabeça e sorriu para o homem diante dela, que obviamente era um oficial superior. Ela não perdeu tempo, no entanto, para demonstrar o que sabia sobre as atividades do departamento.

– Acredito que não apenas o meu carro tenha sido objeto de uma de suas espiadas, Sr...?

– Tucker. O nome é Tucker. – O homem fez uma pausa, avaliando o que ia responder. – A senhorita está se referindo ao seu escritório?

– Sim, ao meu escritório. Seus homens o invadiram e reviraram meus arquivos sem nenhuma consideração pelo que é minha propriedade.

– Digamos apenas que a senhorita esteve em companhia de pessoas investigadas. Meus oficiais e eu decidimos que, no interesse do país, era uma boa ideia ver o que a senhorita havia coletado e tivemos que agir rapidamente. Como sabe, não preciso me explicar para a senhorita.

– O senhor poderia ter me perguntado. Assim não teria custado uma nova fechadura.

– Talvez não pudéssemos. – Ele consultou suas anotações novamente e tirou do arquivo uma folha de papel dobrada. – Acho que precisamos começar com isso, não acha, Srta. Dobbs?

Maisie não fez nenhum gesto repentino em direção à mesa. Em vez disso, se reclinou na dura cadeira de madeira, apenas o suficiente para enfatizar sua indiferença em relação ao resultado da inquirição. Ela não queria que esse homem pensasse que ela estava preocupada.

– Eu estava pensando, enquanto era trazida até aqui, que hoje eu talvez visse novamente esse item específico.

– E o que é isso? – rebateu o homem com rispidez.

Maisie limpou a garganta. *Ótimo, ele está apenas um pouco desequilibrado.*

– É o que meu assistente e eu chamamos de "mapa do caso". Evidentemente, o senhor tem conhecimento da minha profissão e dos motivos pelos quais eu registro as pistas descobertas e os indícios que talvez contribuam para a resolução de determinado caso. – Maisie fez uma pausa deliberada para demonstrar tranquilidade ao responder às perguntas que lhe eram feitas. – Nós traçamos um diagrama no qual cada aspecto de nossa investigação deve ficar graficamente representado. Imagens e formas, ainda que construídas com palavras, podem nos contar muitas coisas e ajudam mais do que se apenas ficássemos falando sobre uma coisa ou outra, embora eu ache que misturá-las com tais conjecturas sempre funcione muito bem. Não acha, Sr. Tucker?

O homem ficou em silêncio por um instante.

– E o que esse mapa lhe conta? Para onde seus desenhinhos a levaram?

– Ainda não terminei – rebateu ela com irritação na voz, o que deixou o homem ainda mais impaciente. Seu interrogador claramente não estava acostumado a sentir que o controle da conversa pudesse lhe escapar.

– Muito bem, e quanto aos meninos lá em Dungeness?

– O que quer saber sobre eles?

– O que sabe, Srta. Dobbs, sobre as atividades deles nas noites escuras e sem ventania?

– Eu diria que o senhor sabe mais do que eu, Sr. Tucker. – Ela deu de ombros. – Eu estava interessada apenas nos dois homens, por conta da relação deles com o Sr. Bassington-Hope. Quer dizer, Nicholas, e não Harry. O senhor sabe que fui contratada pela irmã deles para simplesmente corroborar a conclusão da polícia de que sua morte foi acidental.

– A senhorita sabe o que estava acontecendo em Dungeness?

– Contrabando.

– É claro que é contrabando. Não seja deliberadamente obtusa comigo, Srta. Dobbs.

– Não estou sendo obtusa, só estou no escuro tanto quanto o senhor. Se quer saber, acho que Duncan Haywood e Quentin Trayner estão muito longe de ser contrabandistas experientes e embarcaram na operação com a melhor das intenções. No entanto, o elemento do submundo claramente encontrou uma maneira de usar a situação a favor dele.

– Então a senhorita sabe sobre os diamantes?

– Eu imaginei. – Maisie se inclinou para a frente. – Diga-me, há quanto tempo os tem observado?

Tucker lançou sua caneta sobre a mesa, sujando de tinta a beirada do arquivo em papel manilha.

– Há cerca de três meses, mas mantenha isso em sigilo. Investiguei a senhorita e sei de que lado está, embora eu preferisse que ficasse fora disso. Não estou interessado nessas obrinhas de arte que ficam aparecendo por aí. Pelo amor de Deus, eles poderiam muito bem ter mandado os quadros às claras por meio de uma empresa de transporte, embora saiba que as autoridades francesas e alemãs teriam ficado bastante chateadas se descobrissem. – Ele deu um risinho cínico. – Não, estamos atrás do que a senhorita chama de "elemento do submundo". No entanto, estamos à espera para pegar os malfeitores em flagrante. O problema é que está demorando muito. – Ele fechou o arquivo.

– Então, o que sabe sobre os quadros?

Tucker sorriu.

– Agora está na minha vez, Srta. Dobbs. Sabe muito bem do que se trata a importação dos quadros. A senhorita não precisa que eu lhe explique.

Mais calmo nesse momento, ele explicou que não estava interessado nos artistas, mas naqueles que haviam se aproveitado do genioso Harry e do seu irmão. Por sua vez, Maisie explicou que Nick teria feito qualquer coisa para manter Harry em segurança, mesmo que isso significasse se submeter às exigências dos criminosos. Tucker concordou, meneando a cabeça enquanto falava, e em seguida Maisie compartilhou o que conhecia sobre a operação de contrabando de diamantes. Quando ficou claro que eles não teriam mais nada a ganhar ao detê-la ali, permitiram que ela fosse embora.

Depois de reaver seu carro, ela voltou para Dungeness. Tudo estava entrando nos eixos. Em breve, cada uma das provas seria disposta no mapa do caso que ela carregava em sua mente, aquele que ninguém seria capaz de roubar. Ela costumava pensar nele como um jogo infantil em um livro de colorir, no qual o tracejado de uma linha entre dois pontos podia revelar uma imagem que depois seria colorida com lápis de cor ou tinta. Mas era necessário prestar atenção para garantir que cada ponto estivesse conectado ao outro na sequência correta, ou a imagem completa evocaria algo totalmente diferente.

༄

Maisie não teve medo de acender o fogo e esquentar a água no fogão da casa de Nick. Se ela fosse vista, isso agora teria pouca relevância. O antigo vagão ferroviário logo ficou aquecido e, quando a água da chaleira começou a ferver, Maisie usou um garfo para tostar o restante dos sanduíches no fogão a lenha. Quando acabou de comer, reconfortada pela comida e pelo chá quente, a fadiga a envolveu mais uma vez, e ela percebeu que, antes de embarcar nas diversas tarefas que queria concluir antes de ir embora da casa pela última vez, deveria dormir. As persianas haviam permanecido fechadas e a protegiam de um sol invernal que começava a se pôr no céu litorâneo, nesse momento límpido, então tudo o que Maisie precisou fazer foi afastar a colcha e se aninhar na cama de Nick.

Já passavam das dez horas quando ela acordou, descansada e pronta para se lançar na busca pelo local do depósito, pois estava convencida de que encontraria lá mesmo, na casa do artista, a informação que queria. Ela pegou um jarro de porcelana do quarto de Nick, saiu pela porta dos fundos e trouxe um pouco da água do barril que ficava do lado de fora. Tremeu ao molhar o rosto e lavar o corpo. A muda de roupas em sua mala de couro foi providencial. Era mais adequada para a visita à Bassington Place do que os trajes que usara nas últimas horas. Renovada e pronta para iniciar sua busca, ela voltou ao ateliê.

A imagem que havia se manifestado em sua visita prévia – um pedaço de papel escondido em algum lugar nas reentrâncias da poltrona – tinha se imposto para Maisie. Em suas últimas aulas com Maurice, ela aprendera a confiar na intuição. Ela era abençoada – e às vezes amaldiçoada, pensou – com uma percepção aguçada. Confiança e aptidão haviam acentuado sua capacidade de ver o que outros não viam, e a crença em si mesma e nos outros a havia levado com frequência àquilo que estava buscando.

Removeu as almofadas da poltrona e enfiou as mãos bem fundo nas beiradas do assento estofado. Seus dedos rasparam na estrutura de madeira e, embora sentisse suas articulações esfolarem, continuou a procurar. Outras moedas, algumas migalhas, uma caneta e uma rolha. *Raios!* Seus dedos só conseguiam alcançar até esse ponto. Frustrada, Maisie arremessou a poltrona com um baque. Na parte de baixo da poltrona, o linho que cobria a estrutura e revestia o móvel havia se esgarçado. Embora velha, manchada, e com alguns pequenos rasgos, o quadrado de tecido havia permanecido em boas condições, de modo que nada que houvesse caído dentro da poltrona teria se perdido. Deslizando o dedo por um dos rasgos, ela tateou o fundo do tecido e descobriu outros itens perdidos. Havia uma coleção de moedas empoeiradas, um pincel – ela se perguntou como ele foi parar na base da poltrona – e outra caneta. Ela arrancou o tecido por completo e apontou a luz da lanterna para as profundezas da estrutura da poltrona. Não havia nada ali. Começou a recolocar a poltrona no lugar, mas suas mãos estavam úmidas de suor por causa do esforço que fizera para suportar o peso do móvel. A poltrona começou a escorregar e, com um baque súbito, aterrissou nas tábuas de madeira do assoalho e quicou.

– Que droga! – exclamou Maisie, com raiva e também em choque, pois a última coisa que ela queria era danificar o vagão, e o peso da poltrona fez com que uma tábua levantasse. – Ah, isso era tudo que eu precisava!

Ela se ajoelhou para verificar a tábua lascada, mas, quando se inclinou, percebeu que o fragmento da madeira havia sido removido, pois não se tratava de uma tábua comprida, e sim de um pedaço mais curto que já estava solto. Ela não havia percebido, pois a poltrona ficava por cima dele. Segurando a lanterna, iluminou a cavidade escura e estreita abaixo do piso. Quando a tocou com os dedos, roçou em um pedaço de papel. Ela estendeu a mão ainda mais e, com o indicador e o polegar, puxou um envelope um pouco pesado.

Maisie se sentou e virou o envelope. Aproximou a lanterna, o que revelou as palavras PARA GEORGINA. Ela mordeu o lábio, refletindo sobre a questão da privacidade, mas em seguida balançou a cabeça e abriu o envelope. Caiu no chão uma chave embrulhada em um pedaço de papel, onde estava escrito um endereço no sudeste de Londres. Ela deixou as mãos penderem ao lado do corpo e soltou um longo suspiro. *A intuição ia muito bem, mas seu trunfo foi a sorte!*

Depois de endireitar rapidamente a tábua do assoalho e colocar a poltrona sobre ela para que o dano não fosse imediatamente notado, Maisie guardou suas coisas na mala. Pela última vez, verificou se estava deixando a casa como a havia encontrado. Justo quando estava prestes a ir embora, com a mão na maçaneta, pôs as malas no chão e voltou até o guarda-roupa no quarto do artista. Não havia uma explicação lógica para suas ações, e ela preferiu não questionar o que a inspirou a fazer isso, mas abriu o armário e tirou de dentro dele o sobretudo do Exército. Ao som das ondas quebrando na praia lá fora e das gaivotas grasnando no céu, Maisie enterrou a cabeça nas dobras da lã grossa e respirou o odor bolorento que a transportava de volta para outro tempo e outro lugar.

Havia muita coisa que ela compreendia sobre Nick, ainda que não tivessem se conhecido. Ele havia sobrevivido e redescoberto a vida, mas, com o horror da guerra ainda presente, buscou reencontrar a paz de espírito, obtendo esperança em meio a paisagens grandiosas e em um ritmo de vida em consonância com a natureza. Ela notara o traço pesado, guiado pela raiva, no trabalho que ele produziu logo depois da guerra. Mais tarde, no entanto, quando alcançou o equilíbrio que havia viajado tão longe para encontrar, certamente foi capaz de retornar à Inglaterra com uma nova habilidade, um toque mais leve, uma visão mais ampla. Maisie compreendeu que Nick havia entendido claramente sua própria mensagem e que a maturidade lhe havia propiciado não apenas habilidade, mas também compreensão, e que ele havia sido capaz de pintar quadros com suas imagens mais potentes. Manteve, porém, tal mensagem evasiva, pois ela seria revelada apenas quando a obra estivesse concluída. E, embora nunca tivesse se encontrado com Nick, ela sabia que esse caso, como tantos outros antes dele, continha um presente, uma lição que ela levaria para si, e isso era tão certo quanto o casaco que naquele momento ela segurava contra o peito.

Depois de recolocar a peça de roupa cuidadosamente no armário, Maisie sorriu. Ela afagou o material uma última vez, reconhecendo uma essência em cada fio, como se as fibras tivessem absorvido cada sentimento, cada sensação vivenciada por seu dono durante a guerra.

∞

Nolly Bassington-Hope estava surpresa, mas mesmo assim acolheu Maisie calorosamente quando ela chegou à sua casa sem avisar. Ela explicou que sua mãe e seu pai tinham saído para caminhar, munidos de cadernos de esboços para aproveitar o dia luminoso, ainda que a onda de frio persistisse.

– Talvez eles demorem um pouco, mas é o costume deles, e caminhar lhes faz bem. Logo estarão de volta.

Nolly conduziu Maisie à sala de estar e em seguida pediu licença por um momento, pois precisava falar com os empregados.

Maisie ficou perambulando pela sala, grata por ter tempo de ficar ali sozinha, já que isso lhe permitiria parar e olhar com mais atenção para um quadro, ou examinar uma almofada enfeitada em tons de laranja, verde-limão, violeta, vermelho e amarelo, invariavelmente com um design que pareceria estranho quando comparado com qualquer coisa que ela tivesse visto em Chelstone. Ela refletiu sobre como a casa devia ter sido antes da guerra, quando era palco de encontros alegres e animados entre artistas e intelectuais que eram atraídos como mariposas para a luz brilhante das potencialidades estimuladas por Piers e Emma. Ela imaginou os amigos comunicativos de Nick e Georgina manifestando suas opiniões na mesa de jantar, instigados, pensou ela, pela falta de preconceitos dos mais velhos. Devia sempre haver gente nadando no rio, piqueniques perto do moinho, peças improvisadas compostas no calor do momento, talvez até mesmo o menino Harry e seu trompete entretendo o grupo – caso ele não estivesse sendo provocado pelos irmãos. E Noelle? O que devia se passar com ela? Georgina havia descrito a irmã como uma estranha na família, embora Maisie supusesse que ela talvez fosse apenas diferente, porém amada do mesmo jeito por Piers e Emma. A conversa com Noelle durante sua visita anterior havia sido, pensou ela, breve demais, e Maisie havia partido dali com uma imagem incompleta da irmã mais velha. Agora ela precisaria acrescentar cor ao seu esboço.

Um aparador sustentava uma série de fotografias da família em porta-retratos de prata, madeira e casco da tartaruga. Maisie foi atraída para as fotografias, pois se aprendia muito a partir das expressões faciais dos retratados, mesmo em uma fotografia formal, posada em estúdio. Sua atenção se deslocava de um porta-retratos para o outro, pois sabia que Noelle não tardaria a voltar. Havia uma fotografia, ao fundo, de um jovem casal no dia de seu casamento que chamou a atenção de Maisie. Na verdade, ela estava surpresa que ainda estivesse ali e se perguntou se a imagem da jovem Noelle e de seu então jovem e recente marido lhe traria consolo, fazendo com a que a irmã de Georgina rememorasse épocas mais alegres e livres de preocupação. Maisie pegou a foto, cobrindo com um dedo as partes de baixo do rosto tanto do homem quando da mulher. Olhando dentro dos olhos deles, viu felicidade e esperança. Enxergou amor, alegria. A fotografia refletia tantos outros retratos preciosos que ainda eram espanados todo dia por mulheres na casa dos seus 30 e poucos anos, viúvas ou que haviam perdido seus amores na guerra. Maisie recolocou a fotografia no lugar bem a tempo.

– Aposto que você se arrependeu de ter assumido esse trabalho da minha irmã, não é mesmo?

Vestida com uma saia de lã de passeio, uma blusa de seda e um cardigã tricotado à mão, dessa vez Noelle usava uma echarpe vermelha, uma cor que parecia realçar seus cabelos tão acobreados quanto o de Georgina, mas que agora pareciam ser menos dourados e igualmente notáveis.

– Pelo contrário, o trabalho tem me levado a alguns lugares muito interessantes.

Noelle estendeu a mão para um labrador, que se levantou de um canto perto da lareira e foi até sua dona.

– Ah, você deve ter saído novamente em busca de Harry. Isso, sim, deve ter levado a lugares interessantes.

Maisie riu.

– Ah, os lugares onde Harry toca são certamente divertidos.

Noelle se descontraiu e riu junto com Maisie.

– Na verdade ele toca muito bem, não é mesmo?

– Já foi vê-lo?

– Por curiosidade, sabe? – Ela fez uma pausa. – E um pouco de zelo de irmã mais velha.

– Ah, entendo.

– Bem, então fui vê-lo. E percebi naquele momento que não havia nada que eu pudesse fazer por Harry, embora eu ainda tente afastá-lo desses lugares.

– Bem, não acho que ele vá fazer um teste para tocar na filarmônica.

– Não, não o Harry. – Noelle suspirou. – Ele está novamente em apuros? É por isso que você veio?

– Vim porque estive na casa de Nick pela segunda vez e tenho algumas perguntas a fazer, se não se importa.

Elas foram interrompidas pela empregada, que trouxe chá, biscoitos e bolo. Noelle prosseguiu depois de servir uma xícara para Maisie.

– E como posso ajudar?

– Sei que três pessoas foram à casa de Nick depois que ele morreu. Presumo que os visitantes tenham sido você, Georgina e seu pai.

Noelle assentiu.

– Sim, isso mesmo. Para ser franca, foi tão inquietante que ficamos ali por pouco tempo. Pensamos que voltaríamos algumas semanas depois. A casa será vendida, é claro, mas, na verdade, Emma quer deixar tudo como era, pelo menos por enquanto, e devo respeitar o desejo dela. – Ela se inclinou para a frente para apoiar a xícara na bandeja. – Para ser sincera, se coubesse a mim, eu venderia tudo imediatamente, sem mais delongas, superaria o fato e seguiria adiante com a vida. É *isso* o que Nick queria que fizéssemos.

Maisie aquiesceu, reconhecendo o pragmatismo de Noelle.

– Então, quase nada foi tirado de lá?

– Bem, Georgie não estava em condições de ver a casa, muito menos de raciocinar sobre o que deveria ser removido de lá. Eu não podia desmoronar dessa maneira, mas Georgina ficou em pedaços. – Ela encarou Maisie. – Não é o que se esperaria da corajosa repórter, certo?

– Então deixaram a casa como a encontraram?

– Basicamente. Piers a inspecionou mais do que eu, para falar a verdade. Nick de fato era muito organizado, gostava de certa ordem. Claro, o Exército faz isso com as pessoas. Com Godfrey foi a mesma coisa, embora eu só o tenha encontrado durante uma licença, antes que ele fosse morto, mas notei isso, essa ordem, por assim dizer.

Maisie percebeu que, quando falava do marido, o maxilar de Noelle se contraía. Ela colocou a xícara na bandeja e esperou que Noelle prosseguisse.

– Piers começou a procurar alguns dos cadernos de esboços, mas achou muito difícil, embora tenha trazido alguns, uns três, com ele.

– Seu pai trouxe os cadernos de Nick?

A mulher assentiu.

– Sim, mas não sei onde ele os colocou, talvez no ateliê. – Ela fez uma pausa. – Isso é importante?

Maisie deu de ombros com um ar de indiferença que desmentia seus instintos.

– Não, duvido que seja, embora talvez fosse interessante vê-los. Dei uma folheada nos cadernos que ficaram lá, então eu teria curiosidade em ver a obra que seu pai considerou que valia a pena guardar. A arte do seu irmão é fascinante, para dizer o mínimo.

Noelle deu uma risadinha.

– Como sabe, não sou artista, embora ninguém que viva sob o teto dos Bassington-Hopes fique inteiramente imune. Sim, como viu, meu irmão sempre causava um choque cada vez que erguia seu pincel ou empunhava um carvão. Quem via seu trabalho podia compreender o que ele estava pensando, a maneira como ele via o mundo. Ele não tinha medo.

– Eu sei. Mas havia gente que *tinha* medo?

– Boa pergunta, Srta. Dobbs. Sim, alguns tinham medo. – Ela fez outra pausa, pegando um biscoito da bandeja e o quebrando em pedacinhos, que ela deu ao labrador, um por um, antes de se virar novamente para Maisie. – Veja bem, sei que Georgina lhe contou que sou uma velha viúva, tosca e antiquada, mas não deixo de notar o que acontece. Já vi pessoas que foram a mostras em que a obra de Nick estava exposta demonstrarem enorme alívio ao saber que seus rostos não apareciam em um canto qualquer de um quadro. Como eu disse antes, acho que ele se arriscava, realmente. Nunca se sabia quando alguém reagiria de forma agressiva àquilo. Por outro lado, veja estas paisagens, o trabalho mural. Eu o admirava enormemente, e não se engane, Srta. Dobbs, também admiro minha irmã. Georgina é muito corajosa, embora nem sempre concordemos uma com a outra. Mas ela nunca deveria ter procurado a senhorita. Não há nada de suspeito na morte de Nick, e este desenterrar do passado apenas nos impede de aceitar o fato de que ele se foi.

– Sim, é claro, mas...

– Ah, veja, aqui está Piers.

Noelle foi correndo em direção às portas que davam para o jardim e as abriu para que o pai entrasse. Maisie se deu conta de que, quando ela vira Piers e Noelle em sua visita anterior, Georgina e Emma estavam lá. Ela não havia observado o patriarca sozinho com a filha mais velha e ficou imediatamente impressionada com o cuidado e a afeição que havia entre eles. Nos momentos seguintes, quando o cachorro o cumprimentou latindo e Noelle entregou ao pai um cardigã gasto que estava no canto de uma poltrona, ela entendeu o lugar que cada um ocupava no mundo do outro. Maisie se lembrou de um livro que lera anos atrás. Por que havia lido esse livro? Talvez Maurice o tivesse emprestado, ou ela mesma o tivesse pegado para ler, atraída, talvez, pela reputação do autor. E qual era mesmo? *O arco-íris* – sim, era esse, um romance de D. H. Lawrence. Havia uma imagem que permanecera em sua imaginação, que a havia levado a pensar na própria vida e a se perguntar "como teria sido se...". Sim, era *O arco-íris*. Pois não havia o personagem do pai, Will Brangwen, se responsabilizado por sua filha mais velha, Ursula, como se ela fosse apenas sua, quando as outras crianças nasceram?

E não havia a menina buscado em Will o papel tanto de pai quanto de mãe? Será que foi isso que ela percebeu existir entre Piers e Noelle? Quando os gêmeos nasceram, Emma Bassington-Hope talvez tivesse se concentrando nos dois novos bebês, o que fez Noelle se voltar para o pai em busca de conforto. Piers amava todos os seus filhos, quanto a isso não restava dúvida, mas era Noelle, a sensata Noelle, que ele havia tomado sob suas asas.

Havia sido o pai quem a reconfortara quando ela recebeu a notícia de sua viuvez? Maisie imaginou o sofrimento dele ao abraçar a jovem noiva enlutada, a filha cuja mão ele havia entregado ao amável Godfrey Grant com as palavras "Quem oferece esta mulher para casar...?" ecoando em seus ouvidos. Havia Piers se apresentado como o protetor dela, mesmo quando ela conteve seu desespero para cuidar dos ferimentos de Nick assim que ele voltou da França? E agora Noelle havia tomado a responsabilidade de cuidar de seus pais idosos, sabendo que nunca haveria outro casamento, que nunca haveria crianças e que, para ser aceita por si mesma, deveria ser bem-sucedida em sua comunidade.

– É um prazer vê-la novamente, Maisie querida. Emma ficou no ateliê, teve uma necessidade premente de mergulhar em sua obra. – Piers se virou para Noelle quando ela lhe entregou uma xícara de chá com uma das mãos, enxotando com a outra o labrador carente para o canto onde estava o outro cão. – Obrigado, Nolly.

– Espero que não se incomode por eu ter parado aqui para vê-los. Estava passando pela cidade – explicou Maisie.

Piers se reclinou na poltrona.

– Lembre-se, os amigos de nossos filhos são sempre bem-vindos, Maisie, ainda que eu preferisse que Georgia não a tivesse envolvido na investigação sobre o acidente de Nick.

– Foi o que eu disse.

Noelle ofereceu bolo para Piers, que arqueou uma sobrancelha como se estivesse aceitando um fruto proibido e se serviu ele mesmo de uma fatia. Ela colocou um prato sobre o joelho dele, junto com um guardanapo de mesa.

– Embora eu tenha certeza de que Maisie chegou à mesma conclusão que a polícia, que a morte de Nick foi um acidente. Mas como Georgie tem mais dinheiro do que juízo...

Maisie se voltou para Piers.

– Soube que você está com alguns cadernos de esboços que pertenceram a Nick. Noelle me contou que você levou uns dois ou três da casa dele. Estou fascinada pelo trabalho dele e adoraria ver os cadernos.

– Eu... eu... Bom Deus, não tenho ideia de onde os coloquei. – Tendo terminado seu bolo, Piers se inclinou para a frente para pôr o prato na bandeja, com a mão tremendo. – Este é o problema da idade, a gente esquece as coisas.

Ele sorriu para Maisie, mas a atmosfera tranquila da sala de estar havia se alterado. Piers estava nervoso e Noelle sentou-se mais para a frente, sua linguagem corporal sugerindo preocupação com o pai. Maisie suavizou seu tom.

– Bem, eu adoraria vê-los quando os encontrar. Passei a admirar a obra de seu filho... Essa é uma vantagem da minha profissão: posso aprender muito sobre assuntos com os quais nunca havia tido contato. Confesso que, antes de ter reencontrado Georgina, meus conhecimentos sobre o mundo da arte eram limitados, para dizer o mínimo.

Noelle se levantou, então Maisie pegou sua bolsa.

– Realmente preciso ir andando. Meu pai está me esperando esta tarde, e tenho certeza de que ele preparou um jantar maravilhoso para mim.

– Sabe, queira me desculpar por não ter perguntado antes, mas seu pai mora sozinho, Maisie? – perguntou Piers, inclinando-se no braço do sofá e se pondo de pé.

– Sim. Minha mãe morreu quando eu era menina, então restamos só nós dois.

– Sinto muito. – Ele sorriu, tomando sua mão. – Este é o problema dos Bassington-Hopes: estamos sempre tão imersos em nós mesmos que nos esquecemos de perguntar sobre os nossos convidados.

Maisie sorriu, retribuindo o aperto de mão afetuoso.

– Foi há tanto tempo, mas ainda sentimos muita falta dela.

Ela se despediu de Piers e Noelle e, ao sair da casa, pediu que mandassem lembranças a Emma. O motor do MG crepitou até pegar e, quando ela partiu de carro, olhou de relance no espelho e viu pai e filha juntos, de pé, acenando em despedida. Em seguida, Noelle envolveu os ombros do pai com um braço, sorriu para ele e retornou para dentro de casa.

Embora a conversa tivesse sido inofensiva – uma visita inesperada, mas ainda assim bem-vinda, um chá da tarde diante da lareira –, outra peça do quebra-cabeça havia se encaixado. Com ou sem os cadernos de esboços levados da casa, ela acreditava ter descoberto algo que eles continham e o motivo pelo qual Piers queria que eles ficassem a salvo.

CAPÍTULO 17

O tempo passado com seu pai revelaria uma novidade surpreendente, que explicava a visita de Sandra ao escritório no outro dia. Os Comptons haviam decidido fechar a casa de Belgravia terminantemente até que o filho deles, James, que morava no Canadá, voltasse a Londres em um futuro próximo. Era uma decisão inevitável, pois os custos de manutenção de uma casa em Londres não eram nada insignificantes, mas a mudança sugeria a Maisie que sua antiga patroa e maior apoiadora, lady Rowan Compton, finalmente estava abrindo mão de sua posição como uma das mais proeminentes anfitriãs da capital. Durante a viagem de volta a Londres naquela manhã bem cedo, Maisie se sentiu ao mesmo tempo inquieta e emocionada. Por um lado, a porta que levava a parte de seu passado estava se fechando, e isso a entristecia. A casa à qual ela fora enviada ainda menina, órfã de mãe, agora estava vazia e talvez só fosse reabrir quando o herdeiro voltasse com mulher e família. Por outro lado, era como se o tentáculo que a aferrava àquilo que já se fora estivesse finalmente perdendo força. Maisie moveu a alavanca do câmbio para reduzir uma marcha e fazer o carro subir a prestigiada River Hill. Ela sentia que o passado estava deixando de se apropriar dela, que mesmo que seu pai morasse em uma cabana dentro da propriedade de Chelstone, aquela era a casinha dele, pois ele a havia conquistado com o trabalho. Nesse momento, a casa de Belgravia havia desaparecido de sua vida, e era como se ela estivesse sendo libertada.

De acordo com Frankie, tudo aconteceu muito depressa depois da mudança de Maisie, e a conjectura da criadagem sobre o que aconteceria em seguida havia sido certeira. Ofereceram à equipe da casa de Belgravia novas posições em Chelstone, mas apenas dois criados as aceitaram. Eric conseguiu um emprego com Reg Martin, que, apesar da recessão, estava progredindo com sua oficina. Eric e Sandra estavam noivos, então Sandra recusou o trabalho em Kent para ficar em Londres, embora ninguém soubesse o que ela iria fazer para se alimentar ou para sobreviver até o casamento, quando ela também passaria a morar em um quartinho em cima da garagem. Maisie compreendeu que Sandra a visitara provavelmente em busca de um conselho e se perguntava como poderia ter ajudado.

Maisie chegou à Fitzroy Street e estacionou o MG. Quando olhou para a janela do escritório logo acima, viu a luz acesa, indicando que Billy já estava lá.

– Bom dia, senhorita. Espero que esteja bem.

Billy se levantou da mesa e se aproximou de Maisie para pegar seu casaco quando ela entrou.

– Sim, obrigada, Billy. Tenho muita coisa para contar. Está tudo certo com você?

– Tão certo quanto a chuva neste país, senhorita. Mas talvez eu não devesse dizer isso... Veja, parece que vai chover muito lá fora. – Ele olhava o céu pela janela, mas se virou de volta para Maisie. – Precisa de uma xícara de chá, senhorita?

– Não, agora não. Vamos direto ao trabalho. Pegue o mapa do caso na chaminé... embora eu tenha trazido o antigo! – Maisie segurava o papel amarfanhado e enrolado que fora devolvido pelo Departamento de Alfândega e Impostos.

Billy abriu um largo sorriso.

– Onde conseguiu isso, senhorita?

– Vou explicar tudo. Venha, vamos nos instalar à mesa.

Cinco minutos depois, Maisie e seu assistente estavam sentados diante de ambos os mapas do caso, o velho e o novo, com o lápis à mão.

– Tudo bem, então está dizendo que Nick B-H e seus camaradas estavam todos metidos nesse negócio de contrabando?

– Parece que Alex Courtman provavelmente não, embora eu não saiba por quê. Talvez porque ele os conheceu mais tarde na Slade, ou era um pouco mais novo e, portanto, não fazia parte do antigo grupinho. De toda forma, vamos manter a mente aberta em relação a ele.

Billy assentiu.

– Então, do que tudo isso se tratava?

Maisie abriu a boca para responder quando a campainha começou a soar ininterruptamente, sugerindo a chegada de um visitante insistente.

– Vá até lá e veja quem é, Billy.

Billy desceu em disparada até a porta. Ela não havia perguntado nada sobre Doreen nem sobre as outras crianças, sabendo que teriam tempo para conversarem sobre a família. Fazer a pergunta logo ao entrar no escritório de certa forma pressionaria Billy. Maisie havia decidido que era melhor esperar até que ele estivesse mais animado com o trabalho, assim seria mais fácil ele responder sobre a mulher e as crianças. A luz fria da aurora sempre devia lhe trazer a lembrança amarga de que sua filha partira.

Maisie olhou na direção da porta quando Billy retornou ao escritório com alguns visitantes.

– Inspetor Stratton.

Maisie se levantou e deu um passo à frente, mas parou ao lado da lareira ao ver o homem que o acompanhava.

– Acho que a senhorita não foi formalmente apresentada ao meu colega, inspetor Vance – disse Stratton, apresentando o outro homem, que tinha a mesma altura do detetive-inspetor, porém uma constituição física menos robusta.

Com as roupas que havia escolhido vestir, Stratton poderia ser tomado por um homem de negócios razoavelmente bem-sucedido e, para um observador casual, não havia nada que o distinguisse de qualquer transeunte na rua. Vance, por outro lado, vestia-se de modo muito mais extravagante, com uma gravata mais vivaz do que se esperaria ver junto a um terno azul de sarja. Além disso, usava abotoaduras que capturavam a luz de um jeito que revelava serem feitas de um material menos valioso do que um metal precioso autêntico. Ela não ficou nem impressionada com Vance nem fascinada por ele e pensou que o sujeito provavelmente queria exercer algum tipo de atração naqueles que o rodeassem.

– Inspetor Vance, encantada em conhecê-lo. – Maisie estendeu a mão e em seguida se voltou na direção de Stratton. – E a que devo o prazer de sua visita, a uma hora tão precoce?

– Temos algumas perguntas para a senhorita e queremos respostas – respondeu Vance, fazendo depois uma pausa, modulando a voz para o tom que ele sem dúvida empregava quando interrogava aqueles que suspeitava terem associação com o submundo do crime.

Stratton olhou feio para Vance e então se virou para Maisie, que estava intrigada por ver o homem sair na dianteira para afirmar sua superioridade.

– Srta. Dobbs, como sabe, estamos investigando as atividades de Harry Bassington-Hope e, além dele, daqueles com os quais está associado. Acreditamos que a senhorita tenha informações que possam ser relevantes para nossos inquéritos. Eu a aconselharia a compartilhar todo e qualquer fato que tenha descoberto, mesmo que ache que não tenha pertinência... Nós mesmos poderemos julgar tais pormenores, confrontando-os com informações que já temos – concluiu Stratton, com um olhar que sugeriu a Maisie que ele não a teria visitado se estivesse trabalhando sozinho. Ela fez um pequeno gesto com a cabeça, indicando que entendera a insinuação.

– Inspetores, sinto muito, mas tenho algumas novidades que não serão nada bem-vindas, pois os senhores não apenas foram passados para trás, como também estão efetivamente trabalhando no escuro. E há outros farejando o mesmo rastro.

– O que quer dizer? – disse Vance, sem tentar dissimular sua irritação.

– Por favor, sentem-se. – Maisie olhou de soslaio para Billy, que trouxe as cadeiras que estavam atrás das mesas. Ele entendeu que ela queria permanecer de pé e seguiu o exemplo. – O que quero dizer, cavalheiros, é que o Departamento de Alfândega e Impostos também está de olho no caso e, embora a natureza da investigação deles não seja exatamente a mesma, ela se sobrepõe à dos senhores, e eles estão escavando o mesmo terreno, por assim dizer. – Ela fez uma pausa, avaliando o efeito de suas palavras antes de prosseguir: – Estou surpresa que não saibam disso, pois tenho certeza de que faria mais sentido se todos os senhores trabalhassem juntos.

Os olhos de Maisie cruzaram com os de Stratton e ele balançou a cabeça. O comentário dela equivalia a um golpe nas costelas com a ponta de uma espada. Ela deixara claro que sabia da relação complicada entre Stratton e Vance, e ele sabia que mais coisas viriam pela frente.

– Mas que diabos... – Vance se levantou como se fosse se aproximar de Maisie, que estava de pé com as costas viradas para a lareira a gás. No segundo em que ele ameaçou avançar, Billy se acercou dele furtivamente.

– Por favor, Sr. Vance, estou prestes a lhes contar tudo o que sei, embora seja muito pouco, sinto muito. – Propositalmente, ela o desautorizou dirigindo-se a ele pelo comum "senhor", mas, se a corrigisse, pareceria grosseiro.

– Continue, Srta. Dobbs, estamos ansiosos para ouvir o que tem a dizer – falou Stratton, permanecendo calmo.

– Vamos levá-los para a delegacia, é o que tenho a dizer – interrompeu Vance, lançando um olhar para Maisie e depois para Billy. Em seguida, ele se sentou novamente.

Maisie ignorou o comentário e continuou a falar, dirigindo sua explicação para Stratton:

– O Departamento de Impostos está interessado nas mesmas pessoas, embora, talvez, por motivos diferentes. Tudo o que sei é que estão no encalço de Harry Bassington-Hope e também daqueles que usariam alguém tão ingênuo como ele para seus próprios fins. Suas dívidas de jogo o deixaram vulnerável, assim como à sua família, sem que saibam disso. Eu imaginaria...

Vance se pôs imediatamente de pé.

– Vamos lá, Stratton, não temos o dia todo para ficar escutando-a falar. Vamos descobrir mais por conta própria, agora que sabemos que os meninos dos Impostos estão atrás deles.

– Estarei lá em um segundo, vá esquentando o motor.

Vance partiu. Stratton esperou que os passos se desvanecessem e que a porta da frente batesse com um estrondo, então começou a falar, contendo o tom da voz:

– O que tudo isso tem a ver com a morte de Nick Bassington-Hope? A senhorita precisa revelar tudo que descobriu. Estou ciente de que minha reputação pode ficar comprometida, mas, se a morte dele foi resultado do contato do irmão com esses malucos...

Maisie balançou a cabeça.

– Não acredito que haja uma ligação direta.

– Graças a Deus. Pelo menos a irmã dele ficará em paz quando ouvir que a senhorita chegou à conclusão de que foi um acidente, afinal de contas.

– Não foi o que eu disse, inspetor. – Ela fez uma pausa. – É melhor o senhor ir embora, parece que Vance está impaciente, buzinando com tanta insistência. Entrarei em contato.

Stratton estava prestes a recomeçar a falar, mas depois pareceu pensar melhor. Ele partiu com um aceno para Maisie e Billy.

– Nossa, fiquei admirado com o jeito como lidou com os dois policiais, senhorita. – Billy balançou sua cabeça. – Entretanto, não acha que revelou alguns segredos cedo demais, que abriu o jogo antes da hora?

– Billy, eu não disse praticamente nada... Eles que briguem entre si e com o Departamento de Alfândega e Impostos. Quis revelar algo do que sei para que saiam do meu pé por enquanto... Não, deixe que todos eles desçam dos seus pedestais e ponham as cartas na mesa, e então talvez tenham algum sucesso, em vez de ficar controlando o trabalho uns dos outros, temendo que um departamento colha os louros antes.

– Então o que está acontecendo... e o que faremos a seguir?

Maisie voltou para a mesa ao lado da janela e olhou para o mapa do caso original. Ela pegou um lápis, riscou algumas palavras, rabiscou ideias referentes à operação de contrabando e então circulou as anotações remanescentes, ligando umas às outras com um lápis vermelho. Billy juntou-se a ela e correu com o dedo pelas novas linhas, que registravam o progresso do raciocínio de Maisie.

– Eu nunca teria pensado nisso, senhorita.

Maisie franziu o cenho e respondeu com a voz baixa e os olhos brilhando:

– Não, nem eu teria, Billy. Não logo de saída, enfim. Vamos lá, temos trabalho pela frente. Vamos precisar gastar a sola do sapato para confirmar isso. – Ela andou até a porta e pegou seu casaco Mackintosh. – Ah, ainda não contei! Sei onde fica o depósito. Iremos para lá agora e depois veremos Svenson novamente.

Billy a ajudou a vestir o Mackintosh, pegou seu casaco e seu chapéu no gancho e abriu a porta.

– Por que precisaremos vê-lo novamente?

– Corroboração, Billy. E, se eu estiver certa, para organizar uma exposição muito especial.

O depósito ficava em uma região que Maisie chamaria de "intermediária". Não chegava a ser um bairro degradado, mas tampouco era uma área considerada desejável. Em vez disso, abrigava uma série de ruas com casas que poderiam ser vistas de uma forma ou de outra. Construídas havia um século em um local conveniente ao sul da margem do rio por uma classe de ricos comerciantes, as casas haviam sido opulentas em seu tempo, mas, em épocas mais recentes, muitas foram divididas em apartamentos de quarto e sala ou um pouco maiores. Os jardins cobertos haviam desaparecido, embora ainda restassem alguns canteiros verdes com um gramado abandonado aqui ou uma roseira transmutada em arbusto ali. Bares e lojinhas de esquina ainda eram bem frequentados, e as pessoas nas ruas não pareciam tão andrajosas e desprovidas quanto aquelas que se viam no bairro onde Billy morava. Mais um ano de dificuldades econômicas, no entanto, e a vida daqueles moradores poderia mudar.

Eles só viram mais um carro, o que era um sinal claro de que haviam deixado o West End. Um vendedor ambulante passou com sua carroça puxada a cavalo, anunciando em voz alta o conteúdo de sua carga. Ele acenava para outros condutores – de carroças, não de carros – enquanto o cavalo avançava desajeitadamente pela rua.

Desacelerando bastante o MG, Maisie estreitava os olhos para ler os nomes das ruas à direita, enquanto Billy, segurando um pedaço de papel com o endereço que estavam buscando, olhava para a esquerda.

– Deve ser por aqui, Billy.

– Espere aí, o que é isso?

Eles haviam acabado de passar por um pub em uma esquina quando viram, em uma faixa de terra entre o pub e a casa que ficava ao lado, uma construção de tijolos de apenas um andar e com portas duplas na frente. Estava parcialmente escondida atrás de um mato excessivamente alto e pés de amoras silvestres. Um caminho desnivelado levava à entrada, e um número havia sido pintado na parede.

– Sim, é este. – Maisie foi parando o carro e olhou ao redor. – Seria melhor que ninguém soubesse que estamos aqui.

– Vamos parar esta lata lá trás, na altura de onde fizemos a primeira curva. Lá havia mais tráfego. Um carrinho vermelho desses chama a atenção por aqui.

Maisie dirigiu até o local sugerido por Billy e eles voltaram andando até o depósito.

– Quem a senhorita acha que é o dono deste lugar?

– Provavelmente o dono do bar ou da cervejaria. Nick deve ter andado pelas cercanias procurando por um lugar como esse e que o dinheiro do aluguel foi bem-vindo para os donos, já que o predinho estava ocioso, sem uso.

Eles avançaram cuidadosamente pelo caminho, até que Maisie se ajoelhou e abriu sua pasta preta. Então tirou o envelope encontrado sob a tábua do assoalho da casa-vagão e pegou a chave. Ela se aproximou da fechadura, enfiou a chave e sentiu o clique do trinco.

– Conseguiu, senhorita?

Ela assentiu.

– Consegui!

Juntos eles abriram as portas, entraram no depósito e as fecharam novamente.

– Achei que seria mais escuro aqui dentro.

Maisie balançou a cabeça.

– Eu não. O homem precisava de luz, era um artista. E duvido que estas claraboias estivessem aqui quando ele alugou o espaço. Veja, parecem novinhas, e erguê-las até o alto dessa maneira deve ter custado alguns *pennies*. Ele tinha a intenção de usar este depósito por bastante tempo.

Passaram algum tempo inspecionando a claraboia, que se estendia por todo o comprimento do depósito – quase uns 10 metros, o que não era insignificante –, e ambos comentaram que ela devia ter sido primeiro erguida e depois montada na forma de um telhado pontudo. Maisie examinou o espaço, que certamente se parecia mais com uma sala do que com um galpão melhorado.

– Na verdade, eu diria que ele gastou bastante dinheiro com este lugar. Ela apontou para alguns objetos, demonstrando sua observação. – Olhe ali, a maneira como as caixas estão empilhadas e guardadas. E há prateleiras para as telas e as tintas. Além de um fogão e armários, uma velha *chaise longue*, o tapete. Este não era apenas o lugar em que ele trabalhava nas obras maiores, era a sua oficina. Ali está uma mesa de desenho, veja, com os projetos das exposições. Se Dungeness era seu refúgio costeiro, então esta era a sua fábrica. Era aqui que tudo se juntava.

– E tudo está em seu devido lugar. – Os olhos de Billy seguiram a mão de Maisie. – Vou lhe dizer, senhorita, aposto que aqui é maior do que nossa casinha. Na verdade, estou me perguntando por que ele não fez um jardinzinho lá fora. Não parece do feitio dele deixar o terreno descuidado assim.

Ela balançou a cabeça.

– Um jardim teria chamado atenção. Suspeito que ele quisesse chegar aqui, trabalhar, ir embora novamente... e tudo a seu tempo. – Maisie tirou as luvas e inspecionou o espaço mais uma vez. – Muito bem, quero procurar em cada canto, em cada fresta, e quero ter certeza de que não seremos perturbados. Temos uma luz boa aqui, graças a elas – apontou para as claraboias –, e eu trouxe minha pequena lanterna. Bem, estou ansiosa para ver se minhas suspeitas estão certas em relação àquelas caixas ali.

Eles se aproximaram de uma série de caixas de tamanhos variados, embora todas tivessem uma largura de aproximadamente 20 centímetros.

– Vamos ver primeiro quantas são. – Maisie acenou para Billy, que já estava com seu caderno na mão. – E fique alerta caso escute vozes. Temos de fazer o menor barulho possível.

– Certo. – Billy assentiu e então deu de ombros quando tocou em um número na parte de cima de uma caixa. – A senhorita sabe para que servem esses números?

Maisie esquadrinhou os números, que estavam marcados como 1/6, 2/6 e assim por diante até a última caixa, assinalada como 6/6.

– Certo, isso me parece bastante simples, embora não possamos ter certeza até ver o que há dentro delas. Isso só pode ser a obra principal da exposição, e os numerais sugerem que ela contém seis partes.

– Então não é um tríptico?

– Vamos descobrir em breve.

– Vamos abrir todas elas?

– Talvez. E em seguida precisaremos procurar qualquer coisa que possa explicar o posicionamento das partes. Nick deu a Alex e a Duncan um guia do posicionamento das buchas e de outras instalações que sustentariam as obras, embora ele não tivesse revelado a quantidade total de peças nem a ordem na qual elas deveriam ser posicionadas. Deve haver um plano-mestre em algum lugar aqui, algo em que ele tenha trabalhado... e tem de haver um esconderijo para os cadernos de esboços com os desenhos preliminares e os rascunhos que ele fez para criar a obra.

– E quanto a todos aqueles cadernos que a senhorita viu em Dungeness? – perguntou Billy enquanto examinava uma prateleira com ferramentas. – Céus, até mesmo as ferramentas eram mantidas em ordem e limpas.

– Os cadernos foram reveladores porque me ajudaram a visualizar seu progresso, as imagens que o impactaram desde seus primeiros dias como artista. Mas, ainda que contivessem suas reflexões sobre a guerra, acho que em algum lugar há cadernos que decididamente fazem parte dessa série.

– Pé de cabra, senhorita?

– Será o suficiente, mas tome cuidado.

– Com qual delas devo começar?

Maisie tocou na primeira caixa.

– Esta. É uma das maiores, e está mais para fora, então vamos seguir a lógica e a abrir antes das outras.

Billy forçou o pé de cabra entre duas ripas de madeira, separando-as. A cada rachadura, quando o prego se soltava, tanto Maisie quanto ele paravam todo movimento e prestavam atenção para se certificar de que não haviam atraído companhia indesejada. Por fim, a caixa foi aberta, e Maisie enfiou a mão para tirar de dentro um quadro que havia sido embalado de maneira similar àqueles descarregados pelos contrabandistas. Billy a ajudou a posicionar a obra na vertical, apoiada em outra caixa, antes de remover uma capa protetora feita de tecido de juta sobre um tecido limpo de linho, que revelou a pintura quando foi puxado para trás.

Em uma moldura simples de madeira, a peça parecia ser um painel horizontal medindo aproximadamente 2,5 metros por 90 centímetros.

– Minha nossa!

Maisie não disse nada e quase engasgou com a própria respiração.

Billy aproximou-se da peça para tocá-la e, embora Maisie tivesse pensado que seria melhor impedi-lo, descobriu que não conseguiria, pois entendeu a ação como um reflexo da memória.

– Ela me pegou bem aqui, senhorita. – Billy tocou o peito com a ponta dos dedos, que haviam se demorado sobre a pintura.

– Me pegou também, Billy.

A cena panorâmica representava dois exércitos marchando um em direção ao outro, com cada mínimo detalhe tão claramente visível que Maisie sentiu que seria capaz de enxergar a alma de um soldado caso observasse detidamente seu rosto. Pelo arame farpado e atrás dele, eles avançavam ao encontro do inimigo, e então, tanto à direita quanto à esquerda, os homens começavam a cair, abatidos com tiros na cabeça, nas pernas, nos braços e no coração. No mural, tão repleto de movimento que parecia animado, os dois exércitos não eram mostrados em combate, pois os soldados de infantaria carregavam padiolas, correndo em direção aos feridos, cuidando dos moribundos, enterrando seus mortos. Formigas com uniformes cáqui fazendo o que normalmente se faz em uma guerra, o trabalho árduo que se espera deles. A obra sugeria não haver vencedor nem vencido, tampouco um lado certo e um lado errado, apenas dois batalhões convergindo um na direção do outro até a terrível consequência da morte. Mesclando técnica e paixão, Nick havia revelado a paisagem da guerra em toda a sua perversidade e terror – o céu iluminado pela artilharia, a lama derrubando aqueles que haviam permanecido de pé, e carregadores de padiola, essas almas corajosas que corriam pela terra de ninguém a serviço da vida.

– Se este é apenas um deles, não tenho certeza se conseguirei olhar o resto.

Maisie assentiu e sussurrou, como se falar em voz alta naquele momento fosse um desrespeito para com os mortos:

– Só preciso ver mais um ou dois e depois vamos arrumá-los novamente.

– Certo, senhorita.

Ele levantou o pé de cabra e começou a abrir a caixa seguinte.

∽

Com a tarefa concluída, Maisie e Billy se recostaram contra as prateleiras para descansar por um momento.

– Alguém sabe como o Sr. B-H queria chamar essa obra-prima?

– Até onde sei, não. As pessoas nem mesmo sabem do que se trata... E, só porque Nick se interessou muito por trípticos quando esteve na Bélgica antes da guerra, todos presumiram se tratar de um.

– Acho que nunca mais vou querer ouvir a palavra "tríptico" novamente, não depois disso.

– Acho que eu tampouco. Bem, enquanto você procura naquelas prateleiras ali, vou atacar esta cômoda.

Os dois começaram a trabalhar em silêncio, e um raio de sol na forma de uma lâmina trespassando as nuvens lhes presenteou com um feixe de luz brilhante que atravessou o vidro acima deles. Pegando uma série de papéis e esboços, Maisie olhou para seu assistente, que havia pegado uma coleção de quadros terminados, mas não emoldurados.

– Seus meninos logo estarão em casa, Billy?

– Acho que no fim de semana. O hospital recomendou que eles se recuperassem em algum lugar no litoral. A senhorita sabe: ar fresco para limpar os pulmões. É claro, se o cunhado de Doreen não tivesse decidido aparecer com sua turma em Londres, provavelmente faríamos isso, mas não agora. Custa caro, não é? Entretanto, os meninos ficarão bem, a senhorita vai ver. – Ele hesitou apenas por um segundo. – É claro, eles agora já sabem sobre a irmã deles, sabem que perdemos Lizzie.

– Entendi – disse Maisie enquanto tirava uma coleção de volumosos cadernos de esboços de uma gaveta. No formato conhecido como in-quarto, todos eles eram numerados da mesma maneira que as caixas nas quais Nick havia identificado sua obra-prima. – Ah, veja... um, dois, três, quatro... – Ela folheou cada um de uma vez. – Estes são os cadernos de esboços em que Nick fez os desenhos preparatórios para as partes da obra, mas...

– O que foi, senhorita?

– Dois estão faltando.

– Talvez o Sr. B-H os tenha posto em algum outro lugar, pode tê-los levado para a casa em Dungeness...

– Sim, é claro, eles devem estar lá.

– Lembra-se de tê-los visto?

– Não, mas...

Billy ficou em silêncio, pois seus pensamentos estavam sendo processados na mesma velocidade que os de Maisie. Ela separou os cadernos.

– Estes virão conosco. Acho que já podemos ir embora.

– Não precisamos encontrar o tal do diagrama que mostra como as partes seriam agrupadas na parede?

Maisie balançou a cabeça.

– Não. De acordo com as partes que inspecionei, cada segmento tem determinado formato e só vai caber logicamente em um lugar, assim como em um quebra-cabeça. Não deve ser difícil montá-lo.

Eles garantiram que tudo no depósito tivesse sido deixado da maneira como haviam encontrado, então trancaram as portas e andaram até o MG. Billy olhou de viés para Maisie e limpou a garganta, pronto a fazer uma pergunta.

Ela respondeu antes que ele pronunciasse uma palavra, seus olhos cheios de lágrimas.

– Estou bem, Billy. Foram apenas aqueles quadros...

CAPÍTULO 18

A tarde já estava na metade quando Maisie e Billy chegaram à Galeria Svenson. Ao abrirem a porta principal, se depararam com um grande alvoroço, pois, naquele momento, a coleção Guthrie estava sendo levada até o depósito para ser embalada e transportada para os novos donos. Svenson estava mais elegante do que nunca, em outro terno bem cortado, dessa vez realçado por uma gravata azul-cobalto e uma camisa de seda branca brilhante. Ele chamou Arthur Levitt e o orientou a supervisionar o traslado de uma obra específica. Enquanto os visitantes esperavam em um canto que ele notasse a presença deles, Svenson repreendia um jovem por ter "dedos de salsicha e molengas e escorregadios como um peixe molhado", acrescentando que o quadro que ele segurava valia mais do que o porta-retratos da avó sobre a lareira da casa dele.

Maisie ergueu a mão para atrair a atenção do dono da galeria enquanto ele se deslocava.

– Com licença, Sr. Svenson!

– Ah, senhorita... hã, senhorita... – Ele se virou e sorriu, continuando a dar ordens enquanto se aproximava.

– Srta. Dobbs, e este é o meu colega, Sr. Beale.

– Encantando em vê-la novamente e em conhecê-lo, Sr. Beale. – Ele inclinou a cabeça na direção de Billy e voltou sua atenção para Maisie. – Como posso lhe ser útil, Srta. Dobbs? Acredito que esteja tudo bem com nossa amiga Georgina.

Maisie assentiu.

– Muito bem, embora não tenha passado tanto tempo, não é mesmo?

– Sim, a morte do pobre Nicholas foi um golpe especialmente duro para Georgina. – Ele fez uma pausa e, em seguida, lembrando que havia claramente uma razão para a visita dela, prosseguiu: – Desculpe-me, Srta. Dobbs, mas há algo em que eu possa ajudar?

– Podemos conversar de forma privada?

– Claro. – Svenson estendeu a mão na direção de seu escritório e depois gritou para Levitt: – Assegure-se de que esses brutamontes tenham cuidado com aquele retrato!

O escritório era, como a galeria, um espaço muito iluminado, com paredes brancas e um mobiliário de carvalho escuro e cromado brilhante. Havia um móvel com bebidas em um canto, um sistema de armários para arquivos em outro e, ao centro, uma mesa grande com duas bandejas de documentos, uma em cada lado de um mata-borrão de couro. Dois tinteiros de cristal estavam posicionados sobre o mata-borrão, junto a um recipiente com canetas-tinteiro combinando, cada uma delas com um design diferente. Um telefone preto ficava ao alcance da mão. Embora houvesse duas cadeiras diante da mesa, Svenson levou suas visitas para o lado direito, onde uma mesa de café era circundada por um sofá no mesmo estilo e duas cadeiras de couro preto.

– Então, o que posso fazer pela senhorita?

– Em primeiro lugar, preciso fazer uma confissão. Minha visita à sua galeria não se deu por causa de minha amizade com Georgina. De fato, nós duas estudamos na Girton, mas ela entrou em contato comigo por causa da minha profissão. Sou uma agente privada de investigação, Sr. Svenson, uma investigadora...

– Mas... – As faces de Svenson coraram quando ele fez menção de se levantar.

Maisie sorriu.

– Deixe-me terminar, Sr. Svenson, não há motivo para alarme. – Ela esperou alguns segundos e então, certa de que ele não a interromperia novamente, prosseguiu: – Georgina me procurou algumas semanas depois da morte de Nick, basicamente porque ela sentiu, no seu coração, que a morte dele não foi causada por um simples e infeliz acidente. Ela soube do meu trabalho e da minha reputação, então me pediu que fizesse alguns inquéritos e verificasse se havia algum motivo para dúvidas. Ela entendia que seu próprio estado emocional talvez a estivesse impedindo de ver os fatos com clareza – continuou Maisie, escolhendo as palavras com cuidado para que Svenson não sentisse nenhuma pressão além do peso que elas já carregavam, pois, afinal, Nick morrera na galeria.

Svenson assentiu.

– Eu gostaria que ela tivesse confiado em mim. Eu poderia ter ajudado, pobre garota.

Billy olhou de viés para Maisie e arqueou as sobrancelhas. Maisie assentiu em resposta e continuou a conversar com Svenson:

– Por favor, não considere isso uma indicação de minhas suspeitas ou descobertas, mas tenho algumas perguntas a lhe fazer. Acredito que, no dia em que Nick morreu, o senhor tenha voltado para a galeria mais tarde para falar com ele. Foi o que aconteceu?

Svenson suspirou.

– Sim, voltei.

– Mas não disse isso à polícia?

Ele deu de ombros, agitou a mão para um lado como se estivesse espantando um inseto irritante e balançou a cabeça.

– Para falar a verdade, ninguém me perguntou. Quando o Sr. Levitt encontrou o corpo... – Ele esfregou uma das mãos na boca. – Ainda não consigo acreditar que nosso amado Nick tenha partido. Ainda espero vê-lo entrar por aquela porta a qualquer momento, tomado por uma nova ideia, trazendo uma obra terminada, ou reclamando sobre a maneira como um trabalho foi exposto. – Ele fez uma pausa. – Levitt primeiro chamou a polícia e em seguida fez uma chamada telefônica para a minha casa. Cheguei à galeria logo depois do detetive... inspetor Stratton, que pareceu estar um tanto aborrecido por ter sido chamado por causa de um óbvio acidente. O legista fez um exame inicial e todos foram embora, levando Nick com eles. O silêncio depois que eles deixaram a galeria foi ensurdecedor. Tanto alvoroço... e depois nada. – Ele estendeu os braços. – Um homem morto e seu legado por toda parte ao nosso redor. Foi insuportavelmente estranho, um vazio tão grande.

– Então não lhe perguntaram qual foi a última vez que o senhor viu Nick, esse tipo de coisa? – Maisie foi rápida em trazer a conversa de volta para a sua pergunta original.

– Não especificamente. Para dizer a verdade, mal consigo lembrar. Foi uma confusão tão grande... Havia muito por fazer: contatar a família, informar a imprensa, escrever um obituário. Afinal, eu era o agente de Nick.

– Mas o senhor viu Nick na noite de sua morte, não?

Svenson suspirou novamente.

– Sim, vi. Houve uma espécie de contratempo entre o Sr. Bradley, que, como já sabe, era o mais fervoroso comprador de Nick, e o artista, bem aqui na galeria, mais cedo naquele dia. O motivo foi o tríptico, uma obra envolta em tamanho sigilo que certamente se tornaria algo de valor e importância significativos. Como a senhorita sem dúvida já entendeu em sua investigação, Nick havia anunciado que a peça não seria posta à venda, não seria oferecida para Bradley em primeiro lugar, como deveria ter sido, por direito. Do nada, Nick declarou que a peça deveria ser doada ao museu de guerra em Lambeth ou, se eles não estivessem interessados, à Tate ou alguma outra instituição nacional. Essa decisão foi como uma espécie de sacrilégio para Bradley, que reagiu com palavras virulentas e acaloradas.

Ao falar, ele ficara esfregando as mãos, mas nesse momento olhou para Maisie e, em seguida, para Billy.

– Retornei à galeria com o propósito específico de conter aquela explosão, por assim dizer. Era crucial que os dois continuassem a fazer negócios, que houvesse respeito dos dois lados, um em relação ao outro. Se Nick queria doar a obra, tudo bem, mas eu tinha a intenção de que caminhássemos para a reconciliação. Nick poderia permitir que Bradley comprasse a obra, e ele a deixaria em exposição permanente em um museu, o que constituiria uma doação em seu nome. Eu já agenciei arranjos como esse no passado.

– E Nick não aceitou sua proposta?

– Ele a rejeitou imediatamente. É claro, a relação incipiente entre Georgie e Bradley não ajudou muito. Nick estava furioso com ela.

– O senhor entrou pela porta da frente ou dos fundos?

– Entrei pela frente.

– O senhor trancou a porta ao partir?

– Eu... eu... – Svenson franziu o cenho e ficou em silêncio.

– Sr. Svenson, lembra-se de ter fechado a porta?

Ele balançou a cabeça.

– Não me lembro de ter girado a chave na fechadura, mas isso não quer dizer que eu de fato não a tranquei. É algo que faço o tempo todo, é um hábito automático – respondeu, e uma pontinha do seu sotaque escandinavo transpareceu, o que, para Maisie, era uma indicação de que ele estava menos do que seguro dos fatos.

Ela o pressionou.

– O senhor viu alguém esperando do lado de fora quando saiu da galeria?

Svenson fechou os olhos e refletiu sobre o que diria, como se tentasse se lembrar dos fatos.

– Fechei a porta... levantei meu guarda-chuva para chamar um táxi que havia acabado de dobrar a esquina e entrar na rua. Foi uma chegada inesperada e...

– Sr. Svenson?

– Ah, Deus. Ah, não!

– O que foi?

– Corri para entrar no táxi! Havia recomeçado a chover. E não dei uma segunda olhada para ver quem era o passageiro saindo do outro lado do carro. Eu me lembro de ter pensado que felizmente ele ou ela havia saído pela porta da esquerda, pois assim eu pude simplesmente deslizar o corpo e entrar e... agora estou me lembrando... ah, meu Deus... posso não ter trancado a porta. A chegada do veículo, no exato momento em que eu precisava de um táxi, me distraiu, fez com que eu me apressasse, eu...

Maisie pôs a mão no antebraço de Svenson.

– Não se preocupe, Sr. Svenson. Se alguém queria entrar na galeria, ele ou ela teria descoberto se a porta estava ou não aberta. É apenas mais uma informação para que eu possa fazer meu trabalho.

– Mas a senhorita acha que Nick foi *assassinado*?

Maisie e Billy se entreolharam outra vez. Enquanto Maisie interrogava Svenson, Billy tomava notas. Havia chegado o momento para passarem ao segundo motivo da visita.

– Sr. Svenson, também estou aqui para trazer algumas novidades que, por enquanto, devemos manter apenas entre nós três. Além disso, tenho uma proposta para o senhor e preciso de sua ajuda.

Svenson deu de ombros.

– Minha ajuda? Como?

– Sei onde está a obra-prima e quero expô-la aqui, em sua galeria. Eu...
– A senhorita sabe onde está o tríptico?
– Não é um tríptico. E sim, sei onde está. Deixe-me terminar, Sr. Svenson. Quero que sejam enviados convites informais para um grupo seleto de pessoas: os amigos de Nick de Dungeness, a família dele, o Sr. Bradley, talvez um representante de cada um dos museus. Tenho certeza de que mais tarde o senhor terá a oportunidade de fazer uma exposição aberta ao público, talvez para exibir outras obras encontradas por Georgie e Nolly depois da morte de Nick. Para o meu olhar leigo, parece que até mesmo os cadernos de esboços valem um bom dinheiro, embora isso tivesse de ser feito com a permissão da família, isto é, das irmãs, como executoras testamentárias.
– Ah, meu Deus, meu Deus, precisamos tomar providências. Preciso ver a obra, preciso!
Maisie balançou a cabeça.
– Não, Sr. Svenson. Tenho de fazer um pedido. Espero muito que o senhor o conceda, pois ele é crucial para meu trabalho e para o propósito dessa exposição especial.
– O que quer dizer?
– Não apenas exijo que o senhor cuide das providências de forma confidencial, divulgando as informações da maneira como estou estipulando, como também precisarei ter acesso privado à galeria. Apenas os homens que eu escolher vão auxiliar na montagem da obra. Seguiremos um horário de trabalho durante um período específico no qual, para todos os efeitos, a galeria parecerá estar fechada. Não preciso nem dizer que minhas instruções deverão ser seguidas ao pé da letra.
– E quanto a Georgie? Ela será informada?
– Eu a encontrarei hoje à tarde. Como cliente, ela deverá ser mantida a par do meu progresso, mas ela também precisará entender que, para o sucesso do meu trabalho, não deve exigir que eu justifique ou fale sobre cada decisão minha.
– Está me pedindo muita coisa, Srta. Dobbs.
– Eu sei. Mas o senhor, por sua vez, pediu muito para Nick. E, embora ele às vezes fosse arredio, sua reputação cresceu mil vezes em função desse relacionamento. Acho que o senhor lhe deve isso, não?

O homem ficou em silêncio por um momento e em seguida olhou outra vez para Maisie.

– Diga-me exatamente o que quer que eu faça.

∽

Por sorte, Georgina estava em casa quando Maisie chegou. Quando foi avisada pela empregada de que a Srta. Dobbs estava aguardando na sala de estar, Georgina emergiu de seu escritório com os dedos novamente manchados de tinta.

– Desculpe-me se a estou incomodando enquanto você trabalha, Georgina.

– É a maldição do escritor, Maisie: fico ao mesmo tempo aborrecida e aliviada ao ser interrompida. Posso passar muito tempo limpando as teclas da minha máquina de escrever ou enxaguando a pena e o corpo da minha caneta-tinteiro... tudo que faça parte do trabalho de um escritor e que não seja de fato enfileirar palavras... – Ela sorriu, puxou um lenço do bolso e limpou as mãos. – Diga-me, tem novidades?

– Acho que precisamos nos sentar.

Georgina se sentou em uma poltrona e continuou a limpar os dedos com o lenço, embora agora suas mãos tremessem. Ela olhou para Maisie, que havia se sentado no sofá Chesterfield, na extremidade mais próxima a ela.

– Vá em frente.

– Antes de mais nada, Georgina, eu gostaria de lhe perguntar sobre esse quadro pendurado acima de seu bar, o que pertence ao Sr. Stein.

– Maisie, já lhe disse, não sei...

– Georgina! Por favor, não minta para mim. Você deveria saber que o meu trabalho, em seu nome, me levaria a desenterrar a verdade sobre o que tem se passado lá em Dungeness.

Georgina se levantou e começou a andar pela sala.

– Não pensei que isso tivesse a ver com a investigação.

– Não pensou que isso tivesse a ver com a investigação? Você perdeu a noção das coisas, Georgina?

A mulher balançou a cabeça.

– Eu sabia apenas que o envolvimento de Nick não tinha ligação com...
Maisie se levantou e encarou sua cliente.

– Seja como for, Georgina, precisei seguir a pista que descobri, e isso me tomou um tempo valioso. Foi um desvio que precisou ser explorado até eu concluir que ele não tinha relação direta com a morte de Nick.

– Eu... sinto muitíssimo. Mas o que eles estão fazendo é por uma boa causa.

– Sim, eu sei. Mas você está ciente de que Harry está com a corda no pescoço, e Nick também deve ter corrido riscos.

– E você acha que isso não teve nada a ver com a morte dele?

– Não, Georgina, acho que não. – Maisie suspirou. – Mas, se quer ajudar Harry, assim como Duncan e Quentin, então precisa localizá-los o mais rápido possível e lhes dizer que quero falar com eles com urgência. Tenho conselhos que acho que poderão ser úteis, embora eles tenham assumido enormes riscos.

– É claro. Eu...

– E eu tenho novidades para você.

– Sobre a morte de Nick?

– Não exatamente. Localizei o depósito onde Nick guardava grande parte de seus trabalhos, inclusive o que estava desaparecido.

Georgina estendeu a mão e tocou no braço de Maisie.

– Você encontrou o tríptico?

– São seis partes, na verdade.

Georgina encarou Maisie.

– Então vamos lá! Eu quero vê-lo.

Maisie balançou a cabeça.

– Por favor, sente-se, Georgina. Há outros planos que já estão em andamento, planos aos que peço que você se atenha.

Georgina voltou a se sentar, mas falou em um tom curto e grosso:

– O que quer dizer? O que lhe dá o direito de executar "outros planos" sem primeiro pedir minha permissão expressa? Se alguém deveria estar fazendo planos, deveria ser...

– Georgina, por favor! – Maisie elevou a voz, depois se aproximou e segurou as mãos da mulher. – Fique calma e escute.

Georgina assentiu, recolhendo as mãos e cruzando os braços.

– Você tem todo o direito de estar ofendida e de querer ver a obra de seu irmão – continuou Maisie. – No entanto, para que minha investigação progredisse, precisei avançar rápido.

– Raios! Mas sou sua cliente! Sou eu quem está pagando seus honorários, e é um dinheiro e tanto! – Georgina se inclinou para a frente, com o corpo tenso.

– Claro, mas, no meu trabalho, algumas vezes devo ser leal aos mortos, e este é um desses momentos. Pensei muito e por bastante tempo sobre o que fazer neste caso e devo pedir sua confiança e sua aprovação.

O silêncio invadiu a sala. Georgina ficou batendo com o pé direito no chão repetidas vezes e então soltou um suspiro final.

– Maisie, não sei por que você está agindo dessa maneira, ou o que inspirou seu "plano", mas... mas, contra a minha vontade, vou confiar em você. Ao mesmo tempo, estou profundamente chateada.

Ela estendeu o braço na direção de Maisie, que segurou sua mão mais uma vez.

– Obrigada por sua confiança. – Maisie sorriu para Georgina. – Meu trabalho não termina quando encontro a solução para determinado caso nem quando a informação buscada é descoberta. Ele só acaba quando aqueles que são impactados pelo meu trabalho estão apaziguados com o resultado.

– O que quer dizer?

– O que quero dizer é algo que meus clientes nunca conseguem entender de fato até que eu tenha atingido o propósito da investigação.

Georgina fitou a lareira por um momento e então se voltou para Maisie.

– É melhor me contar seus planos.

∽

Maisie saiu do apartamento quando começava a anoitecer e uma neblina invernal pairava do lado de fora. Ao chegar ao MG, uma sombria sensação de tristeza a envolvia – um sentimento que ela havia previsto e que pressagiava a devastação à espreita de Georgina e sua família. Ela se perguntou se teria outra escolha, se poderia voltar no tempo e mentir para proteger os outros. Ela tomara decisões assim antes, mas... Permaneceu no banco do motorista por um instante, refletindo sobre a situação. Ali estava ele novamente, o jogo do risco e do acaso da sorte, mas dessa vez deveria ser leal com o artista morto e as verdades que o moviam. Teria sido diferente se as pinturas não a tivessem comovido tanto? Ela nunca saberia, embora entendesse que, mesmo além do túmulo, era como se o sonho de Nick de que sua obra fosse vista pelo público mais amplo possível houvesse captado sua imaginação, e agora ela conspirava com o artista, especulando com a vida dos outros e buscando transformar esse sonho em algo real.

Maisie parou em uma cabine telefônica para deixar uma mensagem na Scotland Yard para o detetive-inspetor Stratton e não se surpreendeu ao ver o Invicta esperando por ela, estacionado sobre as lajotas da Fitzroy Square. Ela deu uma batidinha na janela ao passar, então Stratton saiu do carro e a seguiu até o escritório dela.

– Realmente espero que tenha algo de útil, Srta. Dobbs.

– Tenho mais algumas informações para o senhor, inspetor. No entanto, preciso que me retribua com certa ajuda. Creio que achará justa a troca.

Stratton suspirou.

– Sei que não ouvirei uma palavra a menos que eu concorde, então... contra a minha vontade, e esperando que seu pedido não comprometa a minha posição, a senhorita tem a minha palavra.

– Isso está longe de comprometer a sua posição, e acho mesmo que o senhor poderá receber alguns elogios mais tarde. Bem, aqui está o que descobri sobre a operação de contrabando em Kent.

Maisie colocou duas cadeiras na frente da lareira a gás e acendeu as chamas. Quando os dois estavam acomodados, ela começou a falar:

– Deixe-me começar pelo início. Os artistas, Nick Bassington-Hope, Duncan Haywood e Quentin Trayner, estavam todos envolvidos na operação de contrabando na costa. Eram ajudados por três pescadores, dois de Hastings, homens com um barco grande o suficiente para seus objetivos, e um de Dungeness, um homem mais velho que, com certeza, tem um conhecimento amplo e profundo sobre angras, cavernas marítimas e outros lugares secretos ao longo do litoral. E, é claro, ele era o elemento decisivo da operação, o intermediário que recrutava os moradores locais certos para o trabalho.

– Prossiga – respondeu Stratton, sem tirar os olhos de Maisie.

– Bem, o que ocorre é que essa operação não tinha nada estritamente ilegal, por assim dizer. Não do jeito que se costuma pensar. É claro, essa é uma conjectura que faço, a partir de informações colhidas de diversas fontes e abarcando um sentido de missão... e é isso mesmo que estou querendo dizer... assumido pelos artistas. – Maisie fez uma pausa para avaliar como suas palavras estavam repercutindo. – Como o senhor deve saber, as coleções de arte mais valiosas aqui na Grã-Bretanha e no continente europeu estão sendo saqueadas por um seleto grupo de compradores americanos, aqueles que ainda têm dinheiro e que estão interessados em tirar proveito de uma aristocracia fragilizada pela guerra, pelo desastre econômico e pelo fato de que as linhas de sucessão foram efetivamente interrompidas em diversas famílias que possuíam essas coleções. E investir em arte atualmente é visto como um bom negócio, mais seguro do que ações e apólices, então muitas obras valiosas e estimadas estão seguindo seu caminho pelo Atlântico, e nossos museus só conseguem arcar com a proteção de algumas. Do outro lado estão os artistas, pessoas como Bassington-Hope, como Trayner, como Haywood, que viram o êxodo desses quadros que os inspiraram quando jovens. Nick, especialmente, foi impactado pelo poder que os ricos exercem no mercado. É claro, ele foi favorecido por esse consumo, mas também ficou encolerizado com o que estava acontecendo. E a história não termina aqui.

Ela fez outra pausa, reavaliando o interesse de Stratton antes de continuar:

– Há ainda outras pessoas com bons motivos para temer pelo futuro de suas propriedades. Não tenho certeza, para ser franca, sobre que grupo apareceu primeiro para os artistas, mas isso não tem tanta importância. – Maisie pressionou os lábios enquanto escolhia as palavras com cuidado. – Como o senhor sabe, na Alemanha aquele novo partido, liderado por Adolf Hitler, tem cada vez mais influência na política. Algumas pessoas começaram a ficar receosas, pessoas que, para todos os efeitos, têm visto os sinais de alerta. Elas preveem que perderão tudo o que têm. E há os que querem ajudar. Descobri que obras de arte valiosas estão sendo distribuídas pela Europa para ficar em segurança até o momento em que puderem ser devolvidas sem risco para seus donos. E os donos sabem que pode levar anos, possivelmente décadas, para que voltem a ter esse sentimento de segurança. Os artistas têm dois contatos, um na França e o outro na Alemanha, e possivelmente outros mais, que recebem e preparam os itens para a evacuação. Uma vez que estão em boas mãos, os objetos valiosos são então alocados na casa de simpatizantes, que os escondem até que os donos por direito possam recuperá-los, quando tiver passado esse período turbulento. Não há nenhuma lei que impeça isso, mas eles obviamente não querem que a saída das obras seja descoberta por aqueles que podem querer obtê-las, seja um investidor que almeje se apropriar delas contra o desejo dos descendentes de uma família, seja um partido político que casse os direitos de um segmento da população.

– Isso tudo é muito instigante, Srta. Dobbs, mas os homens que estamos procurando não estão interessados em quadros.

Stratton inclinou o corpo para a frente, estendendo a mão na direção da lareira.

– Eu sei, mas eles estão interessados em diamantes, certo? – respondeu Maisie, enquanto se inclinava para aumentar as chamas.

Stratton ficou em silêncio.

– Como eu disse, muitas das informações que coletei vieram de um comentário aqui, de uma conversa entreouvida ali, talvez de uma observação que tenha levado a uma suposição feliz. Mas escute o que acho que aconteceu para atrair o interesse dos homens que os senhores estão procurando.

– Prossiga.

Stratton recolheu as mãos e as enfiou nos bolsos do casaco.

– Harry Bassington-Hope estava em apuros...

– Pelo amor de Deus, disso nós sabemos!

– Tenha paciência, inspetor – continuou Maisie. – Harry estava em apuros, uma situação nada incomum. Pressionado contra a parede, ele revelou um segredo que, em algum momento, seu irmão deve ter lhe confidenciado: que os artistas estavam transportando pelo Canal da Mancha quadros e outras obras de arte do continente europeu para mantê-las em segurança na Inglaterra. Eram objetos de pouca importância para os criminosos, que preferem fazer negócio nos ramos que já conhecem. Eles escolhem vender apenas aquilo com que possam lidar facilmente por meio de contatos que transportam as mercadorias e assim ganham dinheiro. Uma coisa que eles conhecem bem é o mercado de pedras preciosas, principalmente de diamantes. Trazer as pedras preciosas usando seus próprios contatos transcontinentais, portanto, tornou-se um esquema mais fácil: pressionar Nick Bassington-Hope, tornar claro que seu irmão sofreria as consequências se ele não aceitasse jogar aquele jogo e aproveitar que Nick era um líder que podia convencer seus parceiros. Em suma, Nick já havia criado os meios para transportar objetos de valor, o sistema já estava pronto, então o elemento criminoso simplesmente pegou uma carona no esquema. E a ameaça à vida de Harry assegurava que as bocas permanecessem fechadas. Quando o sistema se provou eficaz, os homens que estavam manipulando Harry começaram a fazer pagamentos constantes, garantindo que todos se dessem por satisfeitos e se vissem presos na rede.

– Supondo que esteja certa, Srta. Dobbs, e isso ainda precisará ser provado, como diabos descobriu tudo?

– Prestei muita atenção e, é claro, tive sorte nos lugares que visitei: estive em Dungeness na hora certa e pude ver a operação em primeira mão. E meu assistente e eu passamos horas na Tate, aprendendo sobre arte. No final das contas, porém, é preciso ter uma dose de fé, assumir o risco. De certa maneira é como fazer uma aposta. – Maisie fez uma pausa, sorrindo. – E, é claro, vi os diamantes serem removidos do fundo de um quadro e entregues aos bandidos, então soube o que estava se passando. Assim como o Departamento de Impostos... Embora, até onde sei, eles ainda não tenham capturado os criminosos. Mas serão os primeiros a aparecer com as algemas. Devo acrescentar que fui interrogada de forma bastante meticulosa pelos seus colegas servidores do governo e acho que disse a eles praticamente tudo o que lhe contei.

Stratton ficou em silêncio por um momento e então se voltou para Maisie.

– Mais alguma coisa, Srta. Dobbs?

– Sim, mais uma coisa. – Ela fez uma pausa. – Deixei um recado para que os amigos de Nick entrem em contato comigo. Quando eu conversar com eles, vou pressioná-los para que o procurem assim que possível. Imagino que a prontidão deles em colaborar com o senhor resultará em uma visão mais amena de suas atividades.

– Fazer um acordo comigo é possível, mas, quando os criminosos ouvirem rumores disso, esses sujeitos possivelmente precisarão de algum tipo de proteção.

– Pensei nisso. Eles foram pressionados a colaborar em troca da vida de Harry. Com Nick morto e Harry devendo dinheiro a torto e a direito, tanto Haywood quanto Trayner estavam prontos para jogar a toalha.

– Mesmo assim, a gangue garantiu que estivessem envolvidos no esquema até o pescoço ao lhes dar dinheiro. E, por mais elevadas e grandiosas que fossem as intenções deles, não se recusaram a recebê-lo, certo?

– E quem se recusaria nas atuais circunstâncias? – Maisie balançou a cabeça. – Sei que isso representa um entrave, mas, certamente, se eles colaborarem com o senhor em suas investigações e ajudarem nas detenções...

Stratton suspirou.

– Farei o possível. – Ele fez uma pausa, dando de ombros e olhando para as mãos, então voltou sua atenção para Maisie. – Bem, e como a senhorita quer que eu a ajude?

– Acho que o que tenho em mente o ajudará também – respondeu Maisie, com calma. – Isso deve ser tratado com o maior cuidado, inspetor.

Svenson providenciou para que o andaime fosse erguido no fundo da galeria no sábado, enquanto Maisie reuniu os homens – e uma mulher – que a ajudariam no domingo à tarde, quando a estrutura estaria concluída. Embora os planos originais da composição não tivessem sido encontrados, e Maisie não quisesse pedir a ajuda de Duncan Haywood e Alex Courtman, Arthur Levitt desempenhou as funções de contramestre, orientando os homens sobre como posicionar cavaletes a certa altura do chão para facilitar o correto posicionamento de cada peça. A partir da análise que fizera da obra-prima de Nick, Maisie pôde esboçar um esquema para os ajudantes se guiarem, mas não compartilhou o conteúdo com Svenson nem com Levitt.

Enquanto isso, seguindo as instruções de Maisie, Svenson havia preparado cartas noticiando que o "tríptico" havia sido descoberto e que, depois da montagem da exposição durante todo o domingo, uma pré-estreia seria realizada no decurso da semana seguinte. Uma notificação formal da recepção seria enviada em breve. A carta reconhecia a natureza incomum do convite, que, ele inferia, sem dúvida seria compreendida por todos aqueles que haviam conhecido Nick. A decisão de fazer uma recepção para um grupo limitado e seleto a fim de homenagear o artista fora tomada de improviso e era uma oportunidade para a galeria prestar tributo a um homem de incomum complexidade artística. A carta também registrava que, de acordo com o desejo de Nicholas Bassington-Hope, como se sabia, representantes dos principais museus de Londres seriam convidados.

A pedido de Maisie, Svenson entregou a ela as cartas para serem postadas. Elas seriam recebidas na manhã de sábado por cada integrante da família Bassington-Hope, embora não tivesse sido fácil decidir qual o melhor endereço para enviar a carta de Harry. Eles também prepararam envelopes para Quentin Trayner, Duncan Haywood e Alex Courtman e previram que, quando o café da manhã de Randolph Bradley fosse deixado em sua suíte no sábado pela manhã, a carta estaria sobre um exemplar do *International Herald Tribune*.

Maisie e Billy passaram a maior parte do sábado juntando as pessoas e os equipamentos necessários para executar sua parte da produção. Svenson havia se oferecido para cobrir todos os custos envolvidos na montagem da exposição na noite de domingo, assim como as despesas da própria exposição. O cunhado de Billy iria trabalhar pela primeira vez depois de meses, e Eric havia pedido o furgão de Reg Martin, que aceitou emprestá-lo. Sandra ajudou Maisie na compra de todo tipo de prego, parafuso, gancho e polia. Os planos estavam se encaixando. Quase rápido demais, o domingo se aproximava.

∽

Maisie, Billy, Eric, Jim e Sandra entraram na galeria quando os homens davam os retoques finais na montagem dos suportes de madeira, dos cavaletes e das escadas que seriam usados para posicionar as peças criadas por Nick Bassington-Hope.

– Por ora isso é tudo, Sr. Levitt. A partir de agora, podemos dar conta.

Levitt aquiesceu.

– A senhorita precisará das chaves.

– Obrigada.

Assim que escutaram o zelador partir, Billy foi verificar se a porta dos fundos estava preparada e a porta da frente trancada. Juntos, Eric e Jim estenderam telas por toda a sala para que a parede dos fundos não pudesse ser vista da rua, enquanto Maisie e Sandra cobriram o chão com pesadas mantas de algodão antipoeira do tipo utilizado por pintores de parede.

– Tudo pronto para descarregarmos o furgão, senhorita?

– Tudo pronto, Billy.

Maisie e Sandra abriram uma caixa que haviam trazido e tiraram de dentro ferramentas de que precisariam para a parte seguinte do plano. Os homens voltaram com os seis quadros, que colocaram deitados sobre as mantas antes de voltar para o furgão e pegar outros equipamentos. Enquanto isso, as mulheres se lançaram ao trabalho, tomando o cuidado de vestir um macacão e cobrir o cabelo com um lenço amarrado na cabeça antes de começar.

Cerca de três horas mais tarde, Maisie consultou seu relógio e capturou o olhar de Billy.

– Hora de deixar Stratton entrar, senhorita?

– Sim, está na hora. Depois, vá até o balcão.

– A senhorita ficará bem?

– É claro.

Ao assumir sua posição atrás de uma tela, Maisie sentiu o estômago revirar. Havia sempre a chance de que ela estivesse errada. Engoliu em seco. Sim, essa era a sua aposta.

∽

Às nove e meia, de acordo com o relógio de Maisie, iluminado apenas por um segundo por sua lanterna, ela escutou o ronco de um carro na viela, seguido pelo som de um trinco sendo fechado nos fundos da galeria. Toda sensação de movimento foi suspensa quando ela ergueu a cabeça e apurou os ouvidos. Passos cuidadosos ecoaram, como se a pessoa que havia entrado na galeria levasse uma carga pesada. Logo se ouviu um inequívoco ruído de algo rangendo quando a porta que levava à galeria foi aberta, e os passos se aproximaram cada vez mais. Houve então uma pausa. A respiração do intruso tornou-se dificultosa e agitada. Ouviu-se uma lamúria, um som doloroso e triste que provinha de alguém que claramente estava lidando com um peso sacrificante.

Escutou-se em seguida um suspiro profundo e um som metálico reverberou no ar. E algo mais: um odor reconhecível. Maisie quase engasgou. *Combustível. Parafina.* Para cá e para lá, os passos se moviam mais rápido, o som do líquido inflamável entornando pelo chão, sob as peças que Maisie e seus ajudantes haviam trabalhado tão arduamente para instalar na parede. O andaime pegaria fogo em um segundo, mas ela ainda não podia se mexer. Ela sabia que precisaria esperar, tinha de permanecer ali por tempo suficiente para ouvir o intruso falar. Haveria uma declaração. Ou pelo menos ela esperava estar certa em seu pressentimento de que tal destruição seria acompanhada por palavras dirigidas a Nick, como se o próprio artista estivesse na sala. Por fim, quando a fumaça do combustível tomou conta do espaço, uma voz falou em alto e bom som. Maisie puxou o lenço de sua cabeça e cobriu o nariz e a boca, sem parar de prestar atenção no que era dito.

– Você me decepcionou, Nick. Você simplesmente não soube o momento de parar, não foi? Eu lhe implorei, meu menino querido. Fiz tudo o que pude para impedir isto, mas você não poderia retroceder, hein? – A lata chacoalhou com os resíduos da parafina, e Maisie escutou uma segunda lata ser aberta. – Não pude acreditar que você não me deu ouvidos. Não pude acreditar que você apenas ficaria parado ali. Não quis machucar você, Nick, não quis isso... mas não podia permitir que você fizesse isso, não poderia permitir que você desonrasse a carne da sua carne, o sangue do seu sangue.

O solilóquio foi se transformando em um sussurro, e o homem derrubou a lata, então manuseou desajeitadamente uma caixa de fósforos tirada do bolso de seu casaco.

– Maldição! – O fósforo não acendeu e, quando ele tentou tirar outro fósforo, a caixa caiu no chão e seu conteúdo se espalhou em meio ao líquido acre. – Nick, seu maldito. Mesmo morto você tentará salvar esta monstruosidade, mesmo com você morto, não consigo pará-lo.

Maisie se levantou e começou a andar na direção do homem que havia chegado para destruir a obra de seu filho amado.

– Piers...

Agora parcialmente iluminado por um raio de luz proveniente do poste da rua, o homem franziu a testa, como se não compreendesse exatamente o que estava acontecendo.

– Que diabos...?

Ela não podia mais esperar, seria arriscado demais.

– Billy, Stratton!

Logo um alvoroço tomou conta da galeria quando os homens do inspetor Stratton entraram correndo com baldes contra incêndio cheios de areia e Piers Bassington-Hope se pôs a buscar qualquer coisa que pudesse ser usada para incendiar o líquido inflamável.

– A culpa foi dele, você sabe, foi de Nick. Eu não queria que isso acontecesse. Eu não queria...

– Guarde isso para o inquérito, senhor – instruiu Stratton.

Ele fez sinal para um sargento, que prendeu os braços do homem mais velho para trás. O clique ruidoso da trava das algemas ecoou nos ouvidos de Maisie enquanto o assassino de Nick era levado embora.

– Eu... eu queria falar com ele, eu... – disse Maisie, olhando ao redor. A brigada de incêndio havia sido convocada para proteger a galeria.

– É muito perigoso, e, de todo modo, não há necessidade de permanecerem aqui, Srta. Dobbs. A senhorita deverá ir à delegacia, é claro.

– Sim, de fato, mas preciso telefonar logo para Svenson e, antes de partir, quero me certificar de que a galeria esteja segura. Acho que nenhum de nós previu um estrago desses.

Stratton olhou para a pintura na parede.

– É uma pena que ele não tenha se livrado dessa coisa, se quer saber minha opinião.

Billy, que estivera conversando com a polícia e com a brigada de incêndio, juntou-se a eles nesse momento.

– O senhor está falando sobre essa preciosa obra de arte aqui, inspetor?

– Estou, sim.

Maisie revirou os olhos.

– Digamos apenas, cavalheiros, que meus esforços podem ter salvado uma grande obra de arte esta noite.

Todos eles se viraram para olhar para as seis peças de madeira compensada que Sandra havia pintado de branco mais cedo e que Maisie usara como fundo para sua própria obra-prima.

– Ainda bem que ele não veio com uma lanterna!

Maisie sentia o corpo e a alma pesados ao dirigir lentamente para seu apartamento em Pimlico nas primeiras horas da manhã. Piers Bassington-Hope havia acreditado que um filho amado entenderia o apelo que ele havia feito em nome de outro de seus rebentos. Seus atos, carregados de um profundo desengano, haviam causado a morte de seu filho mais velho. No entanto, ele não acreditava, como Maisie acreditava, que a filha de quem gostava tão profundamente poderia ser forte o suficiente para enfrentar toda representação da vida ou da morte criada pelo irmão.

CAPÍTULO 19

Como se anjos houvessem conspirado para limpar os céus para Lizzie Beale, um sol baixo e brilhante de inverno conseguiu atravessar o nevoeiro matinal no dia em que seu corpo foi entregue à terra. Uma missa na igreja local, com seus contrafortes manchados pela fumaça e pelo líquen verde que crescia pelo arenito úmido, comoveu todos os presentes. Parecia que todo o bairro estava lá para se despedir da criança cujo sorriso nunca mais seria esquecido. Maisie observou Billy e Doreen carregando o peso de sua filha entre eles, levando para a igreja o pequeno caixão branco coberto com um ramalhete de campânulas brancas.

Mais tarde, ao lado do túmulo, o estoicismo silencioso de Billy infundiu força a Doreen, que se apoiou nele, temendo que suas pernas não a sustentassem durante a despedida final. Segurando no colo a criança recém-nascida, Ada permaneceu ao lado da irmã, sabendo que o calor da fraternidade daria a ela sustento naquela jornada marcada pelo luto. Um grupo de parentes havia se reunido ao redor dos Beales, então Maisie se postou de outro lado, embora Billy lhe tivesse acenado para que se aproximasse. Ela viu o caixão descer à terra e pôs a mão sobre a boca quando o pastor, com uma suavidade que só podia vir de sua força interior, disse as palavras "Das cinzas às cinzas, do pó ao pó...", seguidas por outra reza para a criança morta. Então Billy se abaixou para pegar um punhado de terra marrom e fria. Ele olhou para a sujeira em sua mão e então pegou a rosa de sua lapela e a lançou ao vazio que logo seria preenchido. Depois que a rosa se acomodou entre o branco puro das campânulas, ele jogou o primeiro punhado de terra em sinal de despedida. A seguir foi a vez de Doreen, e depois outros foram à frente e fizeram o mesmo gesto. Tendo aguardado até o fim, em respeito àqueles que eram mais próximos da família, Maisie caminhou lentamente até a beirada da sepultura, lembrando-se, uma vez mais, da suavidade da cabecinha de Lizzie, dos cachos que certa vez roçaram em seu queixo e da pequenina mão com covinhas que seguraram o botão da sua roupa. Ela também pegou um punhado de terra e escutou o baque quando ela se espalhou pelo caixão. Então desejou uma boa passagem à querida Lizzie Beale.

No dia anterior, em vez de dirigir diretamente até a Scotland Yard depois da detenção de Piers, Maisie foi primeiro ao apartamento de Georgina, onde anunciou em primeira mão que seu pai estava em custódia policial relacionada à morte de seu irmão.

– Georgina, tenho certeza de que você quer ficar com ele. Vou levá-la agora, se quiser.

– Sim, sim, é claro.

Georgina pôs a mão na testa, como se não tivesse certeza do que queria fazer.

– Vou pegar seu casaco, Georgina.

Maisie chamou a empregada, que saiu e depois retornou com o casaco, o chapéu, as luvas e a bolsa da patroa.

– Precisa avisar a alguém antes de sairmos?

– Eu... eu acho que vou... Não, o verei primeiro. É melhor não falar com ninguém antes que eu veja o papai e o inspetor Stratton. Nolly terá um ataque se eu não tiver todos os detalhes na ponta da língua. Acho que foi assim que me tornei jornalista, sabe, tendo uma irmã como Nolly! – Georgina deu um meio sorriso e depois olhou para Maisie. Tinha os olhos baços e a pele pálida. – Uma bela confusão em que meti a família, hein? Eu deveria ter deixado tudo como estava.

Em silêncio, Maisie abriu a porta para sua cliente, apoiando-a para descer a escada até o carro. Ela preferiu não comentar nada com Georgina sobre a verdade, sobre o instinto que a havia inspirado a buscar sua ajuda. Não era o momento certo para falar da voz interior que nos orienta a tomar determinada direção, embora saibamos – embora saibamos e talvez nunca reconheçamos tal intuição – que continuar em nosso caminho significa às vezes arriscar a felicidade daqueles que estimamos.

∽

Georgina simplesmente se lançou nos braços do pai ao entrar na sala de interrogatório da Scotland Yard, seus soluços juntando-se aos dele enquanto se abraçavam. Maisie acompanhou Georgina até a sala, junto com uma policial auxiliar, e se virou para ir embora, mas ouviu a mulher a chamar.

– Não, por favor, Maisie... fique aqui!

Maisie olhou para Stratton, que estava postado atrás de Piers Bassington-Hope e fez um simples aceno. Ela poderia permanecer na sala.

Sentada perto o suficiente de Georgina a ponto de ver as mãos dela tremerem, Maisie ficou em silêncio enquanto pai e filha conversavam, Piers limpando a garganta e passando as mãos no cabelo platinado repetidas vezes ao recontar os eventos que levaram à morte do filho.

– Fui à casa de Nick, devia ser o início de novembro. Fazia anos não tínhamos muito tempo para... para conversar, como fazem pai e filho, a sós. Você conhece bem a sua mãe, sempre paparicando Nick, então eu dificilmente tinha tempo para ficar com ele quando ia lá em casa. – Ele engoliu em seco, depois pigarreou outra vez. – Nick havia saído para encher a chaleira com a água do barril, então me sentei... perto de uma pilha de cadernos de esboços. Comecei folheando-os... Como sempre, eu estava encantado com o trabalho de seu irmão. – Ele fez uma pausa. – Eu tinha tanto orgulho dele...

Georgina estendeu o braço até o pai e em seguida recolheu as mãos para pegar um lenço de seu bolso, com o qual secou os olhos.

Piers continuou a falar:

– Nick estava demorando, então continuei... preparado para colocá-los de volta no lugar quando ele chegasse. Você sabe como às vezes ele era enigmático, e eu não queria que pensasse que eu estava bisbilhotando. E foi quando eu os encontrei, os cadernos de esboços...

Ele levou a mão ao peito, soluçando, e então tossiu, de tal maneira que a auxiliar de Stratton deixou a sala para trazer um copo d'água.

– Eu... eu reconheci o tema da obra imediatamente, era inconfundível

– continuou ele. – E perguntei a ele que diabos achava que estava fazendo. Como ele podia fazer aquilo, como meu filho... podia fazer aquilo? Ele me contou que a obra era o projeto mais ambicioso de toda a sua vida, que ele não faria nenhuma concessão. Georgina, eu lhe implorei que escolhesse um modelo desconhecido, mas Nick se recusou, dizendo que em sua obra ele deveria honrar a verdade e que havia refletido muito e longamente sobre sua decisão, que considerava simplesmente justa. Tentei fazê-lo compreender, tentei fazê-lo enxergar... mas ele apenas gesticulou para que eu parasse de falar, disse que eu era um velho que não entendia o que a arte representava hoje, que eu deveria me contentar com paredes cheias de hera. – Piers fechou com força o maxilar, tentando conter as lágrimas. – Meu filho achava que eu estava ultrapassado como artista, e meus apelos foram recebidos com desprezo... não há outra palavra para isso. – Ele estendeu a mão para Georgina. – Você sabe como Nick era às vezes, Georgie. Você sabe como ele podia ser teimoso e intratável. – Ele se reclinou na cadeira. – Voltei nas semanas seguintes para pedir que ele reconsiderasse meu apelo, para pedir que parasse e pensasse melhor, para... ser cortês em seu trabalho. Mas ele não abriu mão de nada.

Piers tomou um gole de água e então começou a descrever sua tentativa final de mudar a opinião do filho. Ele voltou à galeria na véspera da exposição, quando todos já haviam partido, sabendo que ele era a única pessoa que conhecia um pouco das pinturas e também que era imperativo que seu apelo fosse atendido. Quando entrou pela porta da frente, deixada aberta por Stig Svenson, Piers viu que seu filho estava sobre o andaime e, querendo encará-lo, em vez de olhar para ele de baixo para cima – um desejo que Maisie entendeu imediatamente, embora Piers não pudesse explicar sua motivação –, foi até a escada que levava ao balcão e logo ficou no mesmo nível do filho. Ainda ágil, Piers subiu no gradil e, de lá, entrou no andaime para enfatizar a importância de seu pedido. Nick logo virou as costas para o pai e continuou a fazer seu trabalho como se ele nem estivesse ali.

– Eu então vi a fria recusa nos olhos de Nick. – Piers Bassington-Hope soluçava ao falar. – Ele me enfureceu. Afinal, como podia ser tão indiferente, tão insensível em relação ao que estava fazendo? Eu não pude evitar, eu não...

Georgina estendeu ao seu pai um lenço limpo, que ele pressionou sobre os olhos.

– Eu sinto tanto... – Piers balançou a cabeça e prosseguiu: – Eu... eu não pude me conter. Levantei a mão e o golpeei no rosto, e então novamente, com as costas da mão. Bati em meu próprio filho. – Ele engoliu em seco, pondo a mão no peito uma vez mais em uma tentativa de controlar as emoções. – Então a estrutura começou a se mover. Nós dois perdemos o equilíbrio, mal conseguindo nos manter de pé, então... então... Nick se virou e me insultou, e eu... eu... perdi o controle dos meus sentidos. Era como se eu estivesse cego. Não consegui enxergar mais nada, apenas sentia esse... esse turbilhão de raiva subindo dos meus pés e explodindo na cabeça. Senti minha mão tocar a lateral do rosto de Nick, então estendi os braços para me agarrar no andaime, em algo que pudesse me dar estabilidade. Então Nick se foi. Ele caiu antes que eu pudesse segurá-lo. Em um segundo ele estava lá, com um olhar de completa descrença no rosto. – Piers olhou nos olhos de Stratton. – Nunca levantei a mão para nenhuma de minhas crianças, inspetor. Nunca. – Ele ficou em silêncio por um momento. – Então Nick se foi. Antes que eu pudesse estender a mão, antes que ele pudesse encontrar apoio para os pés, ele se foi, a barreira quebrou quando ele caiu. E ouvi um baque terrível, terrível, quando ele atingiu o chão de pedra.

Piers se inclinou de lado, gemendo, como se fosse perder os sentidos. Um agente policial deu um passo à frente para ampará-lo.

– Quando soube que seu filho estava morto, Sr. Bassington-Hope? – perguntou Stratton com voz firme, nem suave nem hostil.

Piers balançou a cabeça.

– Achei que ele fosse gritar, que fosse se levantar e começar a me repreender por tê-lo desafiado. Queria que ele gritasse comigo, brigasse, bradasse... qualquer coisa, menos o silêncio.

– Então o senhor foi embora da galeria?

Piers olhou para cima, a indignação evidente em seu olhar.

– Ah, não, não. Eu corri para ficar ao lado dele e eu... eu soube que ele estava morrendo, pude ver a vida se esvair dos seus olhos. Então segurei meu filho em meus braços até que... até que seu corpo estivesse frio.

Ele explicou que foi apenas quando amanheceu que ele entrou em pânico ao pensar na mulher e nas filhas e na angústia que elas sentiriam ao saber que Nick estava morto. As últimas palavras que ele pronunciou diante de Stratton e que finalizaram o encontro entre Georgina e seu pai foram:

– Ele era meu filho, inspetor, *meu filho*. E eu o amava.

⁓

A última exposição de Nick na Galeria Svenson foi realizada no início de fevereiro de 1931, com um grupo seleto de familiares e amigos convidados para ver a prévia de um evento que também prestava homenagem ao artista, que – como Svenson fez questão de dizer a todos que compareceram – seria lembrado como um intérprete tanto da paisagem natural quanto da humana. Alguns ali ficaram surpresos ao ver Piers sair do Invicta estacionado em frente à galeria e acompanhar sua mulher, e quando os convidados entraram, Harry, primeiro com hesitação e depois com mais confiança, ergueu seu trompete para tocar o doloroso lamento que havia composto depois de ver pela primeira vez a obra a que seu irmão dera o título de *Terra de ninguém*.

Duncan e Quentin chegaram juntos, acenando discretamente na direção de Maisie, que havia ajudado a negociar a liberdade deles ao fornecer uma descrição completa dos fatos que ela testemunhara no celeiro em Romney Marsh e ao declarar que os considerava apenas "meninos de recado" na operação do contrabando de diamantes. Alex Courtman entrou na galeria e se juntou aos dois amigos, então olhou ao redor da sala como se estivesse procurando por alguém. Ele viu Maisie, ergueu a mão para cumprimentá-la, mas nesse momento sua atenção foi desviada para a porta: Randolph Bradley havia acabado de chegar em seu lustroso Du Pont Merrimac Town Car, provocando murmúrios dos curiosos quando seu carro, produzido nos Estados Unidos, parou na entrada da galeria. Bradley fez sua aparição vestindo um estiloso terno inglês trespassado, e Maisie viu sinais de desaprovação de Nolly quando ele abordou a irmã dela, que sorriu sem entusiasmo ao oferecer a face para que fosse beijada pelo amante. Nesse momento, Harry se inclinava para trás, pressionando os lábios para emitir uma nota final penetrante, e o burburinho produzido pelos convidados cessou quando Stig Svenson subiu os degraus até se colocar em um púlpito. Ao lado dele se estendia uma corda que, ao ser acionada, faria abrir a pesada cortina de veludo vermelho-sangue que revelaria a *Terra de ninguém* completa.

Svenson usou um lenço branco para secar os olhos ao se postar atrás do púlpito e se dirigir aos convidados, que avançavam lentamente para escutar o discurso.

– Agradeço a todos por estarem reunidos aqui hoje. Por serem as pessoas mais próximas de Nick, sei que não perderiam a oportunidade de ver *Terra de ninguém* antes que a obra esteja disponível para um público mais amplo, como certamente estará no futuro. Não é nenhum segredo que o desejo mais fervoroso de Nick era que essa obra fosse legada para uma instituição pública, e estou orgulhoso de anunciar que o Sr. Randolph Bradley generosamente adquiriu *Terra de ninguém* para doá-la ao Imperial War Museum, para a perpetuidade.

Houve uma rodada de aplausos, durante a qual Svenson limpou a garganta, levando a mão à boca por um segundo antes de prosseguir:

– Todos nós conhecíamos Nick. Todos sabíamos que ele iria até o limite das convenções em sua busca para contar a verdade do que viu, do que sentiu na própria alma, por meio de seu talento como artista. Os senhores e as senhoras viram suas obras anteriores, viram as cidades flamengas, as paisagens amplas, os murais, trabalhos da mais alta complexidade, e sabem que cada uma dessas obras é marcada por uma aguçada compreensão do lugar, ou mesmo pela compreensão do amor, do ódio, da guerra, da paz. Ele era um homem de seu tempo, mas também à frente de seu tempo. Era um homem sensível que praticamente foi esmagado pelo peso de sua experiência entre 1914 a 1918. Esta obra é, talvez, a mais notável entre todas. Diante dela, é certo que a opinião do espectador não ficará submersa na névoa cinzenta da ambiguidade. Estejam preparados para odiá-la, para amá-la, mas não esperem permanecer intocados pela mensagem de Nicholas Bassington-Hope.

Pareceu que todos na sala prenderam a respiração quando Svenson se virou para a polia e abriu a cortina, revelando a obra-prima procurada desde a noite da morte do artista. Quando o silêncio tomou o lugar da espera, Maisie abriu os olhos, que ela havia cerrado quando Svenson acionou a corda. Ninguém emitiu um som sequer. Ela havia visto a obra completa nos dias que precederam a abertura da exposição e, no entanto, o impacto não foi abrandado por conta disso. Na verdade, como era a intenção do artista, a cada vez uma cena diferente parecia se destacar no primeiro plano, ensejando uma nova emoção.

O segmento da obra que havia levado Billy a não querer continuar a vê-la quando eles foram ao depósito pela primeira vez formava a base do conjunto. Cada rosto da cena foi representado de forma clara e distinta, já que o artista havia atingido um nível de detalhe que lembrava os mestres que havia estudado em Bruges e Gante. Três peças grandes – o esperado tríptico – compunham o nível seguinte, que havia sido propositalmente moldado à semelhança dos vitrais de uma grande catedral. A coluna à esquerda espelhava parte da cena abaixo dela, mas as expressões dos soldados apareciam ainda mais nítidas agora, exibindo medo, terror e determinação ao avançarem. Por fim, a magnífica e gigantesca parte central, que deixou todos na galeria petrificados. Maisie sentiu que fazia parte da cena, como se seus pés tivessem mergulhado na lama e no sangue de *Terra de ninguém* e ela estivesse tão perto que pudesse estender as mãos e tocar o solo sobre o qual muitos homens haviam caído.

A cena representada não exigia explicações. Um cessar-fogo havia sido declarado e, como era o costume, carregadores de padiola de ambos os lados haviam sido enviados para trazer de volta os vivos, enquanto outros andavam com dificuldade com pás nas mãos para enterrar os mortos. Soldados travavam contato com aqueles com quem haviam guerreado e todos sabiam que não era incomum um amigo ajudar um inimigo a enterrar um compatriota. Exauridos pela guerra, os soldados tinham muito a fazer porque logo as armas seriam acionadas com cartuchos e balas e eles teriam de marchar em direção à trincheira inimiga com baionetas fixas, com o propósito de matar antes que a morte os levasse.

Nick Bassington-Hope havia visto esse momento, havia registrado o instante em que dois soldados da infantaria – um britânico, o outro alemão – saíram de suas trincheiras em socorro aos seus, os mortos caídos no solo perto deles. Com nódoas de lama e sangue em seus rostos, a exaustão estampada em olhos que haviam visto a fornalha do inferno, os soldados reagiram instintivamente e, em vez de pegar em armas, naquele terrível momento aproximaram-se um do outro para se reconfortar. E foram capturados naquele instante, quase como se uma câmera houvesse sido usada para registrar a cena, em vez de tintas a óleo. Os homens estavam ajoelhados, agarrados em um abraço franco, um segurando o outro, como se segurar-se a outro ser humano significasse agarrar-se à própria vida. O artista havia captado, nas bocas, nas testas enrugadas, nas mãos apreensivas, uma dor profunda, um sentimento de insignificância que advinha do fato de um homem ter reconhecido outro homem não como um inimigo empunhando uma arma, mas como um reflexo de si mesmo. E ficou claro para todos aqueles que conheciam a família que o soldado britânico oferecendo ajuda para o alemão era o falecido herói de guerra Godfrey Grant.

 Noelle já havia visto a obra do irmão. Sem hesitar, ela se postou diante da pintura, reconhecendo agora por que Piers havia buscado protegê-la. Maisie permaneceu ao lado da mulher, enquanto seus olhos se moveram do quadro central para o da direita, que contava a verdade sobre a morte de seu marido. Nick nunca pôde contar para a irmã que seu marido fora assassinado, que fora torturado e depois morto a tiros pelos próprios homens com os quais serviu. O amável Godfrey, que tinha se voltado para seu inimigo e visto nele um irmão, retornou para a linha de frente britânica, para o silêncio da trincheira, que foi rompido apenas por insultos. Ele estava perto de homens que, temerosos acerca do que significava enxergar o inimigo como um ser humano, viram um inimigo em seu compatriota. Sua vida terminou com as letras BFM esboçadas com sangue sobre sua testa.

BAIXA FIBRA MORAL.

 Com seu pincel, Nick contou uma história que as palavras não seriam capazes de narrar. As duas partes finais – segmentos em formato triangular nos cantos superiores à esquerda e à direita do tríptico, que haviam sido projetados para que o grupo de pinturas formasse um retângulo – revelavam um vislumbre do que Nick sentira como um peregrino nos espaços selvagens que o curaram. Revelavam ainda que, antes de haver arame farpado e trincheiras, houve campos verdejantes e densas florestas verdes, e que depois da batalha, como a relva cresceria novamente, a terra pertenceria não ao homem, mas à natureza, ao amor. Não importava quem reivindicava a posse do solo – o artista sabia que tudo aquilo era terra de ninguém.

 Enquanto alguns se aproximaram para examinar as partes da obra em detalhe, outros, incluindo Piers e Emma Bassington-Hope, afastaram-se para ver o trabalho como um todo. Ninguém disse nada, não houve discussão sobre luz ou profundidade, sobre uma pincelada aqui, o uso de uma espátula ali. Maisie se lembrou de algo que o Dr. Wicker, o especialista que havia sido tão atencioso na Tate, dissera em resposta a uma pergunta: "Diante de uma verdadeira obra-prima, as palavras são desnecessárias. O discurso se torna redundante. É por isso que a obra de um mestre transcende todas as noções de educação, de classe social. Ela paira acima da compreensão do espectador acerca do que é considerado bom ou ruim ou certo e errado no mundo da arte. Nos verdadeiros mestres, a habilidade, a experiência e o conhecimento são transparentes, de modo que resta apenas a mensagem para que todos vejam."

 Maisie permaneceu na galeria por mais alguns minutos apenas e então foi embora e voltou ao seu escritório, pois queria completar as anotações finais do relatório que entregaria para Georgina juntamente com a fatura, quando chegasse o momento oportuno. Ela deu boa-noite para os dois policiais à paisana que esperavam perto da saída para acompanhar Piers de volta à cela na qual ele aguardaria julgamento sob a acusação de homicídio culposo. Embora o detetive-sargento segurasse um par de algemas, muito provavelmente não o usaria até que o prisioneiro saísse do carro ao chegar ao seu destino. Quando Maisie saiu da galeria e caminhou até o MG na noite gelada, percebeu que se sentia contente por estar partindo.

 Mais tarde, depois de completar seu relatório, Maisie se reclinou, colocou as anotações em um envelope, amarrou as duas pontas do fio para fechar a aba e pôs o envelope dentro da gaveta. Como acreditava que o tempo era o editor mais eficaz, ela revisaria suas anotações dentro de alguns dias e então a fatura final seria calculada e apresentada a sua cliente quando se encontrassem. Nos dias seguintes, empreenderia o processo que chamava de "acerto de contas final": um período durante o qual costumava visitar os lugares e, quando apropriado, as pessoas que havia encontrado no decurso do caso. Tinha aprendido esse método durante o treinamento com Maurice Blanche, e ele funcionava muito bem com ela, possibilitando que voltasse a trabalhar com energia e inspiração renovadas quando surgisse um novo caso.

 Antes de deixar o escritório, Maisie terminou uma tarefa pendente: escrever uma carta a madre Constance Charteris, da Abadia de Camden. Ela agradeceu a recomendação que havia trazido Georgina à sua porta e lhe fez uma breve descrição do resultado. A família Bassington-Hope havia passado por uma época turbulenta: choque, tristeza, remorso e raiva – tanto com Piers quanto com Nick. Houve brigas e compaixão, alianças haviam sido feitas e desfeitas, e então a família se uniu para apoiar o patriarca, ainda que, nesse momento, o verdadeiro perdão fosse impossível. Ela descreveu a maneira como o julgamento havia unido Noelle e Georgina – talvez elas tivessem demonstrado mais compreensão mútua do que nunca. Em sua carta, Maisie sugeriu que madre Constance poderia ver Georgina novamente em breve e acrescentou que ela mesma adoraria fazer uma visita à abadia no momento oportuno.

Maisie voltou para casa dirigindo vagarosamente, prestando especial atenção ao nevoeiro noturno. Em um impulso repentino ao passar por Victoria, ela tomou a direção de Belgravia. Estacionou o carro diante do número 15 da Ebury Place. As casas em ambos os lados da mansão dos Comptons mostravam sinais de vida, com luzes acesas nas janelas dos pisos superiores ou uma porta aberta revelando um mordomo que, por sua vez, acompanhava um visitante já de saída à noite. Mas a casa que outrora fora seu lar a fez pensar em uma mulher muito, muito idosa, que cedo da noite se recolhia aos seus aposentos, pois mesmo um dia curto agora era longo para ela. Não havia luzes acesas, nenhum sinal de que uma família estivesse na residência. Sem fechar os olhos, Maisie achou que podia ouvir as vozes ecoando de um lado para o outro da casa, vozes de quando era jovem, de Enid praguejando, de James decidido a roubar biscoitos na cozinha quando voltou à Inglaterra para ir para a guerra. Ela pôde ouvir a Sra. Crawford, o Sr. Carter e, à medida que os anos avançavam rapidamente em sua memória, visualizou em seus pensamentos a equipe que era nova na casa e também para ela quando voltou para lá, dessa vez para morar no andar de cima. Ocorreu-lhe que aquele ritual do acerto de contas era um pouco como fechar uma casa – afinal, não estava ela verificando cada quarto antes de trancar a porta, olhando através da janela para memorizar a vista antes de seguir em frente? E não haveria sempre um novo caso, um novo desafio, algo novo para estimular seu apetite por emoção, exatamente como acontecia agora em seu apartamento em Pimlico? Ela sorriu, deu uma última olhada na mansão, tirou o MG do ponto morto e saiu lentamente para voltar à sua nova casa.

Maisie viajou para Dungeness no dia seguinte. Estacionou perto dos vagões ferroviários que haviam sido o lar de Nick. Uma placa de À VENDA havia sido colocada ali, pregada em uma pesada estaca enfiada no solo. Ela contornou o vagão e pôs as mãos em concha em volta dos olhos para conseguir avistar o interior. Restavam apenas alguns móveis, o suficiente para fazer a propriedade parecer acolhedora quando outra alma aparecesse em busca de um refúgio exposto ao vento.

O sol brilhava, embora o ar estivesse frio, e, como ela estava vestida para um passeio pela praia, com um casaco de lã na altura das pernas sobre uma saia de passeio e botas, luvas e um chapéu cloche puxado para baixo protegendo suas orelhas, ela se pôs a caminho, subindo a gola ao se afastar dos vagões. Caminhou lentamente na direção do farol, seus passos soando sobre seixos ao passar por barcos de pesca atracados na praia. Redes haviam sido esvaziadas e cuidadosamente empilhadas, e gaivotas no céu davam rasantes quando pescadores se reuniam em grupos de dois e três para eviscerar um peixe ou emendar suas redes. Não havia sinal de Amos White e, embora os homens tivessem levantado a cabeça e resmungado todos ao mesmo tempo quando ela passou, Maisie sorriu e continuou seu caminho. Mesmo com o rosto irritado pelo sal e com os olhos incomodados pelo vento frio, Maisie estava feliz por ter decidido caminhar, pois adorava a água, adorava estar lá, no limite entre o mar e a terra. Como sua amiga Priscilla a havia descrito alguns meses atrás? *Você costumava caçar tesouros!* Sim, uma caçadora que encontrou um tesouro na praia, embora os bancos do Tâmisa fossem bem diferentes daquilo. Atraída para a beira da praia, ela ficou parada ali, de modo que as ondas chegaram perto, mas não muito, de molharem seus sapatos quando elas quebraram.

A maré subia cada vez mais, porém Maisie permaneceu no lugar, com as mãos segurando a gola do casaco para proteger seu pescoço. *É porque é o começo, e também o fim.* Era isso que ela amava naquele lugar onde a água encontrava a terra – a promessa de algo novo, uma sugestão de que, mesmo que o que estivesse acontecendo naquele momento precisasse ser sofrido, haveria um fim e um início. *Eu poderia zarpar nesse início*, pensou Maisie quando se virou para ir embora.

Enquanto dirigia pela Cidade Velha de Hastings, ela sabia que corria o risco de se deparar com Andrew Dene, mas sabia também que era importante dar seu próprio adeus. O MG era muito chamativo para que ela entrasse com ele na rua onde Dene morava, então estacionou perto do píer e em seguida voltou andando na direção de Rock-a-Nore. Observou turistas e até mesmo parou para tomar uma xícara de chá forte, servida pela mulher de um pescador em um barraco ao lado da praia. Foi quando ela se virou, prestes a voltar para o carro, que os viu, um casal correndo pela estrada na direção da linha férrea do funicular de East Hill. Eles estavam rindo, de mãos dadas. Embora tivesse ficado sem ar, Maisie não se entristeceu ao ver Dene com uma mulher, que pareceu muito à vontade na companhia dele, sem nenhuma pontinha de dúvida em sua fisionomia. Sabendo que eles tinham olhos apenas um para o outro, observou o funicular subir até o topo da colina e então sussurrou "adeus" enquanto andava lentamente de volta para o píer.

Ela dirigiu passando por Winchelsea, depois por Rye, e chegou a Tenterden na hora do almoço. Mesmo sem parar para ver Noelle ou Emma, simplesmente desacelerou o carro ao atravessar os portões que levavam à propriedade. A família havia curado suas feridas na abertura de *Terra de ninguém*, embora ainda fosse levar algum tempo para Piers voltar para casa. Era como se, de alguma forma, Nick ainda estivesse com eles, continuando a viver por meio do conjunto de obras que havia legado. Maisie olhou pelos portões e pensou que, um dia, poderia voltar ali, talvez com Georgina. Ou poderia ser convidada para um chá no sábado à tarde, atraída, mais uma vez, para a teia dos Bassington-Hopes. Algo dentro dela havia sido despertado naquela casa. Se sua alma fosse um quarto, seria como se a luz agora brilhasse em um canto que antes era escuro. E ela fora tocada por algo menos tangível, algo que ela havia encontrado em meio a pessoas que não viam nada de estranho em pintar árvores nas paredes. Talvez fosse a liberdade de se aventurar em seu próprio caminho, não enxergando nenhum risco no que era novo, mas apenas oportunidades.

Uma noite na casa de seu pai lhe proporcionou uma breve trégua das pressões das últimas semanas. Com a memória de seu colapso nervoso ainda presente na mente do pai, Maisie tomou cuidado para não o preocupar ainda mais, mantendo a conversa em torno de amenidades. Conversaram sobre cavalos, especialmente sobre os novos potros que logo nasceriam, e sobre o fechamento da casa dos Comptons em Belgravia. Depois de saborearem no jantar um ensopado de coelho, bolinhos e pão fresco crocante para comer com o molho, eles se sentaram em frente à lareira. Frankie caiu no sono, observado por Maisie até que a fadiga se apoderasse dela também. Era meia-noite e meia quando ela sentiu um edredom a envolver e soube que as lamparinas estavam sendo apagadas para que pudesse dormir sem ser incomodada.

Maisie partiu cedo na manhã seguinte, indo diretamente para seu escritório, onde recomeçou a ler o relatório final que logo entregaria para Georgina. Billy havia deixado um bilhete com uma lista de tarefas que ele esperava completar até o fim do dia, relacionadas principalmente à atualização de outros casos, porque a atenção da dupla estivera em outras paragens nas últimas semanas. O funeral havia sido um ponto de virada para a família Beale. Jim conseguira vários trabalhos pequenos mas constantes, um dia aqui, outro dia ali, e tudo era de grande ajuda, de acordo com Billy. Comentou-se que os visitantes talvez retornassem para Sussex, visto que a situação não era melhor em Londres do que em qualquer outro lugar. De acordo com Billy, ele e Doreen haviam discutido sobre deixar o East End e conversaram sobre se mudar da capital também.

– Mas, quando se pensa bem, são as minhas raízes, não é mesmo? É claro, não são as raízes de Doreen, mas, bem, nunca se sabe, certo? Ainda estamos pensando em ir para lá, quando tivermos economizado um dinheirinho. – Ele fez uma pausa, olhando para Maisie em busca de estímulo. – O que acha, senhorita?

– Eu acho, Billy, que há uma coisa chamada "serendipidade". Se for para vocês se mudarem, isso acontecerá. E acredito que, se vocês imaginarem e continuarem imaginando uma vida melhor para a família de vocês, os acontecimentos conspirarão para lhes apresentar uma oportunidade. E, quando chegar essa hora, vocês tomarão uma decisão, de um jeito ou de outro.

– É uma espécie de aposta, certo?

– Assim como ficar no mesmo lugar.

EPÍLOGO

O mês de fevereiro estava quase chegando ao fim quando Maisie marcou uma visita a Georgina na casa dela em Kensington. Chegando ao apartamento, surpreendeu-se ao ver do lado de fora a motocicleta de Nick, à qual haviam sido acrescentados alforjes laterais.

Enquanto aguardava que avisassem a Georgina que sua visita havia chegado, Maisie escutou o inconfundível tec-tec-tec das teclas da máquina de escrever batendo no cilindro alimentado pelo papel. A jornalista estava em um dia produtivo. A empregada saiu do escritório de Georgina, acenando para que Maisie entrasse. A sala cheia de livros se assemelhava a uma colmeia, tal era a energia emanada pela mulher, que parecia incapaz de se afastar de seu trabalho. Maisie ficou parada em silêncio até que, por fim, com um dedo indicador apoiado em uma tecla, Georgina se voltou para ela.

– Um segundo, um segundinho apenas, enquanto concluo este pensamento...

Maisie tomou um assento perto da mesa. Finalmente, Georgina puxou o cilindro, desenrolou a página de papel e a acrescentou ao manuscrito ao lado da máquina de escrever.

– Maisie, como vai? – Ela estendeu o braço e segurou a mão de Maisie. – Venha, vamos nos sentar perto da lareira.

As duas mulheres sentaram-se nas cadeiras colocadas ao lado das brasas flamejantes.

– Estou bem, porém o mais importante é: como *você* está?

Afastando seu espesso cabelo acobreado, Georgina juntou os cachos ondulados em um coque na nuca e os prendeu com um lápis.

– Achei que nunca mais sairia do buraco que havia cavado para mim mesma, para falar a verdade. Depois do resultado terrível de sua investigação, e põe terrível nisso... e não a estou culpando, não, eu culpo a mim mesma... achei que seria melhor eu apenas me afastar, fazer como Nick e partir para a América do Norte ou algo assim.

A expressão de Maisie revelou seus pensamentos.

– Ah, você é igualzinha a Nolly! Ficará satisfeita em saber que está tudo terminado com Randolph Bradley. Já vou lhe contar sobre isso, mas, antes, precisa saber que estamos esperando Piers voltar dentro de apenas alguns meses. Com o veredito de homicídio culposo e considerando a idade dele e as circunstâncias do crime, ele estará em casa no outono, de acordo com os advogados.

– Fico feliz em saber. Como tem lidado com isso? E quanto a Emma e Noelle?

Georgina suspirou.

– Estamos seguindo em frente, juntando os pedacinhos, sabe? Roma não foi construída em um dia. Nolly tem ajudado muito, ela é uma fortaleza, sempre foi. Fez milagres para Piers e Emma. E para mim também, além de ter dado um jeito em Harry. Até isso ela conseguiu fazer!

– Você poderá me contar sobre Harry mais tarde. E quanto à sua irmã?

Georgina balançou a cabeça, parando para fitar a lareira antes de recomeçar a falar:

– Piers foi o único que compreendeu, que realmente compreendeu o enorme muro que, com toda a sua organização, Nolly ergueu para barrar a maré de tristeza causada pela morte de Godfrey. Quando ela devaneava sobre ele ser um herói de guerra e assim por diante, era a si mesma que ela tentava convencer, e acho que nenhum de nós realmente a entendeu. Era tão fácil pensar que Nolly estava bem, sabe? "A boa e velha Nolly!" – Ela suspirou, olhando para as brasas como se buscasse respostas. – Mas o que Piers não entendeu foi que Nolly talvez lidasse com a verdade melhor do que todos nós, que, embora ela tivesse ficado devastada quando viu as pinturas pela primeira vez, era como se ela soubesse, como se tivesse entendido bem ali, naquele momento, por que Nick havia escolhido usar Godfrey como tema para a obra. Sabe, as pessoas achavam que Nick e eu éramos próximos, e, é claro, isso é verdade, afinal, éramos gêmeos, mas Nolly é a mais velha, o que é quase como ser outra mãe. Ela cuidou de Nick quando ele voltou para casa ferido e, ainda que resmungasse e reclamasse dele e do trabalho dele, ela era muito clemente quando importava.

– Sim, consigo entender.

– Ela está ao mesmo tempo preocupada e feliz que Harry esteja resolvendo seus problemas.

– E o que ele vai fazer? – Maisie foi se entusiasmando pela conversa e pela inesperada animação de Georgina.

– Você não vai acreditar, mas Harry se juntou a uma banda que se apresenta a bordo de um navio, entretendo os passageiros que partem de Southampton em direção a Nova York. – Ela deu de ombros. – Só espero que a tripulação seja proibida de frequentar as mesas de aposta! Sério, há anos ele dizia que gostaria de ir para Nova York, que foi lá que seu gênero de música havia surgido e que era onde deveria estar.

– Seguindo os passos do irmão?

– Foi lá que Nick ouviu o som de seu coração, então talvez aconteça o mesmo com Harry.

– E quanto a você, Georgina? – Maisie gesticulou em direção à máquina de escrever. – Parece ter encontrado sua inspiração.

– Minha inspiração é Nick. Venha, vou lhe mostrar.

Georgina voltou para a mesa, seguida por Maisie. Ela pegou uma série de esboços em preto e branco de grandes dimensões que haviam sido espalhados para que ela os visse enquanto trabalhava à máquina de escrever.

– Ah, meu...

– São apenas esboços, mas são geniais, não? Tão detalhados. São bons o suficiente para serem expostos.

Maisie assentiu, aproximando o abajur para que pudesse ver melhor aquela obra. Nick havia representado a vida cotidiana nas ruas que serviam de lar para aqueles que conheciam apenas a necessidade. Meninos maltrapilhos morando nas ruas, filas de homens buscando trabalho, mulheres lutando para lavar suas roupas nas bombas de água fria no meio da rua – a Londres negligenciada vista pelos olhos do artista.

– É como se ele tivesse tirado uma fotografia, como se alguém como Frank Hurley estivesse por trás da câmera, e não um artista munido de carvão e papel.

– Eu sei – disse Georgina, que assentiu, corando.

Maisie ergueu o olhar dos esboços e fitou Georgina.

– O que fará com eles?

Georgina começou a falar rapidamente, cada vez mais entusiasmada:

– Depois que você me deu as chaves para o depósito, fui até lá sozinha para dar uma olhada. Foi quando encontrei esses esboços. Apenas fiquei sentada lá e chorei, não só porque eles são de Nick e sinto uma falta enorme dele, mas também por conta do que representam. – Ela engoliu em seco, olhando para Maisie com atenção. – Você estava certa, Maisie: trata-se *mesmo* de uma guerra, de um campo de batalha, e preciso fazer algo a respeito disso. Mas tenho apenas um talento verdadeiro, que é a minha habilidade com as palavras. Sou capaz de desenhar um pouco, mas é com isto que trabalho.

Ela tirou o lápis que prendia seu coque e o ergueu no ar para enfatizar seu argumento, e nesse instante seus cabelos caíram sobre os ombros.

– Então, este é o meu plano. E me escute: não apenas Stig me prometeu uma exposição, como também assinei contrato com meu editor! – Georgina espalhou os esboços pela mesa. – Há um artigo para cada esboço, uma história, pois eles retratam a vida de pessoas sobre as quais os outros vão querer ler... Vou fazer com que *queiram* ler. E não vou parar nisso. – Ela falava cada vez mais rápido. – Todos estes são sobre Londres, e há alguns sobre a pobreza rural de Kent, mas Nick não chegou a concluí-los. Vou viajar pela Grã--Bretanha, de Londres a Birmingham, de lá para Newcastle, Leeds, Sheffield, até a Escócia, e vou contar a história do que vem acontecendo desde 1929, do que está acontecendo agora. Mal posso esperar até que o maldito Mosley se torne rei, ou o que quer que ele esteja pretendendo, e esteja à altura da situação e possa salvar a todos, pelo amor de Deus!

– É por isso que você terminou seu relacionamento com Bradley? – Maisie arriscou a pergunta impertinente.

Georgina deu de ombros.

– Começou a terminar praticamente assim que começou. Para falar a verdade, desde a guerra não andei muito inspirada... Você acertou na mosca, Maisie. – Com as mãos ainda apoiadas sobre os esboços do irmão, Georgina olhou pela janela e, ao que parecia, para o passado. – Eu me arrisquei tanto na guerra, mas... ah, isso é difícil de explicar... havia aquela adrenalina, aquele sentimento aqui – ela tocou logo acima da fivela do seu cinto –, e isso me levava a ver que o que eu estava fazendo era certo, que eu podia estar me arriscando, podia até mesmo ser morta, mas que aquela era uma aposta por um bom motivo. Eu teria algo para mostrar. – Suas palavras começaram a desacelerar, e ela deu de ombros. – Eu sentia falta daquela sensação e acho que tentei recuperá-la por meio de um caso. Mas nunca deu certo. Veja bem – ela se virou para fitar Maisie cara a cara –, veja bem, eu me dei conta de que mesmo havendo um risco, a adrenalina de um caso com um homem casado... e um excitante homem casado, ainda por cima... era completamente falsa. Completamente sem substância. Não havia... não havia... nenhuma verdade, nenhuma motivação sólida e significativa para eu correr esse risco específico. Você entende?

– Sim, entendo, de verdade.

– Então agora, com este trabalho, com os esboços de Nick me desafiando, encontrei novamente a motivação, aquela antiga voz dizendo: "Faça isto, vale a pena." E posso sentir dentro de mim que o risco de levantar voo por mim mesma é uma empreitada que vale a pena.

Georgina falou por mais um tempo, durante o qual Maisie a incentivou com um sorriso, inclinando-se para a frente de modo a mostrar entusiasmo com a expedição e a lhe desejar sucesso. Então, depois de submeter seu relatório, Maisie recolheu seus pertences, pronta para partir, mas Georgina tocou em seu braço.

– Tenho algo para você. Considere um presente de Nick. – Ela entregou um pacote embalado com papel pardo e barbante. – Não preciso nem dizer que é um quadro. Você vai achar extraordinário.

– Um quadro para mim?

– Sim. Eu o encontrei no depósito. Uma aquarela que ele terminou. É extraordinário, sabe, porque ele deixou uma anotação nele, que explica o tema. Ela me fez lembrar você, e você me disse alguma coisa sobre as paredes vazias em seu novo apartamento. Pensei que pudesse gostar dela, então mandei emoldurá-la. É claro, se não for do seu gosto, pode dá-la a alguém.

∽

Maisie destrancou a porta de seu apartamento e falou:
– Tem alguém em casa?

Sandra saiu do quartinho com um espanador na mão.

– Está se adaptando bem, Sandra?

– Sim, senhorita. Nem sei como agradecer. Espero que minha presença aqui não seja uma imposição.

– De forma alguma. Você não pode morar em uma hospedaria até o seu casamento em junho, certo?

Sandra sorriu, acenando para Maisie.

– Venha dar uma olhada. Eric me ajudou a colocar a cama e a penteadeira no quarto. Nós as compramos por um ótimo preço, em um brechó, sabe?

Maisie olhou para dentro do quarto que a nova hóspede havia tornado aconchegante.

– E, agora que arrumei um emprego naquela loja de roupas, posso fazer um curso noturno. Datilografia está em alta, sabe? Eu estava prestes a ir lá para fazer minha matrícula.

– Certo, Sandra, nos vemos mais tarde.

Maisie sorriu enquanto a jovem recolhia o casaco e o chapéu e saía do apartamento. Embora tivesse hesitado em estender a oferta para Sandra morar com ela até o dia do casamento, estava feliz em poder dar uma mãozinha para ajudá-la, da mesma maneira como outros, por sua vez, a haviam ajudado no passado. E, uma vez que sorte e providência costumam gravitar uma em direção à outra, Sandra havia conseguido um novo trabalho logo depois de ter aceitado a oferta de Maisie.

Mais tarde, depois de ter pendurado o quadro na parede acima da lareira, Maisie arrastou uma das poltronas e se instalou diante do fogo. Bebericando seu chá em uma xícara de latão, leu a anotação que Nick havia deixado junto com um quadro que ele havia concluído um ano atrás.

Inverno, mas se poderia pensar que é o primeiro dia da primavera. O sol brilha, e tudo tem aquela aparência de estar pronto para renascer. Eu havia acabado de voltar de Lydd quando me deparei com o tema deste quadro, e algo me levou a querer pintá-la. Apesar do frio enregelante, ela passeava pela praia e parou para contemplar o

Canal da Mancha, quase como se mirasse o futuro. É difícil explicar, mas tive a sensação de que essa mulher estava à beira de algo original, algo novo – uma mulher deixando o passado para trás. Assim, com a promessa da primavera no ar, fui direto para casa e comecei a trabalhar.

Maisie se perguntou o que Nick havia visto naquele dia, pois a imagem poderia muito bem ter sido uma fotografia tirada em sua última visita a Dungeness, enquanto ela andava sobre os seixos e mirava o mar. Terminou seu chá e ficou ali sentada por algum tempo, examinando a pintura, pensando no homem que havia captado um momento de reflexão. Seu momento de reflexão. Ela leu a anotação mais uma vez e fechou os olhos. *Estar pronto para renascer.* O inverno acalentando a primavera, a terra renovada depois de ter sido assolada por tantas batalhas, uma criança morta, uma criança nascida. Chegara a hora de se mexer, de voltar a dançar com a vida.

AGRADECIMENTOS

Como sempre, sou profundamente grata a minha colega de escrita, Holly Rose, por me manter no caminho certo e por seu estímulo irrestrito. Mais especialmente, Hol, obrigada pelo marcador – onde estaríamos Maisie e eu sem ele? Devo gratidão também ao meu "velho prato de porcelana", Tony Broadbent: obrigada por nossas maravilhosas conversas sobre a "velha Londres" e por me propiciar ainda mais material de pesquisa para infundir vida ao tempo e ao lugar de Maisie – minhas prateleiras de livros transbordam! Além disso, meu *Cheef Resurcher* (que sabe quem é) esteve de prontidão, trazendo algumas pepitas de ouro repletas de significado histórico.

O Imperial War Museum sempre me fascinou desde a infância e continua a me inspirar e intrigar, ainda mais agora que tenho usado o arquivo e a biblioteca da instituição. Meus agradecimentos vão para a equipe sempre prestativa, que de forma tão eficiente encontra livros e correspondências que fundamentam minha compreensão sobre a Grande Guerra e suas consequências. Em Ypres, na Bélgica, eu gostaria de homenagear o trabalho de todos os responsáveis pela exposição *In Flanders Fields* [Nos campos de Flandres] no Cloth Hall. O prédio magnífico é uma réplica de um salão medieval original que foi destruído durante a Grande Guerra. Artesãos locais reconstruíram a cidade para que ela reassumisse grande parte das feições que tinha antes que eclodisse "a guerra para acabar com todas as guerras", e agora o prédio do Cloth Hall exibe *In Flanders Fields*. Foi onde li, pela primeira vez, a citação de Paul Nash que abre este livro. Depois de eu ter passado três dias caminhando nos antigos campos de batalha de Somme e

Ypres, as palavras me comoveram profundamente, assim como a inteligente interpretação da exposição para aquele terrível conflito.

Agradeço a minha agente literária, Amy Rennert: amor e gratidão por sua poderosa mescla de experiência, conhecimento e delicadeza. Aos meus editores, Jennifer Barth em Nova York e Anya Serota em Londres, obrigada pela edição primorosa e sensível, por suas dicas e pela capacidade fora do comum de ler minha mente.

E obrigada à minha família, por tudo: meu marido, John Morrell; meu irmão, John, e minha cunhada, Angella; meus pais maravilhosos – Albert e Joyce Winspear –, que visitaram Dungeness comigo, caminhando com dificuldade sobre os seixos em um dia de frio cortante, enquanto eu tomava notas para este *Mensageiro da verdade* – isso, sim, é que é apoio!

CONHEÇA OS LIVROS DA SÉRIE

Maisie Dobbs
O caso das penas brancas
Mentiras perdoáveis
Mensageiro da verdade

Para saber mais sobre os títulos e autores da Editora Arqueiro,
visite o nosso site e siga as nossas redes sociais.
Além de informações sobre os próximos lançamentos,
você terá acesso a conteúdos exclusivos
e poderá participar de promoções e sorteios.

editoraarqueiro.com.br